包法利夫人

［法］福楼拜◎著　陈　艳◎译

Madame Bovary

中国華僑出版社
北　京

图书在版编目（CIP）数据

包法利夫人 /（法）福楼拜著；陈艳译．—北京：
中国华侨出版社，2022.1
ISBN 978-7-5113-8362-4

Ⅰ．①包… Ⅱ．①福… ②陈… Ⅲ．①长篇小说－法
国－近代 Ⅳ．① I565.44

中国版本图书馆 CIP 数据核字 (2020) 第 216295 号

包法利夫人

著　　者／[法] 福楼拜
译　　者／陈　艳
责任编辑／姜薇薇　桑梦娟
策　　划／周耿茜
封面设计／胡椒设计
经　　销／新华书店
开　　本／880 毫米 ×1230 毫米　1/32　印张 / 12　字数 / 242 千字
印　　刷／三河市华润印刷有限公司
版　　次／2022 年 1 月第 1 版　2022 年 1 月第 1 次印刷
书　　号／ISBN 978-7-5113-8362-4
定　　价／48.00 元

中国华侨出版社　北京市朝阳区西坝河东里 77 号楼底商 5 号　邮编：100028
编辑部：(010) 64443056　64443979
发行部：(010) 64443051　传真：(010) 64439708
网　址：www.oveaschin.com
E-mail：oveaschin@sina.com

内容简介

小说《包法利夫人》是法国文学大师福楼拜（1821—1880）的代表作，初次发表于1856年。

爱玛是农庄主的女儿，在修道院受过教育，也偷偷看过不少浪漫小说。她怀着对爱情的美妙憧憬结婚，成为包法利夫人。嫁给乡镇医生夏尔·包法利以后，爱玛的幻想很快成为泡影，因为丈夫才不出众，思想平庸。爱玛偶然参加了一个贵族舞会，便对上流社会的奢华羡慕不已，强烈的反差使她觉得现实生活十分无聊。夏尔为了满足爱玛，迁居荣镇行医，与药剂师奥麦为邻。爱玛在荣镇遇到青年书记员莱昂，两人一见如故，情投意合。莱昂为了摆脱精神苦闷，决定去巴黎深造。百无聊赖的爱玛又认识了附近的农庄主鲁道夫。在情场老手鲁道夫的勾引下，爱玛成了他的情妇，她向鲁道夫提出私奔要求，但鲁道夫由热而冷，最终弃她而去。爱玛为此大病一场。夏尔为让爱玛散心，陪她进城看戏，偶遇爱玛一度心动的莱昂。两人旧情复燃，爱玛每星期都要借故进城同莱昂幽会。爱玛为偷情而挥霍家产，并常常向奸商勒赫赊账举债，勒赫捏住爱玛的把柄，逼债未果，便通过法院张贴布告，宣布爱玛再不偿还，就要扣押其财产。陷入困境的爱玛四处求助，包括两个情人，岂料他们无不推诿搪塞。爱玛走投无路，吞服从药店弄到的砒霜，痛苦地离开了人世。

小说通过爱玛的婚姻—堕落—死亡的悲剧经历，真实地为我们描绘了19世纪法国的外省风俗。它熄灭了让人不切实际的幻想光环，令人看见底下黯然的真相。没有一点让人做梦的企图，你领受到的是更为真实和残酷的现实。严酷的写实绝对服从现实，它并不创造升华，也不将一切美化成浪漫诗歌，它将现实的精髓搬上纸面，铺排得和谐有序，在此和谐之中，生活的本来面目便裸露出来。比现实中的更加严密、结实和触人心弦。它是一部艺术上完美、精致的法语典范作品，是继《红与黑》《人间喜剧》之后19世纪批判现实主义的又一杰作。

目　录

第一部

第二部

第三部

第 一 部

第一章

我们正在上自习，校长进来了，身后跟着一个新生和一个校工。新生没有穿校服，校工搬着一张大课桌。正在打瞌睡的学生都立刻醒了过来，一个个站起来，仿佛功课受到打扰似的。

校长示意我们坐下，然后对班主任低声说道：

“罗杰先生，我把这位学生交托给你，他先跟着五年级上课。如果他的功课和品行都合格的话，再让他升高班，他的岁数已经够大的了。”

这个新生坐在门后边的墙角里，我们几乎看不到他。这是个小乡巴佬，十五岁上下，个头比我们都高。他前额的头发剪得很齐，就像乡村教堂的歌童，看上去又懂事，又十分拘谨。他的肩膀并不宽，但却被黑扣绿呢上衣箍得很紧。从袖口能看到晒红的手腕，一看就知道是卷起袖子干惯了活的。浅黄色的背带裤高高地吊在身上，露出了穿着蓝色袜子的小腿。皮鞋没有擦亮，鞋底打了钉子，看上去很结实。

我们开始背书。他竖起耳朵来听，就像在教堂听布道一样专心，身子坐得笔直，既不敢跷腿，也不敢把胳膊肘支在课桌上。两点钟的下课钟敲响的时候，还是在班主任的提醒下，他才跟我们一起排队走了出去。

我们平时有个习惯，就是进教室的时候会把帽子扔在地上，以免拿在手里碍事；一进教室门槛就把帽子往凳子下面投去，帽子得靠墙，掀起一片尘土；这已经成为一种规矩了。

但是新来的这位也不知道他是没有注意到我们的做法，还是不敢跟我们一样做，总之，直到祷告做完，他还一直把帽子放在膝盖上。他的帽子属于混搭风格，兼有毡帽、军帽、圆顶礼帽、水獭皮鸭舌帽和棉质睡帽的风格，非常寒碜。它那副不声不响的丑样子，就像傻子的表情一样，令人捉摸不透。帽壳下部被三道环形的粗鲸骨撑得像鸡蛋一样圆鼓鼓的；中间一层由红带子、菱形丝绒和兔毛混编在一起形成；帽顶装饰着复杂的刺绣，呈不规则多面体状，像个歪歪扭扭的纸袋子扣在上面；帽顶垂下一根又细又长的绳子，绳子末端挂着流苏状的帽穗，由金色的丝线编织而成。帽子是新的，帽檐还闪闪放光呢。

老师说："你站起来。"

他站了起来，帽子就掉在了地上。全班同学都笑了起来。

他弯下腰去拿帽子。旁边的一个学生用胳膊捅了他一下，帽子又掉了，他又弯腰捡了一次。

老师打趣说："把你的头盔搁到一边吧。"

全班同学又是一阵爆笑。可怜的新生手足无措，不知道是该把帽子拿在手里，还是放到地上，还是戴在头上。他最终又坐下了，帽子还是放在了膝盖上。

老师又说道："起来。告诉我你叫什么名字。"

新生口里像含了萝卜似地说了个名字，大家都没听清楚。

老师说："再说一遍！"

他还是说了一个稀里糊涂的名字，但是声音完全淹没在众人的哄笑里。

老师喊："大声点！大声点！"

新生下足决心，张大嘴，像呼救似的，使出了吃奶的力气叫道：“夏包法利。”

学生们又开始闹腾起来，声音越来越大。有的声音尖得刺耳，有的像狼嚎，有的像狗叫，有人跺脚，有人学舌：“夏包法利，夏包法利。”喧嚣像零散的音符逐渐减弱，好不容易才安静下来，突然又从某排学生中间传来压低的笑声，就像一串没有燃尽的鞭炮。

老师以罚写作业相威胁，课堂总算逐渐恢复了秩序。老师让新生重复、拼读、再重复，总算听清楚了是“夏尔·包法利”。然后老师就让这个可怜的家伙坐到讲台下边的懒人专座上去。新生准备过去，却又站住了。

老师问他：“你在找什么？”

他不安地四下看看，怯生生地说：“我的帽……”

全班哄然大笑。

“全班罚抄五百行诗！”老师愤怒的叫喊就像海神镇压风浪时喊出的 Quos ego[①] 一样，遏制住了新一轮的喧闹。“安静！”老师一边怒吼着，一边从帽子里掏出手绢擦着额头的汗水。“至于你，新来的，你得写二十遍 ridiculus sum[②] 的变位法。”接着，老师稍微缓和了一下语气说：“你会找到你的帽子的，它不会被人偷走。”

一切又恢复了平静。大家都埋头抄写。新生整整两个小时都坐得非常端正。不时有人用笔尖射出个小纸球，打着他的脸，溅他一脸墨水。他也不动弹，只是用手擦一下脸，连眼皮都不抬

---

① Quos ego：拉丁语，Quos 意思是“谁”，ego 意思是“我”。出自维吉尔的史诗《埃涅阿斯》，是海神尼普顿威吓暴风时说的话。

② ridiculus sum：拉丁语，意思是“我可笑”。

一下。

晚自习的时候，他从课桌里拿出一副袖套戴上，把自己的东西摆得整整齐齐，然后仔细地用尺子比着在纸上画线。他认真地做着功课，每个词都不厌其烦地查词典。可能正是由于这么用功，他才没有被降到更低的年级去；因为他词语的用法虽然掌握得还可以，但是造出来的句子却一点儿也不优美。

他的拉丁语是村里的神甫教的。他的父母为了省钱，直拖得不能再拖了才把他送进学校。

他的父亲夏尔·德尼·巴托洛梅·包法利先生，原先是一名外科助理军医，在 1812 年左右的征兵事件中受到牵连，被迫离开了军队。一个针织品商的女儿爱慕他仪表堂堂，他因而得到了一笔六万法郎的嫁妆。他模样俊，爱吹牛，总爱把靴子上的马刺弄得铿锵作响，络腮胡和髭须连成一片，手指上总戴着戒指，衣服色彩鲜艳，气质英武，待人接物却又活络得像个跑生意的。结婚之后，有两到三年的时间，他就靠妻子的财产生活，吃得好，起得晚，抽大瓷烟斗，晚上要看完演出才回家，还经常泡咖啡馆。

后来老丈人死了，几乎没有留下什么遗产。他很气愤，就自己开纺织厂，赔了些钱。然后又退居乡下，想在那里有一番作为。但是他对农耕和纺织都不在行。他的马不是用来干活儿，而是自己骑；苹果酒不装桶去卖，而是装瓶自己喝；养的家禽最好的都留着自己吃；猪油也留给自己擦鞋用。很快他就发现自己最好还是放弃一切投机。

于是他以每年两百法郎，在科城和庇卡迪交界的一个村子里租了一幢半农庄半住宅的房子。在那里，他忧愁，悔恨，怪罪老天，嫉妒所有人，四十五岁就声称厌倦了尘世，要远离世人，过清净日子。

他的妻子曾经疯狂地爱着他，对他百依百顺，但是这反而使得他对她的态度日益冷淡。她从前脾气好，活泼开朗，对他情深义重，看到他勾搭村里的放荡女人，晚上经常在风流场所鬼混，喝得不省人事，浑身酒臭，被人送回家，她都没有抱怨；现在的她随着年岁的增长，就像葡萄酒走气变酸一样，变得挑剔、庸俗、易怒。后来，她的自尊心受了伤，经常一言不发，忍气吞声，逆来顺受。她还得到处奔波劳碌。她忙着见诉讼代理，见法庭庭长，得记住票据到期的日子，争取缓期还款；在家里，她要缝补洗熨，监管工人，支付工钱。而她的男人却完全是个甩手掌柜，什么事都不管，整天昏昏沉沉，像在跟谁赌气似的。清醒的时候也只会说些让人生气的话，或者就待在炉火旁抽烟，往炉灰里吐痰。

她生了个儿子，却只能寄养在奶妈家里。小家伙回到家就被宠上天了。妈妈给他蜜饯吃，爸爸让他光着脚丫撒欢，甚至摆出哲学家的姿态说小孩子可以像小动物一样赤条条，什么都不穿，这样身体才会好。跟母亲的天性相反，父亲作为男性对教育孩子有自己的理想。他按照自己的理念，尽力给孩子一种斯巴达式的教育，希望孩子能有强健的体魄和坚忍的意志。冬天，孩子睡觉他不给生火，还教孩子大口喝朗姆酒，看见教堂游行的队伍就爆粗口。可是孩子天性温驯，辜负了父亲的一片苦心。母亲总是把孩子带在身边，给他剪硬纸板，讲故事，对他倾吐自己的心思，快乐中带着几分忧郁。她生活孤寂，就把自己那些支离破碎的梦想都寄托在儿子身上。她梦想着儿子能出人头地，似乎看到他已经长大成人，英俊机智，在公路桥梁部门或者司法部门任职。她教他读书，甚至还弹着自己的旧钢琴，教孩子两三首爱情小调。

但是，包法利先生对妻子的这一套做法很不以为然，说她是白费力气。他们难道会有钱供孩子去上政府的学堂，将来给他买个一官半职或者出钱让他经商？再说，一个人只要胆子大脸皮厚总能吃得开的。对于包法利先生这样的言论，包法利太太紧咬双唇，不予辩驳。于是孩子就成天在村子里游荡。

他跟在种地的人后边，扔土块儿赶乌鸦，沿着沟渠吃桑葚，拿着根钓杆看管火鸡，收获季节帮着翻晒粮食，在林子里瞎跑，下雨天就在教堂的门廊下玩跳房子游戏，碰到节日就央求教堂的管事让他来敲钟，他把整个身子都攀在钟绳上，在空中来回晃悠着。

因此，他结实得像一棵橡树，双手有力，皮肤黝黑。

十二岁那年，在母亲的坚持下，他终于可以开始学习了。他的启蒙老师是教堂的神甫。但是上课的时间很短，又不固定，起不了多大作用。神甫得空就教他点儿。或者是在洗礼和葬礼之间，站在圣器室里仓促地上会儿课；或者是在做完晚祷不用外出的时候把他叫过来教会儿。他们两个上楼来到神甫的卧室，坐下来，蚊虫围着烛光飞舞，屋子里很热，孩子睡着了；老头儿也摸着肚子，酣然入睡，不一会儿就张着嘴，打起了呼噜。还有的时候，神甫给附近的病人行过临终圣礼回家，看到夏尔在田地里捣蛋，就会叫住他，在树底下训诫刻把钟，再抽空教他点动词变位。但经常碰上下雨或者有熟人路过，把他们的功课打断了。尽管如此，神甫还是对他比较满意，甚至还说，这小伙子记性挺好。

夏尔这样下去肯定不行。这回母亲的态度非常坚决。包法利先生也觉得挺愧疚的，或者是厌烦了，就没有反对。但还是又拖了一年，直到孩子行过了第一次圣体瞻礼。

又过了半年，在第二年的十月底，圣·罗曼集市开市的时候，夏尔终于被父亲送到了鲁昂中学。

现在，我们几乎没有人能记得夏尔的事。只记得他性情温和，该玩的时候玩，该读书的时候读书，上课时专心听讲，在寝室里好好睡觉，在食堂里好好吃饭。一切都按部就班。冈特里街的一个五金批发商是他的校外监护人，每个月接夏尔去他家一次。在星期天店子打烊之后，五金批发商经常带夏尔出去转转，送夏尔去码头看船，然后在七点钟学校晚饭之前把他送回去。每周四的晚上，夏尔会给母亲写一封长信，用红色的墨水写，最后用三块面团封好。然后他就温习历史，或者在自习室阅读捡到的一本旧书《阿纳卡尔西》①。散步的时候，他会和校工闲谈。校工跟他一样，也来自乡下。

由于用功，他一直都保持在班里的中游，甚至有一次自然史还得了个鼓励奖。但是在初中最后一年的学年末，他的父母给他退学了，让他学医，他们坚信他靠自学也能拿到学位。

他的母亲认识罗伯克河岸一个开洗染店的，让他住在人家五楼的一间房里。她把他的膳宿安排妥当，弄来一张桌子，两把椅子，从家里拉来一张旧的樱桃木床，还买了小铁炉和木柴，好给她可怜的儿子取暖。一个星期之后，她动身回去，临行前千叮咛万嘱咐，让儿子一定要规规矩矩好好做人。

他看了布告栏里张贴出来的课表，感觉头昏脑胀：解剖、病理、生理学、药理、化学、植物学、临床、治疗学，还有卫生学、药材学。这些个名词他连词源都不了解，对他来说就像神庙的大门一样，庄严神秘。

---

① 《阿纳卡尔西》，全名为《青年阿纳卡尔西希腊游记》，作者是巴泰勒米（1716—1795）。

他什么都不懂，听了也是白搭，还是不会。但他依然用功，笔记记了一本又一本，所有课都去上，见习也一次不落。他逼着自己完成每天的任务，就像拉磨的马一样，双眼被蒙住，原地转圈圈，也不知道自己磨的是什么。

为了给他节省开支，他的母亲每星期都会托邮差给他捎来一块炉火烤的小牛肉。他上午从医院回来后，就拿牛肉就午饭吃，边吃边踢墙暖和脚。吃完饭又得赶着去上课，去阶梯教室、救济院，然后再穿过大街小巷回到住的地方。房东提供的晚饭非常简单，他吃完了就上楼用功。汗湿的衣服在炉火的烘烤下直冒热气。

夏天，晴天傍晚的时候，闷热的街道上人已经散去，只有女佣们在大门口踢毽子。他打开窗户，凭窗眺望，看见底下的小河流过桥梁栅栏，颜色有黄有紫有蓝。鲁昂的这个街区仿佛是一个肮脏的小威尼斯，有几个工人蹲在河边洗胳膊；阁楼顶上撑出去一些长杆，晒着一束束的棉线；对面的屋顶上空能看到一望无际的青天，还有一轮西沉的红日。乡下那边一定很舒服吧！山毛榉林里一定很凉快！他张大鼻孔想呼吸田野的清香，可惜只闻到一股热气。

他瘦了，身材变得修长，面带愁苦之色，几乎能引起别人的关注了。

很自然地，不经意间，他就把先前自己下的种种决心都抛诸脑后了。某一次见习因为有事没去，然后第二天的课也没去，他尝到了偷懒的甜头，逐渐就不去学校了。

他开始泡酒馆，迷上了多米诺骨牌，每天晚上都在一间肮脏的赌馆里玩牌，往大理石桌上掷着画有黑点的羊骨牌。这样做不仅令他感受到了自由，还提升了他的自我评价。就像头一回走进花花世界初尝禁脔一样，他来到赌馆，把手放在门把手上的时候，能感受到一种类似于肉欲的快乐。那个时候，压在内心深处的种种欲望都冒了出来。他还学了几首小调唱给女客们听，他迷上了贝朗瑞[①]，兴高采烈地唱贝朗瑞的歌曲。他学会了调潘趣酒，最后还懂得了谈情说爱。

他就这样准备着他的行医资格考试，结果自然是惨败。当天晚上，在他往家走的时候，家里正在等着给他庆祝呢。他到村口停住了，托人叫来了母亲，对母亲全盘托出。母亲原谅了他，反而指责考官不公，并且给他打气，帮他善后。直到五年之后包法利先生才知道了考试真相。事情已经过去，不能再算陈年旧账，包法利先生只得接受，而且他也不愿相信自己的儿子是个蠢才。

夏尔重新开始准备考试。这次他丝毫不敢懈怠，考前把各科所有的问题都背得烂熟于心。他总算考取了，成绩还算良好。这对他母亲来说可真是个大喜的日子！家里大摆庆功宴。

他去哪里行医呢？去托特吧。那里只有一个老医生。包法利太太盼着他死已经有很长时间了。这不，老头儿还没有卷铺盖，夏尔就在他家对面住下了，等着接班。

但是，对包法利太太来说，把儿子养大、让他学医，帮他在托特镇安置下来，她的心事并没有全部了结：儿子还需要娶个女人。她给物色了一个：迪耶普一个执达吏[②]的寡妇，四十五岁，每年有一千二百法郎的收入。

迪比克的遗孀尽管长得丑，骨瘦如柴，满脸粉刺，就跟春天的芽孢一样，但还挺抢手。包法利太太为了达到目的，使出浑身解数，将竞争对手一一扫除。其中有个卖猪肉的，尽管有人撑

① 贝朗瑞（1780—1857），法国讽刺歌谣作者，在当时非常风行。
② 执达吏是为法庭服务，负责执行及传达法官裁决的政府官员。

腰，包法利太太也巧施妙计，将他击败。

夏尔原本以为结婚以后生活条件会更好，自己也会更自由，能自己做主，全权支配自己的钱财。但事实上是他的太太当家做主。他当着人得说这样的话，不能说那样的话；穿什么衣服得听她的；得听她的吩咐向病人催账。她拆看他的邮件，窥视他的行踪，当有女病人的时候，她就隔着墙板偷听他看病。

她每天早上都要吃巧克力，需要丈夫没完没了地关心自己。她成天地抱怨自己的神经、肺、气血。她听不得脚步声；可要是人都走了，她又受不了寂寞；如果夏尔回来陪她，她又说他是巴着她死。晚上，夏尔回家了，她从被窝里伸出细长的胳膊，搂住夏尔的脖子，让夏尔坐到床边，然后就开始诉苦：他心里没有她了！他爱上别的女人了！别人早就说过她命苦。说到最后，她为了自己的健康会跟他要点糖浆喝，还要他给她多一点的爱情。

第二章

一天夜里，十一点左右，他们被笃笃的马蹄声惊醒。马就停在家门口。女佣纳斯塔西打开阁楼的天窗，看见下面的街上有个男人。她盘问了他一会儿。他是来请医生的，还带了一封信。女佣下了楼，冷得直打哆嗦。她先打开门锁，再拔下门闩。男子把马留在外面，跟着女佣进了屋。男子戴着一顶有灰色帽缨的羊毛帽。他从帽子里面取出一封用破布包着的信，小心翼翼地递给夏尔。夏尔把胳膊肘支在枕头上看信。女佣在床边举着灯。夫人害羞地将脸转朝向墙，背对着他们。

信用一小块蓝色的蜡印封口。信里央求包法利医生立刻动身去贝尔托农场，接一条断腿。从托特镇到贝尔托，需要经过隆格镇和圣维克托，足足有六古里[①]的路程。天很黑，包法利太太担心先生在路上出事，于是就决定让送信的马夫先行动身；过三个小时，等月亮出来之后，夏尔再动身；还让那边农场派个小孩到路上去接夏尔，给他带路，开栅栏门。

凌晨四点钟左右，夏尔用大衣把自己裹得严严实实，动身到贝尔托去。他刚离开热被窝，人还犯着迷糊。牲口稳步小跑，夏尔在马上一摇一颠。牲口突然停住了，原来前面的田垄边上有个

---

① 一古里约合四公里。

大坑，周围用荆棘围着。夏尔一下子就惊醒了，很快想起了断腿的事。他努力回想自己学过的骨折方面的知识。雨停了，天渐渐亮了，光秃秃的苹果树枝上有几只小鸟一动不动地栖着，早上的风很冷，鸟的羽毛都立着。平坦的田野一眼望不到尽头。灰蒙蒙的大地上稀稀疏疏地点缀着一些紫黑色的墨点，那是农场四周的簇簇树丛。天空也是灰蒙蒙一片，与大地浑然一体。夏尔不时睁一下眼睛，但是精神疲惫，睡意上涌，很快就陷入了恍惚。当下的感觉和旧时的回忆混在一起，自己仿佛分裂成两个人，一个是学生，一个已经结婚；一个就像刚才一样躺在床上，一个就像从前一样正走过一间手术室。在他的头脑中，热乎的药膏和晨露的气味掺杂在一起。他听到铁环在帐杆上滑动，看到妻子在床上睡觉……经过瓦松镇的时候，他看到沟边的草地上坐着个男孩。

“您是医生吗？”男孩问道。

夏尔回答了之后，男孩立即把木底鞋拿在手里，在前面跑了起来。

医生一路听着向导的汇报，弄清楚了事情的来龙去脉。鲁奥先生是个富裕的农场主，前一天晚上，他在邻居家过三王节[①]，回去的路上摔断了腿。他的老婆死了两年了，身边只有他的“小姐”帮他持家。

车辙越来越深。他们越来越接近贝尔托。男孩从篱笆上的一个洞钻了进去，不见了。接着他出现在院子的另一头，打开了栅栏。马走在湿草地上，蹄子有点打滑。夏尔骑在马上老得低头躲让树枝。看家狗在窝里扯着狗链狂吠。走进贝尔托的时候，马受了惊，往旁边闪了一大步。

农庄看上去很气派。马厩的门开着，从门上方能看到耕地的

① 三王节在每年的一月六日，是纪念东方三王向圣婴耶稣献礼的节日。

大马在里面安静地吃草，喂草架看上去崭新。沿着马厩堆着一大堆粪肥，冒着热气。母鸡和火鸡群里立着五六只孔雀正在啄食。孔雀在科城可是稀罕物。长长的羊圈，高高的粮仓，墙光溜得跟人的手一样。车棚下边放着两架大的两轮马车和四把铁犁，马车都配备了全套的马具。马具的蓝色毛皮上沾落着粮仓上掉下来的灰尘。院子在斜坡上，越往里走地势越高，整整齐齐地种着树。水塘边一群鹅快活得嘎嘎直叫。

一个年轻的女子来到门口迎接包法利先生。女子身穿蓝色的美利奴羊毛长裙，上面镶着三道褶边。她领包法利进了厨房。火烧得很旺。大大小小的罐子里饭菜正在沸腾。炉灶内壁烘着几件湿衣服。铲锹、火钳、风箱口都是大个儿的，像抛光的钢铁一样锃亮。靠墙放着成套的厨具，反射着灶膛的火光，还有从玻璃窗透进来的曙光。

夏尔上到二楼看病人。病人躺在床上，蒙着好几层毯子，出了很多汗，棉布睡帽远远地扔在一边。这是个五十来岁的矮胖子，白皮肤，蓝眼睛，前额秃顶，戴着耳环。旁边的椅子上放着一大瓶烧酒，他不时喝上一口，振奋一下精神。但是他一看到医生，立马就泄劲了，原本骂骂咧咧了一夜，立时就只能有气无力地哼哼唧唧起来。

骨折的情况非常简单。夏尔不敢指望还能有比这更好治的。他回想着当年老师在病床前的样子，说着各种好话宽慰病人。这样的安抚对于外科治疗来说就跟给手术刀上抹油一样重要。病人需要上夹板。仆人从车棚里找来一捆木条。夏尔挑了一根，砍成几小块，用碎玻璃磨光。女佣撕着被单准备绷带。爱玛小姐准备缝几个小靠垫。她找针线盒的时间长了点儿，她的父亲就不耐烦了，她也不回嘴；但是，她缝靠垫的时候一不小心扎到了手指，就把手指放到嘴里，嘬了两口。

她的指甲很白，白得令夏尔惊讶；指甲光亮，指尖细小，形状像杏仁，看起来比迪耶普的象牙还要光洁。但是她的手并不算美，也许还不够白，指节瘦得有点露骨；手显得太长，轮廓不够柔和。她的眼睛很美，虽然是棕色的，但在浓密睫毛的映衬下，显得很黑。她看人时很大方，目光既天真又大胆。

伤腿一包扎好，鲁奥先生就邀请医生吃点东西再走。

夏尔来到楼下的房间。一张小饭桌上面摆着两套餐具和几个银质的杯子。饭桌摆在床头。一张华盖大床，挂着印花帐子。窗户对面是高高的橡木衣柜，散发出鸢尾草和湿布的气味。墙角的地上有几袋小麦，靠墙竖着，排得很整齐。这是谷仓装满后多出来的。谷仓就在隔壁，上三级台阶就到。硝石墙面的绿漆已经开始剥落，墙中央用钉子挂着一幅智慧女神的头像，是铅笔画的，裱着镀金的画框，头像的下方用哥特式字体写着“献给我亲爱的爸爸”。

两个人先是谈病人，然后谈天气、谈严寒和夜里在田野奔跑的狼群。鲁奥小姐在乡下并不开心，尤其是现在，整个农场几乎都得靠她一个人来管。屋子有点冷，鲁奥小姐一边吃一边打着寒噤。她的嘴唇很厚，她不说话的时候习惯咬着嘴唇。

她白色的衣领向下翻着，露出了脖颈。头发乌黑油亮，顺着纤细的发线从中间往两边分，随着头顶的轮廓呈现出自然的曲线，在脑后梳成一个大大的发髻，略微露出耳朵尖，鬓角的发丝像波浪一样卷曲。这种发式夏尔这个乡下医生还是平生头一回见到。她的两颊粉红，像男人一样在上衣的两个纽扣中间挂了一副玳瑁眼镜。

夏尔上楼跟鲁奥老爹告辞，然后回到一楼的房间，看到爱玛小姐站在窗前，额头贴着窗玻璃，正往花园里看：花园里的豆角架被风给吹倒了。她转过身，问道："您找什么东西吗？"

夏尔回答："打扰小姐了，我找马鞭。"

夏尔开始在床上，门背后，椅子底下寻找。不料马鞭却掉在小麦袋和墙壁之间的地上。爱玛小姐眼快，就俯在口袋上够马鞭。夏尔出于礼节，也赶紧跑过去，伸长胳膊去够。他感觉到自己的胸膛蹭到了她伏在口袋上的背脊。小姐直起身来，涨红了脸，回头看了他一眼，把牛筋鞭子递给他。

夏尔原本答应病人三天后来复诊。事实上他第二天就又来了，然后除了每周两次的定期复诊之外，他还时不时地"顺道"上门探访。

病人情况很好，按部就班地康复着。四十六天之后，人们就看到鲁奥老爹一个人在屋子里试着自己走路。大家都认为包法利先生是个很有本领的人。鲁奥老爹说，就算是伊夫托甚至是鲁昂的一流名医都不会看得比他好。

至于夏尔，他并不深想自己为什么这么乐意去贝尔托。当脑子里掠过这个念头的时候，他要不就把自己的热情归结为伤情的严重性，要不就认为自己是为了多挣诊金。难道仅仅这些原因就能使去贝尔托成为他贫乏生活中唯一的乐趣吗？那些日子，他一大早就起床，一路快马加鞭，到了地点后，先下马在草地上擦干净靴子，戴上黑手套，然后再进去。他抵达院子，用肩膀顶开栅栏门，看到公鸡在墙上打鸣，小伙计们出来迎接，这一切都令他感到喜悦。他喜欢这里的粮仓和马厩。他喜欢鲁奥老爹拍着他的手，叫他救命恩人。他喜欢看到爱玛小姐穿着小巧玲珑的木底鞋走在厨房洗过的石板地上，高高的后跟把她的身材托得颀长。她走在他前面，鞋底急促地起落着，牵动皮质的鞋帮，发出吱吱的响声。

她每次都会把他送到第一级台阶，一直待在那里等伙计们牵马过来。告别之后，他们不再说话；四面都是风，吹乱了她颈后新生的细发，吹起了腰后围裙的带子，像飘带一样卷着。有一次赶上化冻，院子里的树皮渗着水，屋檐的雪正在融化。她走到门槛，又回屋找出自己的阳伞撑开了。阳伞是绸缎面的，颜色像鸽子的脖颈，蓝灰色夹杂着紫色，阳光穿透伞布，在她白皙的脸庞上闪烁。空气带着暖意，她在伞下微笑，雪水滴滴答答地落在紧绷的伞面上。

夏尔这么频繁地往贝尔托跑。起初，他的太太爱洛伊丝少不了要问病人的情况，甚至还在账本里挑选了一页空白纸专门用来记鲁奥先生的账。但是后来她知道了鲁奥先生有个女儿，她就四方打探。她打听到鲁奥小姐是在乌尔苏拉会①的修道院里长大的，据说受到过“良好的教育”，会跳舞，懂地理，会素描、刺绣和弹钢琴。她受不了了！

她琢磨着：难怪他每次去贝尔托的时候都容光焕发，连下雨天都要穿上新背心！啊！这个女人！这个女人！……

她出于本能恨上了这个女人。起初，她话里话外地试探夏尔，夏尔听不懂；后来，她指桑骂槐，夏尔怕她吵闹，不想接茬，只当没听见；最后，她索性把话挑明了，问得夏尔无言以对：既然鲁奥先生腿已经好了，而且还没付钱，他为什么还要去贝尔托？啊！是因为那边有个人能陪他聊天，那个人能说会道，还是个才女。他就爱这样的！他需要的是城里的小姐！

她接着唠叨：“鲁奥老头的姑娘也算是城里的小姐？去她的

① 乌尔苏拉会是一个天主教女修会，创办于1535年，该修会的修道院主要负责女孩的教育，照顾病人，救济穷人。

吧！她的爷爷就是个放羊的，还有个亲戚跟人打架差点吃了官司。她至于摆出一副城里大小姐的派头吗？星期天去教堂还穿着丝绸的裙子，把自己当成伯爵夫人呢！那个可怜的老头，去年要不是收了油菜，连账都还不上呢！”

夏尔实在是被她吵得烦，就不去贝尔托了。爱洛伊丝还逼他把手放在弥撒书上发誓，以后决不再去。她哭着亲他，用疯狂的爱情肆虐他。夏尔顺从了。可是行动上虽然屈从了，内心却在抗议，想去看鲁奥小姐。他心里宽慰自己，太太虽然能禁止自己去看她，但是却禁止不了自己爱她。寡妇消瘦了，牙显得更长了。她一年到头都披着一件黑色的披肩，披肩的角一直垂到肩胛骨。裙子套在干瘦的身子上就像剑鞘似的；裙子太短，露着脚踝，宽大的皮鞋还有灰色袜子上交叉系着鞋带。

夏尔的母亲时不时地来看他们；但是过不了几天，就像被媳妇传染了似的，也变得尖刻起来。婆媳两张刀子嘴，你一言我一语，比着挑夏尔的毛病。他为什么吃得这么多？干嘛谁上门都要拿酒招待？怎么死活也不肯穿法兰绒的衣服？

开春的时候，安古镇的一个公证人，也就是迪比克寡妇财产的托管人，卷走了事务所的所有钱财乘船逃跑了。爱洛伊丝除了价值六千法郎的船股之外，还有圣－弗朗索瓦街上的一处房产。不过，这份被吹得天花乱坠的产业，也就有一点家具和几件衣服搬到了包法利夫妇家中，其余的可没人见过。事情必须要弄清楚。原来，迪耶普的房子早就什么都不剩了，连柱子都被抵押出去了。至于她在公证人那里存放了些什么，只有上帝知道。而且所谓的船股也决计超不过一千埃居[①]。这样看来，这个女人先前撒谎了！老包法利先生一气之下，把一张椅子都摔坏了，他怪老婆

① 一埃居相当于三法郎。

害了儿子，给儿子配了这么一匹瘦马，马鞍都没有马皮值钱。老夫妻俩来到托特兴师问罪，跟儿媳吵了几架。爱洛伊丝哭着扑到夏尔怀里，求他在公婆面前帮自己说话。夏尔想为她辩解几句，结果老两口一怒之下走了。

但是爱洛伊丝的病根已经种下了。一个星期之后，她在院子里晾衣服的时候，吐了口血。第二天，夏尔正转身去拉上窗帘，她说了句："啊！我的上帝！"叹了口气，就昏了过去。她死了！真是意外！

下葬之后，夏尔回到家里。楼下没人。他来到楼上卧室里，看到她的裙子还挂在床头；夏尔在书桌前双手抱头一直坐到晚上，沉浸在痛苦的思绪当中。毕竟，她曾经爱过他。

第三章

一天早上，鲁奥老爹给夏尔送诊金来了。七十五法郎的硬币，每个硬币值四十苏，外加一只母火鸡。他听说了夏尔的不幸，就尽力安慰他。

他拍着夏尔的肩膀说："我明白您的心情！我跟您一样，也经历过这种事！老伴过世的时候，我跑到田里，一个人待着。我倒在树底下哭，骂老天爷。我看见树下的死鼹鼠，肚子上爬满了蛆虫，我恨不得自己也这样死了算了。我一想到别人正搂着他们的妻子，亲亲热热，我就拿拐棍拼命地杵地。我快疯了，什么也不想吃，咖啡馆也不想去。说来您恐怕不信，当时我想到咖啡都觉得恶心。不过，慢慢地，日子一天天地过去了，冬天过去了，春天来了，夏天过去了，秋天到了。这事儿就这样渐渐地过去了，沉下去了，我说沉下去是因为您的心里总会留下点什么，像人家说的，就像有块石头一直压在胸口！不过，这是咱们的命，咱们不能因为老婆死了就糟蹋自己，就不想活了……包法利先生，您要打起精神来，事情总会过去的！时常过来看看我们。您知道吗，我女儿老念叨您呢，她还说您是不是都把她忘了。春天眼看着就到了，我们陪您去树林打野兔散心。"

夏尔听了他的劝告。他又去了贝尔托。他发现一切如旧，这里的一切都和五个月前一样。只是梨花已经开了，鲁奥老头儿已经能下地到处走动了，农庄比以前热闹了。

鲁奥老头儿觉得医生刚刚遭遇了不幸，自己必须得尽可能地体恤他：他把夏尔当成病人一样照顾，求夏尔不要摘掉帽子，对他说话时也是低声细语的；要是佣人准备的食物不够清淡，没有用小罐子盛奶油或者梨子没有煮过，鲁奥老爹就会假装生气。他给夏尔讲故事，夏尔没料到自己竟然笑了，但是一想到亡妻，一下子又陷入了悲伤。等咖啡端上来，夏尔就不再想亡妻了。

他慢慢习惯了一个人过日子，也就越来越不想念亡妻了。他现在自由了，什么事都可以自己做主，这样的快乐令他觉得孤独并不是那么难以忍受的。他现在可以随意改变吃饭的时间，回家或者出门都不用向谁交代原因；要是累了，就可以四仰八叉地躺在床上。于是，他开始心疼自己，对自己好，接受别人的安慰。而且，老婆的死并没有给他的营生带来不好的影响，因为一个月来，大家总在说："这个可怜的年轻人！真是不幸！"这样一来他的名气反而大了，主顾也多了，而且他还可以随心所欲地去贝尔托。他心中怀有一种模糊的憧憬，感到一种隐约的幸福；他对着镜子梳理胡须的时候，觉得自己的脸变得好看了。

一天，三点来钟，他到了贝尔托，人都去了地里。他走进厨房，一开始并没有看见爱玛，因为窗板是关着的。阳光穿过床板的缝隙在石板地上投下一束束细长的光线，碰到家具角就会弯折，在天花板上摇曳。桌上放着几个用过的玻璃杯，几只苍蝇沿着杯壁往上爬，爬着爬着就掉到杯底残留的苹果酒里，嗡嗡地叫着。阳光从烟囱照进来，炉壁上的煤灰看上去像一层天鹅绒，冷却的灰烬看着有点发蓝。爱玛坐在窗户和炉灶之间做针线活儿；她没有戴披肩，裸露的肩膀上冒着小汗珠。

根据乡下的风俗，她请他喝酒。他不肯，她一定要他喝，最后她笑着请他陪自己喝一杯。她从碗橱里拿出一瓶柑香酒，两个小玻璃杯，一杯斟得满满的，另外一杯几乎没有斟。碰杯之后，她就把杯子举到嘴边。因为她的杯子几乎是空的，她得仰起脖子喝。她头朝后，嘴唇向前，伸长脖子，还没有喝到酒她就笑了，把舌尖从两排细齿中间伸了出来，一点一滴地舔着杯底。

她又坐下来，继续做针线活儿。她在补一只白色的棉线袜。她低头干活儿，不再说话。夏尔也不开口。风从门底下吹进来，石板地上微微扬起灰尘。他看着灰尘沿地面散开，只听见自己太阳穴的跳动，还有远处一只母鸡下了蛋正在院子里咯咯叫着。爱玛不时地把手心贴到脸上，凉凉脸，然后再摸摸壁炉前铁架上冰凉的小铁球。

她抱怨说，入夏以来，她就一直感觉头昏；她问海水浴管用不管用；她谈起自己上学的修道院，夏尔也谈起他的学堂，他们找到话说了。他们上楼来到她的房间。她给他看她以前的音乐笔记本，修道院奖给她的小册子，还打开一个矮衣柜，给他看扔到衣橱底层的橡叶花冠。她还谈到她已故的母亲，母亲的墓地，甚至指给他看花园里的一个花坛。每个月的第一个星期五，她都会从某个花坛摘下花，带到母亲的墓前。但是家里雇的花匠对这种事却不懂这一套，真不顶事！她想住到城里，哪怕就冬天住住也行，尽管夏天白天长，住在乡下会觉得更加无聊。随着谈话内容的变化，她的声音有时清楚，有时尖锐，忽然又会变得没精打采，拖腔拉调，仿佛在喃喃自语。时而高兴起来，睁开天真的眼睛，紧接着却又眼皮半垂，目光充满厌倦，思绪飘忽不定。

晚上，夏尔回到家里，一句一句地回想她说过的话。他一边回忆，一边补充话里的意思，竭力勾画在他们相识之前，她是怎样生活的。但是他想来想去，爱玛要么是他第一次见面时的模样，要么就是他刚刚离开时的模样，他想象不出她别的样子。接着他又想，爱玛嫁人之后会变成什么样呢？她会嫁给谁呢？唉，鲁奥老爹那么有钱！而她……她又那么漂亮！但是爱玛的面孔总是出现在他的眼前，一个单调的声音就像陀螺似地在他耳边嗡嗡响着："你要是结婚的话！你要是结婚的话！"夜里，他睡不着，喉咙发干，感觉口渴，他就下床走到水罐前倒水喝。他打开窗户，满天星斗，一阵热风吹过，远处传来狗吠。他朝着贝尔托的方向望着。

夏尔想，反正他也不会有什么损失，于是就下决心一有机会就求婚；但是每次机会来了，他却双唇紧闭，生怕说出不得体的话。

鲁奥老爹倒是挺高兴有人想把他的女儿娶走，因为女儿待在家里也帮不上他什么。他心里是谅解女儿的，他觉得女儿这样有才情，怎么能种地呢？种地可是个受老天诅咒的倒霉行当！这一行从来出不了百万富翁！老头儿种地不但没发财，反而年年赔本；因为他虽然做买卖很精明，也喜欢耍庄稼人的花招，但是说到庄稼本身，还有田庄内部的管理，那就不行了。他不愿把手从兜儿里伸出来干活儿，过日子也一点儿都不能将就，吃、穿、睡，每一样都很讲究。他喜欢喝很醇的苹果酒，吃带血的烤羊腿，喝充分搅拌了的烧酒咖啡。他总是在厨房用餐，一个人，对着炉火，坐在小餐桌前，餐具酒菜通通有人给摆好，就像戏里演的那样。

他发现夏尔一接近女儿就会脸红，这意味着夏尔总有一天会向他求亲，于是他就提前开始盘算这事。他嫌夏尔有点瘦小，不符合他心目中的理想女婿形象；不过别人都说夏尔人品好，节俭，有学问，对嫁妆应该不会太计较。更何况鲁奥老爹马上就要卖掉二十二英亩[①]的田产，好还欠泥瓦匠马具商的债，还要给压榨机换新轴。

他想："要是他来求亲，我就把女儿许给他。"

九月过圣·米迦勒节[②]的时候，夏尔来贝尔托待了三天。眼看着这最后一天就要像头两天一样过去，夏尔就要回去了，鲁奥老爹就能拖一刻是一刻。他亲自送夏尔一程；他们走在一条坑坑洼洼的小路上，马上就要分手；是时候了。夏尔决心走到篱笆拐角就开口求婚；最后，直到过了篱笆，夏尔才小声嘟囔道："鲁奥先生，我想和您谈件事。"

他们站住了。夏尔却不说了。

鲁奥老爹和气地笑着说："您还是说出来吧！您以为我什么都不知道吗？"

夏尔磕磕巴巴地说道："鲁奥老爹……鲁奥老爹……"

田庄主接过来说："我本人是求之不得呢。虽然我闺女应该跟我是一样的想法，不过，还是得问问她的意思。您先走吧，我回去问问她。要是她答应，您听好，您不用转头回来，一则免得别人议论，再则，也免得她太紧张。不过，怕您着急，我会把窗板推上去，一直推到墙：您趴在篱笆上就能看见。"

鲁奥老爹走远了。

夏尔把马拴在树上。他跑到小路上等着。半个小时过去了，他看着表数着每一分每一秒，又过了十九分钟。忽然他听到有东西撞墙的声音；窗板支上去了，支架还在颤动。

第二天，刚九点钟，夏尔就来到了田庄。他一进来，爱玛脸就红了，她勉强笑了笑，为了掩饰窘态。鲁奥老爹拥抱了他的准

---

① 一英亩约合 4047 平方米。

② 每年的 9 月 29 日，是基督教为了纪念天使长米迦勒而设立的节日。

女婿。有关聘礼和嫁妆什么的以后再谈；他们有的是时间，因为照规矩，得等夏尔服丧期满之后办喜事才合适，也就是来年的春天。

在对婚礼的期待中，冬天过去了。鲁奥小姐忙着置办嫁衣。在鲁昂订做了一部分，她还借了一些时装图样，自己照着缝制了一些衬衫和睡帽。夏尔经常来田庄，商议婚礼如何筹划，喜筵在哪间屋子摆，上几道菜，头盘菜上什么。

爱玛想在半夜点着火炬举行婚礼，但是鲁奥老爹根本就不能理解她的想法。最后，婚礼上来了四十三位客人，摆了十六个小时的宴席，第二天还接着吃，一连吃了几天。

第四章

客人们一早就驾车到了：有一匹马拉的小货车、带长条凳的双轮车、不带顶篷的老式轻便马车、挂皮帘的大货车。附近村子的年轻人，一排一排地站在大板车里，手扶着两边的栏杆，生怕摔倒：马跑起来之后车颠得厉害。有的人是从十古里以外的戈代镇、诺曼镇和卡尼来的。两家的亲戚全都邀请了，闹翻了的朋友也和好了，许久不见的熟人也发了喜帖。

不时就听到篱笆后边传来鞭子的响声；接着，栅栏门打开了：进来一辆小货车。车子一直跑到台阶前，才猛地一下停住。车的前后左右各个方向都有人下，下车后有的揉揉膝盖，有的伸伸胳膊。女士们头戴无边软帽，身穿城里样式的长裙，露出金表的链子，肩头披着对襟的披肩，下摆掖在腰带里边，或者披着花围巾，从背后用别针别住，露出了后脖颈。男孩子们穿得和他们的父亲一样，身体在新衣服里显得有点不自在。许多男孩子是生平头一次穿靴子。在他们的身边，不声不响地站着一个十四五岁的大姑娘，穿着第一次领圣体时穿的白裙子，为了参加婚礼特地加长了，应该是他们的姐姐或是堂妹。大姑娘脸蛋红红的，样子呆呆的，头发上抹了厚厚的玫瑰发蜡，生怕弄脏了自己的手套。马夫忙不过来，顾不上给马卸套，男客们就挽起袖子，自己动手。来宾们根据社会地位，有的穿着带长尾的短襟礼服，有的穿着长礼服，有的穿着短外套，有的穿着外套式样的短礼服。那长尾短襟礼服是全家人都特别看重的，只在隆重场合才会从衣橱里拿出来。长礼服有随风飘动的宽下摆，圆筒领子，衣兜像袋子那么大。短外套是粗呢的，一般会搭配一顶礼帽，帽檐箍着一圈铜箍。外套式样的短礼服衣身非常短，背后有两个纽扣，离得很近，好像两只眼睛，衣襟就像是木匠从一整块衣料上一斧子给劈下来似的。还有几个人穿的是粗布衬衫，衣领翻到肩膀上，背后打了很多细褶，腰带缝在衣服很靠下的部位，这些人当然只能坐在酒席的末座了。

衬衫的胸口鼓得跟铠甲似的！人人都是新理的发，露出耳朵，脸也刮得光溜溜的。有几个人甚至天不亮就起床刮胡子，也看不大清楚，要么把鼻子底下刮出了几道血口子，要么就是下巴上被刮掉几块皮，伤口足有三法郎的硬币那么大，路上被风吹得有点发炎了，喜笑颜开的大白脸就像印上了粉色的大理石纹似的。

镇政府离田庄只有半古里，大家走路过去；教堂仪式完了之后，又走路回来。队列起初很整齐，好像一条花围巾，在绿色的麦田中间，沿着蜿蜒起伏的小路，像波浪似地前进。不久队伍就拉长了，步伐也放慢了，人们三三两两地开始闲谈起来。打头的是乐师，小提琴的琴身上扎了彩带；后面跟着一对新人；再后边是亲戚朋友，在队列里随意走动；孩子们在最后面，一路上拔着燕麦花，或者躲开大人，自个儿玩自个儿的。爱玛的裙子太长，下摆有点拖在地上；她时不时就得停下来提裙子，还得用戴着手套的指头，很仔细地拔掉裙摆上的草和刺，而夏尔虽然双手都闲着，也只会站在一旁看着她忙。鲁奥老爹头上戴了一顶崭新的绸缎帽子，身穿黑礼服，袖口连手指甲都给遮住了。他挽着新郎的母亲老包法利夫人。至于新郎的父亲老包法利先生，他从心底瞧不上这些乡下人，因此就随便穿了一件一排纽扣的军式大衣。他正忙着对一个金黄头发的乡下姑娘大献殷勤，对她说着小酒馆里时兴的调情话。姑娘对他行了个见面礼，红着脸，也不知道该怎么回答他。别的贺客或者谈着自己的事，或者在背后互相搞恶作剧，提前开始兴奋起来。乐师边走边拉琴，仔细听的话能听到吆吆啦啦的琴声。乐师发现大家落远了，就停下歇口气，仔细地给琴弓上松香，好让琴弦的声音不那么刺耳。然后他又继续往前走，琴的把手一上一下，在给他打拍子。琴声把小鸟都吓得飞走了。

酒席摆在车棚下面。餐桌上摆着四大盘牛里脊，六大盘烩鸡块，还有炖小牛肉，三只羊腿，当中是一头漂亮的烤乳猪，周围装饰着四根香肠和酸模菜。四角摆着长颈大肚的玻璃瓶，里面装了烧酒；装甜苹果酒的瓶子在塞子周围起了一圈厚厚的泡沫；所有的玻璃杯都已斟满了酒。还有几大盘乳黄色的奶油，桌子稍微一动，奶油就会晃荡。奶油表面很平滑，用细长的花体字写下了新人名字的第一个字母。他们还特地从伊夫托请来了一位糕点师，负责做馅饼和杏仁糕。这是他在这一片儿的首秀，所以他特别上心；上甜点的时候，他亲自端出一个塔式奶油大蛋糕，使大家都惊喜地叫了起来。首先，底层是一块方方的蓝色硬纸板做的神庙，有门廊、柱子，四周的神龛里供着仿大理石的小雕像，雕像周围撒满了金色的纸星星。然后，第二层是个城堡式样的萨瓦蛋糕，城墙玲珑精致，是用白芷、杏仁、葡萄干和小块橙子做的。最后，最上面一层是一片绿草地，有山石，有用果酱做的湖，榛子壳做的小船，一个小爱神在荡秋千，秋千架是用巧克力做的，两根柱子顶头是用真玫瑰花扎的花球。

大家一直吃到天黑。坐累了就到院子里走走，或者去谷仓玩砸瓶塞的游戏，看谁能把瓶塞上的钱打下来，然后又重新入座。快散席的时候，有些人已经睡着，鼾声大作。但是一上咖啡，大家又来了精神；唱歌，角力，举重，钻拇指[①]，扛大车，说荤笑话，甚至还亲吻女人。到夜晚才动身回去。马吃燕麦吃得鼻子眼里都是，不肯上套，不是尥蹶子，就是直立起来，皮带都挣断了。马主人骂一会儿笑一会儿。整个夜里，月光下的乡间道路上，马车疯狂地奔跑，趟过水沟，越过碎石堆，爬坡，女士们吓得把身子探出车门紧紧抓住缰绳。

留在贝尔托过夜的人通宵在厨房里喝酒。孩子们早在长凳底下睡着了。

新娘子早求过父亲，不要闹新房那一套。但是亲戚中有个海鱼贩子，特地带了一对比目鱼作为贺礼，还用嘴把水从钥匙孔里喷进新房去。幸好鲁奥老爹经过，拦住了他，对他解释说女婿是有身份的人，这样闹不太合适。海鱼贩子很不甘心地打住了，心里怪鲁奥老爹摆架子，转身去跟角落里待着的四五个客人发牢骚。这几个人碰巧一连几次在酒席桌上吃了几块劣质肉，觉得自己被亏待了，正在那儿嘀咕东家太会算计，隐隐约约地咒这一家子没有好下场。

老包法利太太一天没有开口说话。媳妇的打扮，酒席的安排，全都没有问她的意见；她早早地就退席了。她的丈夫不但没有跟她一起走，反而叫人去圣维克托给他买雪茄，一直抽到天亮，还把樱桃酒兑到格罗格酒里喝。在座的人从来没有喝过这种掺酒，因此对他格外敬重。

① 钻拇指：一种游戏，把大拇指横着举到头顶上，人从下边钻过去。

夏尔生性不会开玩笑，因此在宴席上表现并不突出。从上汤开始，客人们对夏尔说起了各种俏皮话、谐音词、双关语、客套话、荤段子，仿佛这是他们应尽的义务，夏尔只能勉强应付。

但是到了第二天，夏尔却跟变了个人似的，仿佛他才是一夜由处子变成了新妇；而新娘子本人却若无其事，谁也看不出她的心思。当她从人们身边经过时，反而是别人出奇地紧张，只会打量着她，就连最机灵的都不知道该跟她说点什么。可是夏尔却什么都不掩饰。他叫她“我的太太”，对她说话时由“您”改口称“你”，逢人就问她在哪儿，到处找她，还时常把她拉到院子里，远远地就能看见在树丛中，他搂着她的腰，把头靠在她的身上走着，把她胸前的衣服都弄皱了。

婚礼过后两天，新婚夫妇就动身走了，因为夏尔要看病人，不能耽搁太久。鲁奥老爹给他们备了车，还一直把他们送到瓦松镇。在那里，他最后吻了一次女儿，就下了车往回走。大约走了一百来步，他又站住回头看。看到车渐渐远去，车轮扬起了一片尘土，他不禁长叹一口气。接着他想起了自己的婚礼，从前的时光，妻子第一次怀孕。那天他满心欢喜地把妻子从岳父家接回去。他们共骑一匹马，妻子坐在他身后，马在雪地里跑着。那是圣诞节前后，田野白茫茫一片。妻子一只胳膊抱着他，另一只胳膊挎着篮子；帽子的长花边随风飘动，有时会拂到她的嘴。他一回头就能看见自己肩膀上靠着的粉红的小脸蛋，在金色的帽檐下朝他静静地微笑。她不时把手伸进他的怀里捂。这一切已成为遥远的回忆！他们的儿子要是活到现在也该有三十岁了！想到这里，他又回头看，路上什么也没有。他觉得自己好凄凉，就像一间搬空了家具的屋子。柔情的回忆，忧郁的心情，再加上食饱饮足，一切都令他觉得头昏脑涨。他想去教堂那边转转，不过又怕触景伤情，愁上加愁，就径直回家了。

六点来钟的时候，夏尔夫妇回到了托特。左邻右舍都趴在窗口看医生的新太太。

年老的女佣人出来，见过了新的女主人，抱歉地说晚餐还没有准备好，请夫人先熟悉一下新居。

第五章

新居的正墙是砖砌的，正对着街道，更准确地说是正对着公路。门后面挂着一件小翻领斗篷、一副马笼头、一顶黑皮帽。角落的地上有一副绑腿，上面沾着干泥巴。右边是厅房，也就是餐厅兼起居室。墙纸是鹅黄色的，上部镶着一圈浅色的花边，由于打底布铺得不平，墙纸有点颤巍巍的。镶着红边的白布窗帘交叉着挂在窗上。壁炉台很窄，上面摆着一座亮闪闪的摆钟，钟上有古希腊名医希波克拉底的头像。钟的两边是一对包银的烛台，上面扣着椭圆形的罩子。过道左边是夏尔的诊室，很小，大概六步宽，里边有一张桌子、三把椅子、一张带扶手的办公椅。六层的杉木书架几乎被全套六十册的《医学辞典》给摆满了。书页还没有裁开，但是经过一次次的转手，装订早已磨损了。人在这里看病的时候能闻到隔壁熬黄油的香味；同样，在厨房里也能听见病人在诊室里咳嗽、讲自己的病情。再往里走，正对着院子和马棚，是一间年久失修的大屋，里面有个灶，大屋现在被当储藏室用了，里面搁满了柴火、食物、废铁、空酒桶、损坏的农具，还有很多积满了灰的物件，根本看不出是干什么用的。

花园不宽，呈长形，两边有两道土墙，靠墙种着成行的杏树，花园尽头是一道荆棘篱笆，外面就是田野。花园当中有一个青石板的日晷，底座是砖砌的。四个对称的花坛，里面种着瘦小的野玫瑰，花坛圈着一方菜地。花园尽头种着一棵雪松，树下有一座神甫诵经的石膏塑像。

爱玛来到楼上。第一间屋子没有家具。第二间是新夫妇的卧室，靠里有一张桃花心木床，挂着红色的床幔。五斗柜上放着一个贝壳盒子作为摆饰。靠窗的书桌上放着一个长颈凸肚玻璃瓶，瓶里插了一束橘子花，用白色缎带扎着。这是新娘子的花束，前一个新娘子的！爱玛看着花。夏尔察觉到了，赶快把花拿走，放到阁楼上去了。而爱玛则坐在一把扶手椅里，身边放着自己的衣物，想着装在纸盒里的自己的结婚花束。她在想：如果哪天自己不幸死了，那束花又会有怎样的命运呢？

头几天，她忙着考虑重新布置屋子。她撤掉了烛台上的罩子，新贴了壁纸，楼梯也油漆一新，还在花园的日晷周围安放了几条长凳。她甚至还打听怎样砌一个既能喷水又能养鱼的水池。她丈夫知道她喜欢坐马车出去兜风，就买了一辆旧车，挂上新灯笼，安上新的挡泥板，挡泥板外面还包着一层雕花的皮子，看起来简直像一辆英式的轻便马车。

夏尔很幸福，一点烦心事也没有。两个人面对面用餐，傍晚沿着公路散步，她的手整理头发的小动作，她的草帽挂在窗户插销上，还有很多其他的事，以前夏尔从没有想过其中会有什么乐趣，现在却带给他连绵不绝的幸福。早上，他们肩并肩躺在床上，他看着她的脸，阳光照在她的汗毛上，睡帽荷叶边中间露出的脸蛋被镀上了一层金色。从近处看来，她的眼睛显得更大，特别是在她将醒未醒连续眨眼的时候。眼珠在阴影中是黑色的，在阳光下却变成了深蓝色，好像有层层叠叠的颜色，越深的地方颜色越浓，越接近表面色彩就越浅，像上了釉似的。他的视线消失在她深邃的眼眸里，他在她眼里看见了自己，小小的，只到肩膀，扎着头巾，衬衫的领口半开。他起床了。她也来到窗前，目送他离开家。窗台上摆着两盆天竺葵，她把胳膊肘倚在两者之间，身上穿着宽松的晨衣。夏尔来到街上，脚蹬在界石上把马刺扣紧。她在楼上对他说话，嘴里咬下一片花瓣或是绿叶，向他吹去。花瓣像一只小鸟，在空中飘来飘去，接着停住了，转起了圈圈，然后开始往下掉，掉在了乱蓬蓬的马鬃上。这是一匹白色的老母马，它一动不动地站在门口。夏尔在马上对她做个飞吻；她对夏尔挥挥手，关上了窗户。他走了。他放马奔驰在公路上，尘土飞扬，宛如一道看不到尽头的长带子。马颠簸在坑坑洼洼的小路上，在树荫掩映下，仿佛穿行于一道绿廊；或是走在田间小道上，小麦齐到他的膝盖。他双肩沐浴着阳光，鼻孔呼吸着清晨的空气，心中回味着昨夜的欢愉，精神平和，肉体满足。他一边赶路一边反复体味着他的幸福，就像餐后还在回味没有完全消化的松茸的味道一样。

在这之前，他几时有过这样舒心的生活？上中学的时候，被关在高墙之内，过得非常孤独。班里的同学都比他有钱，比他强壮。他们笑他有乡下口音，衣服也土里土气。他们的母亲来会客室看他们的时候，手笼里还带着糕点。后来，他学医了，钱包里连请小女工跳舞的钱都没有，否则，她很有可能答应做他的情妇。再后来，和寡妇一起过了十四个月，简直和她被窝里的那双脚一样冰凉。可是现在，他的生命里有了这个漂亮女人，他倾心爱慕着的。对他说来，宇宙的范围并不比她的丝绸衬裙大；他责怪自己还不够爱她，他还想见她，于是他就赶紧回家，跑上楼梯，心怦怦乱跳。爱玛正在房间里梳妆；他蹑手蹑脚地来到她身后，吻她的背，她吓得叫了起来。

夏尔来到街上，脚蹬在界石上把马刺扣紧。
她在楼上对他说话，嘴里咬下一片花瓣
或是绿叶，向他吹去。

他情不自禁地抚摸她的梳子、戒指和披肩。有时，他张大嘴，对着她的脸蛋热吻；或者是顺着她裸露的胳膊，一路轻啄，从手指尖一直啄到肩膀。而她却推开他，露出厌烦的笑容，就像应付一个黏人的孩子一样。

结婚以前，她以为自己对他是怀有爱情的；但是现在，她的爱情并没有给她带来幸福。于是她想，是不是自己弄错了？爱玛非常想知道：幸福、热情、陶醉，这些在书本中显得如此美丽的词汇，在生活中到底该怎么理解呢？

第六章

她读过《保尔和维吉妮》，梦想过像维吉妮一样拥有一间小竹屋，有仆人多曼戈，小狗“忠诚”，尤其要拥有一个善良柔情的小哥哥，肯爬到比钟楼还高的树上给她摘红果子，或者光着脚在沙滩上跑，给她带回来一个鸟窝。

她十三岁的时候，父亲亲自带她进城，送她去修道院念书。他们住在圣·热尔韦区的一家小旅馆。吃晚饭的时候，他们看见盘子上画着拉瓦利埃小姐[①]的故事。图画的说明文字尽管布满了刀痕，但仍然可以看出来都是在宣扬宗教，赞美心灵的美好，歌颂宫廷盛世。

起初，她在修道院一点也不觉得烦闷。她喜欢和修女们待在一起。她们怕她觉得烦闷，带她从餐厅穿过长廊，去看礼拜堂。课间休息的时候，她也不怎么玩。她教理理解得特别好，当助理神父提出比较难的问题时，总是她来回答。她终日生活在教室温暖的氛围里，与修女为伴。修女们面色苍白，胸前挂着一串念珠，底下缀着一个铜十字架。圣坛的芳香、圣水的清冽、蜡烛的光辉，这一切都让人莫名地觉得虚弱无力，昏昏欲睡。她不听弥

① 拉瓦利埃小姐（1644—1710），路易十四的宠姬，与路易十四育有四子，失宠后常年在修道院修道。

撒，只爱看书里带蓝色边框的插图。她喜欢图画里生病的羔羊，利箭穿过的圣心，还有耶稣背着沉重的十字架行走时倒地不起的画面。她尝试苦修，曾经一整天不吃饭。她绞尽脑汁地想着许个什么愿望。

忏悔的时候，为了能多待一会儿，她就编造一些小罪过。她跪在阴影里，双手合十，脸贴着栅栏，听着神父的低语。神父布道时经常会打一些比方，未婚夫、丈夫、天上的情人和永久的婚姻等，这些意象总能令她从灵魂深处焕发出一种意想不到的甜蜜感觉。

晚祷之前，她们要在自习室读宗教书籍。平时读一段圣史摘要，或者是弗雷西努斯[①]的《基督教辩》。星期天读几段《基督教真谛》[②]作为调剂。刚开始，她听得多么入神！这些浪漫主义的哀叹，在天地之间久久回响！通常我们只有通过阅读作家的描写才能感受到大自然的浪漫。假如她的童年是在商业区的某个店铺后堂间里度过的，那么她也许很容易就被感染。但是她对乡下的一切都太熟悉了，咩咩叫的羊群、奶产品、犁铧等。过惯了平静的日子，她反倒向往动荡。她爱大海，只因那惊涛骇浪；她爱绿草，只因它们生长在断壁残垣之间。她从大自然当中寻找符合自己心境的东西；凡是不能立时满足她心灵需求的，她都拒绝接受。因为她天性更执迷于情感而不是艺术；她找寻的是情感，而不是风景。

修道院里有一个老姑娘，每个月来做一星期的针线活儿。她

---

① 弗雷西努斯（1765—1841），曾经担任过主教，1825年出版《基督教辩》，又称《宗教讲演录》。

② 《基督教真谛》，出版于1802年，作者是夏多布里昂（1768—1848），法国著名浪漫主义作家。

出身贵族，大革命期间家破人亡，因而得到大主教的庇护，可以在餐厅和修女们一起吃饭，饭后还能同她们闲聊一会儿再去干活。寄宿生经常溜出教室来看她。她会唱上世纪的情歌，有时一边走着针线，一边低声哼唱起来。她还给她们讲故事，说新闻，帮她们去城里买东西。她每次来的时候围裙兜儿里都带着本小说，歇息的时候就拿出来如饥似渴地看着。她还偷偷地把书借给大姑娘们看。书里总有爱情，恋人，遭到迫害晕倒在亭子的贵妇，每个驿站都有马车夫被害，每一页都有马匹在疲于奔命，阴暗的树林，骚动的心，海誓山盟，呜咽，泪水，亲吻，月下的小船，林中的夜莺，书里的男子像狮子一样英勇，又像羊羔一样温柔，品行完美，衣冠楚楚，哭起来泪水滂沱。半年以来，十五岁的爱玛双手沾满了书报馆的灰尘。后来她读司各特[①]，沉迷于历史事物，做梦都梦到古代的旅行箱、布满卫兵的厅堂、中世纪的行吟诗人。她希望能生活在一座古老的城堡里，就像那些城堡的女主人一样，身着束腰长裙，天天待在三叶形的穹顶下，胳膊肘支在石头上，手托着下巴，遥望远方。一位骑士头戴白翎，胯下骑着黑马，正从远处的田野急驰而来。那时，她对那些出名的或不幸的女性充满敬意。圣女贞德[②]、爱洛伊丝[③]、阿涅丝·索雷尔[④]、美

① 瓦尔特·司各特（1771—1832），英国著名历史小说家和诗人。

② 圣女贞德（1412—1431），英法百年战争期间的法国女英雄，战争中被俘后被判处火刑。

③ 爱洛伊丝（1101—1164），17 岁与自己的老师、38 岁的哲学家阿贝拉尔相恋。遭遇家庭反对，二人私奔并育有一子。后来阿贝拉尔遭受阉割之刑，爱洛伊丝遁入修道院直至终老。

④ 阿涅丝·索雷尔（1422—1450），法国国王查理七世的王后。育有四子，离奇中毒身亡。

丽的费罗尼埃[①]、克莱芒丝·伊索尔[②]。在爱玛看来，这些女性就像彗星一样照亮了历史的天空。圣路易[③]和他的橡树、巴亚尔骑士[④]的死亡、路易十一[⑤]的暴行、亨利四世[⑥]的白羽翎，还有餐盘上画的那些路易十四[⑦]的丰功伟绩，跟那些熠熠生辉的女性群星相比，这些人物和他们的事迹就显得黯然失色了，而且他们彼此也没有什么关联。

音乐课上，她学唱一些舒缓的抒情曲目，内容无外乎金翅膀的小天使、圣母玛利亚、威尼斯的环礁湖、贡多拉上的船夫等。这些歌曲虽然幼稚轻浮，但是她却从中窥见感情世界的魔幻魅影。她有几个同学，过年过节的时候会收到一些精美的图册，她们就带到修道院来。她们可得藏好，被发现了可不得了；她们在寝室里偷偷地看。爱玛小心地翻开美丽的锦缎封面，入神地凝视着作品下方那些不知名的陌生作者署名，往往不是伯爵，就是

---

① 费罗尼埃，传说中法王弗朗索瓦一世（1494—1547）的宠姬之一。

② 克莱芒丝·伊索尔，传说中的一位中世纪贵妇，被认为是图卢兹百花赛诗会的创始人。

③ 圣路易，即法国国王路易九世（1215—1270），据史载：他每天在西岱岛的皇家小教堂里听完弥撒之后，就会前往附近的一片橡树林里，背靠着一棵大橡树坐下，让前来申冤的民众们围绕着他，倾听他们的申诉，然后做出公平正义的判决。

④ 巴亚尔骑士（1473—1524），以骁勇善战著称。巴亚尔一生战功卓著。在法国远征意大利的一场战役中，他在掩护部队撤退时，被火枪击中，险些掉下马来。他叫人扶他下马，让他靠着树，面向敌人，说："我从来没有背对过敌人，我死的时候也不想这样。"面对敌人的围攻，战友们全都围在他身旁，他让战友们把自己留下，赶快撤退。

⑤ 路易十一（1423—1483），法国国王，查理七世之子。他曾参加过反对他父亲的叛乱，继位后残酷迫害反对他的贵族。据传阿涅丝·索雷尔就是被他在即位前毒死的。

⑥ 亨利四世（1553—1610），法国国王，常在帽子上佩戴白色羽毛。

⑦ 路易十四（1638—1715），法国国王，自称为太阳王，在他即位期间，法国成为当时欧洲最强大的国家。

子爵。

她颤颤巍巍地吹开图画上蒙的一层绢纸，纸掀起了一半，又轻轻落在页面上。图中画着一个阳台，阳台栏杆后面有一个穿短斗篷的青年男子，紧紧地搂着一个穿白裙的少女，少女的腰间挂着一个钱袋。或者就是一些不知名的英国贵妇像，她们留着金黄的卷发，戴着圆草帽，用明亮的大眼睛看着你。或者是一些贵妇人慵懒地半躺在马车里，在花园里兜风，马前有一只猎兔犬奔跑跳跃着，驾马的是两个穿着白短裤的马童。还有的画着贵妇人坐在沙发上凝望月亮，旁边有一封拆开了的信，半开的窗户上挂着黑色的窗帘。有些天真的贵妇人，脸颊上挂着一滴泪珠，隔着哥特式鸟笼喂斑鸠；或者歪着头，面带微笑，翘着兰花指，一片片地揪雏菊的花瓣。还有在凉棚下吸着长烟杆的人，陶醉在印度舞女的怀抱里。希腊软帽，还有类似于酒神故乡希腊的黯淡景色、棕榈树、冷杉，右边几只老虎，左边一只狮子，远处是尖塔，近处却是古罗马的废墟，还有几只蹲着的骆驼，周围是一片干净的原始森林，一大束阳光笔直地射下来，在水中荡漾，灰色的水面上泛着几道白痕，是几只天鹅在游动。

墙上挂着煤油灯，从爱玛头上照下来，这一幅幅图画向她展示着世间百态，寝室里静悄悄的，远处的大街上还有晚归的马车在行走。

后来，她的母亲死了，头几天她哭得非常伤心。她用母亲的头发做了一幅图画来表达哀思。她曾经给贝尔托写过一封信，感慨人生的悲苦无常，她要求以后要把她也葬在母亲的坟墓里。鲁奥老头儿以为她病了，赶来看她。爱玛的内心体验到一种满足，觉得自己居然一下就感受到了人生的灰暗，达到了一种理想的境界，那些平庸的心灵永远也不可能有这样的体会。于是她沉浸在拉马丁[①]婉约的诗句里，聆听湖上的竖琴声，天鹅临死前的哀鸣，树叶飘落地面，纯洁的贞女正在升天，天主在山谷布道。后来她对这一切开始感到腻烦，却不肯承认，出于习惯和虚荣心，她任由自己一直哀婉下去。但是到最后，她惊讶地发现自己竟然恢复了平静，心中再没有忧伤，一如额头没有皱纹。

修女们本来认为鲁奥小姐很有灵性，能够感应天主的召唤；现在却惊讶地发现她辜负了她们的爱护。她们对她倾注过很多心血，规劝她参加日课、退省静修、布道，训诫她要尊敬圣徒，教导她克制肉欲、拯救灵魂。不料她像拉紧缰绳的马一样，你一松手，马嚼子就滑出嘴来了。她热情奔放，又讲究实际。她曾经爱过教堂，那是因为她爱教堂的鲜花，爱音乐是因为她爱浪漫的歌词，爱文学是因为她爱其中的激情。她反抗信仰，愤恨修道院的清规戒律，因为这一切都跟她的天性格格不入。因此，她的父亲来接她走的时候，大家并不感到难过。院长甚至发现，她后来对修道院都已经缺乏敬意了。

爱玛回到家中，开始还愿意管管仆人，但是很快就厌倦了乡野生活，反而开始怀念修道院了。夏尔第一次来贝尔托的时候，她正苦于幻想破灭，觉得既没什么可学的，也感受不到任何东西。

但是她迫切渴望一种新的生活，而这个男人的出现也对她产生了某种刺激，于是她相信她终于拥有了奇妙的爱情。在这以前，爱情仿佛是一只长着粉红色羽毛的大鸟，在诗意的天空里翱翔，遥不可及；可是现在，她无法想象，这种平静的生活就是她从前梦寐以求的幸福。

---

① 拉马丁（1790—1869），法国著名浪漫主义诗人。

第七章

她有时想，她这一生最美好的日子，应该就是所谓的蜜月了。可是，甜蜜的蜜月，应该去那些有名的地方，过一段慵懒甜美的生活。坐在马车里，隔着蓝绸帘，一步一步地攀爬在陡峭的山路上，听着马车夫的歌声在山中回响，和着山羊的铃铛声和瀑布的喧嚣声。太阳下山的时候，在海滨呼吸着柠檬树的香气。天黑了，两个人手挽着手，手指交错，站在别墅的平台上，望着天上的星星，谈着未来的计划。在她看来，幸福只在某些地方才会产生，就像每一种植物都只能生长在特定的土壤里，换个地方就长不好。她多么希望能在瑞士山间别墅的阳台上凭栏远眺，或者带着忧伤的情怀住在一间苏格兰农舍里！她多么希望身边的丈夫穿着天鹅绒燕尾服和柔软的皮靴，戴着尖顶帽和漂亮的袖饰！

她应该也曾希望能对什么人说说这些心里话。可是，这种飘忽不定的烦恼，该怎么才能说清楚呢？这苦恼像云一样变化莫测，像风一样旋转不定。她既找不到言辞，也没有这样的机会，还缺乏说的勇气。

但是，如果夏尔想听，如果他觉察到她的心思，如果他的目光能看透她的思想，哪怕只有一次，那么她觉得，她一定会滔滔不绝、毫无保留地向他敞开心扉，就好像墙边的果树，手轻轻一摇，熟透的果子就纷纷落下一样。可是，他们生活上越亲密，心灵却越来越远。

夏尔说起话来就像马路上的人行道一样平铺直叙；他的想法一如路上穿着普通的行人，没有任何离奇之处，不能逗人笑，不能让人激动，也不能令人浮想联翩。据他自己说，住在鲁昂的时候，他从来没想过去戏院看看巴黎的明星。他不会游泳，不会击剑，也不会开手枪。有一天，她看小说的时候碰到一个马术方面的术语，拿来问他，他竟然也不懂。

一个男人难道不应该是相反的样子吗？难道不应该无所不知、样样精通吗？难道不应该带领你去体验激情的力量、人生百味、世事的奥妙吗？可是他，这个人，什么也教不了她，什么也不会，对生活什么要求都没有。他还以为她很幸福。她怨恨他的平静、稳定、迟钝、安宁，她甚至怨恨自己带给他幸福。

她有时候画画素描。这对夏尔说来是一大乐事。他一直站在那里，看她俯向画夹，眯着眼睛端详自己的作品，或者用拇指把面包心搓成小球擦画。至于弹钢琴，她的手指弹得越快，越令他觉得惊奇。她忽而坚定地敲击着琴键，忽而手指由高音至低音连续拂过整个键盘。这架旧钢琴的琴弦已经松动，在她的敲击之下，发出很响的声音。如果窗户没有关上，全村都可以听见。送公文的实习生经过时，总会停下来听她演奏。哪怕是他没有戴帽子，脚上穿着便鞋，手里拿着公文，也会站在大路上侧耳聆听。

另外，爱玛还很会处理家事。她给病人寄账单的时候，会写一封措辞委婉的信，不着痕迹地要账。星期天有邻居来家里做客的时候，她会摆一盘漂亮的菜，先在盘底铺一层葡萄叶，在上面放上意大利李子，垒成一座金字塔；还会把罐装的果酱形状完好地倒扣在碟子里。她甚至说要买几个漱口杯，好让客人漱过口之后再吃甜品。凡此种种，大大提高了人们对包法利的敬意。

夏尔也为自己娶了这样一位太太而自视甚高。她有两幅小小的铅笔画，他给配上了大大的框子，用长长的绿绳子挂在厅堂的墙壁上，骄傲地指给别人看。人们做完弥撒出来，就能看到她站在门口，脚上穿着一双绣花拖鞋。

他回家很晚，十点左右，偶尔甚至到半夜。他回家后要吃点夜宵，女仆已经睡下了，爱玛就亲自伺候他。他脱掉外衣，舒服地吃着。他讲他遇到的人，去过的村子，开的药方；他心满意足地吃完洋葱牛肉，切掉奶酪的外皮，啃个苹果，喝光瓶里的酒，然后往床上一躺，酣然入睡。

他习惯了戴棉布帽子睡觉，结果，包头的棉布在耳朵边上老扎不紧，早上醒来的时候头发乱蓬蓬地散在脸上，上面还沾着白鹅绒；夜里，枕头的带子一松，鸭绒飞得满头都是，连头发看起来也变白了。他总是穿一双笨重的靴子，脚脖处有两道宽宽的褶子，斜着一直延伸到脚踝，脚面却绷得紧紧的，看着活像只木头脚。他总说，在乡下，这就算不错了。

他的母亲很赞同他这样节俭。她还像从前一样，在自己家里吵翻了的时候，就来看儿子。不过老包法利太太似乎对儿媳有点成见。她觉得儿媳的做派超出了他们的家境：柴、糖、蜡烛等用得实在浪费，就像大户人家一样。光是厨房里烧的木炭，就足够做二十五道菜了。她帮儿媳整理衣柜，教儿媳肉店老板送肉来的时候要留神看着。爱玛一一听从，于是老包法利太太就教得更起劲了。两个人从早到晚“儿媳呀”“妈妈呀”，言语之间非常客气，可是心里却怀着怒气，嘴唇微微颤抖，声音也有点儿发抖。

迪比克寡妇活着的时候，老太太觉得儿子还是更偏向自己的。可是现在，夏尔把全部的爱都给了爱玛，而无视母亲的慈爱，这对她来说简直是一种背弃和侵犯。她伤心地默默注视着儿子的幸福模样，仿佛一个破产的人，隔着玻璃窗，看着别人在原本属于自己的房子里吃饭。她借着回忆往事，跟儿子重提自己为他受过的苦，做出的牺牲；相比之下，现在爱玛对他这么不上心，可他却只爱爱玛一个人，这也太不应该了。

夏尔不知道该怎么回答母亲。他尊敬母亲，也深爱着妻子。他觉得母亲说的话没错，可是也觉得妻子无可指责。母亲走后，他从母亲的指责中挑一些最无关紧要的，畏畏缩缩地跟爱玛说上一两句；但爱玛一句话就驳回了，然后打发他看病人去。

尽管如此，爱玛还是根据自己的一套理论，试着培养爱情。月光下，在花园里，她对他吟诵她所记得的情诗，对他唱伤感的情歌；不过，吟唱之后，她发现自己的心情跟之前一样平静；而夏尔也没有被激发出更多的爱意和感动。

她心灵的火石没有擦出一丝爱的火光；而且没有经历过的东西，她无法理解，正如不以传统形式表达出来的东西她不能相信一样。于是她轻易就认定夏尔对她的爱也没什么特别的。他对她的爱意表露都是例行公事；他连吻她都有固定的钟点。这一切不过是他众多习惯当中的一个而已，就像吃过例行的晚餐之后，照例要吃一道甜品一样。

有一个猎场看守得了肺炎，被包法利医生治好了，他就给夫人送了一只意大利种的小母猎狗。她带着小狗散步，因为她有时会想出去走走，单独待会儿，不想老看着一成不变的花园和尘土飞扬的大路。

她一直走到巴纳镇的山毛榉林，经过墙角边上一个废弃的亭子，再往前走就是田野。深沟里杂草丛生，还有高高的芦苇，苇叶非常锋利。

她先向四周望望，看看和上次来的时候有没有什么不同。毛地黄和桂竹香还长在老地方，大石头周围长着一丛丛的荨麻，三扇窗户下面长满大片的苔藓，窗板一如既往地关着，窗板已经开始腐朽，铁栏杆也生满了锈。她的思绪起初游移不定，就像她的小狗一样，在田野里兜着圈子，冲着黄蝴蝶乱叫，追着鼩鼱跑，或者咬麦地边上的虞美人。后来，她的思想一点点地集中，她坐在草地上，用伞尖轻轻地刨着地，反复地说着："我的上帝！我为什么结婚？"

她想，如果机缘巧合，她是不是原本可以遇到另外一个男人。于是她就试着想象那些没有发生的事情，一种迥然不同的生活，那个她无缘相识的丈夫。他一定与众不同。他模样英俊，有才情，出类拔萃，极富魅力；她那些修道院的同学嫁的丈夫应该就是这样的吧。她们现在在干什么呢？她们应该都住在城里，街上车水马龙，剧场人声鼎沸，舞会灯火辉煌。她们大概都过着极其舒心的生活吧。而她呢，过着冰冷的生活，就像生活在一间天窗朝北的阁楼里，而烦闷就像一只沉默的蜘蛛，在她内心各个黑暗的角落里结网。她想起了从前上学时颁奖的日子，她走上讲台领她的小花冠。她梳着辫子，身穿白色长裙，脚上穿着敞口的斜纹薄呢鞋，娇俏可爱；当她回到座位上的时候，男宾们都欠身向她道贺；院子里停满了马车，人们在车门外跟她道别，音乐教师提着琴匣，打着招呼，从她身边走过。这一切是多么遥远！多么遥远！

她唤小狗嘉莉过来，把它抱在膝盖中间，用手指抚摸它细长的头，对它说："来，亲亲你的女主人，无忧无虑的小东西！"

然后，她看着身材细长的小狗面带忧伤，慢悠悠地打着呵欠，她的心就变得柔软起来，把小狗当成了自己，高声对它说话，就像在安慰一个受苦的人似的。

有时会吹来阵阵海风，卷过科城的高原，远方的田野弥漫着一股清新的咸味。灯心草被吹得贴在地上，发出低鸣；山毛榉的叶子急促地颤动，树梢摇摆不定，发出阵阵呼啸声。爱玛把披巾紧紧裹在肩膀上，站了起来。

林荫道上，阳光被树荫染上了一层绿色，照射在地面的青苔上；青苔在脚底发出细微的咯吱声。夕阳西下，树枝间的天空变成了红色，大小一致的树干排列成一条直线，在金色的背景中，仿若是一行棕色的柱子。她忽然害怕起来，就唤上嘉莉，赶紧从大路走回托特，疲惫地倒在扶手椅里，整晚都不说话。

但是，快到九月底的时候，她的生活中出了一件不寻常的事：安德维利耶侯爵邀请她去沃比萨做客。

波旁王朝复辟时期[①]，侯爵曾做过国务大臣，现在他想重返政坛，很久以来一直在准备竞选众议员。冬天，他大量布施木柴；在省议会，他总是慷慨陈词，为自己的地区要求修建道路。盛夏酷热难耐，他嘴里长了个疮，夏尔用柳叶刀就这么来了一下，竟然奇迹般地给治好了。侯爵派管家去托特送诊费。当天晚上，管家回去之后说他在医生的小花园里看见了上等樱桃。沃比萨的樱桃树一直长得不好，侯爵先生就向包法利要了一些插条，他觉得自己应该亲自上门道谢。他看见爱玛，发觉她身材窈窕，行起礼来一点都不像乡下女人，觉得如果邀请这一对年轻夫妇到城堡做客，既不会失了自己的身份，也不会出笑话。

一个星期三的下午，三点钟，包法利先生和夫人坐上他们的改装马车，动身去沃比萨。车后面捆了一个大行李箱，挡板前面放了一个帽盒，夏尔两腿中间还放着一个纸箱。

他们天黑时分才到，园子里仆役正在点灯，给马车照路。

① 波旁王朝复辟时期指拿破仑帝国灭亡之后波旁王室复位这段时期，从1814年至1830年七月革命。

第八章

城堡是意大利风格的现代建筑，两翼向前伸出，中间是三座台阶，连着一大片草坪，有几只奶牛在吃草。草坪两旁种着大树，树之间间隔比较大。一条蜿蜒曲折的沙砾路，两旁有一丛丛的小灌木，杜鹃花、山梅花、绣球花枝叶浓密，都伸到路上来了。一条小河从小桥下流过。薄雾中可以看见几间茅屋，稀疏地散布在草地上。草地周围是两座小山坡，种满了树。草地后面的浓密树丛中，有两排并列的房屋，是车库和马房，那是已经拆毁的旧城堡遗留下来的。

夏尔的马车停在中间的那座台阶前，仆人们出来了，侯爵迎上前来，伸出一只手臂，让医生夫人挽着，把她领进前厅。

前厅很高，地面铺着大理石，人走动或说话时都有回声，像在教堂里一样。正面是一座楼梯，左边是一条走廊，对着花园，通向台球房。走到门口就听到象牙台球的撞击声。爱玛穿过台球房去客厅的时候，看见球台四周有几个男子，神情严肃，下巴挨着翘起的领结，个个都戴着勋章，推动球杆时脸上露出静静的微笑。阴暗的护墙板上挂着几幅镀金的大画框，画像下方用黑字写着画中人的名字。一幅画下面写的是："让·安托万·安德维利耶·伊韦邦维尔·沃比萨伯爵，弗雷奈男爵。一五八七年十月二十日，库特拉战役阵亡。”另一幅画写的是：“让·安托万·亨利·居伊·安德维利耶·沃比萨，法兰西海军上将，圣·米迦勒骑士勋章获得者，一六九二年五月二十九日，圣·瓦·拉乌格之战负伤，一六九三年一月二十三日，在沃比萨逝世。”之后的人名就看不清了，因为灯光聚在球台的绿色台毯上，房间其他地方都笼罩在阴影之下。这些画像成“一”字排开，在灯光下呈现出褐色，油彩的裂纹就像细小的鱼刺。镀金画框内，这些黑乎乎的画像上也有一些部位比较醒目：灰白的前额，一双盯着你看的眼睛，扑了香粉的假发披散在红色礼服的肩头上，在滚圆的腿肚子上方，有个松紧袜带的扣子。

侯爵推开客厅的门，一个贵妇站起身来，是侯爵夫人。她走过来迎接爱玛，让她挨着自己坐在双人沙发上，和她亲切地谈起话来，仿佛她们早就相识一样。侯爵夫人四十岁左右，肩膀美丽，鹰钩鼻子，说话时拖着长音，棕色头发上系了一条镂空花边的素色三角巾，垂在脑后。一个金发女郎坐在旁边的一把高背椅子上。几位男宾，上衣扣眼里戴着一朵小花，在壁炉前和女士们交谈。

晚宴七点钟开始。男宾比较多，坐前厅的第一桌；女宾和侯爵夫妇一起坐餐厅的第二桌。

爱玛一进餐厅，就感觉被热气包裹着，花香、衣香、肉香和松茸的香味混杂在一起。枝形大烛台将烛光映照在菜肴的银罩上，火焰显得更长。水晶器皿笼罩着一层水汽，折射出淡淡的光辉。餐桌上摆着一束束鲜花，从这头到那头，排成一条直线。宽边的盘子里餐巾折得像主教的四角帽，每个折角处都摆了一个椭圆形的小面包。龙虾的红爪都伸出了盘外。敞口果篮的底部铺了一层青苔，上面摆着大个的水果。鹌鹑还带着毛，热气腾腾。膳食总管穿着丝袜，齐膝盖的短裤，打着白色领结，衬衫胸口镶着花边，神情凝重得跟法官似的。他在相邻宾客的肩膀中间呈上已经切好的菜肴，用勺子把你选中的那块盛到你的盘子里。大瓷炉子外面镶着一些铜条，炉子上有一座女子雕像，通体衣纹毕现，静静地凝视着满屋子的人。

包法利夫人注意到好几位女宾都没有把手套放在玻璃樽里。

餐桌上座是一个老头，坐在一桌的女宾中间，盘子里盛满了菜，餐巾在脖子后面打了结，跟小孩似的。他伸着头吃着，嘴角流着汤汁。他眼睛布满了血丝，假发用一根黑带束在脑后。他是侯爵的岳父，拉维蒂埃老公爵。当年孔弗兰侯爵在沃德勒伊举办狩猎会的时候，公爵曾经得到过阿图瓦伯爵[①]的恩宠。据说他继夸尼先生之后，在洛赞先生之前，曾做过王后玛丽·安托瓦内特[②]的情人。他荒淫无度，声名狼藉，决斗，打赌，诱拐女人，把家财挥霍得精光，害得家人为他担惊受怕。他用手指着盘子，磕磕巴巴地问菜名，他椅子后面的仆人就凑近他耳边大声地告诉他。爱玛的目光总是不由自主地投向这个耷拉着嘴角的老头儿，仿佛他是一个不同凡响令人起敬的大人物。他可是在王宫里待过，在王后的床上睡过觉！

香槟是冰镇过的。爱玛喝了一口，顿觉一股凉气钻进嘴里，不禁打了个寒战。她从来没有见过石榴，也没有吃过菠萝。就连砂糖，她也觉得比别地儿的更白、更细。

---

① 阿图瓦伯爵即日后的查理十世（1757—1836），法王路易十六和路易十八的弟弟，1824年至1830年复辟期间在位，称为查理十世。

② 玛丽·安托瓦内特（1755—1793），路易十六的王后，1793年和路易十六一起死在断头台上。

晚餐后，妇女们到楼上的房间里梳妆打扮，为舞会做准备。

爱玛精心地打扮着自己，就像演员第一次登台演出一样。她照理发师的建议梳理好头发，然后把摊在床上的罗纱裙穿上。

夏尔的裤子有点勒着肚子。

他说："我裤子的踩脚带太紧，会妨碍我跳舞的。"

爱玛反问："跳舞？"

"是啊。"

"你疯啦！人家会笑你的。你还是老实待着吧。再说，这样更符合医生的身份。"

于是夏尔不再说话，在房里走来走去，等爱玛打扮。

他站在她背后，看着镜子里的她。她的黑眼睛在烛光下显得更黑了。耳边的发鬟微微蓬起，闪着蓝色的光泽；发髻上插着一支玫瑰，颤巍巍的，叶尖上还有几滴假露珠。她穿一条淡橘色的长裙，裙子上点缀着三簇带绿叶的玫瑰。

夏尔过去吻她的肩膀。

她说："别闹！你把我的衣服都弄皱了。"

楼下传来了小提琴前奏曲和圆号声。她赶紧下楼，竭力压抑着想跑起来的冲动。

四对男女合舞已经开始。宾客们陆续到达。舞厅里有些拥挤。她就在门边的一条长凳上坐下。

四对舞跳完了。舞池里只剩下男宾们站着在说话，还有穿制服的仆人端着大托盘给客人们送点心和饮料。女客坐成一排，有的轻轻摇着彩画扇子，有的拿花束半遮着笑靥，有的手里转着个金盖小嗅瓶。白手套紧紧箍在手腕上，连指甲的形状都勾勒得很清晰。胸口的花边在颤动；钻石别针熠熠生辉；镶嵌着画像的手镯在裸露的手臂上铮铮作响。头发紧贴着额头，在颈后盘成髻；发髻上插着勿忘草、茉莉花、石榴花、麦穗或矢车菊，插成王冠、葡萄串或是枝叶的形状。母亲们安静地待在座位上，板着脸，头上扎着红色头巾。

舞伴握住爱玛的指尖，爱玛走到队中，等待音乐开始。她的心跳得有点快，但是很快就平静下来。伴随着音乐的节奏，她左右摇曳，滑步向前，脖颈微微摆动。有时，其他乐器都停下来，只剩下小提琴独奏，听到精妙之处，她的嘴角就露出微笑。隔壁传来金路易倒在桌毯上发出的清脆声。随后，所有乐器又都同时演奏起来，短号发出响亮的声音，脚步又踏上了节拍；裙子鼓起来，擦过舞伴的身体；两人的手有时握在一起，有时松开；舞伴的眼睛时而看着你的前方，时而又直视着你的双眼。

男宾当中有那么十四五个，年龄在二十五岁到四十岁之间，不管是和大家一起跳舞还是在门口说话，都格外引人注目。虽然他们的年龄、装扮和长相并不一样，但是他们有一种共同的气质。

他们的燕尾服做工更加考究，衣料看上去更加柔软；他们鬓角的卷发锃亮，应该打了上等的香蜡。他们肤色白皙，是那种富贵人家特有的颜色，在精美的瓷器、绸缎和家具的清漆映衬之下显得更加温润。只有饮食讲究、注重养生的人才能长期拥有这种面色。他们的领结打得很低，脖颈可以自在地转动着。两腮的美髯垂在衬衫的翻领上。他们擦嘴用的手绢上绣着姓名的首字母，散发着怡人的芳香。年岁稍长的青春风采依旧，而年轻人却又面带老成之气。他们的眼神平和中透着漠然，那是因为他们的欲望都能得到满足。他们温和的外表隐含着一种粗暴，那源于他们的控制欲。他们热衷于征服那些比较容易驯服的东西，既可以彰显力量，又能够满足虚荣，例如纯种马和放荡女人。

离爱玛三步远，有一个身穿蓝色燕尾服的男宾，正和一个脸色苍白、戴珍珠项链的年轻女子谈论意大利风光。他们称赞着圣彼得大教堂的大柱子、蒂沃利、维苏威、斯塔比亚海堡、佛罗伦萨的卡辛那林荫大道、热那亚的玫瑰、月光下的古罗马斗兽场。爱玛一只耳朵听着他们俩的交谈，另一只耳朵听着别人的谈话，有许多词汇她都不懂。大家围着一个年轻男子，他上星期在英国赛马居然打败了“阿拉贝尔小姐”和“罗米吕斯”，还跃过了一条沟，赢了两千路易[①]。有一个人抱怨自己的马都长了肥膘，还有个人埋怨别人把他的马的名字烙错了。

舞场里的空气有些沉闷，灯光也暗了下来。大家都向台球室涌去，一个仆人爬上一把椅子，敲碎了两块窗玻璃。包法利夫人听到玻璃破碎的声音，就转头看，正好看到花园里有些乡下人脸贴在窗户上往里看。她不由得想起贝尔托。她清晰地看见了田庄、泥泞的池塘、苹果树下穿着粗布衬衫的父亲，还有她自己，像从前一样，在牛奶棚里，用手指在奶罐里揭奶皮。但是，在此刻的五光十色之下，她过去的生活完全烟消云散，她甚至怀疑自己是否有过那样的生活。她身处舞厅；而舞厅之外则是一片黑暗。她左手拿着一个贝壳形状的银质器皿，吃着里面的樱桃酒冰激凌，双眼微闭，轻咬着小勺。

她旁边的一个女宾把扇子弄掉在地上。一个男宾走过时，女宾说：“先生，劳烦您帮我捡一下扇子，它掉到沙发背后了。”

男宾弯下腰，伸长胳膊够扇子的时候，爱玛看到少妇往男宾的帽子里扔了一个白色的东西，折叠成三角形状。男宾捡起扇子，恭敬地呈给少妇；她点头表示谢意，然后开始闻手里的花束。

① 一路易合二十法郎。

夜宵有西班牙葡萄酒、莱茵葡萄酒、虾酱浓汤、杏仁奶汤、特拉法尔加布丁，还有各式各样的冷肉，四边挂着肉冻，在盘子里晃动。夜宵之后，马车一辆接着一辆离开了。掀开纱帘的一角，就能看得见马车的灯光在黑暗中逐渐远去。长凳空了；只剩下几个赌客；乐师们把发热的手指放在嘴里含着；夏尔背靠门坐着，快睡着了。

凌晨三点钟，开始跳花样舞。爱玛不会跳华尔兹。别人都会跳，包括安德维利耶小姐和侯爵夫人在内；这时只剩下在城堡留宿的客人，大概十二三个。

有一个舞客，大家亲热地叫他“子爵”，他的背心很贴身，领口开得很低，露出了胸脯。他再一次来邀请包法利夫人跳舞，说会带着她跳，保证她能跳得很好。

他们开始跳得很慢，后来就越来越快。他们开始旋转，周围的一切也在旋转：灯、家具、墙壁、地板，就像圆盘在轴上旋转。他们跳到门口，爱玛的裙边蹭到了他的裤脚；他们的腿交错在一起；他俯视着她，她仰望着他；她忽然觉得一阵眩晕，连忙停住。然后他们又跳了起来；子爵转得越发快了，一直把她带到走廊尽头。她气喘吁吁，差点摔倒，有一阵头都靠在他的胸脯上了。他仍然带着她转，但是放慢了速度，最后转回了她的座位。她仰头靠在墙上，用手挡住眼睛。

等她睁开眼睛的时候，舞厅中央，已经有三个舞客，拜倒在一个贵妇人的小凳前面，求她跳华尔兹。她选择了子爵，小提琴又响起来了。

大家看着他们跳。他们转过去，又转回来。女士低着头，身体保持不动；男士也一直保持着一个姿势，挺胸抬头，背部收缩，手臂弯成圆弧。她跳得真好！他们跳了很久，看的人都累了。

大家又聊了几分钟，然后才互道晚安，更准确地说是道早安，睡觉去了。

夏尔拖着脚步，扶着楼梯栏杆上楼，累得腿都伸不直了。一连五个小时，他就站在牌桌旁边看人玩惠斯特纸牌[①]，自己却一窍不通。因此，当他脱掉靴子准备上床的时候，他心满意足地长舒了一口气。

爱玛披上披肩，打开窗户，胳膊肘倚在窗台上。

夜色很黑。飘着几滴小雨。她吸着湿润的空气，凉风吹拂过她的双眼。跳舞的音乐还在她耳边回响。她使劲驱赶着睡意，想多享受一会儿这种奢华的生活，因为她即将告别这种生活。

天蒙蒙亮。她久久地望着城堡的各扇窗户，试着猜她头天夜里注意到的那些人都住在哪些房间里。她真想了解他们的生活，进入他们的圈子，和他们打成一片。

但是她冻得直哆嗦，只好脱了衣服，钻进被窝，蜷缩在熟睡的夏尔身边。

吃早餐的人很多。十分钟就吃完了，没有酒，这让包法利医生觉得很意外。餐后，安德维利耶小姐用一个小筐，装了些碎面包，去池塘喂天鹅。然后大家去参观温室。温室里有些奇异的植物，表面长满了毛，一层一层地垒在花架上，像金字塔一样。花架上空悬吊着一些花盆，垂下长长的绿色枝条，枝条缠绕在一起，像蛇一样。温室尽头是一片橘林，密密层层，一直延伸到城堡的附属建筑。侯爵带爱玛去看马厩。马槽的形状像个篮子，上面有瓷板，用黑字写着马的名字。人走近时，栏里的马就会惊动，舌头发出响声。马具房的地板像客厅的地板一样光亮。屋子

① 惠斯特纸牌是桥牌的前身。

中央有两根可以旋转的柱子，上面挂着鞍辔。靠墙放着一排马衔、马鞭、马蹬、马衔索。

夏尔请一个仆人为他套好马车。车停在台阶前，箱包都已经塞进车里。包法利夫妇向侯爵和夫人辞别，然后就动身回托特了。

爱玛静静地注视着滚动的车轮。夏尔坐在长凳的一头，张开两只胳膊驾车。小马在过宽的车辕当中快步小跑。缰绳软软地耷在马屁股上，都被马汗浸湿了。捆在车后头的箱子一下一下地撞击着车厢。

在蒂布镇的高地上，迎面来了几个骑马的人，嘴里叼着雪茄，笑着跑了过去。爱玛觉得有一位好像是子爵；她转过头去看时，马早已远去，只看到马背上人的脑袋随着马奔驰的速度高低起伏。

又走了四分之一古里之后，马屁股上的绑带磨断了，只好停车，用根绳子接好。夏尔最后再查看马具的时候，发现马腿中间的地上有个东西。他捡了起来，是个雪茄盒，边上滚着绿色绸缎，当中有个家族的徽记，形状像豪华马车的车门。

夏尔说："里面还有两支雪茄呢，我可以在晚饭后抽。"

她问道："你还抽烟？"

"偶尔，有机会的时候抽一根。"

他把捡到的烟盒放进衣服口袋里，举鞭抽打起小马来。

他们到家时，晚餐还没有准备好。包法利夫人发火了。纳斯塔西居然顶了嘴。

爱玛说："你走吧！你这样不把主人放在眼里，我辞掉你了。"

晚餐吃的是洋葱汤和酸模炖小牛肉。夏尔坐在爱玛对面，搓着手，高兴地说："还是回到自己家里开心！"

他们听见纳斯塔西在哭。夏尔有点喜欢这个可怜的姑娘。从前，在他鳏居的日子里，她曾经陪伴他度过了很多寂寥的晚上！她还是他的第一个病人，是他在当地最早认识的人。

他终于开口说道："你当真要赶她走？"

她回答道："是的。难道有人阻拦？"

佣人准备卧室的时候，他们到厨房取暖。夏尔开始抽雪茄。他噘着嘴唇，不停地吐痰，每吐一口烟，身子就往后闪一下。爱玛很不屑地说："你会抽出毛病来的。"

夏尔就放下雪茄，走到水龙头前，喝了一杯凉水。爱玛拿起雪茄盒，扔到了壁橱的最里边。

第二天真是漫长！她在小花园里散步，在那条小路上走来走去，在花坛前、墙边的果树前、神甫的石膏像前，她站住了，简直不能相信，从前天天看着这些东西，怎么不厌烦；舞会似乎已经成了遥远的过去。前天的早晨和今天的晚上，这中间怎么就相隔如此遥远？沃比萨之行在她的生活中留下了一个大洞，就像整夜的暴雨有时会引发山体裂缝一样。然而，她又能怎样呢？她只能虔诚地把她的美丽衣裙和缎鞋收进衣橱里。缎鞋的鞋底被地板的蜡给染黄了，她的心也是如此：接触过富贵之后，心里留下了一些难以磨灭的东西。

于是，回忆舞会成了爱玛生活的重要内容。每逢星期三，她一醒来就会自言自语："啊！一个星期以前……两个星期以前……三个星期以前……我在那里跳舞！"然而，逐渐地，宾客的面孔在她的记忆中开始混淆，她再也想不起四对舞的音乐，也记不清楚仆人的制服和房间的样子；细节逐渐淡忘，只留下一片惆怅。

第九章

夏尔不在家的时候，她常常走到壁橱前，从折叠整齐的餐巾中间拿出那个绿绸雪茄盒。

她看着烟盒，把它打开，甚至还闻烟盒衬里的味道，是马鞭草和烟草混合在一起的气味。这是谁的呢？是子爵的。可能是情妇送给他的礼物。她应该是在一个小巧的红木绣架上，背着人偷偷地绣的。她应该花费了好几个钟头，绣的时候满腹心事，柔软的卷发垂落在绣架上。细密的针脚凝结着爱的气息；每一针都绣下一个希望或回忆；纵横交错的丝线交织着爱意。然后，一天早上，子爵把烟盒带走了。当它被放在宽阔的壁炉台上，在花瓶和蓬巴杜[①]风格的座钟之间时，他在谈些什么呢？此刻她在托特。他呢，在巴黎！巴黎，是什么样子？这名字多么响亮！她低声重复着这个名字，似乎从中感受到了某种快乐。这个名字像教堂的钟声一样在她耳边鸣响，像火焰一样在她面前的香脂瓶标签上闪耀。

夜晚，海鱼贩子驾着马车，经过她的窗下，嘴里唱着牛至草之歌。她醒过来，听着马车离开了村庄，铁轱辘的声音越来越

① 蓬巴杜夫人（1721—1764），法王路易十五的宠姬，是洛可可风尚的引领者。

小。她自言自语：“他们明天就到巴黎了！”于是她想象自己一路跟着他们，上坡下坡，穿过村庄，在星光下的大路上奔驰。不知道走了多远之后，到达了某个地方，一切都模糊起来，她的遐想也就到此为止了。

她买了一张巴黎地图，手指尖划着，在地图上游览首都。她走过每条大街小巷，遇到街角、交叉路口，或是表示房屋的白色方块，她就停一停。最后，她看累了，闭上眼睛，却在黑暗中看见煤气灯光随风摇曳，马车停在剧院的柱廊前，哗啦一声放下脚踏板。

她订了一份女性期刊《花篮》，还订了一份《沙龙精灵》。她一字不落地阅读演出、赛马和晚会方面的所有报道。哪位歌手首次登台演唱，哪家新店开张了，她都很关注。她知道最新的流行款式、好裁缝的地址、布洛涅森林公园和歌剧院每天都有哪些节目。她仔细研读欧仁·苏[①]有关室内装饰的描写；她读巴尔扎克和乔治·桑[②]的作品，想象自己的欲望都已得到满足。她甚至吃饭的时候都带着书。夏尔一边吃一边和她谈话；而她却只顾翻开书来看。她看书的时候总能想起子爵。爱玛在子爵和书中人物之间总能找到相似之处。于是她以子爵为中心，逐渐扩大自己的想象空间；聚在子爵身上的光环也逐渐远离子爵，扩散开来，照亮了她的梦想。

在爱玛眼里，巴黎比海洋还要广阔，金光闪闪。这个喧嚣都市里生活着芸芸众生，他们被分成了三教九流。爱玛的眼里只看得到两三类人，以为他们就代表了全人类，对其他人等都视而不见。第一是外交官的世界。这里铺着闪亮的地板，客厅的墙壁上

---

① 欧仁·苏（1804—1857），法国作家，著有《巴黎的秘密》等。

② 乔治·桑（1804—1876），法国著名女作家，著有《魔沼》等。

镶满镜子，椭圆形的桌子上铺着吊着金穗的天鹅绒桌毯。这里的人穿着长后摆的衣裙，身怀重大机密，笑容下隐藏着焦虑。第二是公爵夫人们的社交圈。她们脸色苍白，睡到下午四点钟才起床。女人都是楚楚可怜的天使，裙子下摆镶着英格兰蕾丝花边。男人因怀才不遇而过着游手好闲的生活。他们沉迷于赛马，夏天去巴登避暑，耗到四十岁，娶一个家产丰厚的女继承人。第三类人是文人雅士和女明星。他们午夜之后在餐厅的包房里聚会，在烛光下吃喝玩乐。他们像王公贵族一样挥霍无度，怀有各种理想、野心和离经叛道的想法。他们超凡脱俗，在天地之间过着疾风骤雨一样的生活。除此之外，爱玛再看不到其他人，那些人没有自己的位置，好像压根就不存在。她越是熟悉的东西，就越拒绝去想。周围的一切，无聊的乡村，愚蠢的小市民，庸碌的生活，在她看来，这些只是尘世的个别角落，而她很不幸地正好身处其中。真正的尘世应该是一个广袤无垠、充满幸福和激情的王国。她怀着强烈的憧憬，将感官的享受和心灵的愉悦、优雅的举止和细腻的情感完全混淆。难道爱情不是像印度的植物一样，需要特定的土壤和气候吗？月光下的叹息，长久的拥抱，沾满泪水的手，火热的肉体，忧伤的缠绵，这一切难道能够脱离终日悠闲的城堡？难道少得了古堡阳台、贵妇的绣房、丝绸窗帘、厚厚的地毯、密密层层的花架、高出地面的卧榻、熠熠生辉的宝石、肩上飘着穗饰的制服？

驿站的小伙计每天早上来刷马。他穿过走廊，罩衣上满是窟窿，穿着短裤和木底布鞋，连袜子都没穿。有这样一个马童，她难道应该觉得满足？马童刷完马，这一天就不用再来了。因为夏尔回来后，会自己把马牵进马棚，卸下马鞍和马笼头；女仆会抱来一捆干草，使劲扔到马槽里。

纳斯塔西走了，走的时候哭得跟个泪人似的。爱玛又找了一个十四岁的长相乖巧的小孤女。她不许小姑娘戴棉布帽，教她跟太太回话的时候不要称“您”，而要称“太太”，水杯要放在碟子上端给主人，进屋之前先要敲门，教她熨烫衣服，给衣服上浆，侍候女主人穿衣。爱玛想把她培养成自己的贴身侍女。小女佣害怕被太太辞退，所以全部照做，毫无怨言。太太没有锁碗橱的习惯，费莉西黛每天晚上都会偷一点糖，做完晚祷之后，一个人躲到床上吃。

下午，当太太上楼到房间里待着的时候，她有时会去对面找驿站的车夫聊天。

爱玛穿一件家居袍，领口开得很低，向下翻，像披肩似的，露出里面的打了褶的衬衫和三粒金色的纽扣。腰带两端有大束的流苏。脚上穿一双石榴红小拖鞋，鞋面覆盖着一层宽宽的饰带。她买了吸墨纸、笔、信纸、信封，虽然并没有人可以通信。她拂拭摆设架上的灰尘，照照镜子，拿起一本书，然后，看着看着就走神了，书掉到了膝盖上。她渴望出去旅行，或者回修道院生活。她既想死，又想去巴黎。

不管下雨还是下雪天，夏尔都骑着马到处奔波。他吃的是农家的摊鸡蛋，把胳膊伸进潮湿的床褥里看病，放血时脸上溅了病人喷出的热血，耳朵里听着病人发出嘶哑的喘气声，检查病人的便盆，卷起病人肮脏的衣衫。不过每天晚上回到家，等待他的总是烧得旺旺的炉火，摆好了饭菜的餐桌，舒适的家具，还有打扮得非常精致的妻子。妻子美丽动人，身上散发着一股清香，也不知道是体香还是衣香。

她经常会有一些别出心裁的小举动，令他非常着迷。在烛台下面铺一张剪着新花样的垫纸，给裙子换道镶边，给一道寻常的菜起个特别的名字，尽管菜被女仆炒坏了，夏尔也津津有味地全吃了。她在鲁昂看见过一些贵妇在表链上挂了一串小巧的饰物，她也买了一串。她还在壁炉台上摆了一对碧绿的大玻璃花瓶，不久之后，又添上一个象牙针线盒和一个镀金的银顶针。这些小玩意，夏尔因为一点不懂，而觉得分外地雅致迷人。它们给他的感官带来了愉悦，使家里充满了温馨。它们像金沙一样点缀着他狭隘的人生之路。

他身体健康，气色也好，在当地完全树立起了声誉。乡下人喜欢他，因为他不摆架子。他亲热地抚摸小孩子，从来不进酒馆，品行端正，令人信任。他治感冒和肺病特别拿手。事实上，夏尔怕治死人，所以往往只开一些镇静剂，偶尔加点催吐药，或者给病人泡脚，用水蛭吸血。他并不惧怕做手术；他给人放血就像给马放血一样，拔起牙来手劲大得可怕。

为了能跟上形势，他订了一份《医学荟萃》。这是一份新刊物，他曾经收到过宣传册。他晚饭后看上一会儿。可是屋子里很热，加上食物正在消化，他五分钟之后就睡着了。他坐在那里，双手托着下巴，头发像马鬃一样散开，遮住了台灯底座。爱玛看着他，无奈地耸耸肩。她怎么嫁了个这样的丈夫？有的男人虽然沉默寡言，但是却非常勤奋，深夜苦读，到了六十岁，就算得了风湿病，就算身上穿的黑礼服做工粗糙，可是至少可以戴上一串十字勋章呀！她多么希望包法利这个姓氏，现在也是她的姓氏了，能够赫赫有名，能出现在书店里、报刊上，全法国都知道。可是夏尔却没有一点雄心壮志！他最近参加过一次会诊。伊夫托的一个医生，就在病人床前，当着病人家属的面，对他出言不逊。夏尔晚上回家和爱玛说了，气得爱玛大骂这个医生。夏尔很感动，含泪亲吻她的额头。可是她却非常气恼，感到很羞耻，恨不得打他一顿。她走到过道上，打开窗户，呼吸了口新鲜空气，好让自己平静下来。

“真是个废物！窝囊废！”她咬着嘴唇，小声说道。

她越看他，就越有气。他的举止随着年龄的增长而就越加粗俗：吃甜点的时候，他拿刀切瓶塞子玩；吃完饭用舌头舐牙齿；喝汤的时候，每咽一口，都要发出咕噜的声响；他开始发福，眼睛本来就小，现在脸颊又虚胖，眼睛被肉挤得离太阳穴更近了。

他穿衣时，爱玛有时会帮他把羊毛衫的红边塞到背心底下去，帮他重新打好领带。手套都已经掉色了，看他还准备戴，爱玛就给扔到一边。夏尔认为爱玛做这一切都是为了他，其实并不是这样，她是为了自己做的，完全是出于私心，因为她见不得夏尔这副样子，烦得不行。有时，她也跟他讲自己读过的东西，例如某本小说或一出新戏的片段，或者是报纸上刊登的上流社会的轶事；因为，夏尔毕竟是个人，耳朵随时准备聆听，嘴巴随时可以附和。她对她的小猎狗不也讲过好多知心话吗！不然的话，她难道要对着壁炉里的木柴和壁炉上的钟摆说话吗?

然而，在她的灵魂深处，她一直等待着发生点什么。就像沉船上的水手那样，她用绝望的眼睛在孤寂的生活里搜寻，希望天边的雾霭中能出现一片白帆。她也不知道风会吹来怎样的机遇，把她带到哪片海岸，来的会是小艇还是有三层甲板的大船，船上装载的究竟是烦恼还是幸福。但是每天早晨，一睡醒，她就希望这天会发生变化。她仔细听，跳下床，惊讶地发现什么都没有发生；然后太阳下山，她的心情更加愁苦，只能寄希望于明天。

春天又到了。梨花开的时候，天气开始热了，她时常感到胸闷气短。

一到七月，她就开始掐指计算，再过几个星期才到十月。安德维利耶侯爵也许会在沃比萨再开一次舞会呢。可是九月过去了，既没有收到信，也没有人前来拜访。

失望之余，她开始烦闷，心灵又一次空虚起来，日复一日，又陷入了同样的生活。

日子一天接一天地过去，毫无变化，没有尽头，没有一点惊喜！别人的生活，再怎么平淡，至少有发生意外事件的可能。有时候一个意外事件会引起一系列的变化，令整个生活为之改变。而她呢，什么也没碰上，这是天意。未来是一条漆黑的走廊，长廊尽头的门紧紧地关闭着。

她放弃了音乐。为什么要演奏？谁会听呢？既然她根本不可能穿着天鹅绒短袖长裙，在音乐会上，坐在一架埃拉尔[①]钢琴前，用手指轻巧地弹击着象牙琴键，听众如痴如醉，赞叹声像一阵微风吹拂过她的四周，那么她又何苦费劲去学音乐呢！画夹和刺绣，她也都丢在衣橱里了。有什么用？有什么用？针线活儿也惹她生气。她自言自语："书也都看遍了。"于是她就这么待着，把火钳烧红，或者看着天下雨。

星期天，晚祷钟声敲响的时候，她感到异常得愁闷。她呆呆地听着嘶哑的钟声，一下又一下。屋顶上有只猫，在暗淡的阳光下，弓着背慢悠悠地走着。大路上的风刮起了一片片的尘土。远处有时会传来狗叫。钟声继续以单调的节奏响着，最后消失在田野里。

人们从教堂出来了。女人们穿着上了蜡的木鞋，农民们穿着新衬衫，小孩子们光着头在大人前面蹦蹦跳跳，一起走回家去。但是，总有五六个男人，总是那几个，在客栈门口玩砸瓶塞，一

① 埃拉尔是法国著名的钢琴品牌，由塞巴斯蒂安·埃拉尔（1752—1831）创立。

直玩到天黑。

冬天很冷。每天早上，窗玻璃上都结了一层霜，像毛玻璃一样，透进来的光线灰白灰白的，有时一整天没有变化。从下午四点起，就得点灯。

晴天的时候，她下楼到花园里去。露水在白菜上留下了一道道长长的浅印，就像给白菜镶上了一圈镂空花边。听不到鸟叫，仿佛一切都已入眠。墙边的果树都包着一层稻草。葡萄藤像一条病了的长蛇一样盘在墙檐下。走近一看，那里有一串多足虫。篱笆旁的雪松下面，头戴三角帽正在诵经的神甫像右脚已经掉了，石膏也因寒冷而开始剥落，在神父的脸上留下了一块块的白癣。

她又回到楼上，关上房门，拨旺炭火，壁炉里的热气使她昏昏沉沉，心头更觉得烦闷。她本想下楼去和女佣聊会天，可是又觉得这样做有失体面。

每天，在同一个时刻，戴着黑缎帽的小学校长都会推开自家的窗板；身挂军刀的乡下警察也会经过。每天傍晚和早上，驿站的马三匹三匹地穿过街道，到池塘去喝水。一家酒馆的门铃不时会响起。理发店门口的两根铁杆上摆了一些小铜盆做招牌，起风的时候，小铜盆就发出嘎吱的声音。理发店的玻璃窗上贴了一张旧时装画，店里还摆着一个黄头发女人的半身蜡像作为装饰。理发师哀叹生意惨淡，前途无望。他梦想着能够在大城市开店，比如说鲁昂，开在码头或剧院附近。他整天在街上走来走去，从镇政府一直走到教堂，愁眉苦脸地等待顾客。包法利夫人每次抬眼向外望的时候，总能看见他在那里，头戴一顶希腊便帽，身穿毛料上衣，像个巡逻的哨兵。

下午，有时候，客厅窗外会出现一个男人的脑袋，脸上饱经风霜，黑色络腮胡子，慢慢地张开大嘴微笑，露出一口白牙。于是，华尔兹舞立刻开始了。风琴上面是一个小客厅，一些只有手指那么大的小人儿在里面跳舞。有扎着粉红色头巾的女人，穿着长礼服的蒂罗尔人[①]，穿着黑色短襟礼服的猴子，穿着短裤的绅士。他们在扶手椅、长沙发和茶几之间转来转去。他们的身影被镜面折射成若干个，镜片用金纸粘贴在一起。那个人转着摇手，左右张望，看看各家的窗户。他时不时地往界石上吐一口黄色的浓痰，痰丝拉得老长。风琴的皮带挂在肩膀上，累了就用膝盖把风琴稍稍往上顶顶。一个枝蔓形的铜钩吊着一块粉红色的塔夫绸布，匣子里面传出嘈杂的音乐，有时悲苦悠长，有时欢快急促。这些乐曲都是正流行的，剧院里有人演奏，城堡客厅里有人演唱，舞会用来伴奏。它们是繁华尘世的回声，现在传到爱玛耳朵里了。萨拉班德舞曲在爱玛的脑海萦绕不绝。爱玛的思绪，就像在织有花卉图案的地毯上翩翩起舞的印度舞女一样，随着音乐节奏在跳跃摇摆，从一个幻想跳到另一个幻想，从一个愁绪跳到另一个愁绪。那个人收起帽子里别人施舍的钱财，拉下一块蓝色的旧羊毛盖布盖在手风琴上，背上手风琴，拖着沉重的脚步离开了。她望着他远去。

最让她忍受不了的，就是吃晚饭的时候。楼下的小餐厅是那么小；火炉冒着烟；门嘎吱响着；墙壁往外渗着水：石板地潮乎乎的。人生的苦涩仿佛都盛在她的盘子里了。锅里的炖肉往外冒着气，她却从心底泛起阵阵恶心。夏尔吃饭很慢，她陪着无聊就啃几个榛子，或者支着胳膊肘，用刀尖一下一下地划着桌上铺着的油布。

现在，她对家事也完全放手不管了。期间，老包法利太太来到托特，看到这种变化，非常震惊。爱玛从前是那样讲究，现在

① 蒂罗尔是奥地利西部的一个州，多山，居民能歌善舞。

夏尔吃饭很慢，她陪着无聊就啃几个榛子，
或者支着胳膊肘，用刀尖一下一下地
划着桌上铺着的油布。

却整天懒得梳妆打扮，穿的是灰色的棉布袜，点的是有臭味的土蜡烛。她说他们不是有钱人家，得节俭，还说她很满足，很幸福，很喜欢托特，还有一些别的借口，堵住婆婆的嘴。而且，爱玛好像再不想听婆婆的劝告了。有一回，老包法利太太谈到主人应该监管佣人信教，爱玛竟然生气地瞪着她冷笑，吓得老太太再也不敢管她了。

爱玛越来越挑剔，反复无常。照她的吩咐做的菜，她碰都不碰一下。有时候一天只肯喝鲜牛奶，有时候喝无数杯茶。她经常不肯出门，待在屋里又嫌闷，要开窗，身上却只穿一件薄薄的袍子。她会责骂女佣，过后又送女佣礼物，或者允许女佣去邻居家串门。她有时候会把钱袋里的钱都丢给穷人，但她其实并不是个心软的人，不会轻易就对别人产生同情。她这一点跟大多数出身农村的人一样，灵魂深处总有某种坚硬的东西，就像父辈手上的老茧。

二月底，鲁奥老爹为了纪念女婿治好他的腿，亲自送来了一只上好的母火鸡。他在托特待了三天。夏尔要看病人，只有爱玛陪着他。他在卧房里抽烟，往柴火架上吐痰，谈庄稼、牛羊、鸡鸭，还有村镇议会。他回去了，爱玛关上门，竟然感到很高兴，她自己都没想到。另外，她看不上什么东西或是什么人，她就直截了当地说出来。有时她还说一些奇怪的看法，大家都赞同的事她偏要谴责；伤风败俗的事，她却津津乐道；惊得她的丈夫睁大了眼睛。

难道这种糟糕的生活要一直过下去？难道她就不能摆脱这种状态？那些生活如意的女人有哪点比她强？她在沃比萨见过的几个公爵夫人，腰身比她粗，举止也不如她优雅。她恨上帝不公平，她头靠着墙哭泣。她渴望喧闹的生活、假面舞会、放荡不羁的欢愉，这些应该能够带给她从没体验过的狂热的激情。

她脸色苍白，时常心悸。夏尔要她服缬草汤，洗樟脑浴。但是种种努力都只是更加激怒她而已。

有些日子，她会特别兴奋，话特别多；兴奋过后又突然陷入麻木，一言不发，一动不动；这时候只有拿瓶科隆香水往她胳膊上洒，她才会恢复点活力。

因为她老是埋怨托特不好，夏尔就想她的病可能是水土不服，想到这里，他开始认真考虑换个地方住。

从那以后，她喝醋减肥，得了干咳症，还厌食。

夏尔在托特待了四年，才刚刚站稳脚跟，现在离开的话代价太大了。可是如果必须如此，那也只能搬走。他把她带到鲁昂，去当年自己的老师那里就诊。老师说她的病是神经性的，需要换个环境。

夏尔多方打听，听说新堡区有一个大镇，叫荣镇修道院，医生是个波兰的难民，上个星期搬到别的地方去了。于是他就写信给当地的药剂师，询问荣镇有多少居民，最近的诊所有多远，上一任医生每年有多少收入等。得到的答复令人满意。于是他决定，如果到春天爱玛的病情还不好转的话，他就搬去那边。

准备搬家的时候，有一天，爱玛整理抽屉，被什么东西扎了手指。是她结婚花束上的一根铁丝。橘子花蕾上落满了灰尘，已经发黄，缎带的银镶边也开线了。她把花扔到了火里。花燃得比干草还快。灰烬中的花束像一丛红色的荆棘，慢慢地烧化。她看着它燃烧。硬纸做的小果子裂开了，铜丝弯曲了，饰带熔化了；纸做的花冠萎缩了，好像黑蝴蝶一样沿着炉壁飘起来，最后从烟囱飞了出去。

三月，他们离开托特的时候，包法利夫人已经有了身孕。

第 二 部

第一章

荣镇修道院（这个名字来源于这里曾经有过的一座嘉布遣会的修道院，但是现在连遗址也没有了）离鲁昂八古里，位于阿布镇大路和博韦大路之间，在里厄河灌溉的河谷里。这条小河流入昂代勒河。小河河口附近有三座磨坊，还有一些鳟鱼。星期天有男孩来河边钓鱼。

到布瓦西耶之后离开大路，顺着平地一直走到勒岭的坡顶上，就可以看见河谷了。小河把河谷分成了两个部分，样子很不一样：左岸是草场，右岸是耕地。左岸有很多小丘陵，草场在丘陵脚下绵延，到山后和布赖地区的牧场连成了一片。东边的平原地势逐渐变高，金色的麦田一望无际。河水沿着草地流过，好像一条白练，把绿色的草地和金黄的麦田分开。整个河谷看起来像一个铺开的大斗篷，绿绒的领子上镶了一道银边。

走到尽头，前面是阿格伊森林的橡树和圣·让岭的悬崖峭壁。山体从上到下布满一道道宽窄不等的红色条纹，那是雨水冲刷出来的痕迹。灰色的山岭上分布着一道道砖红色的细流，这是富含铁质的山泉，泉水从山上一直流入了周围地区。

这里是诺曼底、庇卡迪和法兰西岛交界的地方，几个地方的人杂居在一起。这里人说话语调很平，没有高低轻重，就像这里的风景一样没有特色。这里的奶酪是新堡地区最差的。另外，这里的耕种成本很大，因为土质松散，土里都是沙砾和石子，需要施很多的肥料。

1835 年以前，去荣镇没有好路可走；大概就在这一时期，修了一条村际要道，把去阿布镇和亚眠的两条大路连了起来；有时马车夫要从鲁昂送货到弗朗德勒去，也走这条路。荣镇虽然有了这些“新出路”，但还是一成不变。荣镇人并不想着改良土壤，而是固守着牧场，也不管它收入有多差。这个懒散的村镇，并没有往平原那边发展，而是沿着河扩张。远远望去，小镇沿着河岸躺着，就像一个放牛郎在水边睡午觉。

过了桥，山脚下有一条两边栽着小山杨树的堤道，一直通到小镇的头几户人家。院子围着篱笆，当中是住宅，茂密的树丛下面散布着压榨间、车棚、蒸馏间。树枝上挂着梯子、长杆、长柄镰刀。茅草屋顶几乎遮掉了窗户的三分之一，好像皮帽子遮住了眼睛一样。窗户开得很低，玻璃很厚，往外凸，当中有个疙瘩，看着像个瓶底。石灰墙上斜嵌着一些黑色的小搁栅，偶尔有一棵瘦小的梨树伸出墙头。楼底下的门槛上有小鸡在啄浸过酒的黑面包屑，有一道矮栅栏门拦着，防止小鸡进屋。再往前走，这几户的院子比较小，房子挨得比较近，没有篱笆；窗户下边挂着根扫帚柄，柄上捆着一束羊齿草，左右摇晃。先过了一家马掌铺，然后是一家车铺，外面放着两三辆新车，把大路占去了一部分。再过去，有一道栅栏门，门里是一片圆形的草坪，草坪上有一座爱神的雕像，小爱神将手指放在嘴上；草坪的尽头是一幢白房子；门口的台阶两端各放着一个铁瓮；门上挂着亮晶晶的标牌。这是公证人的住宅，是这一带最漂亮的房子。

教堂在街道的另一边，离公证人家有二十步远，在广场的入口。教堂周围是个小小的公墓，齐胸高的围墙，墙内布满了坟墓。平放在地上的旧墓石，彼此挨得很紧，连成一片。墓石边上长着青草，在地上形成了一块块绿边的正方形。查理十世在位的最后几年，教堂翻修一新。现在，木头穹顶的高处已经开始腐朽，蓝色的表面散布着一些黑窟窿。门上方的阁楼，原本是放风琴的地方，现在成了祭廊，有一道旋转楼梯，木鞋底踩上去咯噔作响。

阳光透过彩色玻璃窗，斜着照在沿墙安放的长凳上。有些凳子上钉了草垫，下边写着几个大字“某某先生的座位”。再往里走，大厅变窄了，那里是忏悔室，对面立着一座小圣母像，圣母身穿缎袍，头上披着有网眼的头巾，头巾上装饰着银色的星星，两腮呈紫红色，就像夏威夷群岛的神偶。最里面是主祭坛，上面有四座烛台，烛台中间挂着一幅《神圣家族》的复制品，写着“内政部长赠送”的字样。神职人员祷告席是冷杉木做的，没有刷油漆。

菜市场占去了荣镇广场近一半的地方，其实就是由二十来根柱子撑起来的一个瓦棚。镇政府是一个巴黎的建筑师设计的，像一座希腊神庙，坐落在街道拐角处，挨着药房。一楼有三根爱奥尼亚圆柱，二楼是一道长廊，半圆形的拱顶，尽头的门楣上画了一只高卢公鸡，一只爪踩着宪章，另一只爪抓着代表公正的天平。

但是最引人注目的，还要算金狮客栈对面的奥麦先生的药房！尤其是晚上，油灯点亮了，装点门面的红红绿绿的药瓶子在地上投下两道长长的彩光，就像孟加拉烟火一样，光影之中隐约可见药剂师凭案而坐的身影。药房从上到下贴满了广告，有斜体字、圆体字、印刷体，写着“维希水、塞尔茨水、巴勒吉水、净化药水、拉斯帕伊药水、可可粉、达尔塞糖片、勒尼奥药膏、绷带、泡澡液、健康巧克力”等。招牌和店面一样宽，上面写着金字“奥麦药剂师”。店尽里头的柜台上钉着几架大天平，后面有一扇玻璃门，门楣上写着“实验室”，门的半腰处还用黑底金字写着“奥麦”。

除此之外，荣镇就没有什么可看的了。只有一条街道，差不多有步枪的射程那么长，街两边有几家店铺，到大路的拐弯处就到头了。出街之后往左拐，沿着圣·让岭脚下走，很快就到公墓。

在霍乱流行时期，教堂为了扩大墓地，推倒了一面墙，买下了相邻的三英亩土地；但是几乎没有人葬在这块新开的墓地，坟墓还跟以前一样，在门口那一片扎堆。墓地的看守既是掘墓人，又是教堂的世俗执事，这样能从本教区的死人身上得到双份收益。他在空地上种了些土豆。年复一年，他的菜地越缩越小。碰到传染病流行的时候，他也不知道自己是应该高兴还是应该难过，高兴的是可以从死人身上赚钱，难过的是新添的坟墓又把他的田地占去了一部分。

“你这是在吃死人的肉呢，莱蒂布杜瓦！”终于有一天，教堂神甫这样说他了。

这话听得他有点瘆得慌，他想想还是收手了一阵。但是现在，他又照旧种起了块根，还硬说这些块根是自己从地里长出来的。

下面将要说到一些事件，从那些事之后，荣镇再没发生任何改变。镀锡铁皮做的三色旗一直在教堂钟楼顶上旋转；服饰店的两面印花布幌子依然迎风招展；药房浑浊的酒精瓶里浸泡着的胚胎，好像一团团白色的火绒，逐渐腐烂；客栈大门上头的金狮子，风吹雨打，已褪了颜色，活像一只贵宾犬，向过往的行人展示着它的卷毛。

包法利夫妇预计抵达荣镇的那天晚上，客栈的老板娘勒弗朗索瓦寡妇忙得不亦乐乎，颠着大勺，挥汗如雨。因为明天是镇上赶集的日子，要提前把肉切好，把鸡开膛，煮好汤和咖啡。另外，她还要给包伙人、医生夫妇和他们的女仆做饭。台球房传出阵阵笑声；小厅里的三个磨坊老板催着烧酒；厨房里木柴熊熊燃烧，木炭噼啪作响，长桌上大块的生羊肉之间摞着几叠盘子，砧板上正剁着菠菜，震得盘子摇摇晃晃。后院传来家禽的叫唤，因为女佣人在逮鸡，要杀了待客。

一个穿着绿色皮拖鞋的男人，脸上有几颗小麻点，头上戴一顶有金流苏的绒帽，背靠着壁炉烤火。他看上去心满意足，神情安详，跟挂在他头顶上的柳条笼里的金翅雀一样：他就是药剂师。

客栈老板娘喊着："阿黛米丝！撅点小树枝，给水瓶装满水，送烧酒去，赶快！该给要到的客人准备点什么甜点呢？我的神！那些搬家的伙计又在台球房里闹开了！他们的车还停在大门下边呢！燕子号到了之后，会把它撞坏的。叫伊波利特去把车停好！奥麦先生，您看看，他们从早上就开始打，打了能有十五局了，还喝了八坛子苹果酒！他们会把我的球台弄坏的！"她手里拿着漏勺，远远地看着他们。

奥麦先生答道："那也没什么大不了的，您就买张新的呗。"

"买张新球台！"寡妇叫了起来。

"您那旧的不能用了，勒弗朗索瓦太太。我早就跟您说过，您这样是在毁自己的生意，毁得厉害！再说，现在打台球都讲究球袋要小，球杆要重，不像以前打弹子那样。一切都变了！得与时俱进！您看看人家泰利耶……”

老板娘气得涨红了脸。药剂师接着说道：“他那张球台，不管怎么说，也比您这张漂亮。他还总能想出点花样，比方说，为波兰的爱国者，或者为里昂受了水灾的人下点赌注……”

老板娘耸耸她肥胖的肩膀，打断了他的话：“他那样的骗子，我可不怕！好了！好了！奥麦先生，只要金狮开一天，就会有客人的。我可不愁赚不到钱。倒是那个法兰西咖啡馆，总有一天您会看到他窗户贴上封条关门大吉的！”

她接着自言自语：“换掉我的球台……这台子用来整理洗过的衣服多方便！打猎的季节，台子上还可以睡六个客人呢……伊韦尔这个拖拉怎么还没到？”

药剂师问道：“您是要等他回来才给客人开饭？”

“等他？那比内先生怎么办？六点钟一响，您一定会看到他走进来。像他那样刻板的人，这世上可没有第二个。他是一定要坐在小厅里吃的！死也不肯换地方！对饭菜那么挑剔！苹果酒也要挑三拣四！一点也不像莱昂先生，人家有时七点，甚至七点半才到；有什么吃什么，看都不看的。多好的年轻人！从来也没有大声说过话。”

“您看，一个是受过教育的人，一个是退伍兵税务员，能一样吗！”

六点钟敲响了。比内进来了。

他穿着一件蓝外套，笔直地包裹着干瘦的身躯。头戴一顶皮帽子，用细绳将护耳扎在头顶上，帽檐往上翻，露着光秃秃的额头，额头上有一圈印子，是长期戴头盔留下的。他穿一件黑呢背心，戴着衬领，灰色的长裤，一年四季都穿着锃亮的靴子，由于拇趾外翻，两只鞋面都有一个鼓包。灰暗的长脸，小眼睛，鹰钩鼻，下巴有一圈金黄色的短络腮胡子，修剪得一丝不乱，像花圃的边沿一样框在脸上。他什么牌都玩得很精，也是个好猎手，还写得一手好字。他家里有一台机床，他没事就用机床做套餐巾用的小圆环。他既怀有一颗艺术家的善妒之心，又具有小市民的自私自利。他的作品堆了满满一屋子。

他径直走向小厅；得先请出三个磨坊老板；他挨着火炉坐下，一声不吭，等着人给他摆餐具；然后跟往常一样关上门，摘掉帽子。

“寒暄几句又不会烂舌头！”药剂师一见只剩他和老板娘，就说道。

老板娘答道：“他从不多说话。上星期的一个晚上，来了两个布贩子，还有几个很风趣的年轻人，讲了一大堆笑话，笑得我眼泪都流出来了。而他呢，就待在那里，像条死鱼一样一声不吭。”

药剂师说：“是的，没有想象力，不风趣，一点也不像是场面上的人！”

老板娘反驳道：“不过，人家却说他很有手段呢。”

奥麦先生不同意：“手段？他？什么手段？”他换了平和的语气又说：“在他的行业，也许吧。”

他接着讲下去：“啊！做大生意的人、法律顾问、医生、药剂师，他们因为太专注于工作，性情变得古怪，甚至是粗暴，这我都能理解。历史上有的是这样的例子！不过，那是因为他们心里装着事呀。就说我吧，多少回了，我在写字台上找笔写标签，最后发现笔就夹在耳朵上！”

勒弗朗索瓦太太走到门口，看燕子号回来了没有。她吓了一跳。一个穿黑衣服的男人突然走进了厨房。暮色中能看到他红彤彤的脸膛和健硕的身躯。

“神甫先生，有什么可以为您效劳的？”客栈老板娘一边问，一边伸手够壁炉上的一盏铜烛台。壁炉上并排摆着一排铜烛台，上面都有蜡烛。“您要喝点什么吗？来点黑茶藨子酒，还是来杯葡萄酒？”

神甫非常客气地谢绝了。他是来找他的雨伞的。他的雨伞落在埃纳蒙修道院了。他拜托勒弗朗索瓦太太派个人替他取回来，晚上送到他的住处去。晚祷钟声响了，他就回教堂了。

药剂师听着神甫的脚步声消失在广场那边，就开始大肆批评神甫刚才的做法。在他看来，神甫刚刚不肯喝酒完全是在装模作样。哪个教士不想回到什一税[①]的时代？

老板娘帮神甫说话：“我说，像您这样的男人，他一个可以顶四个。去年，他帮我们收麦秆，一次能扛六捆。您看看他有多健壮！”

药剂师说：“那好啊！那就让你们的姑娘们跟这样体格健壮的小伙子忏悔吧！我呢，如果我是政府的话，我会让人一个月给教士们抽一次血。是的，勒弗朗索瓦太太，每个月都要好好放一次血，这样对治安和风化都有好处！”

“奥麦先生，您别说了！您是个不敬神明的人！您是个没有信念的人！”

药剂师反驳说：“我有，我信我自己的宗教，而且我比他们更虔诚。他们不过是装腔作势，耍花招骗人而已。我敬仰上帝！我相信有至高无上的天神，有造物主，他是谁对我来说并不重要，总之是他让我们活在世上，尽公民和家长的责任。但是我没

① 什一税要求教民向教会捐纳本人收入的十分之一，在法国大革命之后被废除。

必要去教堂，亲吻银盘子，掏空自己的腰包去养肥一群小丑。他们吃得可比我们好！因为人在树林里、田野里都可以敬仰上帝，甚至像古人一样仰望苍穹也行。我的上帝，就是苏格拉底、富兰克林、伏尔泰和贝朗瑞的上帝！我拥护八九年的不朽原则[①]！因此，我才不信什么上帝老儿拄着拐杖在花圃里溜达，让朋友住在鲸鱼的肚子里，大叫一声死去，三天之后又复活了！这些事情本身就荒诞至极，而且还完全违背了物理学的法则。这倒是证明了那些教士是多么愚昧无知、品格低下，他们还硬要把世人变得跟他们一样。”

说到这里，他停了下来，环视四周，用目光寻找听众，因为他太激动了。还以为自己正在乡镇议会上发言呢。但是客栈老板娘却没有听他讲话，她正伸长耳朵听远处传来的隆隆声。她听到了马车的声音，还有松动了的马掌走在地上的声音。燕子号驿车终于到达了门口。

燕子号就是一个黄箱子，架在两个大轮子上面。轮子和车篷一样高，乘客们看不到路，肩头还落了好多土。气窗很小，一关车门，窗玻璃就是一阵颤动。玻璃上糊着一层灰，还沾了很多泥点，即使是大雨恐怕也冲不干净。车套了三匹马，一匹打头，下坡的时候，车一颠簸，箱子底就会碰到地。

荣镇的几个市民来到广场上。他们七嘴八舌，打听消息，问长问短，找自己的货筐。伊韦尔不知道该先回答谁才好。当地人总是托他进城采办东西。他得替鞋匠买回几卷皮子，给马掌匠捎废铁，给老板娘带一桶鲱鱼，从服饰店给人买帽子，从理发店买假发。他一路回来，站在座位上，高声喊着，把一包一包的东西从院墙上面扔到各家的院子里去，由着马自己向前走。

① 八九年的不朽原则指1789年法国大革命时期颁布的《人权宣言》。

车回来晚了，因为路上出了点意外：包法利夫人的小猎狗在田野里走丢了。大家喊了足有一刻钟。伊韦尔还调头往回走了半古里去找，分分钟都以为看见了小狗，却还是没找着；最后只能继续赶路。爱玛哭了，还发火，一路怪着夏尔。同车的布贩子勒赫先生，想方设法安慰她，给她讲了很多狗丢了好多年之后还认得主人的例子。他说，他听别人说有一条狗从君士坦丁堡竟然找回了巴黎。还有一条狗走了五十古里路，泅过了四条河。他的父亲有过一条贵宾犬，丢了十二年，一天晚上，他父亲进城吃饭，那狗不知道从哪里蹿出来，一下子就跳到他背上去了。

第二章

爱玛头一个下车，接着是费莉西黛、勒赫先生、一个奶妈。夏尔是被人叫醒的，天一黑，他就在马车的角落里睡着了。

奥麦上前自我介绍，向夫人表示敬意，跟先生寒暄，说他非常荣幸能帮上他们，又真诚地补充说，他冒昧地不请自来，想陪他们用餐，再说他的妻子也不在家。

包法利夫人一进厨房，就走到壁炉前。她两个手指头在膝盖的部位提着裙子，露出了脚踝，把一只穿着黑靴子的脚从转动的烤羊腿上方伸向炉火。火照亮了她的全身，穿透了她长裙的纬线、白净皮肤上的毛孔，还有她不时眨动的眼皮。门半开着，风吹进来，火光摇曳，她的身体笼罩在一大片红色当中。

在壁炉的另一边，一个金黄头发的年轻人默默地看着她。

莱昂·迪皮伊先生是第二个在金狮客栈包伙的常客。他给公证人吉约曼当文书。荣镇的生活很乏味，他经常推迟吃饭时间，希望客栈能来个旅客，可以聊一晚上。有些日子，工作完了，他无事可做，只得准时到，整顿饭从喝汤一直到吃奶酪，都只能和比内一起。因此，他非常高兴地接受了老板娘的提议，陪新来的客人用晚餐。他们走进大厅，勒弗朗索瓦太太很讲排场，早已让人摆好了四套餐具。

奥麦担心自己的鼻炎发作，就请大家允许他戴着希腊小帽用餐。

然后，他转过头来对邻座的爱玛说："夫人一定累了吧？我们的燕子号颠得可怕！"

爱玛答道："的确如此。不过有变动挺好玩的，我喜欢出门。"

文书叹口气说："老是待在一个地方，这种生活真是无聊死了！"

夏尔说："要是您像我一样，总是在马背上……"

莱昂接着对包法利夫人说："我觉得，没有比换个地方生活更愉快的事了。"他又加了一句："要是有可能的话。"

药剂师说："在这一片行医，并不是很辛苦。因为我们的道路可以跑马车，而且农民们比较富裕，一般来说诊费都给得挺多。至于疾病，除了肠炎、支气管炎、胆汁过多等常见病之外，也就是在收获季节，三天两头有人发烧而已。总地说来，没什么大病，没什么特别要注意的。还有就是很多人得颈淋巴结核，这是因为这一片农民家里的卫生条件太差。啊，包法利先生！到时候您就会知道您得跟多少偏见作斗争了。您为科学付出心血，可是每天都会有具备顽固陋习的人来跟您对抗。因为他们宁可相信九日敬礼、圣骨、神甫，而不愿看医生或药剂师。不过，老实说，这里的气候可不坏。就我们镇有好几个九十多岁的老人呢。我观察过气温计，冬天最低到摄氏四度，夏天二十五度，最多三十度，合成列氏表，最高也不过二十四度，或者华氏五十四度，不会再高。而且，实际上，我们有阿格伊森林挡住北风，又有圣·让岭挡住西风。这股热流是由于河水蒸发出水汽，还有草场上有大量的牲畜。您知道，牲畜会呼出氨气，也就是氮气、氢气和氧气（他说得不对，只有氮气和氢气）。这热气吸收了土地的腐质，将各种挥发物混合在一起，或者说扎成一捆，再同空气中的电流化合，时间久了，就像热带国家一样，会产生有害健康的瘴气。这热气在它来的地方，或者说，在它可能来的地方，也就是南边，在东南风的吹拂之下变得温和了，经过塞纳河的时候已经变凉爽了，等到了我们这里，有时简直像俄罗斯的微风一样呢！”

“这附近总有散步的地方吧？”包法利夫人继续向年轻人发问。

他回答道：“哦，很少。只有一个被叫作牧场地方，在山坡顶上，树林的边上。我有时星期天会去那里待着，带本书，看落日。”

她接着说：“我觉得没有什么能比落日更美，尤其是海边的落日。”

莱昂先生说：“哦！我喜欢大海。”

包法利夫人接道：“难道您不觉得，在无边无际的海上，人的精神能够更加自由地遨游？凝视着大海，灵魂会升华，会产生对理想的无限向往！”

莱昂说：“山里的风景也是一样的。我有一个亲戚，去年旅行去了趟瑞士。他对我说湖泊的诗意、瀑布的魅力、冰川的宏伟是人难以想象的。湍流之间耸立着异常高大的松树；峭壁之上悬挂着一座座小屋；脚下千尺开外之处，云雾微散的时候，能看到大片的山谷。这些奇观令人欣喜若狂，感谢上苍，心醉神迷。那位著名的音乐家，为了激发自己的想象力，总要对着壮观的景色弹奏钢琴，我现在能理解他了。”

她问：“您是音乐家？”

他答道：“不是，但是我非常喜欢音乐。”

奥麦俯向自己的盘子，打断了莱昂的话：“啊！别听他的，包法利夫人，他太谦虚了。——我亲爱的朋友！那天您在房间里唱《守护天使》，可真是好听极了。我在实验室里听见了，您唱得跟歌唱演员一样棒呢。”

莱昂确实住在药剂师家里，是三楼一间朝着广场的小房间。房东这样称赞他，他的脸都红了。房东却已经转过头去，向医生一一列举着荣镇的重要居民。他给医生讲他们的各种传闻，解释他们的情况：没有人知道公证人到底有多少财产；蒂瓦什那家人总是装腔作势。

爱玛接着问莱昂：“您喜欢什么音乐？”

“嗯，德国音乐，能让人浮想联翩。”

“您看过意大利歌剧吗？”

“还没有。不过我明年会去巴黎读完我的法律课，到时候一定会去看意大利歌剧的。”

药剂师说：“我刚才和您的丈夫谈到那个逃走的倒霉鬼亚诺达。亏得他挥霍无度，你们将住进荣镇最舒适的房子之一。这房子对医生特别方便，它有扇门开在小巷上，进出不会被人看见。另外，作为住所，也非常舒适，应有尽有：洗衣房、厨房、餐具间、客厅、水果储藏间等。这个人做事非常随性。他还在花园尽头的水池边上建了一个凉棚，专门为了夏天喝啤酒用。要是夫人喜欢园艺，可以……”

夏尔说：“我妻子不喜欢这个。虽然别人劝她多活动，可她却总是喜欢待在房里看书。”

莱昂接道：“这点跟我一样。的确，晚上，风吹打着玻璃窗，点着灯，坐在炉火边读书，这可是最美妙的享受。”

她用又大又黑的眼睛看着他说：“可不是？”

他继续说道：“什么也不想，就这样一动不动地，几个小时就过去了。你仿佛亲眼看到了那些国度，人也神游到那些地方。你的思想完全沉浸在小说当中，体验着那些细节，追随着那些奇遇。你的思想侵入了人物的身体里，仿佛在他们的身体里跳动的是你的心脏。”

她说：“对！就是这样！”

莱昂接着说：“您有没有过这种体会：书中有的想法，我们自己也曾有过，只是并不明朗，一些遥远的画面，模糊不清，却能激发您最细微的情感？”

她回答道：“我有这样的体会。”

他说：“因此，我特别喜爱诗人。我觉得诗句比散文更有感情，更能催人泪下。”

爱玛说：“不过，诗读久了也会让人厌倦。现在，我反倒喜爱那些一气呵成、惊心动魄的故事。我讨厌平凡的人物和不温不火的感情，那不是和日常生活一样了？”

文书评论道：“的确，我认为，这种不能触动心灵的作品偏离了艺术真正的宗旨。人生诸多幻灭。书中那些高尚的品格、纯洁的感情和幸福的画面能够让我们寄托思想，感受到温馨。就说我吧，住在这里，远离都市，读书是我唯一的消遣。荣镇几乎什么都没有。”

爱玛说：“是的，就像托特一样。因此，我以前一直在书报馆借书看。”

药剂师听到了最后几句话，说道：“如果夫人肯赏光，我倒有一书架好书，夫人可以随意看。都是最优秀的作家：伏尔泰、卢梭、德利尔[①]、沃尔特·司各特、《连载小说集锦》等。另外，

① 德利尔（1738—1813），法国诗人，法兰西学院院士。

我还收到各种期刊，像《鲁昂灯塔》每天都会到，因为我是这份报纸在比希、福尔热、新堡和荣镇一带的通讯员。”

晚餐一直吃了两个半小时，因为女佣阿黛米丝穿着一双粗布拖鞋，走路拖拖拉拉，干活儿漫不经心，端来一个盘子，再端来一个盘子，丢三落四，什么也不懂，老是忘了关台球房的门，门闩的一头老是打着墙。

莱昂说着话，脚不知不觉地就放在了包法利夫人椅子的横档上。她系了一条蓝色的丝绸小领结，就像褶颈圈一样，把打着小竖褶皱的细麻布衣领束得挺直。随着头部的动作，下半截脸时而缩进衣领里，时而慢慢地伸出来。就这样，他们俩靠得很近，在夏尔和药剂师聊天的时候，也开始了闲谈。他俩的话题始终都没有离开他们共同的兴趣。巴黎的演出、小说的标题、新式的四对舞、他们不了解的上流社会、她住过的托特、他们现在所在的荣镇，他们无所不谈，一直聊到晚餐结束。

上咖啡的时候，费莉西黛到新居准备房间，客人们很快也都离席。勒弗朗索瓦太太在快熄灭的炉火旁已经睡着，马夫手里提着一盏灯，等着送包法利夫妇去新居。他的红头发上沾着麦秸，左腿有点跛。他拿起神甫先生的伞，大家就出发了。

全镇都已经入睡。菜市场的柱子在地上投下了长长的影子。地是灰色的，好像夏天的晚上。

不过，医生的住所离客栈只有五十步远，大家几乎是立刻就互道晚安分手了。

爱玛一进门厅，就感觉到石灰的冷气，像一块湿布落在她的肩上。墙是新粉刷的，木台阶嘎吱作响。二楼的房间没有挂窗帘，一道微弱的白光从窗户照了进来。隐约能看见树梢，还有远处雾中若隐若现的牧场，月光下，顺着河道，牧场上升起一片水雾。房子中间横七竖八地放着五斗柜的抽屉、瓶子、帐杆、镀金的小棍，椅子上堆着床褥，地板上搁着盥洗盆。搬家具的两个人把所有东西就这么随意扔在房间里。

这是她第四次在陌生的地方睡觉。第一次是进修道院的那天，第二次是刚到托特的时候，第三次是在沃比萨，现在是第四次。每一次似乎都在她的生命中开始了一个新的阶段。她相信不一样的地方应该会有不一样的生活，过去的生活很糟糕，接下来的日子一定会好的。

第三章

第二天，她刚起床，就看见实习生在广场上。她还穿着晨衣。他抬起头来，向她行礼。她赶紧点点头，关上窗户。

莱昂整整一天都在等晚上六点钟的到来；但是，他走进客栈时，却只看见比内先生一个人坐在桌旁。

前一天的晚餐，对他说来，可是件大事；在这之前，他从来没有跟一位女士一连聊上两个小时。他对着她天马行空，侃侃而谈，那么富有文采，这对他而言可是从来没有过的表现。他一向胆小，非常低调，一半是腼腆，一半是刻意为之。荣镇人都觉得他举止得体。成年人高谈阔论的时候，他就认真地听着。似乎也不热衷于政治，这在年轻人中很是少见。而且他还多才多艺，会画水彩画，识乐谱，晚饭后如果没有牌局，就读文学作品。奥麦先生欣赏他的学识；奥麦太太喜欢他为人随和，因为他经常在花园里陪小奥麦们玩。小家伙们脏兮兮的，缺乏教养，有点愚钝，像他们的母亲一样。负责照顾他们的，除了女佣之外，还有药房的学徒朱斯坦。他是奥麦先生的远亲，奥麦家出于好心收留了他。他除了在药房当学徒之外，还给奥麦家当佣人。

药剂师作为邻居表现得无可挑剔。他告诉包法利夫人各家店铺的情况，还特地把他自己的苹果酒商找来，亲自品尝之后，下到地窖看着人把酒桶放好。他教她怎样才能买到便宜的黄油，并且替她和莱蒂布杜瓦谈妥打理花园的事。莱蒂布杜瓦是教堂的世俗执事，除了负责教堂和丧葬事宜，还打理荣镇主要的花园：根据主顾的意愿，他可以按钟点工作，也可以包年。

药剂师这样真诚地巴结包法利，并不单是因为要关照别人，他其实还另有谋划。

他触犯了十一年风月[①]十九日的法律，其中第一条禁止任何没有执照的人行医。有人暗中告发，奥麦被王家检察官传唤到鲁昂。检察官穿着制服，肩上披着白鼬皮饰带，头戴直筒无边帽，站在办公室里见了他。这是在早上开庭以前。走廊里传来宪兵的大靴子的声音，远处似乎还有大锁落上的声音。药剂师的耳朵嗡嗡作响，觉得自己就要中风倒下。他恍惚看见自己已经被关进地牢，全家号啕大哭。药房也被卖了，药瓶散落一地。他不得不走进一家咖啡馆，喝了一杯加了塞尔茨汽水的朗姆酒，才缓了过来。

日子久了，他逐渐淡忘了这次训诫，又像从前一样在药房后堂给人看病，开一些不痛不痒的药方。但是镇长怪罪，同行妒忌，这一切都让他害怕。他对包法利先生如此殷切周到，就是想赢得包法利的感激，这样即使日后包法利发现了什么，也不会说出去。因此，每天早上，奥麦都会给包法利送报纸，下午还时常离开药房，到包法利的诊所里聊一会儿。

夏尔很郁闷：没有病人上门。他常常一坐就是好几个小时，也不说话，或者在诊室里睡觉，要不就看妻子做针线活儿。为了消磨时间，他在家里干粗活儿，甚至还找出油漆匠用剩下来的油

① 风月是法兰西共和历的第六月，相当于公历2月19日（或20、21日）至3月21日（或22日）。

漆，自己试着刷阁楼。但金钱方面还是让他头疼不已。修葺托特的房子，给夫人买衣服和化妆品，搬家，两年就花光了三千多埃居的嫁妆。另外，从托特搬到荣镇的过程中还损坏丢失了那么多东西。那座神甫的石膏像就因为颠簸得太厉害，从车上掉了下去，在坎康布瓦的石板路上摔得粉碎。

还有一件事让他既担心又高兴，那就是他妻子的身孕。随着分娩期越来越近，他越来越疼爱她。一种血肉联系正在他们之间建立，他感觉到他们的结合更加复杂了。他在远处看见她懒洋洋地走着，由于没穿束胸，腰肢在髋骨上软绵绵地扭着；他们面对面地坐着，他恣意瞧着她疲倦地窝在扶手椅里；他的幸福感便再也压抑不住。他站起来，拥抱她，双手捧起她的脸，叫她小妈妈，想和她跳舞，半笑半哭地对她讲着自己能想到的各种情意绵绵的玩笑话。一想到自己有了孩子，他就心花怒放。现在他什么也不缺了。他已经历了人生的全部，现在可以悠闲地坐下，尽情享受人生了。

爱玛起初觉得非常震惊，后来又很期待分娩，想知道做母亲是怎么回事。她本想买一个有粉色罗帐的摇篮和几顶绣花的童帽，可是却不能由着自己的心愿花钱，苦闷之下，她也就懒得在婴儿的穿着上费心思了，索性一股脑地全部交给村里的一个女工去做，既不挑，也不管。这样她就没有享受到准备工作的乐趣。而这准备过程原本是能激发起母爱的。因此，从一开始，她对孩子的感情就不够深厚。

不过，由于夏尔每顿饭都要提起小家伙，很快，她也就经常想到孩子了。

她希望生个儿子，壮壮的，棕色头发，起名叫乔治；想生男孩似乎是希望弥补她一直以来的无所作为。男人起码是自由的，他可以走南闯北，跨越种种障碍，体验各种感情，抓住最遥远的幸福。可是女人却总得面临重重阻碍。女人缺乏活力，易于驯服，身体柔弱，还得受法律的各种束缚。女人的意志就像她帽子上的面纱，被细带拴着，随风飘动；总会冒出某种欲望，却又总被某种礼法遏止。

一个星期天早晨六点钟，太阳出来的时候，她分娩了。

夏尔说："是个女孩。"

她转过头，昏了过去。

奥麦太太几乎立刻就跑来吻她。勒弗朗索瓦太太也立马从金狮客栈赶来了。药剂师很讲礼数，只在门口说了几句道喜的话。他看了孩子，说孩子身体很好。

产后恢复期间，爱玛费尽心思给女儿起名字。她先是考虑所有那些带有意大利语词尾的名字，像克拉拉、路易莎、阿芒达、阿塔拉；她很喜欢嘉尔珊德，但又更倾向于伊瑟或莱奥卡迪。夏尔希望孩子用爱玛的名字，爱玛反对。他们翻遍历书，还向外人请教。

药剂师说："我前一天和莱昂先生说起这事，他很奇怪你们为什么不选玛德莱娜，这个名字现在非常时髦。"

但是包法利的母亲大喊不能用这个有罪女人的名字。至于奥麦先生，他对那些能让人想起伟大人物、光辉事件或高贵思想的名字情有独钟。他自己的四个孩子的名字都是这么来的：拿破仑代表荣耀，富兰克林代表自由，伊尔玛可能是对浪漫主义的妥协，阿达莉则是在向法兰西戏剧史上的不朽杰作致敬。因为他既崇拜哲学，也爱好艺术；既有思想家的气质，又是个感情丰富的人；他懂得想象力和狂热崇拜的区别。例如，就《阿达莉》[1]这部

① 《阿达莉》是法国17世纪著名古典主义剧作家拉辛的作品。

悲剧，他谴责其思想，却欣赏它的风格；他咒骂它的观念，却为所有的细节叫好；他被剧中人物激怒，却非常喜欢他们的对白。读到经典篇章之时，不禁心荡神驰；但是一想到教士拿这部作品来牟利，他又黯然神伤。他就这样沉浸在各种矛盾的情感当中，既想亲手为拉辛戴上桂冠，又想和他好好争辩一番。

最后，爱玛想起在沃比萨城堡的时候，听到过侯爵夫人叫一个年轻女子贝尔特，于是就定了这个名字。由于鲁奥老爹不能来，他们就请奥麦先生做孩子的教父。奥麦送的礼物都是药房的货品：六盒枣、一瓶可可淀粉、三筒蛋白松糕，还有在壁橱里找到的六根冰糖棒。洗礼的当天晚上，摆了一桌酒席；神甫也来了，大家兴致很高。快要喝酒的时候，奥麦先生唱起了《好人的上帝》。莱昂先生唱了一首威尼斯船歌。老包法利太太是教母，唱了一首帝国时代流行的浪漫曲。最后，老包法利先生非要人把小孩抱下来，拿一杯香槟酒往小孩头上倒，说是给她洗礼。他这样拿人生这头一件圣事来开玩笑，惹恼了布尔尼西安神甫，可是包法利老爹却引用《诸神之战》里的话作为回敬，神甫气得要走。女士们恳求他留下，奥麦也来调解，最后神甫总算又坐了下来，平静地端起碟子里喝了一半的咖啡，喝了起来。

老包法利先生在荣镇住了一个月。他早上去广场上吸烟斗，头上戴着顶非常气派的镶银道的军帽，把居民们都震住了。他有喝烧酒的习惯，经常派女佣去金狮客栈买上一瓶，记在儿子的账上。他给自己的丝巾熏香，用光了儿媳的科隆香水。

儿媳并不讨厌他待在这里。他见多识广，会谈起柏林、维也纳、斯特拉斯堡、他当军官的时代、他曾经的情妇、摆过的盛宴。而且他还会有一些讨人喜欢的举动，有时在楼梯上或花园里，他甚至会搂住她的腰喊道："夏尔，小心哟！"

于是老包法利太太害怕了，她为儿子的幸福担心，生怕时间一久，她的丈夫会对儿媳的思想产生不好的影响。于是她急于动身回去。也许她还担心发生更严重的事情。老包法利先生可是个无所顾忌的人。

一天，爱玛突然想去奶妈家里看女儿。奶妈是村里木匠的老婆。她也没翻历书看自己是不是已经养足了六个星期，就朝罗莱木匠家走去。木匠住在山脚下的村子尽头，在大路和草场之间。

正是晌午，烈日当空，每一家的窗板都关着，青石板屋顶被太阳照得闪闪发光，山墙头似乎火星四溅。迎面吹来一阵热风。爱玛觉得腿脚乏力，走不动了，脚也被路上的石子磨疼了。她犹豫了，是回家还是进哪家坐会儿呢。

正在这时，莱昂先生从旁边一扇门里走了出来，胳膊夹着一札文件。他走过来和她打招呼，站在勒赫家的店门前，灰色雨棚的阴影下。

包法利夫人说她正要去看孩子，但是已经觉得累了。

“如果……”莱昂没敢说下去。

“您有公干吗？”她问道。文书说没有，她就请他陪自己一道去。到晚上，这事就传遍了荣镇。镇长的妻子蒂瓦什夫人当着女佣的面说包法利夫人这是自毁名声。

去奶妈家，跟去公墓一样，出了街后要向左转，走一条种着女贞树的小路，路两边都是小屋和院落。女贞树正开着花；还有婆婆纳、犬蔷薇、荨麻也竞相争艳；灌木丛中树莓亭亭玉立。透过篱笆的缝隙能看到农舍里面，一头公猪在粪堆上站着，或是几头母牛脖颈上套着皮带，靠着树干蹭角。他们两个，肩并肩，慢慢地走着，她倚着他，他按着她的步伐，放慢了自己的步子；空气燥热，一群苍蝇在他们前面飞来飞去，嗡嗡叫着。

他们认出了奶妈的家，掩映在一棵老胡桃树下。房子很矮，棕色的瓦屋顶，阁楼的天窗下面挂了一串洋葱。一捆捆树枝立着靠在荆棘篱笆上，篱笆里面种着一畦生菜，还有几株薰衣草，支架上的豌豆正开着花。草地上脏水横流，房子周围晾着好几件说不上是什么的破衣服，几双针织的袜子，一件红印花布的女式上衣，篱笆上搭着一块粗布大床单。奶妈听见栅栏门响，走了出来。她一只胳膊里抱着个正在吃奶的孩子，另一只手牵着一个可怜的小家伙，非常瘦弱，脸上长满瘰疬，是鲁昂一个帽商的儿子，父母忙着做生意，就把他放在乡下了。

奶妈说："进来吧，您的孩子在里边睡觉呢。"

卧室在底层，整个房子只有这一间卧室。最里边靠墙放着一张没挂帐子的大床，靠窗放着一口和面缸。窗玻璃破了一块，就用蓝纸剪了一个太阳图案贴上。门后面的角落里，洗衣池的石板底下，摆着几只半筒靴，靴钉闪闪发亮。靴子旁边是一个装满了油的瓶子，瓶口插着一根羽毛。壁炉台上沾满了尘土，上面放着一些打火石、蜡烛头、零碎的火绒，还有一本书。最后，这屋子里最奢侈的一样东西是一幅画，画的是信息女神在吹小号，应该是从什么化妆品广告画上剪下来的，用六个鞋钉钉在墙上。

爱玛的孩子睡在地上的一个柳条摇篮里。她把孩子连被子一起抱了起来，一边摇晃，一边低声唱歌。

莱昂在房间里踱着步子。这位美丽的夫人穿着中国南京产的淡黄色棉布长裙，身处这样一个贫穷的地方，令他感觉怪异。包法利夫人脸红了；莱昂觉得可能是自己的目光有些失礼，就转过身去。孩子在她衣领上吐了，她就把孩子放回摇篮，奶妈立刻过来给她擦，说不会留印子的。

奶妈说："她也老吐在我身上，我老得给她洗！您能不能跟

她把孩子连被子一起抱了起来，
一边摇晃，一边低声唱歌。

杂货店老板加缪说一声，我需要肥皂的时候可以去他那儿拿点？这样我就省得再打搅您了。”

爱玛说：“好的，好的！再见，罗莱大嫂。”她走出房间，在门槛上擦了擦鞋。

奶妈一直把她送到院子尽头，喋喋不休地说着自己夜里老得起床有多辛苦。

“我有时候累得坐在椅子上就睡着了。因此，您怎么着也得给我一斤磨好的咖啡，我早上兑牛奶喝，能喝一个月。”

包法利夫人耐着性子听她说完道谢的话，就上路了。刚沿小路走了一小段，忽然听见木底鞋的声音，回头一看：奶妈又追上来了！

“有什么事？”

乡下女人把她拉到一棵榆树后面，对她开讲了。她说自己丈夫干那行，一年才挣六法郎，船长还要……

爱玛打断她：“快点说吧。”

奶妈说一个字就叹一口气：“唉！我怕他看到我喝咖啡，心里难过。您知道的，男人……”

“你们会有咖啡的，”爱玛又说了一遍，“我会给你们的！您别再啰唆了！”

“唉！太太，他受过伤，胸口抽筋抽得厉害，他说他连苹果酒都喝不了了。”

“快说吧，罗莱大嫂！”

“那么，”奶妈行了一个屈膝礼，“要是您不嫌我过分的话……”她又行了一个礼，“要是您乐意的话，”她的眼睛露出乞求的神色，“一小壶烧酒，”她终于说出了口，“我用来擦您孩子的小脚丫，那脚丫嫩得像舌头似的。”

爱玛终于摆脱了奶妈的纠缠，重又挽上了莱昂先生的胳膊。她起先走得很快，后来放慢了步子，边走边看看前方。她的视线落到了年轻人的肩膀上。他的大衣领子是黑色丝绒的。棕色头发梳得整齐又服帖，垂在衣领上。她注意到他留着长指甲，比荣镇人的都要长。修指甲是文书的一大消遣。他的文具盒里有把小刀，专门用来修指甲的。

他们沿着河走回了荣镇。夏天的时候，河水很浅，河岸很宽，花园的墙基都露出了水面，墙脚有一道台阶能通到水边。河水静静地流着，水流看上去很急，水看着很凉；水草又细又长，成片地倒在水里，被流水推动，散在清澈的水面上，像一丛丛绿色的头发。有时候，在灯心草的叶尖上，或者在莲叶上面，有一只细爪虫爬着或趴着不动。阳光照射下，水波生出许多蓝色的水泡，随即又破裂了。老柳树的枝条被剪得光秃秃的，只有灰色的树皮倒映在水中。周围的草场空荡荡的。正是农庄吃晚饭的点。爱玛和她的同伴在小土路上走着，只听得到两人的脚步声、交谈声，还有爱玛的裙子发出的窸窣声。

花园的墙顶上嵌着玻璃瓶的碎片，墙面跟温室的玻璃棚似的热得发烫。墙上的砖缝里长了桂竹香，花都开败了，被包法利夫人的阳伞边碰到，就落下黄色的花粉。金银花和铁线莲的藤条垂出墙外，跟伞边的流苏缠绕在一起，在伞面上粘一会儿才会落下来。

他们谈到一个西班牙舞团，不久要在鲁昂剧院演出。

她问："您会去看吗？"

他回答："要是可以的话就去。"

他们难道没有别的话可说吗？其实他们的眼神正在进行着一场更加严肃的交谈。当他们搜肠刮肚，找寻着平常无奇的话题时，他们两人都感觉到全身绵软无力；似乎有一种来自灵魂的絮语，深刻缠绵，将两人的交谈声给湮灭了。这种全新的美妙感觉，令他们惊奇不已，他们并不想说出来，也不想知道原因。他们沉醉在对幸福的憧憬当中，就好像身处茫茫大海之上，完全陶醉在热带风光和芬芳的和风里，并不在意自己看不到地平线。

路上有个地方被牲畜踩塌了；烂泥当中稀稀拉拉地搁了几块大青石，得从石头上走过去。她不时就得站住，寻找下一个落脚点。随着石头的晃动，她打了个踉跄，张着胳膊，身子前倾，眼神犹豫，生怕掉进水坑里。她不禁笑了起来。

到了她家花园前，包法利夫人推开栅栏门，跑上台阶，就进去了。

莱昂回到事务所。公证人不在，他看了一眼档案夹，削了一支鹅毛笔，最后戴上帽子走了。

他来到山岭上那个叫牧场的地方，就在阿格伊森林边上。他躺在冷杉树下，从手指缝里看着天空。

他自言自语："我好无聊！我好无聊！"在这样一个村子里生活，和奥麦这样的人做朋友，听命于吉约曼这样的老板，他实在是心有不甘。吉约曼一心忙着事务，戴一副金边眼镜，留一嘴红色的络腮胡子，打一条白色领结，摆出一副英国人的冷峻派头，起初真把文书给震慑住了，其实没有一点精神追求。至于药剂师的妻子，那是诺曼底最好的妻子，像绵羊一样温顺，爱护自己的子女和父母亲戚，为别人的不幸哭泣，家里的事一概不管不问，顶讨厌穿束胸。但是她的行动如此迟缓，谈话如此空洞乏味，相貌也如此普通，虽然她才三十岁，莱昂二十岁，他们门对门睡觉，他每天都要和她说话，但他从没想到过有谁会把她当成一个女人，她除了穿裙子还有什么别的女性特征。

除此之外，还有谁呢？比内、几个商人、两三个小酒馆老板、神甫，最后还有镇长蒂瓦什先生和他的两个儿子。蒂瓦什一家有钱，粗鲁，愚钝，亲自种地，在家里大吃大喝，却又虔心信教，实在是令人无法忍受。

所有这些面孔构成了一道普通无奇的背景，爱玛的形象显得那么孤零零的，那么遥远；因为他感到在她和他之间，隐约隔着一道深渊。

起初，他和药剂师一起去过她家几次。夏尔好像并不是特别乐意招呼他。莱昂既怕自己冒昧，又想跟夏尔亲近，可是又觉得不可能跟他亲近起来，他也不知道该如何是好。

第四章

冷天一来，爱玛就离开卧室，搬到厅房里住了。厅房很长，天花板很低，壁炉上的镜子前面摆了一盆密密丛丛的珊瑚。她坐在窗边的扶手椅里，看着镇里人在人行道上来来往往。

莱昂每天从事务所来金狮客栈两次。爱玛远远地听到他走来，她倾着身子听，年轻人总是同样的装束，从窗帘外悄悄走过，头也不回。黄昏时分，她左手托着下巴，膝盖上扔着刚开始做的绣活儿，忽然看见他的影子溜过，她不禁全身战栗。她站起来，吩咐摆上餐具开饭。

奥麦先生总是在晚餐时来他们家。他手里拿着希腊帽，悄悄走进来，怕打扰他们。他总是说着同样的话："晚上好，各位。"然后，他就到餐桌前自己的位子上坐下，他总是坐在包法利夫妇中间。他问医生一些关于病人的情况，医生也同他商量该收多少诊费。接着，他们就谈报纸上的新闻。每天到了这个时候，奥麦差不多已经能把报纸背诵下来了。报纸的全部内容他都如数家珍，包括记者的评论和国内外的一些个人遭遇的惨祸。不等话题谈得山穷水尽，他就开始就眼前的菜肴发表意见。有时，他甚至探起身子，很周到地为夫人挑选一块最嫩的肉，或者转过身去教女佣人一些做炖肉和健康的调味方法。他大谈香料、味精、肉汁和明胶，听得人赞叹不已。他脑子里的配方比他药房里的瓶子还多。他擅长做各式果酱、醋和甜酒，他还知道新发明的节约用热能的方法，以及保存奶酪和处理酿坏了的葡萄酒的技术。

到八点钟，朱斯坦来找他回去，药房得关门了。奥麦先生就用嘲弄的目光瞅着他的学徒，尤其是费莉西黛也在的时候，因为他早就发现朱斯坦特别喜欢来医生家。

他说："我的这个小伙开始有主意了。我敢肯定，他爱上了您家的女佣人，如果不是，我情愿被魔鬼带走。"

但是学徒还有一个更严重的错误，招致药剂师责备，那就是他总爱在一旁听大伙儿说话。比如说，星期天的晚上，奥麦家有聚会的时候，孩子们在安乐椅里睡着了，椅套太大，被孩子们的脊背给蹭了下来，奥麦太太叫他来把孩子们抱走，可他就是赖在客厅不肯走。

并没有多少人来参加药剂师家晚上的聚会。由于他老说别人坏话，还爱议论政治，有身份的人都跟他逐渐疏远了。只有文书每次都来。门铃一响，他就跑去迎接包法利夫人，接过她的披肩；下雪天里，她会在鞋外边再套双粗布条拖鞋，他就把她脱下的拖鞋放在药房的桌子下面。

他们先玩几盘"三十一点"，然后奥麦先生和爱玛玩一种两人纸牌，莱昂就站在她身后给她出主意。他把手搭在她的椅背上，看着她发髻上插着的梳子。她每次出牌的时候，手臂都会把右侧的裙子往上牵起。她的头发往上盘起，在后背映下一片棕色，越往下越淡，逐渐消失在阴影之中。她蓬松的裙裾，上面打满了褶皱，从椅子两边垂下，摊落在地上。有时莱昂发觉自己踩到了她的裙子，就赶紧把脚挪开，好像踩了别人的脚一样。

打完了纸牌，药剂师又和医生玩起多米诺骨牌来。爱玛换了座位，胳膊肘撑在桌子上，翻看着《画报》。她还带来了自己的时装杂志。莱昂坐在她身边，他们一起看图画，先看完的会等着对方看完再翻页。她时常请求他读诗，莱昂就拉长了音调朗诵，读到爱情的段落，连呼吸都分外小心。但是打骨牌的声音实在是破坏气氛。奥麦先生是个高手，夏尔输得一塌糊涂。打满了三个一百分，他们两个到壁炉前，伸长腿，半躺半坐着，很快就睡着了。火快灭了，茶壶已经空了，莱昂还在朗诵。爱玛一边听，一边无意识地转着灯罩。灯罩上画了几个小丑皮埃罗坐在马车里，还有几个舞女手拿平衡木正在走绳索。莱昂停下不念了，让爱玛看已经睡着的那两个人；于是他们就低声谈起话来，这悄悄话显得特别情意绵绵，因为不怕别人听见。

这样，他们俩就开始定期联系，他们总是交换书和乐谱。包法利先生不是个爱妒忌的人，他们的交往并没有让他觉得奇怪。

医生过生日的时候，收到一个漂亮的头骨模型，蓝色的，上面密密麻麻地标着数字，一直标到胸口。这是文书的心意。他对医生可没少献殷勤，甚至替医生去鲁昂买东西。一个小说家写了一本书，引起了人们对热带植物的爱好，莱昂就给包法利夫人买了一盆仙人掌，坐燕子号带回来。一路上他就把花放在膝盖上，用手扶着，手指都被扎破了。

爱玛在窗台上安了一块木板，四周有栏杆，把花盆放在里面。文书的花架则是吊在窗口的。他们能看到彼此在窗口侍弄花草。

在全村的窗户当中，有一家比别家更忙；每个星期天，从早到晚，还有天气好的下午，都能透过顶楼的天窗看到比内先生瘦小的侧影俯在他的车床上，车床发出单调的轰隆声，在金狮客栈都听得见。

一天晚上，莱昂回到房间，发现了一块地毯，浅色底上织着绿叶图案。他叫奥麦太太、奥麦先生、朱斯坦、孩子们和厨娘来看。他甚至还告诉了他的老板。大家都想见识一下这块地毯。医生太太为什么要送文书这样一份厚礼？这也太奇怪了。于是大家一口咬定她是他的“情人”。

他的表现确实让人往这方面想。他总是跟人说她有多漂亮，多有才情，听得比内都烦了，有一次就很不客气地回他：“这关我什么事！我跟她又没有来往。”

莱昂绞尽脑汁琢磨着该怎么对她表白。他既怕惹她不高兴，又为自己的懦弱觉得羞愧，老是犹豫不决；想说却没有勇气，不说又压抑不住自己的欲望，他痛苦万分。后来，他痛下决心，写了几封信，可是又撕掉了，定了时间，又一再拖延。他时常鼓足勇气往爱玛家走去，但一见到爱玛他的决心就烟消云散了；有时夏尔会突然出现，邀他一同乘马车去看附近的病人，他就立刻答应，行礼辞别夫人，和医生一起出发了。不能跟她一起，跟她的丈夫在一起也好，那至少也是跟她有关的人。

至于爱玛，她并没有问过自己是否爱他。因为对她来说，爱情应该像雷雨一样，突然从天而降，电闪雷鸣，将生活搅得天翻地覆，像狂风席卷落叶一般夺走人的意志，把人的心坠入深渊。她不知道，檐槽一旦堵塞了，雨水会将屋顶的平台变成一汪湖泊。她待在屋里，以为安然无事，突然抬首，却发现墙上已经有了一条裂缝。

第五章

二月的一个星期天下午，天飘着雪。包法利夫妇、奥麦和莱昂先生，一同去离荣镇半古里的河谷里，参观一家新建的麻纺厂。药剂师把拿破仑和阿达莉也带上了，说想让他们活动活动。朱斯坦肩上扛着几把雨伞，一路陪着孩子们。

然而，这工厂实在没什么可看的。一大片空地，乱七八糟地堆着些沙子和石子，几个已经生了锈的齿轮，当中有一座长方形的房子，墙上挖了很多小窗户。房子还没盖好，从屋顶的椽木间可以看见天。墙头的梁上，绑着一捆麦秸，还掺杂着麦穗，捆麦秸的三色带子迎风作响。

奥麦开始讲解。他对同伴们解释这家厂房未来的规模，估计地板的承重力和墙壁的厚度，可惜没有带把量尺。其实比内就有一把，可以供他随意使用。

爱玛伸出胳臂让莱昂挽住，身体轻轻靠在他的肩膀上，看着远处的太阳在雾中发出耀眼的白光。她转过头，看见了夏尔。鸭舌帽遮住了他的眉毛，厚厚的嘴唇微微颤动着，看上去冒着傻气；他安稳的后背也让她看着来气；他的大衣也是，她觉得跟他的人一样俗不可耐。

她这样打量着他，气恼之余竟然感到了一丝反常的快感。莱昂往前走了一步。他的脸冻得发白，看起来显得既忧郁又温柔。他领结系得有点松，衬衫的领子微敞着，露出脖颈下面的皮肤。一绺头发盖住了耳朵，只露出耳垂。他仰头看着天上的云，爱玛觉得，他蓝色的大眼睛比映照着碧空的深山里的湖泊还要清澈，还更美丽。

“该死！”药剂师忽然叫起来。

他的儿子跳到了石灰堆里，想把鞋涂成白色。他赶快跑过去一通责骂。拿破仑开始号哭。朱斯坦拿来一把麦秆，帮他擦鞋。还需要用小刀刮。夏尔递过自己的刀子。

她想：“啊！看他，口袋里竟然装着一把刀，跟个庄稼汉似的！”

直到下霜的时候，他们才回到荣镇。

晚上，包法利夫人没有随夏尔一道去邻居家。一个人独处的时候，她回想着白天的事情，回忆中的影像模模糊糊，但是她几乎立刻又感受到了那种鲜明的对比。她躺在床上，看着燃烧的炉火，火光中仿佛看到莱昂站在那里，一只手弯折着自己的软手杖，另一只手牵着阿达莉，小女孩正安静地吮吸着一块冰。她觉得他充满魅力，她无法不想他。她想起了他其他日子里的姿态，他说过的话，他的声音，他整个人；于是她伸出嘴唇，要吻他似的，一遍遍地说着：“是啊，迷人！迷人……他是不是爱着什么人呢？”她问自己：“谁呢……就是我呀！”所有的证据都同时展现在眼前，她的心怦怦乱跳。壁炉里的火焰在天花板上欢快地摇曳着；她平躺在床上，摊开双臂。

然后她开始哀叹：“唉！假如这是上天的安排，有什么不可以呢？谁会阻拦呢……”

夏尔半夜回来的时候，她装作是刚刚睡醒。他脱衣服弄出了声音，她就抱怨头痛；然后她漫不经心地问他聚会的情形。

他说："莱昂先生很早就上楼了。"

她不禁露出一丝微笑，内心充满了一种全新的美妙感觉，进入了梦乡。

第二天天将黑的时候，卖服饰的勒赫先生来访。这是个精明能干的人。

他生在加斯科涅，后来在诺曼底生活，因此既像南方人一样能说，又像科城人一样狡猾。他脸庞虚胖，没有胡须，像抹了一层淡淡的甘草汁。一头白发，黑色的小眼睛，目光犀利。没有人知道他的底细，有人说他当过货郎，有人说他在鲁托开过钱庄。但有一点是确定无疑的，他精于算计，连比内也怕他几分。他非常谦恭，近乎谄媚，总是哈着腰，像在跟人行礼，或者是在发出邀请。

他带了一顶镶着绉纱的帽子，进门后把帽子挂在门口，把一个绿色的纸盒放在桌上，然后就开始委婉地对夫人抱怨，说自己直到现在还没有得到夫人的信任。他那样寒酸的小店自然不配受到高雅女士的青睐；他在说"高雅女士"的时候着重加强了语气。不管是配饰、衬衣、帽子还是时装，只要她吩咐一声，他都会尽心为她采办，因为他每个月都要去四趟城里。他和城里各大商号都有联系。在"三兄弟""金胡子""大野人"等商号，只要提起他的名头，那真是无人不知、无人不晓！今天，机会难得，他进到了几样紧俏品，顺路拿来给夫人看看。他从纸盒里拿出半打绣花领子。

包法利夫人看了看，说道："我用不着这些。"

勒赫先生又小心地拿出三条阿尔及利亚披肩，好几包英国针，一双草编拖鞋，最后是四个苦役犯雕镂的椰壳蛋杯。然后，他双手撑在桌上，伸着脖子，倾着身子，张着嘴，追随着爱玛的视线。爱玛看来看去，眼神犹豫不决。他把披肩完全展开，不时用指甲弹一下缎面，像是要掸掉上面的灰尘。披肩微微颤动，发出了窸窣的响声；暗绿的暮色中，缎面上的金片闪闪放光，仿佛一颗颗的小星星。

“披肩多少钱？”

“没几个钱，”他回答道，“钱的事不着急，您方便的时候再给。”

爱玛考虑了一会儿，最后还是谢绝了。勒赫先生毫不介意，说道：“好吧，一回生，二回熟；我总是乐意为太太们效劳，除了我家里那位！”

爱玛微笑。

玩笑之后，他显出一副老好人模样，说道：“我跟您说，我不看重钱……您要是手头紧的话，我可以借给您一些。”

她露出了惊讶的神色。

他赶快小声说：“啊！我不用跑老远帮您去借。相信我吧！”

然后他开始问起法兰西咖啡馆老板泰利耶老爹的情况，包法利先生正给这位老爹看病。

“泰利耶老爹得的什么病？他一咳嗽，整个房屋都在抖。我怕过不了多久，他就用不着法兰绒衣服，而是要一副冷杉棺木了。他年轻的时候可是花天酒地！夫人，这种人一点节制都没有！他的身体都被烧酒烧坏了！不过，不管怎样，看着一个熟人离开，总叫人心里不好过。”

他一边扣上纸盒，一边谈论着医生的病人。

他瞧着窗外，一脸不高兴地说：“这天气，肯定是这天气害得人得这些病！我也觉得不舒服。改天我也要来让医生看看，治一下背疼。打扰了半天，再见，包法利夫人，随时为您效劳。”

他轻手轻脚地把门关上。

爱玛叫人用托盘把晚餐送到房间里的火炉边。她慢慢地吃着，觉得一切都很称心。

“我刚才是多么理智！”她想起了披肩，自言自语道。

她听见楼梯上有脚步声：莱昂来了。她站起来，在五斗柜上的一堆要缲边儿的抹布中随便拿了一块。他进来时，她做出正忙着干活儿的样子。

交谈很是沉闷。包法利夫人说了上句，便没有了下句。莱昂只好尴尬地待着。他坐在壁炉旁边的一把矮椅子上，手里转着她的象牙针线盒。她飞针走线，不时用指甲在抹布上压褶。她不说话，他也不说话，入迷地看着她沉默的样子，一如往常听她说话的时候。

“可怜的小伙子！”她心里想。

“我哪里惹她不高兴了？”他问自己。

最后，莱昂终于开口说他近期要去鲁昂给事务所办事。

“您的音乐杂志到期了，要不要我去续订？”

“不用。”她答道。

“为什么？”

“因为……”

她抿住嘴唇，慢慢地抽出长长的灰线。

这针线活儿激怒了莱昂。爱玛的手指尖似乎都被磨破了。他想到了一句殷勤话，但又不敢说出来。

“您放弃了吗？”他说。

“什么？”她很快接话，“音乐吗？啊！上帝啊，是的！打理家务，照顾丈夫，这么多活儿，这么多分内的事，哪样不比音乐重要呢！”

她看看钟，夏尔还没回来。她做出担心的样子。她甚至说了两三次：“他是个好人！”

文书喜欢包法利先生。不过，看到她对丈夫这样关切，他感到既惊讶又不舒服。但他还是跟着赞扬医生。他说他听见大家都这么说，尤其是药剂师。

“啊！他是个简单善良的人。”爱玛又说。

“当然。”文书答道。

然后他说起奥麦夫人来，平常他们老笑她不修边幅。

爱玛打断了他：“那又怎样？一个好母亲是不会在自己的穿着打扮上费心思的！”

然后她又不说话了。

接下来的日子里，她都是这样。她的言谈举止都变了。她悉心料理家务，定期去教堂，对女佣人也管得更严了。

她从奶妈那里接回了贝尔特。家里有客人来的时候，费莉西黛就把孩子抱出来。包法利夫人撩起孩子的衣服，给客人看她的小胳膊小腿。她说她爱孩子，孩子给她安慰和快乐，孩子是她的安慰、她的乐趣、她的癖好。她一边抚摸着孩子，一边表达着爱意，如果不是知道底细的荣镇人，恐怕要把她错当作《巴黎圣母院》里爱女情深的好妈妈呢。

夏尔回到家里，总发现拖鞋已经在火边烘着。现在他的背心再也不缺衬里，衬衫也不再缺纽扣，甚至连他的睡帽也都整整齐齐地叠放在壁橱里面。他看在眼里，乐在心里。她不再像从前一样讨厌去花园里散步。无论他有什么提议，她都同意；即使猜不懂他的意图，她也总是顺从，毫无怨言。莱昂看见他饭后坐在炉边，手放在肚子上，脚搁在柴火架上，酒足饭饱，脸颊发红，满眼幸福之色，孩子在地毯上爬，身材苗条的爱妻从椅背上探过身子吻他的额头。

莱昂不禁想：“我真是疯了！怎么可能得到她？”

她显得这样圣洁，不可亲近，莱昂放弃了一切希望，连最渺茫的希望也不敢再存。

他不再想要得到她，而是将她置于非凡的境界。他得不到她的肉体，于是在他心中，她已经摆脱了肉体的桎梏，超脱了凡尘，圣女一般高高在上。这是一种纯洁的感情，并不妨碍日常生活；这是一种稀有的感情，因此需要人用心培养；拥有它令人欢欣，失去它更加令人痛苦。

爱玛瘦了，双颊苍白，面孔也变长了。黑头发，大眼睛，挺直的鼻梁，步履像小鸟一般轻盈，总是沉默寡言。她仿佛是到凡尘历练的圣女，没有沾染一丝浊世的风尘，额头隐约可见崇高宿命的印记。她忧郁而又平静，温柔而又持重，散发出一种冷若冰霜的魅力。她身边的人会不禁战栗，仿若身处教堂，同时感受到大理石的冰凉和鲜花的馥郁。不仅是莱昂，别人也都无法抵御这种魅力。药剂师说：“这不是个凡女子，就是做县长夫人都委屈了。”

太太们称赞她节俭，病人夸她讲礼数，穷人说她心善。

其实她内心充满欲念、愤怒和怨恨。笔直的衣裙褶皱下掩藏着一颗躁动的心，紧闭的双唇压制着内心的风暴。她爱莱昂，但却寻求独处，享受尽情想象的乐趣。看见真人反而会破坏这种冥想的快乐。听见他的脚步声，爱玛的心就怦怦乱跳；但是见面之后，激动之情却消减了，对此她本人也深感惊讶，最终陷入忧郁。

莱昂并不知道，当他心灰意冷地离开她家之后，她会站起来看他在街上走着。她关注他的举动，暗中观察他的神情，甚至编造借口去他的房间。她觉得药剂师真是幸福，能够和他住在同一个屋檐下。她的思绪总是离不开这幢房子，就像金狮客栈的鸽子，老是飞来这里，用檐槽里的雨水清洗粉红的爪子和白色的翅膀。爱玛越是觉察到自己的爱意，就越是尽力地抑制，不让它流露出来，想让它渐渐消减。她也希望莱昂能明白她的心思；她甚至设想了一些偶然的机会或是变故，能让他明了。她并没有去做，也许是懒惰，或者害怕，还有廉耻。她想到她可能已经将他推开得太远，时机已经错过，一切都已无法挽回了。于是，她对自己说“我是个贞洁的女人”，在镜子前摆出认命的姿态，自以为做出了很大的牺牲，凡此种种，让她感到骄傲、快乐和些许安慰。

于是，肉体的欲望、对金钱的渴求，还有爱情的失意，全部纠缠在一起，令她痛苦不堪。可她不但不想从中摆脱，反而越陷越深，甚至到处寻找机会加深自己的痛苦。菜没烧好，门没关紧，都会让她生气；没有天鹅绒衣服、没有幸福、梦想无法实现、住的房子太小，都让她哀叹。

最令她恼火的是，夏尔似乎一点儿没有觉察到她的痛苦。他居然深信自己给她带来了幸福，这种愚蠢的想法对她简直是一种侮辱；她做出了这么大的牺牲，而他却活得心安理得，简直就是忘恩负义。她这样自我克制究竟是为了谁？他不正是她幸福的障碍和一切痛苦的根源？他不正像皮带上的扣针一样，将她紧紧扣住，令她动弹不得？

于是，她将自己因烦闷而产生的种种怨恨通通转嫁到夏尔身上。她想努力减轻自己的怨恨，结果反而令它日益加重。因为这徒劳无功的努力令她更加觉得灰心失望，也更加拉远了他们之间的距离。她讨厌自己的温柔。平常的家境令她向往奢华的生活，夫妻间的恩爱使她产生了出轨的欲念。她甚至希望夏尔打她，这样她就能名正言顺地憎恨他、报复他。她脑子里产生的可怕想法有时令她自己都感到惊讶。于是她只好继续面带笑容，对自己重复着“我很幸福”，装出幸福的样子，让别人相信事实的确如此。

然而她讨厌自己这样虚伪。她想同莱昂一起私奔，去一个遥远的地方，尝试一种新的生活。但是只要一想到这里，她就会隐约感到有一道黑魆魆的深渊挡在面前。

她想：“如果他不爱我了，我怎么办？我能指望谁来拯救我，安慰我，帮我减轻痛苦？”

她低声啜泣，以泪洗面，直至精疲力竭，呼吸困难，看上去就像要死了似的。

女佣进房时看到她这样，就问：“为什么不告诉先生呢？”

爱玛说：“这是神经方面的毛病。不要告诉他，免得他难过。”

费莉西黛又说：“啊！对了，您就像小盖兰一样，波莱打鱼的盖兰老爹的女儿。我到您家来以前在迪耶普认识的。她老是愁眉苦脸地站在门口，就像一块裹尸布挂在那里。听说是因为她脑袋里有雾，医生看不好，神甫也没办法。发作得厉害的时候，她就一个人跑到海边。海关的长官巡逻的时候，经常看到她趴在鹅卵石上哭。后来她嫁人了，听说她的病就好了。”

爱玛说：“可是，我这病却是嫁人之后才得的。”

第六章

一天傍晚，她坐在打开的窗前，刚刚看见教堂的管事莱蒂布杜瓦在修剪黄杨，忽然就听到晚祷的钟声响起。

正是四月初，报春花已经开了。一阵暖风吹过新松过土的花圃。花园像女人一样，正忙着梳妆打扮，迎接夏天的节日。从花棚的栅栏往外望，可以看到河水蜿蜒曲折地流过草场。杨树光秃秃的，叶子还没有长出来，在暮霭的映染下，树枝仿佛挂了一层透明的薄纱似的，轮廓呈现出淡淡的紫色。远处有牲畜在走动，但是既听不到它们的脚步声，也听不到它们的叫声。空气中一直响着晚祷的钟声，平和中透着哀怨。

听着这绵绵不绝的钟声，少妇沉浸在对少女时代和寄宿生活的回忆当中。她想起了圣坛上的大烛台，比花瓶和神龛还要高。她真想像从前一样，和修女们一起伏在跪凳上祈祷，一长排的白色面纱中夹杂着一片片的黑色，那是修女们的黑风帽。星期天做弥撒的时候，她抬头看到圣母慈祥的面容，周围缭绕着蓝色的烟雾。想到这里，她突然觉得自己柔弱无力，飘零无依，就像暴风雨中的一根鸟羽。于是，她不由自主地往教堂走着，满怀虔诚，不管将要进行的是什么宗教仪式，只求能把灵魂投入其中，忘掉世间的一切。

她在广场上遇到了正往回走的莱蒂布杜瓦。他为了一天能挣两份工钱，会先放一下花园的活儿，敲完钟再回去接着做。因此晚祷钟并没有固定的钟点，完全看他什么时候方便回教堂。再说，早点敲钟还能提醒孩子们该去上教理课了。

已经陆续有孩子到了。有几个孩子在墓地的石板上玩弹子，还有几个骑在墙头，晃动两腿，拿木底鞋踢着墙边的荨麻。这片荨麻长在围墙和新坟之间，是整个墓地唯一的一块绿地；别的地方都是石头，上面老是蒙着一层细土，扫也扫不干净。

穿着软底鞋的孩子们在石板上跑来跑去，好像这是特意为他们铺的地板。钟声也淹没不了他们的叫声。钟楼高处垂下一根粗绳，拖在地上，随着绳子振幅的减弱，钟声也越来越小。几只燕子划空飞过，发出阵阵低鸣，很快飞回屋檐下黄色的燕巢里。教堂尽里边点了一盏灯，所谓灯，其实就是一个挂在半空的玻璃盏，里面点着一根灯芯。远看过去，灯光好像一个白点在灯油上颤动。一束长长的日光穿过教堂的中厅，两侧和角落则显得更加阴暗。

“神甫在哪里？”包法利夫人问一个男孩。转门有些松了，小孩正在摇晃转门玩。

“他马上就来。”小孩答道。

果然，门嘎吱响了，布尔尼西安神甫从住所出来了。孩子们乱糟糟地挤进了教堂。

“这些调皮鬼！”神甫嘀咕说，“总是这样！”

他的脚碰到一本破破烂烂的教理书，赶紧捡起来，说道：“什么都不爱惜。”

他看见了包法利夫人，又说：“对不起，我没有认出来是您。”

他把教理书塞进口袋，站在那里，两个手指摆动着圣器室沉重的钥匙。

夕阳的余晖照亮了他的脸，衬得他身上的长袍更加暗淡。袍子的胳膊肘已经磨得发亮，下摆也脱了线。宽阔的胸膛有一排小纽扣，纽扣周围布满了油污和烟渍，离领巾越远，污渍就越多。领巾上面露出了红色的脖颈，能看到下半部分布满了褶皱和黄斑，再往上就被灰色的络腮胡给挡住了。他刚吃过晚饭，呼吸很沉重。

“您好吗？”他问道。

“不好，”爱玛答道，“我很难受。”

神甫说：“可不！我也一样。天一热，人就觉得特别虚弱，是吧？可是，能怎么样呢？圣·保罗说过，我们生来就是受苦的。不过，包法利先生是怎么想的？”

她做了个不屑的手势，说：“他嘛！”

老实人很惊讶：“怎么！他没有给您开药方吗？”

爱玛说：“啊！我需要的不是尘世的药。”

但是神甫不时地往教堂里面看：孩子们都跪在那里，互相用肩膀推搡，好像一排立着的纸牌一样，一倒就是一大片。

她接着说：“我想知道……”

神甫生气地喊道：“等着，等着，里布代，看我不打你耳光，捣蛋鬼！”

然后，他又转身对爱玛说：“他是布代木匠的儿子，父母有钱，把他惯坏了。不过他很聪明，只要肯学，就学得特别快。我有时候开玩笑叫他‘里布代’，因为去马罗姆要经过一个叫作

‘里布代’的山坡。我的里布代，我甚至叫他‘里布代坡’[①]。啊！有一天，我讲给主教大人听，大人居然笑了，真是赏脸。——哦，包法利先生好吗？”

她似乎没有听见。

他又问：“一定非常忙吧？因为他和我，我们是教区里最忙的两个人了。他呀，他是治疗身体的医生，”他粗声笑着，“我呢，我是拯救灵魂的医生。”

她用哀求的眼神看着神甫：“是啊……您是救苦救难的。”

“啊！别提了，包法利夫人！就今天早上，我还去了趟下狄奥镇，一条母牛腹胀，他们说是中了邪。他们的母牛，我也不知道是怎么回事……对不起。隆格玛！布代！该死的！你们有完没完！”他一步就冲进了教堂。

顽童们正挤在大讲经台周围，爬到了唱诗班领唱的凳子上，打开了祈祷书；还有几个蹑手蹑脚，正往忏悔室里溜。神甫来了，巴掌像雹子似地落下，给了小家伙们一顿耳光。他揪住他们的衣领，把他们从地上拎起来，用力按跪在祭坛的石板地上，好像要把他们像树一样栽进地里去。

他回到爱玛身边，拿出一条大印花手帕，用牙齿咬住一个角，对她说：“这些庄稼人很可怜！”

她答道：“还有别的可怜人。”

“当然！比如说，城里的工人。”

“我不是说他们……”

“对不起！！我也认识一些可怜的母亲，都是贤德的好女人，

① 这是神甫玩的文字游戏，因为在法语中，mont（山坡）和 mon（我的）发音相同，他亲切地叫小家伙“我的里布代”的时候，听起来就成了“里布代坡”。

真正的圣徒，可是却连面包也吃不上。”

“不过还有些人，”爱玛说的时候，嘴角都抽搐了，“神甫先生，有些人虽然有面包，却没有……”

神甫说：“没有柴火过冬。”

“唉！那有什么关系？”

“什么！没有关系？在我看来，一个人只要温饱解决了……因为，说到底……”

她叹了一口气：“我的上帝！我的上帝！”

他有些担心，把身子向前移动了一下，“您不舒服吗？是不是消化不好？包法利夫人，您应该回家喝点茶，或者喝一杯红糖水，这样您就会恢复精神的。”

她看上去好像刚从梦中惊醒：“为什么？”

“您把手放在额头上，我以为您头晕呢。”

然后，他换了个话题：“您是有事要问我吧？什么事？我想不起来了。”

“我吗？没什么……没什么……”爱玛重复着。

她看看周围，目光慢慢地落在了身穿道袍的老神甫身上。两人面对面，互相看着，没有说话。

他终于开口了：“那么，包法利夫人，请您原谅，您知道，职责第一。我得去应付那些调皮鬼了。他们马上要第一次领圣体了。我怕到时候出乱子！因此，从主升天节开始，我给他们每星期三加一小时课。这些可怜的孩子！得早点指引他们走上主的道路。其实主已经通过圣子之口，向我们做出了这样的指示……祝您健康，夫人，替我向您的丈夫致敬！”

他走进教堂，在门口就做出了要下跪的姿势。

爱玛看着他迈着沉重的脚步，头往一边歪，双手向外半张着，消失在两排长凳中间。

于是她也转动脚后跟，身体僵硬，就像一座雕像在支撑轴上转动，转身走上了回家的道路。但是神甫粗重的嗓音、顽童们清脆的声音，还是传到了她的耳朵里，在她身后响着。

“您是基督徒吗？”

“是的，我是基督徒。”

“什么是基督徒？”

“基督徒就是受过洗礼的人……受过洗礼的人……洗礼的人……”

她抓住扶手爬上楼梯，走进卧室，倒在一张扶手椅里。

白色的日光透过玻璃窗照进来，逐渐变暗。暮色笼罩下，家具静静地待在原处，一动不动，似乎消失在黑暗的海洋中。壁炉里的火已经熄灭，挂钟的钟摆一直在摇摆着。爱玛感到有些诧异，万物如此安宁，而她的内心却是如此混乱。小贝尔特站在窗户和做针线的桌子之间，穿着编织的小靴子，摇摇晃晃地来到母亲身边，揪她的围裙带子。

“不要打扰我！”爱玛用手把她推开。

小女孩很快又走了过来，离母亲的膝盖更近；她把胳膊支在母亲的膝盖上，抬起蓝色的大眼睛望着母亲，嘴里流出一道清凉的口水，滴在母亲的绸围裙上。

“别烦我！”少妇火了，重复道。

孩子被母亲的面孔吓坏了，哭了起来。

“咳！不要烦我呀！”她用胳膊推开女儿。

贝尔特摔倒在五斗柜脚下，碰到了铜拉手，脸划破了，开始流血。包法利夫人赶快上前把她扶起来，摇铃叫女佣，铃铛的绳子都被她扯断了，她就用尽全身力气喊。她正要咒骂自己的时候，忽然一眼看见了夏尔。原来已经到了吃晚餐的时间了。

“你看，亲爱的，”爱玛没事人似地对他说，“小东西玩时不小心，在地上摔伤了。”

夏尔叫她不用担心，情况并不严重，然后就找胶布去了。

包法利夫人没有下楼到餐厅去，她想一个人守着孩子。看着孩子睡着了，她的担心才慢慢地消退。回想起来，想到自己为了这么点小事就这么慌乱，她觉得自己很傻，也很善良。贝尔特已经不哭了。当她呼吸时，也看不到棉被的起伏。她的眼角挂着一大滴泪珠，眼皮微睁着，睫毛当中露出了两个暗淡的凹陷进去的瞳孔。胶带贴得很紧，把她的脸蛋都拉歪了。

“真奇怪，”爱玛心想，“这孩子怎么这么丑！”

夏尔吃过饭后去了药房还胶带，夜里十一点钟才回家，看见妻子还站在摇篮旁边。

“我跟你说过，不会有事的。”他吻着她的额头说道，“你就不要再折磨自己了，可怜的小妈妈，你会把自己弄病的！”

他在药房待了很久。尽管他并没有表现得很着急，但奥麦先生还是竭力地给他打气，要他打起精神。他们谈起儿童时期会遭遇的各种危险和佣人的马虎大意。奥麦太太就有这样的经历。她小时候厨娘把一碗滚烫的汤打翻在了她的罩衣上，到现在胸口都还有疤痕。因此，她的父母采取了各种防范措施。刀子从来不磨，地板也不打蜡，窗户上装了铁栅条，壁炉前也安了牢固的护栏。至于小奥麦们，看似没有管束，其实只要他们稍微动一动，就有人在后面盯着。只要有点伤风感冒，父亲就给他们灌药。四岁多了，他们的头上还一直戴着棉箍，是奥麦太太执拗地非要这样做的。她的丈夫心里很是纠结，生怕孩子们的脑袋被这样箍着，智力会受影响。

有一次，他不经意间对妻子说道：“你是要把他们变成加勒比人，还是博托克多人[①]？”

夏尔好几次想要打断他。

上楼时，文书走在夏尔前头。夏尔在他耳边小声说：“我有话跟您讲。”

“莫非他察觉到什么了？”莱昂寻思着。他心跳加速，做着各种猜想。

最后，夏尔关上门，请莱昂去鲁昂打听一下，拍一张照片要多少钱。他想穿黑色礼服拍张照片，给妻子一个惊喜，表达自己对她的关心。但是他想先了解一下价格。这应该不会太麻烦莱昂，因为他几乎每个星期都要进一次城。

进城干什么？奥麦猜想这是年轻人的通病，有什么风流勾当。但是他猜错了，莱昂在城里并没有一个相好。他比从前更加忧郁。勒弗朗索瓦太太发觉他盘子里剩的菜越来越多了。她想知道是怎么回事，就跟税务员打听。比内没好气地说：“警察局又没有付他薪水让他干这个”。

不过，比内也觉得莱昂很奇怪，因为他吃饭的时候老是靠在椅子上，摊开双臂，抱怨人生。

“那是因为您没有什么消遣。”税务员说。

“什么样的消遣？”

“我要是您，就弄一台车床玩！”

“可我不会车东西呀。”实习生答道。

“这倒是！”比内摸着下巴，有一些轻蔑，又有几分得意。

莱昂厌倦了没有结果的爱情。生活一成不变，既没有兴趣，也没有希望，对他而言只是沉重的负担。他对荣镇和荣镇

① 博托克多是巴西东南部的一个印第安部落。

人都感到如此厌烦，以致于一看到某些人，某些房子，他就会不由自主地生气。药剂师虽然是个好人，但却让他觉得无法忍受。他想换个环境，这样的前景虽然很有诱惑力，却又让他觉得恐惧。

他先是害怕，很快又变得急不可耐。巴黎在远方对他挥手，化妆舞会的铜管乐和姑娘们轻佻的笑声都在呼唤着他。既然他得去那里读完法律课程，为什么不动身呢？难道有人不让他去吗？于是他开始在心里进行准备，设想着以后的生活。他想着如何布置房间的家具。他要在那里过艺术家的生活！他要学吉他！他要穿居家袍，戴巴斯克便帽，穿蓝色天鹅绒拖鞋！他俨然已经在欣赏壁炉上交叉摆着的两把花式剑，宝剑上方还挂着一个死人的头颅和一把吉他。

难处在于首先要征得母亲的同意；不过，她同意应该是理所应当的。甚至连他的老板都劝他换一家事务所，争取更好的发展。于是莱昂采取了一个折中的办法，想去鲁昂找个二等文书的职位，但却没有找到。最后，他给母亲写了一封长信，详细地阐述了他要立刻去巴黎的理由。母亲同意了。

他并不急于动身。一个月以来，伊韦尔每天帮他把大大小小的箱包从荣镇运到鲁昂，从鲁昂运到荣镇。他添置衣物，修好了三把扶手椅，买了一大批丝巾，总之，准备的东西周游世界都绰绰有余。但他还是拖了一个星期又一个星期，直到母亲第二次来信催他赶紧动身，因为他计划在放假前参加考试。

告别的时间到了。奥麦太太哭了，朱斯坦也哽咽了。奥麦作为一个大老爷们儿，收敛起自己的感情，帮莱昂拿着大衣，一直把他送到公证人的铁门前，再由公证人用自己的马车把莱昂送到鲁昂去。莱昂只剩下跟包法利先生告别的时间了。

他爬上楼梯，停了一下，觉得有些喘不过气来。他一进来，包法利夫人赶紧站起身。

“是我，还是我！”莱昂说。

“我知道！”

她咬着嘴唇，血像潮水似地往上涌。她脸红了。从头发根一直到脖颈，皮肤都变成了粉红色的。她站着不动，肩膀靠住护墙板。

“先生不在家吗？”他问。

“他不在。”

她重复了一遍：“他不在家。”

于是一阵沉默。他们看着彼此，感受到了同样的焦虑。他们的思绪交织在一起，就像两个紧紧相拥的噗噗跳动的胸脯。

“我想亲亲贝尔特。”莱昂说。

爱玛走下几级楼梯，去叫费莉西黛。

他快速地环顾四周，眼光依依不舍地落在墙壁、摆饰架、壁炉上，他的目光仿佛要穿透这里的一切，把一切都带走。

爱玛又进来了。女佣牵着贝尔特。贝尔特手里摇晃着一根绳子，绳子下头吊着个风车。

莱昂亲了好几下她的脖子，说着：“再见，可怜的孩子！再见，亲爱的小宝贝，再见！”他把孩子交还给母亲。

“带她走吧。”母亲说。

只剩下他们两个人。

包法利夫人转过身去，脸贴着玻璃窗；莱昂手里拿着帽子，轻轻地拍着自己的大腿。

“要下雨了。”爱玛说。

“我有斗篷。”他答道。

“哦！”

她又转回身来，下巴低垂，额头朝前。阳光掠过她大理石般的脸庞，连眉毛的曲线都如此分明。不知道她刚刚望着天边都看见了什么，也不知道她心里在想些什么。

“好了，再见吧！”他叹了口气。

她突然抬起头来：“是的，再见……走吧！”

他们朝着彼此走近；他伸出手，她迟疑了一下。

“那就按英国人的方式吧。”她说，一面伸过手去，勉强笑了一笑。

莱昂感觉到自己的手指握住了她的手，自己的整个生命似乎都进入了这只潮湿的手掌里。

然后，他松开了手；他们四目相望，他就这么走了。

他走到菜市场，停了下来，躲在一根柱子后面，最后看一眼这幢白色的房子和它那四块绿色的窗帘。他仿佛看见卧室窗口有一个人影。好像并没有人动窗帘，那窗帘似乎自己就脱离了挂钩，长长的褶皱慢慢地移动着。忽然一下子，所有的褶皱就都展开了，窗帘直直地，一动不动地挂在窗口，像是一面石灰墙一样。莱昂跑了起来。

他远远看见老板的马车停在大路上，旁边站着一个系着粗布围裙的男人，牵着马。奥麦和吉约曼先生聊着天。他们正等着他。

药剂师眼里含着泪：“拥抱一下吧。拿着您的大衣，我的好朋友。当心不要着凉！好好照顾自己！多保重！”

公证人说：“好了，莱昂，上车吧！”

奥麦把身子探过挡泥板，伤心地哽咽着：“一路顺风！”

“再见，都回吧！”吉约曼先生答道。他们启程了，奥麦也往回走。

包法利夫人打开朝着花园的窗户，看看天上的云。

西边，往鲁昂的方向，乌云迅速堆积，卷起道道漩涡。层云后面，太阳射出道道利箭似的金光，而别处的天空却不见一丝云彩，像瓷器一样白净。但是一阵狂风吹弯了杨树，雨点突然就往下掉，噼里啪啦地打在绿叶上。接着，太阳又出来了，母鸡咯咯叫着，麻雀在淋湿的小树丛中拍打着翅膀，沙地上出现了很多小水洼，水往低处流，带走了粉红色的洋槐花。

“啊！他应该已经走远了！”她想。

奥麦先生还和往常一样，在六点半他们吃晚餐的时间过来了。

他坐下来，说道：“唉，刚刚把年轻人送走了。”

“是啊！”医生答道。

然后，医生在椅子上转过身来问他：“您家里还好吧？”

“没什么。只是我妻子下午有点难过。您知道，女人嘛，为一点小事就会心神不宁！尤其是我家那位！不过这也不能怪她们，因为她们的神经组织就是比我们的要脆弱。”

夏尔说：“可怜的莱昂！他在巴黎会过怎样的生活呢？他会适应吗？”

包法利夫人叹了一口气。

药剂师咂咂舌头说：“瞧您说的！聚餐！化妆舞会！香槟！我敢保证，样样如意！”

包法利反驳道：“我不相信他会学坏。”

奥麦先生很快地接口：“我也不信！但他可能还是得入乡随俗，不然就会被人说成是伪君子。唉！您是不知道拉丁区那些轻浮的学生跟女演员一起过着怎样的生活！他们在巴黎还挺受欢迎。只要在寻欢作乐方面有一点长处，上流社会就会接纳他们。圣·日耳曼郊区的贵妇甚至会爱上他们，愿意跟他们结婚。”

医生说：“不过，我担心他在那里……”

药剂师打断他：“您说得对，凡事都有两面！不好的一面就是老得用手捂紧自己的钱包。比如，你在公园里碰到一个人，穿着讲究，还挂了勋章，看上去像个外交官；他走过来，和你攀谈，刻意讨好你，请你吸鼻烟，帮你捡帽子。然后你们就开始有交往。他带你去咖啡馆，邀请你去乡下的别墅，在你喝得半醉时，介绍各色人等给你认识。十有八九是在图你的钱财，或者想拉你下水干坏事。”

夏尔回答：“确实如此。不过我主要担心他的身体，外省的学生到了巴黎特别容易感染伤寒。”

爱玛哆嗦了一下。

药剂师说：“这是由于饮食发生了变化，身体机能全面失调。还有，巴黎的水，您知道的！饭馆的菜，调料放得太多，虽然吃起来很过瘾，但是怎么说也比不上一锅牛肉汤。我呢，我一直都喜欢家常便饭，更健康！我在鲁昂念药剂学的时候，就在一户人家包伙，和老师们一起吃。”

他侃侃而谈，从一般性的观点谈到个人的喜好，一直谈到朱斯坦来找他回去配制蛋黄奶。

他嚷道：“一刻都不得休息！一直被拴着！不能出来一分钟！跟牛马一样流血流汗！多苦的命！”

然后，走到门口，他又说道：“对了，您听说了吗？”

“什么呀？”

奥麦竖起眉毛一脸严肃地说：“很可能，下塞纳区的农业展览会今年要在荣镇修道院举办。至少，消息是这么传的。今天早上，报上还提到了。这可是咱们区的头等大事！下次再谈吧。谢谢，我看得见，朱斯坦带灯了。”

第七章

第二天对爱玛来说，是死气沉沉的一天。一切都似乎笼罩在阴郁的气氛中，灵魂似乎在低声地悲啼，就像冬天的风吹过废弃的城堡。她想着一去不复返的时光，就像完成了一件大事一样感到身心俱疲，又因为长久的习惯突然被打断而感到痛苦。

就像那年从沃比萨回来，舞会的景象始终在脑海中旋转，令她觉得伤感和绝望一样，现在她的脑海中萦绕着莱昂的形象，更高大，更英俊，更温柔，更模糊。他虽然走了，但并没有真正离开她，他还在这里，他的影子还留在墙壁之间。她的视线无法离开他曾走过的地毯、坐过的椅子。河水依然沿着堤岸缓缓地向前流着。他们曾经多少次在岸边散步，听着潺潺的水声，看着长满青苔的石子。他们一起享受过多么美好的阳光！他们在花园深处的树荫下共度过多少美好的下午！他没戴帽子，坐在木条凳上，大声朗诵着；从草场吹来阵阵凉风，书页和花棚上的金莲花在风中颤动。他走了，她生活中唯一的欢乐，她幸福的唯一希望！当幸福出现的时候，她为什么没有抓住！当幸福要消逝的时候，她为什么不跪下伸出双手挽留？她恨自己不敢爱莱昂。她渴望他的双唇。她想跑去追他，扑进他的怀抱，对他说：“是我，我是你的！”但是一想到可能出现的困难，她就顾虑重重，而懊悔之余，欲望却又变得更加强烈。

从此，她又陷入了愁闷，终日沉浸在对莱昂的回忆中。这回忆对她而言，就像旅人在白雪皑皑的俄罗斯草原上留下的一堆火。她跑过去，蹲在火前，小心地拨弄着快要熄灭的柴火，四处寻找柴火想把它烧旺。最遥远的回忆和最近发生的事情，她感觉到的和想象到的，烟消云散的肉欲，像风中的枯枝一样颤抖地对幸福的企盼，为贞洁付出的徒劳的努力，落空了的希望，家庭的琐事，她通通都收集起来，捡起来，放到火堆里，来温暖她忧郁的心灵。

然而或许是柴火不够，或许是堆积得太多，火焰却越来越弱。爱人不在身边，爱情之火也就逐渐熄灭；习惯之后懊悔就逐渐减退了。照亮了她灰色天空的这火光也越来越暗，逐渐消散了。她头脑一片混乱，把对丈夫的厌恶当成了对情人的思念，把对前者的怨恨当成了对后者的柔情。但是狂风一直在吹，激情已经烧成灰烬，没有人来援助，没有太阳照耀，四周一片黑暗，寒冷刺骨，她找不着出路。

于是在托特的坏日子又开始了。她觉得自己比那个时候还要不幸，因为她痛苦过，知道痛苦是没有尽头的。

一个强迫自己做出了这么大牺牲的女人在其他方面理应可以随心所欲一些。她买了一张哥特式的跪凳，一个月间花了十四法郎买柠檬来洗指甲，写信去鲁昂订购了一件蓝色羊绒长裙，在勒赫的店里挑了一条最漂亮的丝巾。她把丝巾当腰带用，扎在家居袍上，把窗板关上，手拿一本书，穿着这奇装异服，躺在沙发上。

她常常改变发式。她照中国的样式梳头，有时把头发弄出柔软的卷，有时编成辫子；她把头发偏分，像男人一样把发梢卷起。

她想学意大利语。她买了几本词典，一本语法书，一些白纸。她试着读一些严肃读物，读历史和哲学。夜里，有时夏尔忽然被她吵醒，还以为有人来找他看病。他含糊不清地说：“我就去。”其实是爱玛擦火柴点灯要看书。不过就跟她刺绣一样，刚开了个头，就被塞到衣柜里不管了；她读书也是一本没读完，又换一本。

她一冲动就容易做出格的事。一天，她对丈夫说她能喝下半杯烧酒，夏尔的反应很愚蠢，表示不信，结果她就一口气把酒喝光了。

荣镇的太太们说她轻浮，可是她看上去并不快乐。由于长期的习惯，她的嘴角有一道纹，就像老姑娘或者是失意的野心家的脸一样。她脸色苍白，像白布单一样；鼻子上的皮肤朝着鼻孔的方向紧紧绷着；看人时眼神空洞。她在鬓角发现了三根灰头发，就总说自己老了。

她时常昏倒。有一天，她甚至咳出了一口血。夏尔焦急万分。

她说：“好啦！无所谓的。”

夏尔躲到诊室；他坐在扶手椅里，胳膊肘支在办公桌上，对着头骨模型哭了起来。

他给母亲写了封信，请求她来一趟。他们一起商量爱玛的事，谈了很久。

能够做出什么决定呢？她不肯做任何治疗，他们能怎么办呢？

老包法利太太说：“你知道你妻子需要什么吗？需要逼着她忙起来，去干活儿！要是她像别人一样，必须得靠双手谋生，她就不会经常头晕了。她这头晕完全是因为她终日无所事事胡思乱想引起的。”

夏尔说：“可是她挺忙的呀。”

“啊！她忙！忙什么呀？忙着看小说，看坏书，看反对宗教的书，用伏尔泰的话讥笑神甫。往长远处说，我可怜的孩子，这样的人是不会有好结果的。”

于是他们决定不让爱玛看小说。这看来并不好办。老太太全权负责这事：等她经过鲁昂的时候，她要去找租书的人，跟他说爱玛不租书了。要是书商硬要做这害人的营生，他们就去警察局告他去。

婆媳的告别场面干巴巴的。她们在一起待了三个星期，并没有说上几句话，只是在餐桌上见面时或者晚上上床之前打个招呼而已。

老包法利太太是星期三走的，这天荣镇有集市。

一早，广场就挤满了马车，个个车头朝下，车辕朝天，从教堂到客栈，顺着房屋，摆了长长的一路。对面是帆布搭起来的摊位，卖棉织品、毯子、袜子，还有马笼头和成卷的蓝饰带，丝带一头露在布包外面，随风飞舞。地上摆着粗糙的金属制品，一边是垒成金字塔形的鸡蛋，另一边是一篮篮的奶酪，篮底垫的干草被奶酪粘得黏糊糊的，伸出了篮外。打麦机旁边是扁平的鸡笼，母鸡从笼子眼里伸出脖子咯咯叫着。人群在药房门口扎堆，不肯移动，简直要把铺面挤塌了。每逢星期三，药房总是人满为患，大家挤进去，不只是为买药，更为了看病，因为奥麦先生在这十里八乡可是赫赫有名。他那副胸有成竹的模样，令乡下人十分信服，他们觉得他比所有的医生都高明。

爱玛倚在窗前。她经常靠着窗子看外面。在外省，窗口可以替代剧院和散步场所。她正饶有兴致地看着这些闹哄哄的庄稼人，忽然视线里出现了一个穿着绿色天鹅绒大衣的先生。他戴了一副黄色的手套，腿上套着厚厚的护腿。他往医生家走过来，身后跟着一个农民，低着头，满腹心事的样子。

“先生在家吗？”他问正在门口和费莉西黛聊天的朱斯坦。

他把朱斯坦当成了医生家的仆人，说道：“请通报一声，于谢特的鲁道夫·布朗瑞先生想见先生。”

新来的人把于谢特放在自己的姓名前面，并不是为了炫耀他的地产，只是为了说清楚自己的身份。于谢特是荣镇附近的一块地产，他刚刚买下了城堡，还有两个农场，亲自耕种，但是并没有在这上面花费太多精力。他过着单身生活，据说一年起码有一万五千法郎的收入。

夏尔走进客厅。布朗瑞先生说明来意。他的佣人觉得浑身刺痒，想让医生给放放血。佣人什么话都听不进去，坚持说只有放血才会洗净自己身体里的脏东西。

于是包法利叫人拿来绷带和脸盆。他请朱斯坦端好脸盆，然后，对脸色已经发白的乡下人说：“不要怕，朋友。”

对方回答说：“我不怕，您动手吧！”他强装出不怕的样子，伸出了粗胳膊。柳叶刀一刺，血就喷了出来，溅到了镜子上。

夏尔喊道：“盆端近点！”

乡下人说：“瞧！就像一条小溪在流！我的血多红！这是好现象，对不对？”

医生说：“有时候，病人开始并没有什么感觉，但是忽然一下就昏过去了，特别是像他这种身子骨结实的人。”

乡下人本来手里转着装柳叶刀的盒子，一听这话，手就松开了盒子，肩膀倒在椅背上，压得椅背嘎吱响，帽子也掉在地上。

包法利用手指按住血管，说：“我就知道会这样。”

朱斯坦手里的盆开始摇晃；他的膝盖直哆嗦，脸也白了。

夏尔喊道：“夫人！夫人！”

她一步跳下楼梯。

他叫道：“快拿醋来！我的天哪！一下子昏过去两个！”

他一激动，纱布都快绑不了了。

布朗瑞先生抱起朱斯坦，镇定地说：“没事的。”

他把朱斯坦放到桌上，让他靠墙坐着。

包法利夫人开始给朱斯坦解领结。他衬衫的带子打了个死结。她的手指轻盈地动着，花了几分钟，才把年轻人颈上的死结解开；然后她把醋倒在自己的麻纱手帕上，轻轻地擦拭他的太阳穴，每擦一下，就小心地吹一下。

马车夫醒过来了；但朱斯坦还是不省人事，瞳孔放大，就像浸泡在牛奶里的蓝花一样。

夏尔说：“不能让他看见这个。”

包法利夫人拿起血盆。她弯下腰把盆放到桌子底下。她穿着一件夏天的长裙，黄颜色，镶着四道花边，长腰身，宽下摆。她弯腰的时候，裙摆摊在周围的地砖上。爱玛弯着腰，伸着胳膊，身体有些不稳，衣服有些地方紧贴在身上，显出胸部的曲线。然后，她去拿了瓶水来，往里面放了几块糖。药剂师来了。女佣人去找他的时候，他正在发脾气。看见他的学徒睁开了眼睛，他才松了口气。然后，他围着学徒转圈，从上到下地打量他。

他说：“废物！真是没用！不就是放点血嘛！多大的事！还男子汉呢！还什么都不怕呢！你们看，这就是那个爬上树梢摇核桃的松鼠！啊！就吹吧！就这胆色，将来还要开药房！说不定哪一天，情况紧急，法院还会传你去医治法官的良心呢。到时候你可得保持冷静，好好说话，得像个男子汉，不然，就会被人当成傻瓜了！”

朱斯坦没有回答。

药剂师继续说：“有谁请你来吗？你老来烦先生和夫人！再说，星期三，药房离不了你。现在药房里一大堆人呢。为了你，我只好丢下他们不管了。好了，走吧！跑起来！在药房等着我，看好药瓶！”

等朱斯坦穿好衣服走了之后，大家又谈到昏倒的事。包法利夫人从来没有晕倒过。

布朗瑞先生说：“一个女人能这样，真是了不起！有些男人都很脆弱。有一次决斗，我就看到一个见证人，听到手枪装子弹就昏过去了。”

药剂师说：“我呢，看见别人出血，我是没什么事；但是如果是自己流血，想得太多的话，我也会昏倒的。”

这时，布朗瑞先生把他的马车夫打发走，让他放心，因为他已经达成了自己的心愿。

他说：“他这心血来潮，倒也是件好事，让我认识了你们。”

他说这句话的时候，眼睛看着爱玛。

然后，他在桌角上放下三个法郎，很随意地行了个礼，就走了。

他很快就走到了河对岸，那是他回于谢特的必经之路。爱玛看见他走在草场上的白杨树下，不时就会放慢脚步，好像在想着心事。

他想：“这位医生太太很漂亮！很迷人！牙齿漂亮，眼睛漆黑，一双靓足，完全有巴黎女人的风范。她到底是哪里来的？那个傻小子是在哪里发现她的？”

鲁道夫·布朗瑞先生三十四岁，性情粗暴，思维敏捷，和女人交往很多，是个风月场上的高手。他觉得爱玛很漂亮，一路上都在想着这个女人，还有她的丈夫。

“我想他一定很蠢，令她厌倦。他的指甲很脏，胡子三天都没修剪。他忙着外出看病人，她待在家里补袜子，一定很无聊！她一定想住到城里，每天晚上跳波尔卡舞！可怜的小女人！渴望爱情，就像厨房桌子上的鲤鱼渴望水一样。只要对她说几句情话，她就会爱上你的，一定！她会很温柔，很迷人！可是，之后要怎么甩掉她呢？”

他模糊地预见到跟包法利夫人寻欢的阻碍，不知怎的，就想起了自己的情妇。他在鲁昂养了一个女演员。一想起她的样子，他就觉得腻味。

他想：“啊！包法利夫人比她漂亮多了，而且更新鲜。维吉妮肯定发胖了。玩她也没意思。而且，她吃虾成瘾，真让人受不了！”

田野空旷一片。鲁道夫只听到草拂过鞋面的声音，还有远处的燕麦下蟋蟀的鸣声。他好像看见爱玛在客厅里，穿着刚才那件衣服，然后他把她的衣服脱了。

“我一定要把她弄到手！”他喊了起来，用手杖把面前的土块敲了个粉碎。

他立刻开始盘算。他思忖着：“在哪儿见面？怎么才能见上呢？她老得带着孩子，还有女佣、邻居、丈夫，都是麻烦。唉，算了吧！太费时间了！”

他又想：“她的眼睛就像钻子一样往人心里钻。还有脸那么白！我就爱脸色白皙的女人……”

到了阿格伊山岭的高处，他已经下定决心。

“那就得找机会了。对了，偶尔去他们家，送点野味、鸡鸭。需要的话，我也去放放血。等成了朋友之后，就邀请他们到家里来……啊！对了！展览会快开了。她会去的，我就能见到她了。一开了头，只要胆大，一定能成！”

第八章

这著名的展览会确实开幕了！节日的一早，居民就在门口谈论着展览会的准备工作。镇政府门前装饰了常春藤。草地上搭了一座帐篷，准备摆宴席。广场中央，教堂的前面，架起了一台石炮，等州长光临或者是农民领奖的时候，就要鸣炮。比希的国民自卫队也来了（荣镇没有自卫队），和比内率领的消防队联合参加检阅。这一天，比内戴的衣领比平日的还高，制服紧紧裹在身上，胸部挺直，一动不动，全身好像只剩两条腿会动。他两腿有节奏地迈着，动作相当协调。比内和自卫队队长一心想比出个高低，炫耀自己的本领，就让部下分开操练。观众只看见自卫队的红肩章和消防队的黑胸甲轮流从面前走过，你来我往，没完没了！人们从来没见过这样盛大的场面！好些人家头一天就把房子打扫干净，在窗口挂上三色旗。酒馆全都客满。天气晴朗，上了浆的帽子、金十字架和花围巾在阳光下闪闪发光。在一片色彩斑斓之中，深色的大衣和蓝色的工人服显得格外醒目。附近的农妇怕弄脏长裙，就把下摆卷起来，用大别针别在身上，直等到下马的时候才解开。她们的丈夫爱惜的却是帽子，他们在帽子上包块手帕，用牙咬住手帕的一角。

人群从村子的两头涌上大街。每条小巷夹道，家家户户，都有人出来。门环声不时响起，太太们戴着线手套从里面走出来。最令大家称赞的，是主席台两边挂着的两长排彩灯。镇政府门前的四根圆柱上绑了四根长杆，每根杆上都挂了一面淡绿色的帆布旗，旗上写着金字。第一面上写着“商业”，第二面写着“农业”，第三面写着“工业”，第四面写着“艺术”。

人人都兴高采烈，喜笑颜开，只有勒弗朗索瓦老板娘一个人显得闷闷不乐。她站在厨房的台阶上，嘀咕着：

“真是胡闹！！怎么会想到搭帆布棚的呢！他们以为州长会乐意跟街头艺人似地坐在帐篷下面吃饭吗？看这些摊位有多碍事，他们竟然说是为了造福乡里！还去新堡找来一个二把刀厨子！给谁做饭呀？给这些放牛的！还有流浪汉……”

药剂师过来了。他穿着黑色的礼服，南京布裤，海狸皮鞋，尤其难得的是，头上还戴了一顶矮筒礼帽。

他说：“劳驾！我赶时间。”

胖寡妇问他要去哪里。

“您觉得奇怪，是吧？我一直都是把自己关在实验室里，就像钻进奶酪里的老鼠一样。”

“什么奶酪？”老板娘问道。

奥麦说：“没什么！没什么！我就是打个比方，勒弗朗索瓦太太。我是说我习惯宅在家里的。不过今天，情况特殊，我必须……”

“啊！您要去那边？”她露出了不屑的神色。

药剂师有些诧异：“是的，我得到那边去。我不是咨询委员会的委员嘛！”

勒弗朗索瓦大妈打量了他几分钟，最后笑着说：“这样啊！可是种地和您有什么关系呢？你懂这个吗？”

“当然懂了，我是药剂师，也就是化学家嘛！勒弗朗索瓦太太，化学的目的就是了解自然界一切物体的分子之间的相互作用，当然也包括农业了！事实上，肥料的合成、酒的发酵、煤气的成分、瘴气的影响，我问您，所有这一切，难道不是化学吗？”

老板娘没有答话。奥麦又接着说：

“您以为做个农学家就得亲自种地、喂养家禽吗？他更应该了解的是物质的成分，各种地质层，大气的作用，土壤、矿床和水源的品质，各种物体的密度和毛细现象等！必须得精通各种卫生方面的原理，才能对房屋的建造、牲口的饲养和仆人的饮食提出指导意见！他还得懂植物学，了解各种植物。勒弗朗索瓦太太，您知道吗？他得知道哪些植物对健康有益，哪些有害；哪些产量低，哪些营养高；这边地里种的是不是得拔掉，那边是不是得补种；哪些应该推广，哪些应该毁掉。总之，得阅读各种期刊，才能跟得上科学的发展；得时刻保持关注，才能提出改良的方法。”

老板娘的眼睛一直没有离开法兰西咖啡馆的大门。药剂师接着说：

“但愿我们的农民能懂点化学知识，或者能多听听科学的建议也好！因此，我最近写了一本很有用的小书，一篇七十多页的论文，题目是《论苹果酒的制作及其效用：附新思考》。我把它送到鲁昂农学会去了，很荣幸地被吸收为会员，分在农业组果树学支。唉，要是我的作品能够公布于世……”

药剂师没有说下去，因为勒弗朗索瓦大妈看上去并没有心思听他说。

她说：“看看那些人！真搞不懂！饭店怎么能这样呢！”

她耸耸肩，胸前毛衣的网眼都被撑开了。她伸出双手，指着她对手开的小餐馆，里面传出了歌声。

她又说："长久不了的。顶多一个星期就得关门。"

奥麦吃了一惊，往后退了两步。

她下了三级台阶，在他耳边说："怎么！您不知道吗？这个星期就要扣押变卖了。都是被勒赫害的，他的那些借据。"

"那可真是大祸临头！"药剂师叫道。不管碰到什么样情况，他总有合适的话应对。

于是老板娘就开讲了。她是从吉约曼先生的佣人泰奥多尔那儿听说的。虽然她很讨厌她的对手泰利耶，但是她还是要谴责勒赫。他就是个骗子，骗死人不偿命的家伙。

她说："啊！看！菜市场里那个不是他么。他正跟包法利夫人打招呼呢。包法利夫人戴了一顶绿色的帽子，正挽着布朗瑞先生的胳膊呢。"

奥麦说："包法利夫人吗？我得赶紧过去打个招呼。说不定她会很乐意坐在院子的柱廊下边的。"

勒弗朗索瓦大妈叫住药剂师，想接着跟他絮叨，但是他匆忙走开了。他面带微笑，不停地对人行礼致意，腿伸得直直的，黑礼服的宽下摆在身后随风飘动，很是占地儿。

鲁道夫远远看见了他，就加快了脚步，但是包法利夫人气喘了，他只好又放慢步子，微笑着对她说："我是想躲开那个胖子。您知道，就是药剂师。"

他的语气有些粗野。她用胳膊肘捅了他一下。

"这是什么意思？"他想。

他继续往前走，用眼睛的余光瞅着她。

侧面看去，她的脸很平静，看不出心里是怎么想的。阳光把她的脸照得很清楚。她戴着椭圆形的帽子，浅色的帽带好像芦苇的叶子。她的睫毛又长又卷，眼睛微眯着看着前面，皮肤白净，颧骨处有点充血，鼻孔透出粉红色。她的头歪着，嘴唇之间略微露出珍珠般洁白的牙齿。

“她是在嘲笑我吗？”鲁道夫想。

其实，爱玛捅他，只是提醒他说话小心点。因为勒赫先生一直跟着他们，还不时和他们搭话：“今天天气真好！大家都出来了！刮的是东风。”

包法利夫人跟鲁道夫一样，并不怎么搭腔。但是只要他们稍微一动，他就凑到他们身边，把手放到帽子上，说：“什么？请讲。”

他们走到马掌铺前。鲁道夫没有沿着大路往栅栏门方向走，而是拉着包法利夫人突然走上了一条小路。他喊道：“再见，勒赫先生！祝您玩得开心！”

她笑道：“您就这么把他甩掉了？”

他答道：“为什么要让别人打扰我们？既然今天我这么荣幸能跟您一起……”

爱玛脸红了。他没有说完他的话。接着他谈起了好天气，在草地上散步的乐趣。草地上长出了几朵雏菊。

他说：“这些雏菊真是善解人意，足够姑娘们用来占卜自己的爱情的。”

他又说：“要不我也摘一朵，您说好吗？”

她咳嗽了一下，说：“难道你也在恋爱吗？”

鲁道夫说：“唉！唉！谁知道呢？”

草地上的人多起来了。主妇们拿着大伞，挎着篮子，领着小孩子，不时就撞到他们。他们还得躲开一长溜的村妇和女佣人。她们穿着蓝袜子、平底鞋，戴着银戒指。从她们身边走过，能闻到一股牛奶的味道。她们手拉着手走着，从那排杨树一直到宴会的帐篷，草地上到处都是她们的身影。

评审的时间到了，庄稼汉一个接着一个走进了竞赛场。所谓竞赛场，就是几根木桩撑着一根绳子，圈出的一块空地。

牲畜在场子里，鼻孔冲着绳子，大大小小的屁股乱糟糟地挤成一排。有几头猪嘴拱在土里打盹。小牛哞哞叫。绵羊咩咩叫。母牛蜷着腿，肚皮贴在草地上，慢慢地咀嚼着，还不时地眨动沉重的眼皮，周围蝇虫嗡嗡乱飞。车夫光着胳膊，使劲拉住种马的笼头。公马撂着蹶子，张着鼻孔，冲着母马嘶鸣。母马安安静静地待着，伸着脖子，鬃毛往下垂着。小马驹在母马身旁休息，偶尔过来吃几口奶。牲口挤成一团，雪白的鬃毛、尖尖的角、来回攒动的人头像波浪一样随风起伏。围场外面大约一百步远的地方，有一头黑色的大公牛，戴着嘴套，鼻孔上穿着铁环，一动不动，活像一座铜雕塑。一个衣衫破烂的孩子牵着牛绳。

这时，在两排牲口中间，走来了几位先生。他们走的脚步很重，每检查完一头牲口之后，就低声地交换意见。他们当中有一位看上去身份最为重要，他一边走，一边在本子上做着记录。他就是评委会的主席，邦镇的德罗泽雷先生。他一认出鲁道夫，就赶紧走过来，亲切地微笑着说："怎么，布朗瑞先生，您是要抛下我们吗？"

鲁道夫说他随后就到。但是主席一走，他就对爱玛说："我才不去呢。我当然更愿意陪您了。"

鲁道夫虽然讥讽着展览会，却还是向宪兵出示了自己的蓝色请帖，以便自由地参观。有时看到一件漂亮的展品，他甚至会停下不走了。可惜包法利夫人对此毫无兴趣。他觉察到了，赶紧转变话题，打趣荣镇女人的打扮，接着又请爱玛原谅他穿得很随意。他的穿着既平常，又讲究，显得不太协调。普通人看了会觉得这个人生活离奇，感情生活混乱，过分追求艺术品位，蔑视社会习俗。有的人会觉得这很有吸引力，有的人会因此而愤怒。他穿着一件细麻布衬衫，袖口打着皱褶，灰色斜纹布背心，一起风，衬衫就会从背心领口鼓出来；下身穿着到脚踝的宽条纹长裤，脚上穿着一双南京布靴，靴子上镶着锃亮的漆皮，连草都照得出来。他穿着靴子走在马粪上，一只手插在上衣口袋里，头上斜戴着一顶草帽。

"再说，"他又说道，"一个人住在乡下……"

"怎么讲究都是白费力气。"爱玛说。

"的确如此！"鲁道夫接着说，"想想看，这些乡下人没有一个人知道礼服的式样！"

于是他们又谈起了外省的庸俗，令人窒息的生活，破灭的幻想。

鲁道夫说："我感到很抑郁。"

她惊讶地说："您吗？我还以为您很快乐呢！"

"啊！是的，表面上很快乐，因为在人群中，我会戴上玩世不恭的面具。但是在月光下，看到墓地的时候，我常常寻思自己要不要去追随那些长眠地下的人……"

她说："这样啊！那您的朋友呢？您不想他们吗？"

"我的朋友？谁？我有朋友吗？有谁关心我吗？"他说最后一句话的时候，嘴里发出了类似吹口哨的声音。

他们不得不分开一下，因为有一个人搬着一大摞椅子从后面走过来。椅子摞得很高，只看得见来人的木底鞋尖和一小截手臂。是掘墓人莱蒂布杜瓦，他把教堂的椅子都给搬来了。只要和他的利益相关，他的想象力总是丰富的。他想到用这个办法在展览会上捞点外快。点子很成功，他都快忙不过来了。酷热难耐，村民们都抢着租椅子。椅子的草垫上带有香烛的气味，厚厚的椅背上沾着蜡油，村民们怀着恭敬之心坐上去，靠在椅背上。

包法利夫人又挽住鲁道夫的胳膊。

他接着自言自语一般道："是啊！我错过了多少机会！一直一个人！啊！要是生活有个目标，要是能有一段感情，要是能遇到一个人……唉！我愿意为此耗费我的全部精力，克服一切困难，冲破一切阻碍！"

爱玛说："可是，在我看来，您并没有什么可抱怨的。"

鲁道夫说："啊！您这样想？"

她说："因为，说到底……您是自由的。"她犹豫了一下又说道："还有钱。"

他答道："您就别取笑我了。"

她发誓没有笑他。这时忽然听见一声炮响，大家立刻一窝蜂似地往村子挤去。

不曾想这是个乌龙，州长先生并没有到。评委们很是尴尬，也不知道应该开始开会，还是再等一等。

终于，在广场的尽头，出现了一辆出租的双排座四轮大马车。两匹瘦马拉着车，车夫头戴白帽子，挥舞着马鞭。比内立刻喊道："取枪！"自卫队队长也赶紧效仿。大家争先恐后地跑向放枪的架子。有些人连领章都忘了戴。好在州长的座驾似乎猜到了他们会慌乱，两匹瘦马并驾齐驱，扯着辔头的链子，左摇右摆，一路小跑，来到了镇政府的列柱前。国民自卫队和消防队刚好摆好了队形，在鼓声中走着队列。

比内喊道："原地踏步！"

自卫队队长喊："立定！向左看齐！"于是大家一起举枪，

枪箍发出清脆的响声，好像铜锅滚下楼梯似的，然后一齐又放下枪。

于是就看见马车里下来一位先生，穿着绣银短礼服，额头光秃，后脑勺有一绺头发，脸色灰白，看起来很和善。他眼睛很大，眼皮很厚。他眯着眼看着大家，仰起了尖鼻子，瘪进去的嘴角露出了微笑。他认出了身披绶带的镇长，就对他解释，州长不能来了，他本人是州议员，接着又表示了歉意。蒂瓦什客套了几句，州议员表示愧不敢当。他们就这样面对面地站着，额头都快碰上了。周围是评审会的委员、乡镇议员、当地的要人、国民自卫队和群众。州议员先生把黑色的小三角帽捂在胸前，一再还礼。蒂瓦什腰弯得像一张弓，笑容可掬，搜肠索肚，磕磕巴巴地表达着他对王室的效忠，说荣镇能够得此殊荣他不胜感激。

客店的小伙计伊波利特走过来，接过马车夫手里的缰绳，跛着一只脚，把马牵到金狮客栈的门廊下。乡下人在那里挤成一堆看马车。击鼓鸣炮。主席台上摆着红色绒面的扶手椅，是蒂瓦什夫人借给大会用的。先生们一个接一个走上主席台就座。

先生们模样都差不多。脸蛋松弛，原本金色的皮肤被太阳晒得有点黑，看起来像甜苹果酒的颜色。他们留着茂密的络腮胡，戴着大硬领，系着平整的白领结，穿着圆翻领天鹅绒马甲，怀表带末端都吊了一个椭圆形的红玛瑙印章。他们都把手放在大腿上，小心地分开裤裆，裤裆的料子一点也没有褪色，比皮靴还亮。

有身份的女士们坐在后面的廊亭下面，柱子中间；普通老百姓在对面，或站或坐。莱蒂布杜瓦把椅子又从草地上给搬到这里来了。他还在不停地从教堂往这里运椅子。他这样来回跑着做买卖，造成了拥堵，人们想走到主席台的台阶前都很困难。

药剂师正往自己座位走，碰到了勒赫。勒赫对他说："我认为，应该竖两根威尼斯旗杆，挂点庄严肃穆的东西，或者是时新的玩意，那才好看。"

奥麦答道："当然。可是有什么办法呢！镇长一手包办了！这个可怜的蒂瓦什，品位不高，根本就没什么艺术细胞。"

这时，鲁道夫带着包法利夫人上了镇政府的二楼，走进会议厅。里面没有人，他说在这里瞧热闹可自在多了。国王的半身像下有一张椭圆桌。他从桌边搬过来三张圆凳，放在窗前，两人并肩坐着。

主席台上一阵骚动，大家窃窃私语，交换着意见。最后，议员先生站了起来。大家这才知道他姓利厄万。围观者交头接耳，彼此传说着他的名字。他拿出几页讲稿，眼睛凑在上面，开始发言：

> 先生们，首先，在进入今天的大会主题之前，请先允许我表达一下我们大家共有的感情。我相信，大家跟我一样都怀有这样的感情。我要公正地评价我们的最高行政当局、政府、君主。先生们，无论是公众事业的繁荣，还是国民个人的利益，我们至高无上、万民爱戴的国王皆倾心关怀。他伸出坚定智慧的手，指引着法兰西这辆战车，历经艰难险阻与惊涛骇浪，赢得战争，追求和平，振兴工业、商业、农业和艺术。

鲁道夫说："我应该坐得靠后一点的。"

爱玛问："为什么？"

这时，议员突然提高了音调，慷慨陈词：

先生们，曾几何时，内乱血染广场，业主、商人、工人午夜安眠时被警钟惊醒，反动邪说妄图颠覆国家的根基。这一切已经一去不复返了……

鲁道夫接着说：“这是因为，下面的人能看到我。这样，我就得花上半个月的时间来道歉了，我的名声这样坏……”

爱玛说：“哦！您别这么诋毁自己。”

“没有，没有，我跟您讲，我的名声确实是糟透了。”

议员接着演讲：

但是，先生们，让我们从这些黑暗的回忆中走出来，看看我们美丽祖国的现状吧。我们会看见什么呢？全国商业和艺术一片繁荣。到处都修建了新的道路，国家机体增加了新的动脉，各部分建立了新的联系。我们的工业又恢复了活力；宗教得到了巩固，给所有的心灵带来抚慰；我们的港口泊满船只；我们的信心得到了恢复，法兰西正在复苏！

鲁道夫说：“其实，常人用这样的眼光看我也无可厚非。”

她问：“为什么？”

他说：“怎么！难道您不知道，有些人的灵魂一直痛苦不安？他们时而需要理想，时而需要行动，时而渴望最纯洁的感情，时而追求最疯狂的享乐，于是他们就表现出各种离经叛道的荒唐行径。”

她看着他，好像在打量一个游历过奇异国度的旅人一样，说道：“我们女人可真是可怜，连这样的消遣都无福享受！”

“这样消遣其实很可悲，因为人并不能从中获得幸福。”

她问：“人能找到幸福吗？”

他答道：“能，总有一天能碰上的。”

议员念道：

> 你们明白我说的。你们是农业种植者和乡村工人，你们是文明与和平的先驱！是捍卫道德、支持进步的人！你们知道，政治风暴要比大自然的风暴可怕得多……

鲁道夫重复道：“总有一天会碰到的。某天，在你绝望的时候，突然就碰到了。于是云开日明，仿佛有个声音在对你喊：‘它来了！’你会感觉自己需要向这个人倾诉衷肠，把一切都给他，为他牺牲一切！彼此心有灵犀，无须任何解释。你们仿佛在梦中见过（他瞧着她）。你苦苦寻找的宝藏就在那里，在你的面前，它光彩夺目，熠熠生辉。而你还在怀疑，还不敢相信，还目眩神迷，就好像黑暗中忽见光明一样。”

说完这些话，鲁道夫做了一个手势。他把一只手放在脸上，好像感到头晕似的，然后他把手趁势放到了爱玛手上。她抽回自己的手。

议员还在念着讲稿：

> 先生们，有人会感到惊讶吗？我敢说，只有那些盲目的人，那些执迷于过去的偏见中的人，他们不肯承认农民的智慧。除了农村，哪里还能有如此强烈的爱国精神，对公共事业如此高度的虔诚？哪里有这种智慧？先生们，我说的不是那种肤浅的聪明，那种游手好闲之徒用来装点自己的毫无用处的小聪明。我说的是那种深刻而内敛的大智慧，是超越一

切纷扰，一心追求实用的智慧。这种智慧只有遵纪守法、恪尽职守的人才能具有，它对个人、集体和国家都有益……

鲁道夫说：“啊！又来了。职责，职责，我实在是听够了。这群老糊涂、卫道士，就知道穿着法兰绒，烤着脚炉，数着念珠，在我们耳边念叨‘职责！职责！’哦！老天！职责是要去感受崇高、珍爱美好，而不是接受社会的一切陈规陋习和社会强加给我们的耻辱。”

包法利夫人不同意：“可是……可是……”

“哦！不要否认！为什么要反对激情？难道激情不是世界上唯一美好的东西，不是英雄主义、热情、诗歌、音乐、艺术和所有一切的根源吗？”

爱玛说：“但是，也该适当听从世人的观点，遵守公共道德。”

他反驳说：“道德有两种。一种是小道德，是世人推崇的习俗，变化无常，外表光鲜，内里骚乱，非常低俗，就像眼前这群笨蛋。另一种是永恒的道德，它既高高在上，也存在于我们身边，既像我们周围的风景，也像我们头顶的青天。”

利厄万先生用手帕擦了下嘴，接着说道：

诸位先生，还用我来向你们说明农业的用处吗？是谁供应着我们的生活所需？是谁维持着我们的生计？难道不是农民吗？先生们，农民用勤劳的手在肥沃的田野里撒下了种子，种出小麦，用精巧的机器把小麦磨成面粉，再运到城市，送进面包房，加工成食物，供应给世人，无论贫富。难道不是农民养肥了牧场上的羊群，我们才有衣服穿？如果没有农民，我们穿什么？吃什么？先生们，我们何必舍近求远呢？眼前就有例证。想想那些不起眼的家禽，它们是我们饲养场的荣耀。我们睡觉的枕头里充着它们柔软的绒毛，我们的餐桌上摆放着它们美味的肉和蛋。农耕能给我们提供各种产品，数不胜数，农耕就像母亲一样慷慨地喂养着她的儿女。这里是葡萄园，那里是酿酒用的苹果树，远处是油菜地，再远一点的地方在生产奶酪。还有麻，先生们，别忘了麻！我要特别指出，最近几年，我们的麻产量有了显著增加。

用不着他特别提醒，听众们的嘴都张着，仿佛要把他的话吞下去。坐在他旁边的蒂瓦什睁大了眼睛；德罗泽雷先生不时地微微合上眼皮；再过去一点，药剂师双腿夹着拿破仑，双手张开放在耳后，生怕漏掉一个音节。其他评委缓缓点头表示赞成，伴随着点头的动作，他们的下巴在马甲里进进出出。消防队员站在主席台下，身子倚靠在刺刀上；比内一动不动，胳膊肘朝外，刀尖朝天，他或许能听见，但他肯定什么也看不见，因为他头盔的帽檐一直盖到了鼻子。他的副手是蒂瓦什先生的小儿子，他的帽檐还要更加夸张；因为他戴的头盔太大，在脑袋上晃荡，里边扎的印花头巾露出了一个角。大头盔下边的小脸带着孩子气的笑容，面色苍白，汗如雨下，看上去既开心，又累，还困。

从广场一直到两边的房屋前都挤满了人。有人倚在窗口，有人站在门口。朱斯坦站在药房的铺面前，全神贯注地看着。周围虽然很安静，但是利厄万先生的声音还是消散在空气中，只能听到只言片语。因为人群中不是这里就是那里不时就会传来椅子的响声；然后，后面突然会响起一声牛叫，街角会传来一阵羊叫，因为放牛的和放羊的把他们的牲口一直赶到了这里。牛羊们不时地叫上一两声，同时伸出舌头，吃挂在嘴前方的树叶。

鲁道夫贴爱玛更近了。他压低声音，快速地跟她说着：

“世人的这种合谋，您难道不愤怒吗？有哪一种感情能逃过他们的谴责？最高尚的本能，最纯洁的同情，也会被他们迫害和毁谤。只要有一对可怜的有情人相遇了，就会有人千方百计地要拆散他们。不过有情人是不会放弃的，他们会比翼双飞，你呼我应。哎！不管怎样，半年或十年后，他们迟早都会团聚相爱，因为这是命里注定的，他们天生就是一对。”

他两只胳膊交叉放在膝盖上，将脸凑到爱玛跟前，死死地盯着爱玛。她看到他的黑色瞳孔放射出细小的金色光芒，她甚至闻得到他的发蜡的香味。于是她感到全身绵软无力，不禁回想起在沃比萨带她跳华尔兹的子爵。和眼前这人的头发一样，子爵的胡须也散发着香草和柠檬的味道。她不禁微闭上眼睛，尽情地闻着这味道。但是当她身体往后仰的时候，却看见远处的天尽头，燕子号老驿车正慢慢地下着勒岭，后面卷起了一片尘土。曾经莱昂就经常坐着这辆黄色马车从城里回到她身边；后来，还是走着这条路，他却一去不返了！她仿佛看见他出现在对面的窗前；随后，一阵云雾飘过，一切都变得模糊了；她似乎又在子爵怀里跳着华尔兹，吊灯映照下，她依偎在子爵的怀里，而莱昂离她也不远，马上就要过来……同时她又一直感觉到鲁道夫的头在她旁边。她昔日的欲望在此刻的温柔感觉中苏醒过来，就像风中飞舞的细沙一样，在这沁人心脾的香气里盘旋，包裹着她的灵魂。她好几次张大鼻孔，使劲吸着柱头常春藤清新的味道。她摘下手套，擦了擦手，然后拿手绢往脸上扇风。她的太阳穴突突地跳着，却依然还听得到人群的喧闹声和议员念经般的诵读声。他说：

继续努力！坚持不懈！既不要因循守旧，也不要急躁冒进！尤其要致力于改良土壤，施用优质肥料，培育优良品种的马、牛、羊和猪！希望本次展览会能成为一次和平的竞技，希望胜利者能向失利者伸出友爱之手，希望你们下一次取得更大的成功！你们是可敬的服务者，是谦逊的仆役，之前从来没有一个政府重视过你们默默付出的艰辛劳动。现在，请来接受你们应得的奖励吧！请你们相信，从今往后，国家会关注你们，鼓励你们，保护你们，满足你们的合理要求，尽一切力量减轻你们的负担，减少你们的牺牲！

利厄万先生坐下了；德罗泽雷先生站起来，开始演讲。他的演讲也许不如议员的那么华丽，但是风格更加实际，学识更加专业，评论也更加高明。他没有过多地为政府歌功颂德，而主要在谈论宗教和农业。他谈到了宗教和农业的关系，两者如何共同促进社会文明。鲁道夫和包法利夫人谈着梦、预感和催眠术。演说家开始追溯到原始社会，描绘野蛮时代的生活，那时的人类住在树林里以橡栗为生。后来，人类脱掉兽皮，穿上布衣，耕田犁地，种植葡萄。这是不是一件好事？这一发现是否弊多利少？德罗泽雷先生提出了这个问题。鲁道夫却由催眠术谈到了人与人之间的互相吸引。主席先生开始列举辛辛纳图斯[①]犁地，戴克里先[②]种菜，中国皇帝立春播种。年轻男子在向年轻女子解释吸引力之所以无法抗拒，是因为两人前世的缘分。

他说："因此，我们，我们为什么会相识？是由于怎样的机缘？就好像两条河为了最终能够合流而朝着彼此流淌，我们原来

① 辛辛纳图斯（前519?—前439?），古罗马政治家，曾任古罗马执政官。
② 戴克里先（245—312），罗马帝国皇帝，284年至305年在位。

距离很远，但是我们特有的天性将我们向彼此推近。”

他握住她的手；她没有缩回去。

“耕种奖！”主席喊道。

“比如，刚才我到您家里……”

“授予坎康普瓦的比泽先生。”

“难道我知道自己能陪伴着您？”

“七十法郎！”

“多少回我想离开。但是我最终跟着您，留下来了。”

“肥料奖。”

“今晚我会留下。明天，以后，一辈子，我都会像今晚一样留下来！”

“授予阿格伊的卡龙先生一枚金质奖章！”

“因为我从来没有从别人身上感受到如此的魔力。”

“授予吉夫里·圣马丁的班先生！”

“所以，我呢，会永远记得您。”

“美利奴公羊……”

“您会忘记我的，我会像一个影子一样从您的生活里消失的。”

“授予圣母院的贝洛先生……”

“哦！不会的！对不对？我会成为您思想和生命的一部分吧？”

“良种猪奖两名：授予勒埃里塞先生和居朗布先生；六十法郎！”

鲁道夫紧握着她的手，感觉到她的手很热，在颤抖，好像一只被抓的斑鸠，企图飞走。她的手指动了一下，不知道是想抽出手来，还是对他的紧握做出的回应。

他叫道："啊！谢谢！您没有拒绝我！您真好！您知道我是您的！让我看着您，让我好好欣赏您！"

窗外吹来一阵风，把桌毯都吹皱了。下面的广场上，农妇的大帽子也被风掀了起来，好像白蝶扇动着翅膀。

主席继续颁奖："油料植物的渣饼使用奖。"

他加快了语速："粪肥，——亚麻种植——排水，——长期租赁，——雇工服务。"

鲁道夫不再说话。他们看着彼此。欲火令他们嘴唇发干、颤抖；手指绵软无力地交织在一起。

"萨斯托·拉盖里耶的卡特琳·尼凯丝·伊丽莎白·勒鲁，在一家农场服务五十四年，授予银质奖章一枚——价值二十五法郎！"

"卡特琳·勒鲁在哪里？"议员问了几遍。

她没有走出来领奖。

只听到有人小声地说着："去呀！"

"不。"

"往左边走！"

"别怕！"

"啊！她真傻！"

"她到底来了没有？"蒂瓦什喊道。

"来了！她来了！"

"那让她到前面来呀！"

主席台上走来一个矮小的老妇人，神情畏缩，衣着寒酸，身体干瘪瘦小。她脚上穿一双大木底鞋，腰间系一条大蓝围裙，头戴一顶没有镶边的风帽。干瘦的脸上皱纹密布，比风干了的斑皮苹果还要皱。她穿着一件红上衣，手很长，指关节凸出。谷仓里的灰尘、洗衣服的碱水和羊毛的油脂使她手上的皮肤发硬、开裂，尽管用清水洗过，看上去还是很脏；手指由于常年的辛劳而变得僵硬，怎么也合不紧，仿佛是她历经苦难的卑微的凭证。她的表情像修女一样僵硬。任何哀怨和感动都无法软化她暗淡的眼神。由于常年和牲畜在一起，她自己也变得跟那些牲畜一样沉默和平和。这是她第一次出现在这么多人当中，看见那些旗子、鼓、穿黑礼服的先生、议员的十字勋章，她吓坏了，一动不动，不知道该往前走，还是往后逃。她既不明白大伙儿为什么推她，也不明白评审为什么冲她微笑。这个干了半个世纪劳役的老妇人就这样站在这群喜笑颜开的老爷面前。

议员从主席手里接过了获奖者的名单，说道："过来，可敬的卡特琳·尼凯丝·伊丽莎白·勒鲁！"

他看一遍名单，又看一下老夫人，用慈父般的语气重复道："过来，过来！"

蒂瓦什从扶手椅里跳起来说："您耳朵听不见吗？"

他就对着她的耳朵喊道："服务五十四年！一枚银质奖章！二十五法郎！这是给您的。"

她拿到奖章后仔细地端详，脸上露出幸福的笑容。她走开时，嘴里嘟囔着："我要把它送给我们村的神甫，让他给我做弥撒。"

药剂师俯身对公证人说："真是个狂热的人！"

会开完了，人群散了。演讲都已说完，每个人都回归原位，一切照旧：主人责骂着佣人，佣人抽打着牲口，获奖的牲畜角上挂着绿色的桂冠，懒洋洋地走回栏里。

这时，国民自卫队上到镇政府二楼，刺刀上扎了一串小圆面包，鼓手提着一篮子酒瓶。包法利夫人挽着鲁道夫的胳膊，他送她回家。他们在门口分手，然后他一个人在草地上散步，等待开宴。

宴会时间很长，非常吵闹，但是招待不周。大家挤在一起，连胳膊肘都很难动一下。用窄木板临时搭成的长条凳险些就被宾客压断。大家大吃大喝。每个人都拼命吃着自己的那一份。每个人都满头大汗。桌子上方，挂着的油灯之间，漂浮着一层热气，就像秋天清晨笼罩着河面的水雾。鲁道夫背靠着篷布，一心想着爱玛，什么也听不到。在他后面的草地上，佣人们正把脏盘子摞成一叠；邻座讲话，他也不回应；有人给他斟酒；周围越来越吵，但他的心里却是一片宁静。他想着她说过的话，她嘴唇的形状，恍惚在梦中一样。军帽上的帽徽好像魔镜一样竟然映照出了她的脸庞；墙壁上似乎垂下了她的打褶长裙。他憧憬着未来，恩爱的日子将会绵绵不绝。

晚上放烟火的时候，他又看见了她；但是她同她的丈夫，还有奥麦夫妇在一起。药剂师看到火花四溅，老担心会出危险，不时地就要走开，跟比内叮嘱几句。

烟花存放在蒂瓦什先生那里。他太过小心了，把烟花关在地窖里；结果火药受了潮，大都点不着。作为重头戏的“龙咬尾巴”焰火压根没放起来。偶尔有一小串不起眼的焰火上了天：张着嘴等待的群众就发出一片喊声。黑暗中有女人被人偷偷地摸了腰，也发出尖叫。爱玛轻轻靠在夏尔的肩上，默不作声；然后她仰起脸，看灿烂的焰火划过黑暗的天空。鲁道夫在灯笼的亮光下仔细端详她。

灯笼逐渐熄了。星星亮起来了。天上掉下几滴雨。爱玛把披肩系在头上。

这时，州议员的马车走出了客店。车夫喝醉了，突然就打上了盹。远远看见他坐在两盏车灯之间，身子高出车篷一大截，车厢前后颠簸，他的身子左右摇晃。

药剂师说："确实应该严禁酗酒！我希望镇政府在门口专门挂一块牌子，公示每周酗酒者的姓名。这样做还能建立起一份统计数据，就像年鉴一样，必要时可以提供参考……对不起。"

他又朝消防队长跑过去。

队长正准备回家。他要回去看他的车床。

奥麦对他说："劳烦您派个人或者您亲自去看着，行吗？"

税务员回答说："什么事都没有！您就别再来烦我了！"

药剂师回到朋友们身边，对他们说："你们放心吧。比内先生对我保证了，已经采取了措施。火花不会掉下来的。水龙也装满了水。我们回去睡觉吧。"

奥麦太太打了个大大的呵欠，说道："的确！我需要睡觉。不过，不管怎样，今天过得非常愉快。"

鲁道夫含情脉脉地看着爱玛，低声重复着："是啊！非常愉快！"

大家道过别后，就各自转身走了。

两天后，《鲁昂灯塔》刊登了一篇有关展览会的长文。奥麦创作灵感喷发，在展览会的第二天就写出来了：

> 为什么张灯结彩、鲜花遍地？烈日炎炎，炙烤着农田；人群像怒海的波涛一样，要跑向哪里？

然后他谈起了农民的处境。当然，政府已经做了很多，但是还不够！他呼吁政府：

加油！成千上万的改革需要开展，让我们来完成吧。

然后他写到了州议员的驾临：

我们自卫队的英武气概，我们最活泼的乡村妇女，还有秃头的老人，好似古代的族长一般可敬，其中有几位还曾经是我们不朽军队的成员，听到雄壮的鼓声依然会心跳加速。

他在列举重要的评判委员之时，提到了自己，并且加了一条注解，说药剂师奥麦先生曾向农学会提交过一篇关于苹果酒的论文。写到颁奖时，他夸张地描绘获奖者的喜悦：

父子相拥，兄弟相拥，夫妇相拥。不少人骄傲地展示着他们小小的奖章。不用说，回到家里，在贤内助的身边，他会含泪把奖章挂在茅屋某一面不起眼的墙上。

六点钟左右，宴会在利埃雅尔先生的牧场上举行，大会的重要人物齐聚一堂。从始至终，气氛都是无比的真诚热烈。宾客们频频举杯祝酒：利厄万先生为国王祝酒！蒂瓦什先生为州长祝酒！德罗泽雷先提议为农业干杯！奥麦先生提议为工业和艺术这两姐妹干杯！勒普利谢先生提议为各种进步干杯！夜晚，璀璨的焰火忽然照亮了天空。焰火宛如万花筒般炫目，夜空变成了华丽的歌剧舞台。一时之间，我们这个小镇似乎进入了《天方夜谭》的梦境。

此次家庭聚会没有发生任何不愉快的事件。

最后他还补充了几句：

我们注意到神职人员没有参加此次聚会。当然，教会对进步有自己的理解方式。教会的先生们，你们愿意怎样，悉听尊便！

第九章

六个星期过去了。鲁道夫没有来。一天晚上，他终于出现了。

展览会后的第二天，他对自己说："不要去得太早，太早了会坏事。"

一个星期之后，他打猎去了。打过猎后，他想现在去是不是太晚了。他这样说服自己："如果她第一天就爱上了我的话，那么她应该会越来越急着要见到我，也就会越来越爱我。再等一等吧！"

他走进大厅，看见爱玛的脸变白了，他明白自己盘算对了。

只有她一个人。天色已晚。玻璃窗上挂着小纱帘，使大厅里暮色更浓。一缕斜阳照在镀金的晴雨表上，表面金光闪闪，穿过珊瑚的枝杈，反射到镜子里，好像一团火焰。

鲁道夫站着；对他的问候爱玛只是勉强做出一点回应。

他说："我，有点事，又病了。"

她喊道："严重吗？"

鲁道夫坐到她身边的一张凳子上说："好吧，不是这样的！其实是我不想来。"

"为什么？"

“您猜不到吗？”

他又看了她一眼，目光如此热烈。她脸红了，低下了头。

他又接着说：“爱玛……”

她让开了一点，说：“先生！”

他用忧伤的语调答道：“啊！您看，我不愿来是有原因的。因为这个名字，它占据了我的灵魂，令我脱口而出，可是您却禁止我叫！包法利夫人！唉！人人都这样叫您！可是，这并不是你的姓名，这是别人的姓！”

他重复着：“别人的姓！”

他双手捂住脸。

“是的，我无时无刻不在想您！我一想起您就难过！啊！对不起！我要离开您……永别了！我要去很远的地方……远到您再也不会听到别人提起我！……但是……今天……我也不知道是什么力量把我推到了您的身边！因为人违抗不了天意，抵御不了天使的微笑！人不由自主会追随美丽的、迷人的、可爱的事物！”

这是爱玛第一次听到别人对自己说这种话，她就像在洗蒸汽浴一样，全身绵软无力，内心充满骄傲，完全沉浸在这热烈的语言里。

他接着说：“不过，尽管我没有来，尽管我不能见您，啊！但是我至少仔细看过您周围的一切。夜晚，每个夜晚，我都从床上起来，一直走到这里，望着您的房屋，屋顶在月下闪闪发光，园中的树木在您的窗前摇曳，黑暗中您的窗玻璃透出一缕微光。啊！您并不知道有一个可怜的人在那里，离您如此近，又如此遥远……”

她转身面对着他，声音哽咽。

她说：“哦！您真好！”

“不是，这一切只是因为我爱您！您不要怀疑了！对我说出来吧。一句话！只要一句话！”

不知何时鲁道夫已经从凳子上下来了。可是厨房传来木底鞋的响声，他发现大厅的门没有关。

他站着继续说道：“您行行好，满足我一个心愿吧！”

他的心愿是参观她的房子，他想熟识她的房子。包法利夫人觉得这个要求并不过分。他们俩都站起身来，夏尔进来了。

鲁道夫说：“您好，博士。”

医生听到这个头衔，喜出望外，于是对他大献殷勤。

鲁道夫乘机定了定神。他说：“夫人跟我谈起她的健康……”

夏尔打断他的话，说他的确为此非常担心，他的妻子又跟从前一样开始觉得气闷。于是鲁道夫就问骑马会不会对她有好处。

“当然！很好，好极了……这是个好主意！你应该照做。”

她说她没有马，鲁道夫先生说他愿意提供。她谢绝了，他没有坚持。接着，为了要给他的拜访找个理由，他说他的车夫，就是上次放血的那一个，总是觉得头晕。

包法利说：“改天我去看看。”

“不必，不必，我叫他来。我们来对您更方便。”

“啊！那很好。谢谢您了。”

鲁道夫走后，包法利问夫人：“你为什么拒绝布朗瑞先生的好意啊？”

她装作赌气，暗中寻找各种借口，最后说她怕人家笑话。

夏尔像陀螺一样在原地转了一圈，说：“啊！我才不在乎别人笑话呢！健康第一！你错了！”

“唉！你让我怎么骑马？我都没有骑马装。”

他答道：“那就订做一套吧！”

骑马装令她下定决心去了。

骑马装做好之后，夏尔就写信给布朗瑞先生，说妻子已经整装待命，他们夫妇随时恭候先生驾临。

第二天中午，鲁道夫来到夏尔门前，带来了两匹装备齐全的马。其中一匹耳朵上系了粉红色的小绒球，背上安了一副女式的鹿皮马鞍。

鲁道夫穿了一双长筒软皮鞋，心想她应该从没见过这样的东西。他穿着天鹅绒长礼服和白色针织马裤，出现在楼梯口，爱玛的确被他的风姿迷住了。她也已经准备就绪，正等着他。

朱斯坦溜出药房来看她，药剂师也来了。他再三嘱咐布朗瑞先生："意外说来就来！千万要小心！您的马或许性子烈呢！"

她听见上面有响声，原来是费莉西黛敲打着玻璃窗，逗小贝尔特。孩子做了一个飞吻，妈妈摇动马鞭的圆把儿，作为回应。

奥麦先生喊道："祝你们骑得开心！要小心！千万要小心！"

他挥动手里的报纸，目送他们离开。

一到土路上，爱玛的马就开始小跑起来。鲁道夫在她的身边并排骑着。他们偶尔说上一两句话。她微微低着头，高举着手，右臂伸直，身体随着马的节奏，在马鞍上摇晃着。

来到坡底下，鲁道夫松开了缰绳，他们一起飞跑起来；到了坡顶，马猛地停下，她的蓝色大面纱掉了下来。

正值十月初。田野雾气缭绕。雾气一直弥漫到天边，环绕着远方的山丘。有的地方雾气散开，消失在高空里。有时一束阳光穿破云层，可以远远地看到荣镇的屋顶、水边的花园、院落、墙垣和教堂的钟楼。爱玛眯着眼找自己的房子。她住的这个可怜的小镇，从来没有显得这样小过。他们站在坡顶往下看，脚下的山谷好像白茫茫的大湖，雾气腾腾。散布的树丛就像黑色的岩石；

一排排的白杨，高耸在雾气之上，好似随风起伏的沙滩。

旁边的草地上，是一片冷杉林，一道褐色的光线在温暖的空气中游走。土壤是棕红色的，像烟草的碎屑，马走在上面悄然无声。马一边走着，一边用蹄子踢开地上的松果。

鲁道夫和爱玛就这样沿着树林边上走着。她不时转过头去，避开他的目光。可是这样她就只看得见一排排的冷杉树干，绵延不绝，令她有点头晕眼花。马喘着粗气。鞍皮咯吱作响。

他们走进树林的时候，太阳出来了。

鲁道夫说："上帝保佑我们！"

她问："您相信上帝？"

他接着说："我们往前走吧！往前走吧！"

他打着响舌。两匹马跑了起来。

路边长着长长的羊齿草，缠住了爱玛的脚镫。鲁道夫也不停下，就伏在马上，帮她把草扯开。有时，他贴到她身边，帮她拨开树枝，爱玛能感觉到他的膝盖蹭到了自己的腿。天变蓝了。树叶一动不动。有的空地上长满了正开花的欧石楠；有的地方长着成片的紫罗兰；有的地方是杂乱的树丛，树叶有灰色、黄褐色和金黄色。灌木丛中不时传出翅膀轻轻扇动的声音，栎树丛中不时有乌鸦飞起，发出嘶哑的低鸣。

他们下了马。鲁道夫把马拴好。她踏着车辙之间的青苔往前走着。可是她的裙子太长，尽管她撩起后摆，还是行动不便。鲁道夫走在她后面，看着她黑色裙摆和黑色靴子中间露出的一截精致的白袜，感觉似乎瞧见了里面包裹着的肌肤。她停下了脚步。

她说："我累了。"

他说："来，再走一段！加油！"

走了一百来步，她又站住了。她戴着一顶男式的帽子，透明的蓝色面纱从帽檐垂下来，斜斜地落在髋骨上。他看着面纱下面她的脸，觉得她好像是在蔚蓝的波涛里游泳。

“我们到底要去哪里？”

他没有回答。她急促地呼吸着。鲁道夫环视四周，咬着上唇的胡子。

他们到了一个更为开阔的地方，那里的小树都被砍掉了。他们坐在一根倒在地上的树干上，鲁道夫开始对她倾诉自己的爱情。

他怕吓着她，所以一上来并没有对她大讲恭维话。他看起来平静、严肃、忧郁。

爱玛低着头听他说，脚尖拨着地上的碎木屑。

她听到他说：“难道此刻我们的命运不是共同的？”

她答道：“不是！您知道的。这是不可能的。”

她站起来要走。他抓住她的手腕。她站住了。然后，她湿润的眼睛满含爱意地端详了他几分钟，急促地说道：“啊！好了，不要再说了……马在哪里？回去吧。”

他做了一个生气而又苦恼的手势。

她重复道：“马在哪里？马在哪里？”

他露出古怪的笑容，死死瞪着她，紧咬牙齿，伸开双臂，向她走来。

她颤抖着向后退，结结巴巴地说：“啊！您吓着我了！您让我不舒服！我们走吧！”

他换了一副表情，说：“既然这样，那好吧。”

他立刻又变得恭敬、温存、羞涩起来。她挽住他的胳膊。他们一起往回走。

他说：“您到底怎么啦？为什么？我不明白。您是不是误会了？您在我的心里就像圣母像一样，高高在上，坚固而又纯洁。但是没有您我活不下去！我需要您的眼睛，您的声音，您的思想。做我的朋友，做我的妹妹，我的天使吧！”

他伸出胳膊，搂着她的腰。她稍作挣扎。他就这样搂着她往前走。

他们听见两匹马在吃树叶。

鲁道夫说：“哦！再待一会儿！不要走！再待一会儿！”

他带着她往远处走去，走到一个小池塘边上。水面覆盖着一层绿色的浮萍。残荷静静地立在灯心草中间。他们走在草地上，青蛙听到了脚步声，跳进水里躲了起来。

她说：“我错了，我错了。我疯了，竟然听了您的话。”

“为什么……爱玛！爱玛！”

“哦！鲁道夫……”少妇靠在他的肩膀上，慢慢地说着。

她的裙子紧紧地贴着他的天鹅绒礼服。她仰起白皙的脖颈，发出一声叹息，脖子鼓了起来；她四肢无力，泪流满面，浑身颤抖；她藏起脸，不再做任何抵抗。

暮色降临；夕阳穿过树枝，照花了她的眼。在她的周围，树叶上，草地上，有亮点在闪烁，好像蜂鸟飞走时落下的羽毛。四周一片寂静，树木似乎也散发着柔情蜜意。她又感到心跳急促，血液在身体里流动，仿佛一条乳汁汇成的河流。那时，她听到遥远的地方，树林外面，在别的山坡上，传来了模糊而悠长的喊声。她静静地听着，神经因激动而发出阵阵震颤，喊声和神经的震颤交织在一起，汇成一篇动人的乐章。鲁道夫叼着雪茄，用小刀修理一根断了的缰绳。

他们沿着原路返回荣镇。他们在泥地里又看见了来时并排的马蹄印、灌木丛、草地上的石子。他们周围的一切都没有改变，他伸出胳膊，搂着她的腰。

她稍作挣扎。他就这样搂着她往前走。

但是对她来说，却发生了比大山移位还要重大的变化。鲁道夫不时探过身子，拉起她的手亲吻。

她骑在马上，非常迷人。她纤细的腰身笔直地挺着，膝盖贴着马鬃弯着。在新鲜的空气吹拂之下，在晚霞映衬之下，她的脸色显得格外红润。

进了荣镇，她的马轻盈地踏在石板地上。大家都趴在窗口看她。

晚餐时，她的丈夫觉得她的气色很好，就问她玩得怎么样，她却装作没听见，胳膊肘支在盘子旁边。盘子两边各点着一根蜡烛。

“爱玛！”他叫她。

“什么事？”

“我今天下午去了亚历山大先生家。他有一匹老母马，很漂亮，只是膝盖受过伤。我想，只要花上一百来个埃居，就能买下来……”

他又说：“一想到你会喜欢，我就要了……我买了下来……我做对了吗？你说呢？”

她点点头，表示赞同。然后，过了一刻钟，她问：“你今晚出去吗？”

“出去。怎么了？”

“哦，没什么，没什么。”

她打发走夏尔之后，就上楼把自己关在房间里。

开始，她有点精神恍惚，仿佛又看见了树木、小路、沟壑、鲁道夫，又感觉到他双臂的搂抱，听到树叶摇曳，灯心草飒飒地响着。

她照着镜子，被自己的面容惊住了。她的眼睛从来没有这么大，这么黑，这么深。她的身上发生了奇妙的变化，容颜焕然一新。

她一遍又一遍地对自己说着：“我有一个情人！一个情人！”她感到无比的快乐，仿佛又回到了青春期。愉悦的爱情和狂热的幸福，她原已不再期冀，但是现在她竟然拥有了！她进入了一个美妙的境界，充满了激情、迷醉和狂热。人被一望无际的蓝天包围着，心灵被一座座感情的巅峰照亮，日常生活则退居遥远的低洼里、山峰之间的阴影里。

她想起读过的书中的女主人公。这些多情的放荡女人，用亲切的声音，对她吟唱着迷人的情歌。现在她自己也成了她们中的一员，她实现了青春时期的梦想，终于也像自己曾艳羡不已的多情女子一样，沐浴在爱河中。而且，爱玛还有一种报复后的满足感。她承受了这么多的痛苦！现在她胜利了。长期被压抑的爱情，突然就迸发了，欢快地喷涌着。她品味着这爱情，没有后悔，没有担忧，也没有慌乱。

第二天依然是在柔情蜜意中度过的。他们互相山盟海誓。她对鲁道夫讲述自己的哀怨，却被他的亲吻打断了。她眯着眼看着他，要他再叫一遍她的名字，再说一遍爱她。

他们跟前一天一样，去了树林里，在一间做木底鞋的小屋里幽会。墙是用麦秆堆成的，屋顶非常低，人在里面老得弯着腰。他们互相靠着，坐在枯叶铺成的床上。

从这一天起，他们每天晚上都通信。爱玛把信放到花园尽头靠河边的墙缝里。鲁道夫来取走，同时把自己的信放进去。爱玛总嫌他的信写得太短。

一天早上，夏尔天不亮就出门去了。她一时兴起，就想立刻去见鲁道夫。她可以快速赶到于谢特，在那里待上一个小时再回荣镇，小镇的人应该还在熟睡呢。想到这里她心急难耐，呼吸急促，很快就走到了草场。她急急地走着，头也不回。

天蒙蒙亮。爱玛远远地就认出了情人的家。微弱的曙光中，屋顶上的两支燕尾风标看上去黑魆魆的。

走过农庄的院子，有一栋大房子，应该就是主宅了。她走了进去，见她走近，墙壁似乎都退向两旁，给她让道。一座大楼梯笔直地通向一道走廊。爱玛转动门闩，蓦地看见房间靠里处有个男人在睡觉。是鲁道夫。她发出了一声叫喊。

他一遍遍地说着："你来了！你来了！你是怎么来的……啊！你的裙子都湿了！"

她用胳膊搂住他的脖子，回答道："我爱你！"

第一次大胆的冒险就取得了成功。现在，只要夏尔一大早出门，爱玛就赶快穿好衣服，蹑手蹑脚地走下通往河边的台阶。

有时，给牛过河用的木板被人收走了，她只能沿着河边的围墙走。堤岸很滑，她怕摔跤，走路的时候手紧紧抓着墙上已经枯萎的桂竹香的枝条。接着，她开始穿越耕地，她的靴子陷在泥土里，艰难地踉跄前行。头上系着的丝巾被草场的风吹得飘来飘去。她怕牛，开始跑了起来。到达城堡的时候，她气喘吁吁，脸颊绯红，身上散发出一股树液、青草和新鲜空气混合在一起的清香。这个时候鲁道夫还在睡觉。她就像春天的清晨一样走进他的房间。

窗户上挂着黄色的窗帘，房间静悄悄的，弥漫着昏暗的金色光线。爱玛眨着眼睛，摸索着走进来。她的发鬓上沾满了露水，好像一圈黄玉，环绕着她的脸。鲁道夫笑着把她拉到怀里，紧紧地拥抱着她。

然后，她就在房间里四处查看，打开家具的抽屉，用他的梳子梳头，照他刮脸时用的镜子。床头柜上放着一瓶水、几片柠檬和几块方糖，还有一个大烟斗，她还经常拿起烟斗，放到嘴里叼着。

分别要花上一刻多钟的时间。爱玛总会哭泣，她希望永远都不离开鲁道夫。她总是不由自主地就来见他。终于有一天，她又一次不期而至，他皱着眉头，露出不悦的神色。

她问："你怎么了？不舒服吗？告诉我！"

他神情严肃地说，她这样不谨慎，会给她自己带来麻烦的。

第十章

渐渐地，她也像鲁道夫一样担心起来。起初，她沉醉在爱情当中，无暇顾及其他。可是现在，爱情已经成为她生活中必不可少的一部分，她唯恐失去一星半点，受到一丝干扰。从他那里回去的时候，她总会不安地四处张望，生怕远处出现什么人，或者村子里的天窗后面有人看到她。她仔细听着脚步声、叫唤声、犁铧声。她站在旷野中，脸色苍白，浑身战栗，比头顶的杨树叶还要颤抖得厉害。

一天早晨，她往家走的时候，忽然发现一支卡宾枪好像瞄准着她。枪管从一个小木桶上边斜伸出来，木桶的下半截掩藏在沟边的草丛里。爱玛吓得几乎要昏倒了，但还是鼓起勇气向前走着。这时，一个男人一下子从桶里钻了出来，就像玩偶突然从匣子里弹出来一样。他的护腿一直扣到膝盖，鸭舌帽一直遮到眼睛，嘴唇哆嗦，鼻子通红。是比内队长，他在那里伏击野鸭。

他喊道："您在远处的时候就该开口说话的！看见枪口总应该提醒一声的。"

税务员这样说，其实是在掩饰内心的害怕，因为根据本州的一项法令，只允许在船上猎野鸭，禁止在船以外的地方猎捕。比内先生虽然一向奉公守法，但还是违反了这条法令。因此，他每分钟都仿佛听到了乡村警察到来的声音。但是这种不安反而激起了偷猎的乐趣，他一个人躲在木桶里，为自己的好运和妙计暗自喝彩。

看到来的是爱玛，他如释重负，立刻和她寒暄起来："这天可不暖和，简直冷得刺骨呢！"

爱玛没有回答。他又说："您这一大早就出来了？"

她支支吾吾地说："是啊，我去奶妈家看孩子来着。"

"啊！很好！很好！我呢，您看，天一亮就到这儿了；但是天气这么差，除非有鸟自己撞到我的枪口上……"

"再见，比内先生。"她打断他的话，转身走了。

"请便，夫人。"他干巴巴地回答。

然后他又钻进木桶里去了。

爱玛后悔就这样突然离开了税务员。他一定会做对她不利的猜测。去奶妈家实在是个最糟糕的借口，荣镇每个人都知道小贝尔特早在一年前就回到父母身边了。再说，这附近并没有人家，这条路只通向于谢特。比内应该能猜到她是从哪里过来的，他不会保持沉默的，他会说出去的，肯定会这样！一直到晚上，她都在绞尽脑汁地编造各种谎言，可是，那个挂着猎囊的蠢人总是出现在眼前，挥之不去。

晚餐后，夏尔看她忧心忡忡的样子，就带她去药剂师家散心。她在药房见到的第一个人，偏偏还是他，税务员！他站在柜台前，红色药瓶的光线照在他身上。他说："请给我半两硫酸。"

药剂师喊道："朱斯坦，把硫酸拿过来。"

爱玛上楼去奥麦太太的房间，药剂师对她说：

"不必上去了，您就在这里吧，她马上就下来。您去炉边烤烤火吧……对不起……您好，博士（药剂师非常喜欢说'博士’这个词，这样称呼别人的时候，他自己好像也很长脸面似的）……小心别弄翻研钵！还是去小厅里搬几把椅子，你知道，客厅的扶手椅是不往外搬的。”

奥麦赶快走出柜台，想去把扶手椅放回原位，但是比内又要买半两糖酸。

药剂师有些不屑地说：“糖酸？我不知道，没听说过！您是要买草酸吧？草酸，对吗？”

比内解释说，他需要一种腐蚀剂，用来配制擦铜水，给猎具去锈。爱玛不禁一阵颤抖。

药剂师说：“的确，这天太潮湿，对猎具不好。”

税务员露出狡黠的神色，话里暗藏机锋：“不过，有的人可不怕潮湿。”

她感觉呼吸困难。

“再给我……”

“他怎么还不走！”她想。

“半两松香，半两松脂，四两黄蜡，还有一两半骨炭，擦洗猎具的漆皮。”

药剂师开始切蜡时，奥麦太太下楼来了，怀里抱着伊尔玛，身旁走着拿破仑，后面跟着阿达莉。她走到窗边坐到那里的丝绒长凳上，男孩蹲在一张小凳子上，姐姐围着爸爸身边的枣盒子打转。爸爸忙着灌漏斗，盖瓶塞，贴标签，打包裹。周围没人说话，只有天平的砝码不时地响着，还有药剂师偶尔小声叮嘱学徒几句。

奥麦太太忽然问道：“您的小宝贝好吗？”

“安静！”她的丈夫喊道。他正在账本上记账。

她压低声音又问：“您怎么没带她过来呀？”

“嘘！嘘！”爱玛指指药剂师。

好在比内正全神贯注地看账单，似乎没有并听见她们的话。他终于走了。爱玛如释重负，长出了一口气。

奥麦太太说：“您怎么呼吸这么重！”

她答道：“啊！天有点热。”

因此，第二天，他们就盘算着怎么安排他们以后的幽会。爱玛想用礼物收买女佣，但最好还是在荣镇找一处隐蔽的房子。鲁道夫答应去找。

整个冬天，每星期有三四个夜晚，他会到花园来。爱玛特意拿走了栅栏门的钥匙，夏尔还以为钥匙丢了。

鲁道夫到了之后，就抓一把沙子撒到百叶窗上。她立刻就跳下床；不过有时得等着，因为夏尔喜欢坐在炉边闲聊，一说起来就没完没了。

她急得要命，恨不得身子能像目光一样跳出窗外。最后，她换上睡衣；拿起一本书，安静地看着，似乎读得津津有味。但是夏尔却在床上叫她去睡。

他说：“来吧，爱玛，该睡了。”

她答道：“好，我就来！”

然而，因为烛光晃眼，他转身朝着墙睡着了。她屏住呼吸，面带微笑，心怦怦乱跳，也没加一件衣服，就溜了出去。

鲁道夫披了一件大斗篷。他用斗篷裹着她全身，胳膊搂住她的腰，也不说话，径直把她带到花园深处。

他们来到花棚底下，坐在那张已经腐坏的木条长凳上。从前，夏天的傍晚，莱昂就坐在这里，含情脉脉地看着她。现在她一点都不会想起他。

星光闪烁，穿过叶子已经掉光的茉莉枝。身后河水潺潺流淌，堤岸边的枯芦苇不时飒飒作响。夜色中，东一处，西一处，不时冒出一团团黑影，有时一齐摇晃起来，忽而直立忽而前冲，好似巨大的黑浪要把他们淹没。夜里的寒气令他们抱得更紧，嘴唇发出的叹息声似乎更响，依稀看见对方的眼睛似乎变得更大。一片寂静中，他们的絮语落在彼此心头，回声清亮，缭绕不绝。

如果下雨，他们就躲到车棚和马厩之间的诊室里。她在书后面藏了一根厨房用的蜡烛，拿出来点上。鲁道夫坐在诊室里，俨然一副主人模样。书架，书桌，甚至整个房间，都令他发笑，他不禁开起了夏尔的玩笑，这让爱玛很是尴尬。她希望他更严肃一些，有时甚至希望他表现出紧张万分的样子，就像那一回，她觉得小路上有脚步走近。

她说："有人来了！"

他赶快吹灭蜡烛。

"你带手枪了吗？"

"干什么用？"

爱玛答道："为了……自卫呀。"

"对付你的丈夫吗？啊！这个可怜的家伙！"鲁道夫说完，做了一个手势，意思是说：我弹一弹手指，他就会完蛋。

尽管她觉得他的语言和举止有些粗野，令她反感，但他的英勇的确令她惊诧不已。

鲁道夫后来反复想起这次手枪事件。他想，如果她是认真的，那这事就太可笑了，甚至是非常可恶的，因为他并不是一个嫉妒心重的人，他实在没有任何理由恨夏尔这个老好人。爱玛怕他嫉妒，曾向他赌咒发誓，他却觉得她的誓言格调不高。

另外，她变得非常感情用事。她要他们交换小像，剪下几绺头发互送；现在，她竟然要一个戒指，一个真正的结婚戒指，表示相爱到永远。她经常对他讲起晚祷的钟声或是大自然的声音；然后，她会谈起她的母亲，也会问起他的母亲。鲁道夫的母亲已经过世了二十年。爱玛却还是拿出对孩子说话时的那种做作的语气来安抚他，好像他是一个孤苦无依的小孩子似的。有时，她甚至会望着月亮对他说："我相信，我们在天国的母亲都赞同我们相爱。"

但她这么漂亮！而且他玩过的女人当中少有像她这么天真的！这种不放荡的爱情，对他说来，充满了新鲜感，使他抛弃了轻佻的习惯，而且既令他感到骄傲，又满足了他的肉欲。虽然依照资产阶级的标准，他有些看不上爱玛的狂热劲，但是他从内心深处还是觉得高兴，因为她是为他而发狂。现在他对她的爱确定无疑，也就不再上心了，对她的态度不知不觉就发生了改变。

他不再像以前那样，说些令她流泪的甜言蜜语，也不再有令她疯狂的爱抚。他们的伟大爱情，曾经像河水一样淹没着她，现在爱河正逐渐干涸，露出了水底的淤泥。她不肯相信，对他加倍地温柔体贴；而鲁道夫却越来越不掩饰自己的冷淡。

她也弄不清楚，自己是后悔当初顺从了他，还是不希望再那么爱他下去。她为自己的软弱而感到羞耻，羞耻感逐渐转变成怨恨，但是怨恨又被肉体的快感冲淡了。这不是眷恋，而更像一种持续的诱惑。他征服了她。她几乎有点怕他。

然而，表面看来，一切比以前更加平静。鲁道夫完全按照自己的心意支配着他们的奸情。半年之后，到了春天，他们俩就像夫妻一样，平静地维持着他们的爱情之火。

又到了鲁奥老爹送火鸡纪念断腿的时候了。他总是会附上一封信跟礼物一同寄来。他用一根绳子把信拴在筐上。爱玛剪断绳子，信中写道：

我亲爱的孩子们：

希望收到信时，你们身体健康。希望这次的火鸡和以前的一样好。我这么说是因为我觉得这只要更嫩一些，个头儿也更大一些。不过，下回，我想换换花样，送你们一只公鸡，除非你们更喜欢母的。请把鸡筐寄回来，还有之前的两个。我有些不走运，一天夜里刮大风，把车篷顶给掀到树上去了。收成也不太好。总之，我不知道什么时候能去看你们。自从我一个人过，我就很难离开家了，我可怜的爱玛！

信到这里空了一行，好像是老头儿想了会儿心事，笔从手里滑落了。

至于我呢，我身体挺好，就是有天去伊夫托赶集的时候感冒了。我去赶集是想雇个羊倌。家里那个被我辞了，因为他的嘴太刁了，吃东西太挑。碰到这种坏蛋还真是倒霉！而且，他还不诚实。

一个小贩去年冬天到你们那里跑生意，在你们那儿拔了一颗牙。他跟我说包法利工作很辛苦。这倒也在我意料之中。他给我看他的牙齿。我们一起喝了杯咖啡。我问他见到你没有，他说没有，不过他看见马厩里有两匹马。我猜包法利的生意应该还不错。那就好，我亲爱的孩子们，愿上帝保佑你们幸福！

我很难过，到现在还没有见过我心爱的小外孙女贝尔特·包法利。我为她在花园里种下了一棵李子树，就种在你的房间下面。我不许人碰树上的李子，因为我要留着做成果酱，放到橱柜里，等她来吃。

再见，我亲爱的孩子们。吻你，我的女儿；也吻你，我的女婿；还有我的小宝贝，吻你的小脸蛋。

祝你们好！

你们慈爱的父亲

泰奥多尔·鲁奥

她把这张粗糙的信纸拿在手里，发了几分钟呆。满篇都是拼写错误，但是字里行间隐藏着一种温情，就像一只母鸡躲在荆棘篱笆里面，咕哒叫着。墨水是用炉灰吸干的，因为她的裙子上落了一些信上的灰烬。她仿佛看到父亲弯着腰到壁炉前拿火钳的样子。她好久不在他身边了！从前她总是坐在壁炉前的矮凳上，挨着父亲，用一根木棍去拨烧得噼里啪啦响的灯芯草，熊熊的火焰把木棍的一头都烧着了……她记得那些夏天的黄昏，阳光依然灿烂，一有人走过，马驹就会嘶鸣，奔跑……她的窗户下面有个蜂房，蜜蜂在阳光下盘旋，有时会撞到窗玻璃上，就像金色的小球在跳跃。那时多么幸福，多么自由！有多少希望，多少幻想！现在一点也不剩了！它们已经被生活消耗殆尽了。当她的心灵经历各种波澜的时候，当她的生活环境不断发生改变的时候，在她从少女到人妻，再到情妇的时候，她在人生的道路上一点一点地把它们弄丢了，就像一个旅客每投宿一家客栈就要花费掉一点钱财一样。

那么，是谁令她这样地不快乐？是怎样的灾难颠覆了她的幸福？她抬起头来，环视四周，仿佛要找出令她痛苦的根源。

一束四月的阳光在摆设架的瓷器上闪烁，炉火熊熊燃烧，拖鞋下面的地毯很柔软。天色很亮，天气温暖，她听到孩子爆发出阵阵笑声。

草地上晒着草料，小女孩在上面打滚。她趴在一个草堆上。女佣拉着她的裙子。莱蒂布杜瓦在旁边耙草。只要他一靠近，小女孩就探着身子，用两只小胳膊在空中乱打。

“把她带过来！”母亲说着，一面跑去要亲她，“我多么爱你，我可怜的小宝贝！我多么爱你！”

她看见女儿耳后根有点脏，就摇铃叫人送来热水，给女儿洗，换掉内衣、袜子和鞋，一遍又一遍地问女儿身体好不好，就好像她出远门刚回来似的，然后又亲吻女儿，最后才流着眼泪，把女儿交到女佣手里。保姆见她突然如此地疼爱孩子，惊讶得说不出话来。

晚上，鲁道夫发现她比平常严肃。

他想：“她应该是在闹情绪，很快就会过去的。”

接着，他连续三次都没来赴约。等他再来的时候，她显得很冷淡，甚至露出鄙夷的神情。

他装作没看到她哀伤地叹气，掏手绢擦泪，说：“啊！你这是在辜负光阴，我的宝贝儿……”

其实爱玛是后悔了！

她甚至问自己：为什么讨厌夏尔？如果能够爱他，岂不更好？但是她虽然回心转意，他却没能适时助她一臂之力；她虽有心为他做出牺牲，但却不知从何做起。刚好药剂师及时出现，给她提供了一个机会。

第十一章

他最近读到一篇文章，颂扬一种治疗跛脚的新方法。因他一向支持进步，所以就起了爱乡的念头，觉着荣镇也应该跟上形势，施行矫正畸形足的手术。

他对爱玛说："能有什么风险呢？您看（他掰着手指头算计着这么做的好处）：成功率几乎百分之百；病人可以减轻痛苦，美化外形；施行手术的人很快就能名声大噪。比方说，您的丈夫为什么不救救金狮客栈的伙计，可怜的伊波利特呢？您看，治愈之后，他能不对客栈的客人们讲吗？而且（奥麦压低声音，看了一眼四周），谁又会不让我给报纸写一篇小文章呢？到那时候！我的上帝！文章传播开来……人人都会谈起……就像滚雪球一样！那结果！谁知道？谁晓得？"

的确，包法利是可能成功的，爱玛还没见过有他做不了的手术，如果她能鼓动他做成一件名利双收的事，她该是多么心满意足啊！她正一心寻求比爱情更靠得住的东西作自己的支柱呢。

在药剂师和爱玛的恳求下，夏尔最终被说服了。他托人从鲁昂找来了杜瓦尔博士的著作，每天晚上都埋头苦读。

他研究马蹄型足、内翻足、外翻足，也就是趾畸形足、内畸形足、外畸形足（或者通俗点说，就是各种歪脚，往下歪、往里歪或是往外歪)，还有足底畸形和踵畸形（就是平脚板和上跷脚)。同时，奥麦先生也用各种理由，鼓动客栈伙计来做手术。

“你可能就会稍稍有点疼；就像放血一样扎一下，比去鸡眼还简单。”

伊波利特转动着蠢笨的眼睛考虑着。

药剂师接着说：“其实，这根本不关我的事！这都是为了你好！完全是出于人道主义！你走路一瘸一拐，腰摆来摆去，很不好看，而且，虽然你不承认，但是跛着脚干活儿一定很不方便。我的朋友，我希望看到你能摆脱这种状况。”

接着奥麦向他描述，脚治好之后，他会多么开心、矫健；奥麦甚至还暗示，他还会更招女人喜欢。马夫听了，露出了愚蠢的笑容。然后，奥麦又开始刺激他的虚荣心：“你是个男人吗？要是需要你参军，上战场，你怎么办……啊！伊波利特！”

奥麦离开时还说着，他不明白一个人怎么能这么固执，这么盲目，竟然拒绝科学带来的好处。

这个倒霉的人最终让步了，因为大家好像密谋好了一致来算计他似的。从不管别人闲事的比内、勒弗朗索瓦太太、阿黛米丝、左邻右舍、甚至连镇长蒂瓦什先生都来劝说他，训诫他，拿话臊他。但是，让他最终下定决心的，还是手术不要他花钱这事。包法利甚至愿意自己提供做手术用的器械。这是爱玛的主意，妻子这样慷慨，夏尔就同意了，内心觉得妻子简直是个天使。

夏尔请木匠来打造手术器械，药剂师提了很多建议，锁匠也热心帮忙，数次返工，总算做出了一个像盒子一样的东西，大概有八斤重，用料方面一点没有节省，铁皮、木头、皮料、螺钉、螺母，应有尽有。

然而，要知道该割断伊波利特哪一条腱，先得弄清楚他是哪种畸形足。他的脚和腿几乎成一条直线，但又有点往里歪。也就是说，他是马蹄内翻足，或者说是轻微的内翻足加上严重的马蹄足。这只马蹄足的确和马蹄差不多大，皮肤粗糙，筋腱僵硬，脚趾粗大，指甲黑得像铁钉，但是跛子从早到晚，跑得跟鹿一样快。大家看见他拖着两条不一样长的腿，在广场上绕着大车不停地蹦跳，看上去他的跛腿甚至比好腿还要有力。这跛腿用多了，竟然锻炼出了一些优秀的品质，坚韧有力；干重活儿的时候，他还是更信赖这条跛腿。

既然是马蹄足，那就该先切断跟腱；至于内翻足的矫正手术，由于可能会伤着前胫骨的肌肉，留着日后再做；因为医生不敢一次冒险做两个手术。其实就做一个他已经紧张得哆嗦了，生怕伤着什么重要部位。

自塞尔斯[①]行医时代起，一千五百年之后，昂布瓦斯·帕雷[②]施行首例动脉结扎手术；迪皮特伦[③]穿过厚厚的脑髓层，割破脓疮；让苏尔[④]施行首例切除上颌骨手术；他们当时都不像拿着手术刀走到伊波利特跟前的包法利先生心跳得那么快，手抖得那么厉害，精神那么紧张。就像在医院里一样，旁边的桌子上放了一堆纱布、蜡线和绷带——绷带堆得像金字塔一样，这是药房里的全部存货。奥麦先生一早就开始备货，既为了向人炫耀药房的囤货，也为了给自己定心。夏尔将刀扎进皮肤里，只听见咔嚓一声，筋腱切断了，手术做完了。伊波利特惊讶得都没回过神来；他弯下身子，不停地亲吻包法利的手。

---

① 赛尔斯是古罗马时期的著名医学家。
② 昂布瓦斯·帕雷（1510—1590），法国著名外科医生。
③ 迪皮特伦（1777—1835），法国19世纪著名的外科医生、解剖学家。
④ 让苏尔（1797—1858），法国著名外科医生。

药剂师说："好了，镇定点，改天再感谢你的恩人吧！"

院子里站着五六个好事的人，奥麦下来告诉他们手术结果。他们以为伊波利特马上就能像正常人一样走出来。夏尔把器械在病人的腿上扣好，就回家了。爱玛正焦急地在门口等候。她扑上去搂住他的脖子。他们开始用餐。他吃得很多，甚至饭后还喝了杯咖啡。这对他来说可算是奢侈，一般星期天家里有客人的时候他才会喝一杯的。

晚上过得很愉快，他们闲聊着共同的梦想。他们谈到将来赚钱之后家里要添置的东西。他看到自己声名远扬，生活更幸福，妻子永远爱他。她也觉得很开心，体会到一种新的感情，更健康，更美好，对这个珍爱着自己的可怜男人终于产生了几分爱意。鲁道夫的形象闪过她的脑海，但是当她的视线再回到夏尔身上时，她惊讶地发现他的牙齿并不难看。

他们已经上床了，奥麦先生突然冲进卧室，厨娘拦都拦不住。他手里拿着一张刚写好的稿纸。这是他准备发到《鲁昂灯塔》的宣传文章。他拿过来给他们看。

包法利说："您自己念吧。"

他念了起来：

> 虽然欧洲的一部分土地依然被成见之网所笼罩，但是光明却已经开始照射到我们的乡村。就在本周二，我们小小的荣镇见证了一场外科手术的试验，这也是一项高尚的慈善之举。包法利先生，我们最卓越的医生……

"啊！太过奖了！太过奖了！"夏尔几乎激动得说不出话来。

"不！一点也不！怎么会呢……给一个跛脚患者施行了手

术……我没有用科学术语，因为，你们知道，要上报嘛……并不是所有人都能看懂的，得让大众……”

包法利说：“的确如此。您接着念吧。”

“我接着念。”药剂师说。

包法利先生，我们最卓越的医生，给一个跛脚患者施行了手术。患者名叫伊波利特·托坦，在阅兵广场上勒弗朗索瓦寡妇开的金狮客栈当了二十五年的马夫。由于这是一次首创之举，再加上大家对患者的关心，居民们齐聚客栈门前。手术过程好似施了魔法，皮肤上几乎没沾几滴血。这仿佛是在表明：叛逆的筋腱终于降服于高超的医术。奇怪的是，这是我们亲眼所见，患者没有感觉到疼痛。直到目前为止，患者的情况非常令人满意。一切迹象都让人相信患者的痊愈指日可待。下一次镇上过节，说不定我们就会在齐声欢歌的人群中，看到勇敢的伊波利特跳起了酒神舞呢！我们将会看到他步履矫健，精神健旺，向大家证明他的脚已经痊愈了。光荣属于慷慨无私的学者！光荣属于那些孜孜不倦、夜以继日地为增进同胞幸福、减轻同胞痛苦而辛勤付出的人！光荣！无上的光荣！让我们借此机会高声呐喊：失明者将重见光明，失聪者将听到声音，跛行者将正常行走！从前神明许给选民的承诺，如今科学已经为全人类实现了！有关这次令人瞩目的医治的后续情况，我们将随时向读者报道。

但是五天之后，勒弗朗索瓦大妈惊慌失措地跑来，大声叫着：“救命！他要死了……我不知道该怎么办！”

夏尔赶快往金狮客栈跑去。药剂师看见夏尔经过广场，帽子都没戴，也赶紧抛下药房赶去了。药剂师赶到客栈，气喘吁吁，满脸通红，碰到有人上楼就担心地问："我们关心的那位畸形足患者怎么样了？"

畸形足患者痛苦地抽搐着，腿上的机器猛烈地撞在墙上，都快把墙撞穿了。

他们生怕伤脚移位，万分小心地拿掉盒子，看到了可怕的一幕。脚已经肿得不成样子，整块皮肤几乎破裂开，表面布满了被那台治疗仪弄出来的瘀斑。伊波利特当时就说这机器弄疼他了，但是他们并没有理会；现在看来，他确实不是无病呻吟。他们把机器拿掉了几个小时。但是浮肿刚刚有点消，两位医学家就认为应该再给他套上机器，而且他们这次扣得更紧：他们觉得这样会好得快点。三天之后，伊波利特实在受不了了。他们再一次把机器拿掉，结果令他们触目惊心。腿肿成了浅灰色，到处都是水疱，还往外渗着黑水。情况非常严重。伊波利特开始担心起来。勒弗朗索瓦大妈把他安置到挨着厨房的小厅里，至少可以散散心。

不过税务员每天都要来这里吃晚饭，不愿意老对着这样一个人。于是伊波利特又被搬到了台球房里。

他躺在那里，在厚厚的毯子下面呻吟，面色苍白，胡子老长，眼窝深陷，满头大汗。不时有苍蝇飞落在肮脏的枕头上，他只能转一转脑袋。包法利夫人来看他。她给他带来了敷药的布，安慰他，鼓励他。其实，他并不缺人做伴，尤其是赶集的日子。乡下人在他身边打台球，用台球杆玩击剑，吸烟，喝酒，唱歌，叫嚷。

他们拍拍他的肩膀说："你怎么样？啊！你看起来很不开心！这都怪你自己。"他们有的建议他这么做，有的说他应该那样做。

他们还讲起别的人，没做手术，用别的法子就治好了；然后，好似是为了安慰她，他们又说道："你太迁就自己了！起来吧！看你都把自己娇惯成国王了！啊！不说这些了！老兄，你身上味道可不好闻！"

的确，溃烂日益向上扩散。包法利为此也觉得很不好受。他每小时都会来一次，随时过来。伊波利特瞧着他，眼中满是恐惧，带着哭腔，结结巴巴地问："我什么时候能好……啊！救救我吧……我真倒霉！我真倒霉！"

医生走的时候吩咐他节制饮食。

勒弗朗索瓦大妈却说："不要听他的，我的孩子。他们已经把你害苦了！不吃东西你会更虚弱的。来，大口地吃！"

她给他端来好汤，几片羊腿肉，几块肥肉，有时还会拿来几小杯烧酒，不过他没敢喝。

布尔尼西安神甫听说他的伤情恶化，就过来看他。他先是对他的病痛表示同情，接着说既然上天要他受苦，那他应该高兴才是，应该利用这个机会获得主的宽恕。

神甫用慈父的口吻说："因为你有点疏忽了你的义务。你很少参加礼拜。你有多少年没有走近过圣坛了？我知道你事忙，尘世的纷扰使你分心，想不起拯救灵魂。不过，现在是想的时候了。但是，也不要灰心。我认识很多犯过大罪的人，临到要去上帝面前接受审判的时候（你还没到这一步，我很清楚），才开始乞求主的宽恕，最终也安然离世。希望你也像他们一样，也给我们做个好榜样！因此，趁早开始吧。每天早晚各念一遍'我向您致敬，慈悲的圣母玛利亚'，或者'我们在天上的父'。对，念吧！就算是为了我，为了让我高兴。这又不费什么事……你能答应我吗？"

可怜人答应了。神甫接连来了几天。他和老板娘聊天，甚至还讲些奇闻轶事，中间穿插着一些玩笑，还有伊波利特听不懂的双关语。然后，只要情形许可，他就会摆出合乎身份的姿态，又回到他擅长的话题。

他的热忱似乎收效了；因为畸形足患者很快就表示，他病一好，就要去普济教堂朝拜。布尔尼西安先生回答说，这没有什么不好的，做双重努力，总比一重强。反正也没什么坏处。

药剂师很气愤，他说这是教士耍的手段。他说这不利于伊波利特的康复。

他多次对勒弗朗索瓦太太说："让他安静会儿吧！让他安静会儿吧！您那套只会打消他的斗志。"

但是这个善良的女人不想再听他的。他是这场祸事的根源。她偏要和他对着干，她甚至在病人的床头挂了一个满满的圣水钵，还在里面插上一枝黄杨。

然而，跟外科医学一样，这看来也救不了病人。溃烂势不可当，一路扩散到腹部。换各种药水和药膏都是徒劳，肌肉日益萎缩。最后，勒弗朗索瓦大妈问夏尔，事已至此，要不要请新堡的名医卡尼韦先生来看看。夏尔点头同意。

这位同行是名医学博士，五十岁，地位很高，相当自信。他看到这条一直溃烂到膝盖的腿，毫无顾忌地发出了鄙夷的笑声。然后，他断然宣布必须截肢，接着就到药房里大骂这些蠢驴，把一个可怜人坑害到了这步田地。他抓住奥麦先生大衣上的纽扣，一边摇晃一边大声谩骂：

"这就是巴黎的新发明！这就是首都先生们的妙方！这和矫正斜视、氯仿麻醉、膀胱碎石一样，都是歪门邪道，政府应该通通禁止！但是他们自作聪明，胡乱开方，根本就不管后果。我们呢，我们可没有他们那么高明；我们没有那么大学问，不光鲜时髦，也不会附庸风雅；我们只会行医治病，绝不敢异想天开，给好好的一个人动刀！矫正跛脚！跛脚能矫正好吗？这简直就跟矫正驼背一样荒唐！”

奥麦痛苦地听着这番演说，尽管心里很不舒服，脸上却堆着谄媚的笑。这位卡尼韦先生可不能得罪，因为他有时也会给荣镇的居民开药方。因此奥麦没有为包法利辩解，他一言不发，为了事业上的利益，他宁可放弃原则，牺牲尊严。

卡尼韦博士要做截肢手术。这在镇上可是件了不得的大事！那一天，所有的居民都起了个大早。大街上虽然挤满了人，气氛却有点凄惨，就好像要看一场死刑似的。人们在杂货铺里谈论着伊波利特的病；商店都不开门营业；镇长夫人蒂瓦什太太一直守在窗前，一步都不离开，迫不及待地等着医生的到来。

他亲自驾着马车来了。马车右边的弹簧长期受身子的重压，塌陷下去了，车子行走的时候，会往一边歪。他旁边的座垫上放着一个大盒子，上面盖着一张红色的软羊皮，三个铜扣环闪闪发光，非常气派。

医生像一阵旋风似地进了金狮客栈的门廊。他大声叫人给他卸马，然后走进马厩，看看马有没有吃燕麦，因为每次到病人家出诊，他总是会先安置好他的母马和马车。提起这事，大家都说："啊！卡尼韦先生真是个怪人！"他固守着这套做派，旁若无人，反而令人更敬重他。哪怕全世界死得只剩他一个人，他也丝毫不会改变他的习惯。

奥麦出现了。

医生说："我需要您。准备好了没有？走吧！"

但是药剂师红着脸承认他太敏感，看不了这种手术。

他说："一个人只在旁边当观众，您知道，就会胡思乱想！而且，我的神经系统是这么……"

卡尼韦打断了他："啊！得了！在我看来，恰恰相反，您应该是容易中风的体质。其实，这也不奇怪，因为你们这些药剂师先生成天待在配药室里，体质肯定会变差！您看我，每天早上四点钟起床，用冷水刮胡子，不怕冷，不穿棉服，从来不感冒。我这身子骨多结实！我想得开，活得豁达，有什么吃什么，所以我不像你们那样脆弱。对我来说，给一个人开刀，跟杀一只鸡没什么两样。你们听了会说这是因为习惯了……习惯！"

于是，两位先生也不管伊波利特在被窝里焦急得直冒汗，就在那里聊了起来。药剂师夸赞医生沉着冷静，有将军的风范；卡尼韦听了很受用，大谈起行医需要具备的条件。他认为行医是一项神圣的事业，虽然那些低级医生玷污了这一行业。最后，谈到病人，他检查了奥麦拿来的绷带——和上次手术时用的一样——要一个人按住动手术的腿。他们派人叫来了莱蒂布杜瓦。卡尼韦先生卷起袖子，走进台球房。药剂师却同阿黛米丝和老板娘一道待在门外。两个女人耳朵贴在门上听着，脸色比她们的围裙还要白。

在此期间，包法利待在家里，不敢出门。他待在楼下大厅里，坐在没有生火的壁炉旁边，头埋在胸前，双手合在一起，眼神呆滞。他心里想，真是倒霉，真叫人失望。他已经采取了一切可能的预防措施。可是命运不济。这还不算什么！万一伊波利特将来死了的话，那就是他害死的。看病的时候，有人问起的话，他该用什么理由来回答？他该不会有什么地方做错了吧？他想来想去，想不出来。其实，最著名的外科医生也会有出错的时候。可是别人不相信这点！别人只会笑他，骂他！他的骂名会传到福尔热！新堡！鲁昂！传得人尽皆知！谁知道同行会不会写文章攻击他？那就会出现笔战，他就得在报上做出应对。伊波利特也可能会告他。他已经看到自己声名扫地，破产，彻底完蛋！他做着各种假设，思绪起伏不定，就像海面的一只空桶在随波逐流。

爱玛坐在对面看着他。她并没有感受到他的耻辱，她感受到的是另一种耻辱：她怎么会想象这样一个人会有一番作为的？难道她跟了他这么久，还没有看出他就是个废物吗！

夏尔在房间里走来走去，靴子踩得地板咯吱响。

她说："你坐下吧，烦死人了！"

他坐下来。

她这样聪明的一个人，怎么又犯了一次错误？她怎么会痴心妄想，一再牺牲，最终毁掉了自己的人生？她想起了自己对奢华的种种向往，心灵各种需求的落空，贫贱的婚姻和家庭生活，像受伤的燕子一样坠入了泥沼的种种梦想，她曾经向往得到的一切，她曾经放弃了的一切，她原本可能得到的一切！为什么？这一切是为什么？

小镇一片寂静，突然一声叫喊破空响起。包法利脸色苍白，几乎晕倒。她只是觉得心烦，皱皱眉头，又继续想她的心事。正是为了他，为了这个人，为了这个什么都不懂、什么都感觉不到的男人！看他安静地坐在那里，一点没有想到他的姓名将要变成大家的笑料，不仅会玷污他自己，还会玷污她。而她却曾经努力地想爱他，曾经因为自己顺从了另一个男人而悔恨哭泣过。

一直在沉思的包法利突然叫道："也许是外翻型！"

这话突如其来，就像一颗小铅球落在银盘上一样，打断了爱玛的冥想。她哆嗦了一下，抬起头来，猜他到底什么意思。他们互相看着，一言不发，突然发现对方的存在，有些惊呆了。他们在思想上的距离是如此遥远。夏尔瞧着她，目光涣散，如同醉汉一般，同时一动不动地听着截肢者最后的喊叫。喊声抑扬顿挫，拖得很长，突然又变成一声短促的尖叫，听来好似远处有人在屠宰牲口。爱玛咬着苍白的嘴唇，掰断了一根珊瑚枝，在手里搓着。她怒气冲冲地瞪着夏尔，目光炯炯，像两支火箭一样射向他。此刻，他身上的一切都让她生气，他的脸孔，他的衣服，他没有说出来的话，他整个人，总而言之，他的存在。她后悔曾经坚守贞洁，仿佛这是一种罪行似的。残留的一点妇德，在自尊心的打压之下，最终彻底崩溃，荡然无存。想到后来奸情战胜了贞洁，她感觉到一种恶意的嘲讽和快意。情人的形象又回到她的心上，充满魅力，令她神魂颠倒。一种新的激情把她的心再次向情人拉近；而夏尔似乎已经正在走出她的生活，永远不会回来，彻底消失，就像她亲眼看着他奄奄一息、最终离世一样。

人行道上响起了脚步声。夏尔透过放下的百叶窗板往外看。菜市场边上，炎炎烈日下，卡尼韦先生用手绢擦着额头的汗。奥麦在他后面，手捧一个红色的大盒子。两个人朝着药房走去。

夏尔突然觉得非常沮丧，需要温情，就转身对妻子说："我的好妻子，抱抱我吧！"

她气得满脸通红，说："别烦我！"

他惊呆了，一遍遍地问："你怎么了？你怎么了？镇静点！定定神……你知道我爱你……来吧！"

"够了！"她喊道，表情吓人。

她跑出大厅，使劲摔上门。墙上挂着的晴雨计掉在地上，摔碎了。

夏尔倒在扶手椅里，心神不宁，寻思她到底怎么了。他想到她可能神经出了毛病，就哭了起来，隐约感觉有什么他无法理解的祸事正在袭来，将他包裹。

晚上，鲁道夫来到花园里，发现他的情妇站在台阶的最下面一级等着他。他们紧紧地拥抱。彼此之间的怨恨在热吻中冰消雪融。

第十二章

他们又开始相爱。甚至在大白天，爱玛也时常会突然给他写信，然后隔着玻璃窗对朱斯坦做手势，小伙计就赶快解下粗麻布围裙，飞一样把信送去于谢特。鲁道夫来了。她原来只是为了跟他抱怨她太烦闷，丈夫令她憎恶，生活不堪忍受！

有一天，他实在是听得不耐烦了，喊道："我能有什么办法呢？"

"啊！只要你肯……"

她坐在地上，依偎在他的双膝之间，鬓发松散，眼神迷离。

鲁道夫问："我肯什么？"

她叹了口气，说道："我们去别的地方生活……随便什么地方……"

他笑着说："你当真是疯了！这可能吗？"

后来她再次说起这话的时候，他装作没有听懂，将话题转移。他不明白，爱情这样简单的事怎么会变得这样混乱。她并不只是单纯地爱恋他，她的爱情另有动机和缘由。

她对他的眷恋的确与日俱增，那是因为她越来越排斥她的丈夫。而她每每献身给情人之后，则又更加嫌恶丈夫。她和鲁道夫幽会之后，就会觉得夏尔特别讨厌，手指头那么粗，人那么笨，举止那么庸俗。所以她虽然装出贤妻模样，可是想到情人，她就淫心荡漾，按捺不住。人家是黑发梳成一个圈，朝太阳晒黑了的额头卷过去，腰身又结实，又俊雅，而且判事富有经验，情之所至却又如醉如痴！为了他，她精心修建指甲，一遍又一遍地往皮肤上抹乳液，往手绢上喷香水。她戴起了手镯、戒指和项链。在他到来之前，她把一对绿琉璃大花瓶里插满玫瑰，收拾房间，打扮自己，好像是交际花在等待贵公子的驾临。她要女佣不停地洗衣裳。费莉西黛从早到晚都得在厨房里洗涮。小朱斯坦经常来陪她，看她干活儿。

他把胳膊肘撑在她熨衣服的长板上，贪婪地瞧着周围这些女人的物件：花缎衬裙、披肩、绉领、宽臀窄脚的背带衬裤。

小伙子用手摸着衣裙的衬架或者搭扣，问："这个是做什么用的？"

费莉西黛笑着答道："你从来没见过吗？你的老板娘奥麦夫人难道从来不穿这些东西吗？"

"哦！是啊！奥麦夫人！"

他想了想，又说："她难道跟你家夫人一样，也是位贵妇人？"

但是费莉西黛见他老在自己身边转来转去，有些不耐烦了。她比他大六岁，而且吉约曼先生的男仆泰奥多尔正在追求她。

她挪开浆糊罐，说道："别烦我了！你还是去捣你的杏仁去吧。你老在女人堆里捣乱做什么。小坏蛋，等你下巴上长了胡子再想女人的事吧！"

"好了，别生气，我帮你擦她的靴子去。"

他立刻从壁炉架上取下爱玛的鞋子。鞋上沾满了泥浆，是幽会时沾上的。他用手一掰，干泥巴就碎成了粉末，在阳光中慢慢扬起。

厨娘说：“你还真是小心，生怕弄坏了。”她刷鞋的时候可不那么仔细，因为太太看到鞋面旧了，就会送给她。

爱玛的衣橱里放了一大堆鞋子，她一双接一双地糟蹋，夏尔从来没说过什么。

他还花三百法郎买了一条木腿送给伊波利特，因为她认为应该这么做。这是个相当复杂的装置，上端有软木栓，里面装有弹簧关节，外面还罩了一条黑裤子，底下是一只漆皮鞋。但是这样漂亮的假腿，伊波利特平常不敢用。他求包法利夫人给他另外找一条更方便的。当然，又是医生出的钱。

于是，马夫渐渐地恢复了他的工作。大家看见他又像从前一样在镇子里东奔西走。夏尔只要远远听见石板路上响起木脚的笃笃声，就会赶紧换一条路走。

木腿是委托商人勒赫订购的，他因此有机会经常跟爱玛接触。他对她谈起巴黎商贩出售的新货品和各种新奇的女性用品，态度殷切，而且从不开口要钱。

爱玛一时兴起想要什么，很容易就能到手，于是她逐渐放任自己了。她听说鲁昂一家雨伞店有一根非常漂亮的马鞭，就想买来送给鲁道夫。一个星期之后，勒赫先生就把马鞭送到了她的桌子上。

但是第二天，他带来了一张发票，二百七十法郎，还没有算零头。爱玛非常窘迫：书桌的抽屉都是空的；他们还欠莱蒂布杜瓦半个多月的工钱、女佣半年的工资，另外还欠了许多别的债。包法利则焦急地等待德罗泽雷先生送诊费来。他每年总是在圣彼得节[①]前结算诊费。

① 圣彼得节是每年的6月29日。

刚开始几回，她成功地将勒赫打发走了。但是他终于失去了耐心，说他被人追着要钱，资金短缺，如果不能收回一点货款，他只能把她买的货品全都拿走。

爱玛说："唉！那就拿走吧！"

他又说："哦，我开玩笑的！其实我只是舍不得那根马鞭。那我去向先生要钱吧！"

她说："不！不要！"

"啊！我可抓住你的痛处了！"勒赫心想。他对自己的这一发现把握十足，就离开了，嘴里发出嘶嘶声，小声地重复着："好吧！咱们走着瞧！咱们走着瞧！"

她正想着怎么才能摆脱困境，厨娘走了进来，把一个蓝色的纸卷放在壁炉上，说是德罗泽雷先生送来的。爱玛扑过去，打开一看，里面有十五个拿破仑金币[①]。这是他应付的诊金。她听见夏尔上楼，赶紧把金币扔进抽屉的最里边，拿钥匙锁上了。

三天后，勒赫又来了。

他说："我有个办法，如果您付不出货款，您可以……"

她把十四个金币放到他手里，说："钱在这里。"

商人愣住了。为了掩饰自己的失望，他连声道歉，还说可以帮她做这个做那个，爱玛通通拒绝了。她摸着围裙口袋里勒赫找她的两枚一百苏[②]的硬币，发了几分钟呆。她决心要节省用度，日后好还……

她念头一转："啊！算了吧！他不会记得的。"

除了那根镀金手柄的马鞭，鲁道夫还收到了一个印章，上面用意大利文刻着"真心相爱"，另外还有一条围巾，一个雪茄匣，

---

① 一个拿破仑金币合二十法郎。
② 一百苏合五法郎。

和子爵的那个一模一样，就是夏尔在路上捡到，被爱玛收起来的那个。然而，这些礼物令他觉得屈辱。其中几样他拒绝接受。她一再坚持，鲁道夫最终只好收下，心中却不免觉得她太专横，侵略性太强。

而且她还时常会萌生一些稀奇古怪的想法。

她说："午夜钟声响起的时候，你一定要想着我！"要是他承认没想起来，她就会没完没了地责备他，最后一定会问他："你爱我吗？"

他答："是的，我爱你！"

"非常爱吗？"

"当然！"

"你没有爱过别的女人吗？"

他笑道："你难道以为得到了我的处男之身？"

爱玛哭了，他只好竭力安慰，一再表明心迹，说些双关语哄逗她。

她说："唉！这都是因为我爱你！我爱你，我不能没有你，你知道吗？有时，我无法克制地想见你，心被爱情的怒火焚烧着。我会想，他现在在哪里？是不是在和别的女人谈话？她们对着他笑，他就朝她们走去……哦！不，你没有喜欢别的女人，对不对？她们有的比我漂亮，但是我比她们更懂得爱！我是你的奴仆，你的宠姬！你是我的国王，我的偶像！你善良！英俊！聪明！强壮！"

这些话他听得太多，已经丝毫不觉得新鲜了。爱玛和所有的情妇一样，衣服层层脱掉之后，展现出来的是一样的裸体；新鲜的魅力褪去之后，剩下的是一样的语言，一成不变的、单调的激情。这个男人虽然是情场老手，但却分辨不出相同的语言表达的感情有何不同。因为放荡的女人和卖淫的女人对他也说过同样的话，他就不太相信这些话是出自真心。他想，夸张的语言之下其实隐藏着庸俗的感情，不能全信；这就像人心中充溢着各种情感，可是有时说出来却令人觉得空洞、苍白，因为人从来不能准确无误地说出自己的需要、观念和痛苦，人的语言就像一件破乐器，本想奏出感动星辰的乐章，结果却只能令狗熊乱舞。

但是鲁道夫遇事总能后退一步，居高临下地做出判断，他发现这段爱情还有别的乐趣可以开发。他觉得爱玛的廉耻心很是碍事。他就很随便地对待她。他要把她变成一个可以任意摆弄、淫荡堕落的女人。她对他一片痴情，充满崇拜；她沉迷于肉欲，坠入了一种极乐的境界；她的灵魂沉醉其中，日益腐蚀萎缩，就像浸泡在马尔瓦西葡萄酒桶里的克拉伦斯公爵[①]一样。

包法利夫人沉溺在这段爱情里，久而久之，举止也发生了改变。她的目光变得大胆，谈吐变得放肆。她甚至无所顾忌地同鲁道夫先生一起散步，嘴里还叼着一根香烟，似乎是在挑衅世人。有一天，她从燕子号下来，穿了一件紧身的男式背心，本来对她的奸情还有所怀疑的人对此也确信无疑了。老包法利太太和丈夫大吵了一场之后，到儿子家里来避难，见到儿媳这副做派，气得不行。还有很多别的事也让她不开心：首先，夏尔没有听她劝，还在让妻子看小说；其次，他们的管家方式让她看不下去，她忍不住就会说几句。有一回，为了费莉西黛的事，婆媳两人吵翻了。

起因是前一天晚上，老包法利太太经过走廊的时候，发现费莉西黛和一个男人在一起。那个男人留着一圈棕色的络腮胡，

① 克拉伦斯公爵（1440—1478），英王爱德华四世的弟弟，因反叛国王被判死刑，据传他选择淹死在酒桶里。

四十岁上下，一听见她的脚步声，就从厨房溜走了。爱玛听她说了之后竟然笑了，老太太可是动了肝火，说正经人家应该监管佣人的作风。

儿媳问她："您属于什么样的人家？"她的目光如此无礼，老太太一气之下，就问她是不是在为自己的丑事辩解。

儿媳跳起来说："出去！"

"爱玛……妈妈……"夏尔喊着，试图劝架。

但是两个女人都气得跑开了。

爱玛跺着脚，反复说着："啊！老古董！乡巴佬！"

他又跑到母亲那里。母亲怒不可遏，结结巴巴地说："不懂礼数、轻佻的东西！坏女人！"

她说如果对方不来赔礼道歉的话，她立马就走。于是夏尔又跑到妻子面前，求她让步，甚至还下跪了，妻子总算答应了。她说："好吧！我去。"

她的确去道歉了。她像侯爵夫人似地向婆婆伸出一只手，不失尊严地说："请原谅，夫人。"

然后，爱玛回到楼上房间里，趴在床上，把头埋在枕头里，像个孩子似地哭了起来。

她和鲁道夫商量过，有特殊情况的时候，她就在百叶窗上贴一张白纸条，如果碰巧他在荣镇，看见暗号，就去屋后的小巷里等她。爱玛贴了白纸，等了三刻钟，忽然望见鲁道夫出现在菜市场的拐角处。她打开窗户想叫他，可是他已经不见了。她又失望地倒在床上。然而没过多久，她好像听到人行道上有脚步声。一定是他。她走下楼梯，穿过院子。他在门外。她扑到他怀里。

他说："小心点！"

她说："啊！你可不知道！"她开始一股脑地讲起来。她语速很快，前言不搭后语，还夸大其词，编造了好些细节，又老是跑题，他压根没听明白。

“得了，我可怜的天使，勇敢点，想开些，要忍耐！”

“可是我已经忍耐了四年，痛苦了四年……我们应该堂堂正正地相爱！他们这样折磨我。我再也坚持不下去了！救救我吧！”

她紧紧地抱着他，泪眼闪闪发光，好似波浪下的火焰，气息急促，胸脯上下起伏。他从来没有这样爱过她，竟也没了主意，反而问她：“该怎么办呢？你想怎么办呢？”

她喊道：“带我走吧！带我私奔……哦！我求你了！”

她猛地吻住他的嘴唇，好像是为了抓住随时可能从他嘴里吐出的同意一样。

“不过……”鲁道夫说。

“不过什么？”

“你的女儿呢？”

她考虑了几分钟，答道：“那就带上她吧，真倒霉！”

他看着她走开，心想：“居然有这种女人！”

她溜进了花园，因为有人叫她。

接下来的几天，儿媳的变化令老包法利太太深感诧异。的确，爱玛变得很温顺，甚至恭敬地向婆婆请教制作腌黄瓜的方法。

她这样做是为了麻痹他们母子吗？还是她想在开始享乐之前，更深刻地体会一下她即将摆脱的苦涩生活？她其实并没有想这么多。她不过是在提前品味即将来到的幸福而已。和鲁道夫在一起时她总会聊起这个话题。

她靠在他肩上，喃喃说着：“啊！等我们上了邮车……你想过没有？这可能吗？我觉得车子出发的时候，我们会像乘坐着热气球直上云霄一样。你知道我在数着日子吗……你呢？”

包法利夫人从来没有像这段时间这么漂亮过。这种美难以形容，是喜悦、热情和成功共同作用的结果，是内心气质和外部环境和谐一致的产物。她的欲念、悲伤、快乐和永远天真的幻想滋养着她，就像肥料、雨水、风、阳光之于花朵一样，她的天性最终完全绽放。她的眼皮似乎是为了她脉脉含情的目光特意剪裁的，眼眸隐没在其中。深吸气的时候，小巧的鼻翼张大，丰满的嘴唇微微上翘，细微的汗毛在嘴角处形成一层阴影。她颈后的螺旋形发髻好似欢场高手绾成的，每天偷情之后都会松开，随意地堆落成一团。她的声音温柔婉转，腰肢曲线婀娜，甚至她衣裙的皱褶和弓形的脚背都散发着一种难以言说的诱惑。夏尔仿佛又回到了新婚光景，觉得妻子魅力四射，难以抗拒。

他深夜回来，不敢吵醒她。瓷夜灯在天花板上投射出一个光圈，在黑暗中摇曳。床边小摇篮的帷幔放下了，在黑暗中看来好像一栋白色的小房子。夏尔看着白色的帷幔。他仿佛听到了女儿轻微的呼吸声。她正在长大，每个季节都会长高一些。他似乎看见她傍晚放学回家，满脸笑容，衣服上沾着墨水点，胳膊挎着小篮子。然后得送她上寄宿学校，这要花很多钱，怎么办呢？他陷入了沉思。他想在附近租一个小农场，每天早上出诊的时候，顺道去管理一下。他要把农场的收入省下来存进储蓄所。他还要买股票，随便哪家公司的。而且，找他看病的人也会多起来。他有这样的期望，是因为他要贝尔特受到良好的教育，多才多艺，学习弹钢琴。啊！等她十五岁，夏天的时候像她母亲一样戴着大草帽，该有多好看！远远看去，别人还会以为是两姐妹呢。他想象她晚上待在父母身边，在灯光下做女红。她会给他绣拖鞋，料理家务，使整个家里充满温馨和快乐。最后，他们将考虑她的婚事，要为她物色一个家境殷实的好小伙。他会使她幸福，她会永远幸福。

爱玛并没有睡着，她只是假装在睡。他在她身边昏昏入睡的时候，她却是清醒的，浮想联翩。

四匹马急速驰骋，拉着他们一连跑了一个星期，驶向一个新的国度，他们一去不返。他们走呀，走呀，四臂交缠，一路无话。他们不时就会到达一座山顶，脚下突然出现一座壮丽的城市，有穹顶、桥梁、船只、柠檬树林、白色大理石的教堂、尖尖的钟楼、钟楼上有鹳鸟筑的巢。到了石板路，他们下车步行，身着红衣的女郎向他们献上一束束的鲜花。钟声叮咚，骡子嘶鸣，吉他低吟，泉水淙淙。喷泉边白色的雕像在水柱之中向他们微笑。雕像的脚下是堆成金字塔的水果，喷泉的水沫溅在上面，看着十分新鲜。然后，一天傍晚，他们到达一个渔村。沿着悬崖和棚屋，晾着一张张棕色的渔网。他们将在那里生活。在海湾深处，面向大海，棕榈树下，一栋平顶矮屋，那将是他们的家。他们驾着小船荡漾在海上，躺在吊床里摇晃。他们的生活将会像他们穿的丝绸衣服一样舒适惬意，像他们欣赏的星空一样温馨甜蜜。她设想的未来图景，虽然广阔，却没有任何特别的画面出现：每一天都相似，都是一样的美好，就像那一波波的海浪。他们的未来就像起伏的海浪一样，无尽延伸，直至蔚蓝的天边，和谐美好，充满阳光。但是孩子在摇篮里咳嗽，或者包法利的鼾声越来越响。爱玛直到凌晨才睡着。曙光已经照亮了玻璃窗。小朱斯坦已经在广场上打开了药房的窗板。

她叫人把勒赫先生找来，对他说："我要买一件披风，一件大披风，大翻领，带衬里。"

他问道："您要出远门？"

“不是！不过……不管怎样，我可以相信您，对吗？要快。”

他鞠了一个躬。

她接着说：“我还要买一个箱子……不要太重……轻便的。”

“好，好，我明白，大约92厘米长，50厘米宽，现在做箱子都依照这个尺码。”

“还要一个睡袋。”

勒赫心想：“他们一定是吵架了。”

包法利夫人把表从腰带上解下来说：“拿着，就用这个抵账吧。”

商人叫了起来，说她这样就不对了，他们这么熟识，难道他还信不过她吗？这样也太孩子气了！但她坚持要他至少把表链拿走。勒赫把链子装进口袋，正要离开的时候，她又把他叫了回来。

“东西都先留在您那里。至于披风（她考虑了一下），也不要送过来；您就把裁缝的地址给我，告诉他我自己会去取的。”

他们打算下个月私奔。她从荣镇出发，假装去鲁昂买东西。鲁道夫先订好马车座位，办好护照，甚至写信去巴黎，看看能不能包一辆直达马赛的驿车；然后在马赛买一辆敞篷四轮马车，马不停蹄地赶赴热那亚。小心起见，她会把行李先送到勒赫那里，从他那里直接搬上燕子号。他们方方面面都做了安排，就是没有提到孩子。鲁道夫是避而不谈，她或许压根就没想起来。

他说他还有事情要处理，需要两个星期的时间。然后，一个星期之后，他还要推迟两个星期。后来他又说自己病了；然后他又要出趟远门。一再延期出发之后，八月份就过去了。他们终于决定九月四日星期一出发，不再改期。

终于到了星期六，私奔的前两天。

晚上，鲁道夫来了，他到的比平常早。

她问：“都准备好了吗？”

“是的。”

他们绕着花坛走了一圈，走到平台边，在墙壁围栏上坐下。

爱玛说：“你看上去很难过。”

“没有。为什么这么说？”

他瞧她的眼神有点异样，柔情毕露。

她说：“是不是因为要走？舍不得离开你心爱的一切，告别现在的生活？是吗？我能理解……可是我，我在这世上一无所有！你就是我的一切。因此，我也要成为你的一切，我要成为你的家，你的国；我会照顾你，爱你。”

他把她抱在怀里说：“你真可爱！”

她开心地笑着说：“真的吗？你爱我吗？你发誓！”

“我爱你！我爱你！你是我心爱的人，你是我崇拜的偶像！”

草原的尽头，一轮深红的圆月从地平线上升起。它很快就升到杨树的枝叶之间。黑夜中的树叶像一张布满窟窿的黑色大网。接着，月亮升至清冷的天空，发出白色的光辉。然后，它放慢了上升的脚步，在河面投下一个巨大的光圈，在水波里化作无数的星星点点。银色的光束一直盘旋至水底，好像一条鳞甲闪亮的无头蛇，又像一个巨大的枝形烛台，从上面不断流下一滴滴钻石般的溶液。静谧的夜色包裹着他们。树叶间黑影幢幢。爱玛双眼微合，深深地叹息，吸进一口口清凉的夜风。他们两人都不说话，完全沉浸在自己的梦幻之中。往日的柔情悄悄地涌上他们的心头，好像静静流淌的河水，又像山梅花香一样令人迷醉。曾经的恩爱在他们的回忆里投射下一道道阴影，比草地上纹丝不动的杨树影更宽阔，更忧郁。不时有刺猬或黄鼠狼等夜行动物出来捕食，扰乱草叶的宁静；还有熟透了的桃子从墙边的果树上掉落的声音。

鲁道夫说："啊！多美的夜晚！"

爱玛说："以后还会有的！"

她又自言自语一般说道："是的，旅行很好……可是，我为什么觉得忧伤？是害怕未知的未来……还是因为要告别曾经的习惯……还是别的？不，是因为太幸福了！我太脆弱了，对吧？原谅我吧！"

他喊道："还来得及！你再考虑一下，说不定会后悔的。"

她脱口而出："绝对不会！"

然后她靠近他，又说："我有什么可害怕的呢？只要和你一起，不管是沙漠、悬崖还是汪洋，我都能穿越。我们以后在一起生活，彼此会越来越相互依偎，合为一体！没有什么可以打扰我们，没有烦恼，没有阻碍！我们两个人一起，彼此拥有，直至永远……你说话呀，回答我呀。"

他不时回答一声："是……是。"

她摸着他的头发，大颗眼泪往下流，用孩子般的声音一遍遍地说着："鲁道夫！鲁道夫……啊！鲁道夫，亲爱的小鲁道夫！"

午夜的钟声响了。

她说："十二点了！明天就是出发的日子了！还有一天！"

他站起来准备走。

爱玛觉得他的举动像是立刻就要私奔似的，开心地问："护照办好了？"

"是的。"

"没忘记什么吧？"

"没有。"

“你确定？”

“确定。”

“你在普罗旺斯旅馆等我，对吧……中午12点？”

他点点头。

爱玛最后抚摸了他一下，说：“好吧，明天见！”

她看着他离去。

他没有回头。

她又追上去，站在水边的乱草丛里，弯下身子喊道：“明天见！”

他已经到了河对岸，快步走在草原上。

走了几分钟，他站住了。看见她穿着白色的衣衫像幽灵一般渐渐消失在黑暗中，他突然感到心跳得厉害，赶紧靠在树上，以防跌倒。

“我真蠢！”他咒骂了一句，接着又说，“不管怎样，她确实是个漂亮的情妇！”

于是爱玛的美丽、爱情的欢愉立时涌上他的心头。他的心软了一下，接着却又怨恨起来。

他舞着手大声说：“说到底，我不能离乡背井，还拖着个孩子！”

他为了坚定决心，又说：“再说，还有各种麻烦，花销……啊！不，不，绝对不行！这样做太傻了！”

第十三章

鲁道夫一到家，就坐到书桌前。桌面上方的墙上挂着一只鹿头，是围猎时捕获的猎物。他拿起笔，却不知该写点什么。于是他双手托腮，开始思索。爱玛似乎已经成为遥远的过去，他刚刚做出的决定好似忽然将他们分隔得很远。

为了找回有关她的记忆，他起身去床头的衣橱里拿出一个旧的兰斯饼干包装盒。他把女人写给他的信笺放在这个盒子里。盒子散发出潮湿的尘土味和枯萎的玫瑰香气。他先看到一条有浅色斑点的手帕。这是她的手帕，有一回散步时她流鼻血用过。他已经忘了这手帕了。手帕旁边有一张爱玛送他的小像，四角都磨损了。画像里的爱玛装扮矫揉造作，目光斜睨，媚俗至极。他凝视着小像，努力地回想爱玛的容貌，可是记忆中爱玛的面容却越来越模糊，真人和画像彼此交融，越来越难以分辨。最后，他读起她的信来，内容全是在说明他们为什么要私奔，简短，务实，语气坚决，倒像是商务便函。他想看看先前写过的长信，就到盒子最下面找，把信翻得乱七八糟。他在一堆纸张和杂物中胡乱地翻着，翻出了几把花束，一条松紧袜带，一张黑色的面具，几根别针和几缕头发——头发！褐色的，金黄的，有几根缠到了盒子的铁扣上，开盒子的时候被扯断了。

他就这样一边漫无目标地回忆着往事，一边审视着这些书信的字体和风格。每封信都不一样，有的温柔，有的活泼，有的戏谑，有的忧郁；有的在要爱情，有的在要钱。有时看到某个词语，他能想起一些面孔，一些动作，某个嗓音；有时却什么也想不起来。

写信的这些女人同时跑进他的思想，彼此牵扯着；此刻在他的记忆里，她们通通变得很小，她们的爱情似乎也没有高下之别。于是，他胡乱抓起一堆信，看着它们像瀑布似地从右手落到左手里。鲁道夫这样玩了几分钟之后，腻烦了，觉得困了，就把盒子放回了衣橱，自言自语："全是胡扯……"

这句话概括了他的观点：因为他经历了太多的情事，心早就像被学生们百般踩踏过的操场一样，寸草不生了；孩子们还会在墙上刻下自己的名字，可是这些女人漫不经心地从他的心上走过，连名字都没有留下。

他自言自语："好了，开始写吧！"

他写道：

拿出勇气来，爱玛！勇敢面对！我不想造成您一生的不幸……

写到这里，鲁道夫心想："确实是这样，我是为她好，我说的是真话。"

您做这个决定，有没有经过深思熟虑？您知道我会使您坠入不幸的深渊吗，可怜的天使？您不知道，对不对？您天真而又狂热地期盼幸福，憧憬未来……我们真可怜！太不理智！

鲁道夫停下来，想找个好点儿的理由。

“假如我告诉她我破产了……啊！不行，再说，这也改变不了什么。一切都会回到原样，又要重新开始。这样的女人是听不进理性的劝告的！”

他想了想，接着写道：

我不会忘记您。相信我，我会一直深爱着您。不过，终有一天，或迟或早，激情会消退（人世间的事注定是这样的结局）！我们会感到厌倦，您会后悔，我也会深深地痛苦，因为是我让您后悔的，是我造成了这一切！只要想到您会悲伤，爱玛，我就会痛苦不安！忘了我吧！为什么让我认识您呢？为什么您这样美丽呢？这是我的错吗？哦，我的上帝！不是，不是，这一切只能怪命运！

“命运这个词总是能收效的。”他自言自语。

啊！假如您是那种常见的轻佻女子，我当然可以自私地带您去冒险，那对您也不会有什么损害。但是您是如此动情，这既是您的魅力所在，但也会造成您的痛苦。您是一个令人倾心的女子，但是您不明白我们将要犯下的错误。我也一样，一开始也没有考虑到这些，没有预见后果，放任自己在梦想中的幸福之树下栖息，可这其实是一棵死亡之树。

“她也许会以为我是因为吝啬才放弃出走的……啊！没关系！

管它呢，反正这事必须了结！”

世界是冷酷的，爱玛。无论我们身在哪里，都逃脱不了。您会遭受无礼地盘问、诽谤、蔑视、甚至侮辱。您怎么能受到侮辱呢！哦……在我心中，您像女王一样尊贵！您就是我的护身符！我将带着对您的思念离开，因为我要为我对您犯下的过错而惩罚自己。我要走了。去哪里？我不知道。我已经疯了！希望您一直都善良如故！记住这个失去了您的可怜人。把我的名字告诉您的孩子，让她为我祷告。

两支蜡烛芯摇曳不定。鲁道夫站起身关上窗户，又坐下来。“我看可以了。啊！还得写上这个，免得她再做纠缠。”

当您读到这些悲伤的语句的时候，我已经远去了。因为我必须尽快离开，否则我一定会无法克制自己再去见您。不要软弱！我会回来的。说不定将来有一天我们会重逢，冷静地谈论当年的爱情呢。永别了！

最后他又将“永别”两个字分得很开写了一遍，觉得这样显得很有格调。

他自言自语：“该怎么收笔呢？全心爱您的人……不好。您的朋友……好，就用这个。”

您的朋友

他又读了一遍信，觉得自己写得不错。

他不无怜悯地想道："可怜的小女人！她会认为我的心比石头还硬。应该在信上洒几滴眼泪的。不过我哭不出来，这不能怪我。"

于是鲁道夫往杯子里倒了点水，把手指放进去蘸了蘸，往信纸上滴了一大滴水，留下了一块模糊的墨迹。然后，他找印章封信，却找到了那枚"真心相爱"的印章。

"这实在是不合时宜……啊！算了！不管了！"

最后，他吸了三斗烟，睡觉去了。

由于睡得太晚，第二天，鲁道夫下午两点来钟才起床。他叫人摘了一篮杏子。他把信放在篮底铺着的葡萄叶下面，马上叫来犁地的工人吉拉尔，吩咐他小心谨慎地送去包法利夫人家里。他一直用这个办法和她通信：给她送一些时令水果或野味。

他说："要是她问你我的情况，你就说我出门了。篮子一定要交到她本人手里……去吧，小心点！"

吉拉尔换上了新工装，穿上打了铁钉的大木底鞋，用手帕包住杏，打了个结，就迈着沉重的大步子，镇定地走上了去荣镇的路。

他到的时候，包法利夫人正和费莉西黛一起整理厨房桌子上的一包衣物。

吉拉尔说："这是我家主人给您送来的。"

她突然感到一阵恐惧，一边在口袋里找零钱，一边惊惶地打量着吉拉尔。吉拉尔诧异地看着她，不明白这样一份寻常礼物怎么会让她如此激动。吉拉尔总算是走了。可是费莉西黛还在。爱玛再也忍不住了，拿着杏去了厅房。她把杏都倒了出来，把叶子揭开，拿起信拆开；然后她仿佛身后起火了一般，惊惶不安地跑向楼上卧室。

她看见夏尔在卧室里。他对她说话，她一句也没有听见。她接着往楼梯上跑，气喘吁吁，头昏脑胀，手里一直捏着那张可怕的信纸。那信纸就像一块铁皮似地在她手中咔咔响着。她跑上三楼，站在阁楼门口，门是关着的。

这时，她想静一静。她想起了那封信，应该看完它，可又不敢。再说，在哪里看？怎么看？会被别人看见的。

她想："啊！这里不会有人看见，就在这里吧。"

爱玛推开门，走了进去。

热气从屋顶的石板上笔直地射下来。她觉得太阳穴发紧，呼吸困难。她挣扎着走到天窗下，拔掉插销，阳光突然涌了进来，令她眼花。

对面，从一排屋顶上方望去，是一望无际的原野。往下看，小镇的广场空无一人，人行道上的石子闪闪发光，房顶上的风标一动不动，街角处一栋房子的二楼传出了刺耳的隆隆声，是比内在转机床。

她靠在窗台上，又看了一遍信，气得连连冷笑。但是她越想集中注意力，思绪就越混乱。她仿佛又看见了他，听见他在说话，她用双臂搂着他。她的心就像攻城的撞锤一样毫无节奏地敲打着胸膛，一下比一下快。她看了看四周，恨不得地面突然塌陷。为什么不就此了断呢？谁会拦着她呢？她是自由的。于是她向前走，看着楼下的路面，说道："跳吧！跳下去吧！"

阳光从地面直升上来，仿佛要把她的身体拉下深渊。她觉得广场的地面正在摇晃，沿着墙脚往上升；脚下的地板正在往一头倾斜，好像浪里颠簸的船只。她站在窗边，身子几乎悬在空中。蔚蓝的天空在向她袭来，空气在她空洞的脑袋里流动，她只要不做抵抗，顺风而下就行了；机床一直在隆隆地怒吼，仿佛在召唤着她。

夏尔喊着："夫人！夫人！"

她站住了。

"你在哪里？快来呀！"

想到刚刚死里逃生，她吓了一跳，险些晕倒。她闭上眼睛，感到有一只手拉住她的袖子，不禁一阵哆嗦：是费莉西黛。

"夫人，先生在等着您呢，汤已经上了。"

必须下楼！必须去吃饭！

她勉强吃了几口，实在是难以下咽。于是她摊开餐巾，好像要查看织补好没有，并且真的专心数起上面的针脚来。她忽然想起了那封信。信丢了吗？去哪里找回来呢？但是她的大脑太累了，找不到什么借口离开餐桌。然后她又害怕起来，她怕夏尔，他一定全知道了！

的确，他语气古怪地说："看来我们最近是见不到鲁道夫先生了。"

她哆嗦了一下，问："谁告诉你的？"

她语气生硬得令他有点吃惊："谁告诉我的？是吉拉尔，我刚刚在法兰西咖啡馆门口见到他。鲁道夫先生已经出门了，或者是准备出门。"

她抽噎了一下。

"这有什么好奇怪的？他经常这样出门散心的。说实话，我挺赞成他这样的。人家有钱，又是单身……再说，我们的朋友一贯会玩！他可是个花花公子。朗格卢瓦先生对我讲过……"

女佣进来了，他觉得当着女佣说这些有失体面，就住口了。费莉西黛把架子上的杏放回到篮子里。夏尔没有注意到太太的脸红了。他叫女佣把杏拿过来，拿起一个咬了一口。

他说："啊！非常好吃！来，尝尝。"

他把篮子递过去，她轻轻地推开了。

他多次把篮子送到她鼻子下，说："闻闻，多香啊！"

她跳起来喊道："我喘不上气了！"她努力控制了一下，胸口的痉挛就过去了。

她说："没事的！没事的！是神经的问题！你坐下吃吧！"

她这样说是因为她怕他盘问她，照顾她，守着她。

夏尔不想拂她的意，就坐下来接着吃杏。他把杏核吐在手里，再放到盘子里。

忽然，一辆蓝色的双轮轻便马车急速驶过广场。爱玛发出一声叫喊，直挺挺地仰面倒在地上。

原来，鲁道夫考虑再三，决定去鲁昂。但是从于谢特到比希，必须要经过荣镇，没有别的路。他只能穿过小镇。可是暮色中他的车灯像闪电一样醒目，爱玛认出了他的车。

药剂师听见医生家乱哄哄的，赶快跑了过来。桌子盘子都翻倒了，汤汁、肉、刀、盐瓶、油瓶扔了一地，夏尔大声呼救，贝尔特吓得大哭，费莉西黛双手哆嗦着给太太解开衣服，爱玛浑身上下都在抽搐。

药剂师说："我去实验室拿点香醋来。"

爱玛嗅着醋瓶，睁开了眼睛。

他说："我就知道有用，死人闻了也会醒过来的。"

夏尔说："说话！说话！醒醒！是我，爱你的夏尔！你认出来了吗？看，这是你的女儿，亲亲她吧！"

孩子伸出胳膊想搂住母亲的脖子。但是爱玛转过头，断断续续地说："不，不……谁都不要！"

她又晕了过去。大家把她抬到床上。

她平躺在床上，嘴唇张开，眼皮紧闭，双手平伸，一动不动，脸色苍白，好像一尊蜡像。两行眼泪慢慢地流到枕头上。

夏尔站在床内侧；药剂师站在他旁边，表现出人在严肃场合的普遍模样，默不作声，若有所思。

药剂师拿胳膊肘碰了碰夏尔说："放心吧。我想危险已经过去了。"

夏尔看她睡着了，说："是的，她现在安静一点了！可怜的女人……可怜的女人……她又病倒了！"

于是奥麦问起发病的原委。夏尔说她正吃着杏，突然就发病了。

药剂师说："这可真是罕见！不过她的昏迷有可能就是杏造成的！有些人天生就对某些气味敏感！无论对病理学还是对生理学来说，这都是一个值得研究的问题。这在女人身上更容易见效，因为女人比男人更脆弱。有的女人闻到烧过的动物犄角的气味或者是嫩软的面包的味道，就会晕倒……"

包法利小声说："小心别吵醒她！"

药剂师接着说："不光是人有这种反常现象，动物也有。您一定知道荆芥，俗称猫草，对猫科动物具有强烈的催情作用。我再给您举一个真实的例子。我有一个老同学布里杜，现在住在马帕吕街。他有一条狗，只要一闻鼻烟，就会倒在地上抽搐。他在吉约姆树林的别墅里当着朋友们的面多次做过这样的实验。谁能想到这样普通的一种使人打喷嚏的药剂，居然会给四足动物的机体带来这样大的破坏作用？这可真是奇闻，对吧？"

夏尔并没有在听，随口答道："是的。"

药剂师略带得意地笑着说："这就证明神经系统有很多不规则性。至于尊夫人，老实讲，我一直觉得她是真正的神经过敏。

因此，我的好朋友，我不主张您用那些所谓的对症下药的治疗方法，那会损害体质。不要用那些没用的药！只要注意饮食就够了！再用点镇静剂、缓和剂和糖浆。还有，您不觉得应该发挥一下想象力吗？”

包法利问：“在哪方面？怎么发挥？”

“啊！这就是问题所在！问题的根本所在。That is the question![①] 我最近在报上看到的。”

爱玛醒了，喊着：“信呢？信呢？”

大家以为她是在说胡话；从半夜起，她确实精神错乱了：她得了脑膜炎。

一连四十三天，夏尔都没有离开她身边。他完全不管病人们，自己也不睡觉，只是不断给她把脉，贴芥子泥膏，做冷敷。他派朱斯坦到新堡去找冰；冰在路上化了，他让朱斯坦再去。他请卡尼韦先生来会诊，他派人从鲁昂请来了他的老师拉里维埃博士，他近乎绝望。最让他害怕的，还是爱玛的虚弱状态：她不说话，别人对她讲话她也听不到，看上去甚至并不痛苦——似乎她的身体和灵魂在经历过各种激荡之后完全进入了休眠状态。

到十月中旬，她可以靠着枕头坐在床上了。她第一次吃抹了果酱的面包片的时候，夏尔哭了。她的力气开始恢复，下午可以起来几个小时。有一天，她感觉好些了，夏尔还搀着她在花园里走了一圈。落叶盖住了小径上的沙砾。她穿着拖鞋，慢慢地走着，肩膀靠着夏尔，脸上一直带着微笑。

他们就这样一直走到花园尽头的平台旁边。她慢慢地挺直身子，将手放在眼前眺望；她看着远方，无尽的远方，却只看见天边有几处着火的野草堆在山坡上冒着烟。

---

① 英文，意思是“这正是问题所在”。

包法利说：“亲爱的，别累着自己。”

他轻轻地推着她走到凉棚底下：“到这凳子上坐着，你会舒服点儿。”

她有气无力地说：“哦！不去那里！不坐那里！”

她觉得一阵晕眩。当天晚上，她又发病了，而且情形更复杂，症状更加不明确。一会儿心里难受，一会儿胸口难受，一会儿是脑袋，一会儿是四肢，还会呕吐。夏尔认为这是癌症初期的症状。

可怜的人，除了妻子的病情之外，他还得为缺钱发愁呢！

第十四章

首先，他不知道怎样才能付清奥麦先生的药费；虽然作为医生，他可以不付药钱，但是这笔人情债让他觉得过意不去。然后是家用，家里现在是女佣当家，花销多得吓人。各种账单像雪片一样飞来，供货商们埋怨不止，勒赫先生尤其难缠。在爱玛病得最严重的时候，勒赫抓住机会，滥开账单，急忙送来披风、睡袋、两只箱子（爱玛只订了一只），还有很多别的东西。夏尔说他不需要这些东西，但是商人盛气凌人地说这都是爱玛订购的，一概不能退；再说，这样也不利于夫人康复；先生考虑一下。总之，他下定决心宁可打官司也不放弃他的权利，决不会把这些货拿回去。后来夏尔想叫人把东西送回他的店铺去，费莉西黛却忘了去办。夏尔又有别的烦心事，也就把这事给忘了。勒赫又来催债了。他又是威胁又是诉苦，软硬皆施，逼得包法利最终给他写了一张为期半年的借据。包法利在借条上签过字，突然起了一个大胆的念头，想跟勒赫先生借一千法郎。于是他有些为难地问勒赫有没有办法弄到这笔钱，还说借期一年，利息随意。勒赫跑回店里，拿来了钱，让包法利又写了一张借据，写明明年九月一日，包法利必须付给他一千零七十法郎。加上前一张借据所约定的一百八十法郎，包法利一共欠他一千二百五十法郎。这样，借钱能赚六厘的利息，供货有四分之一的佣金，货品价格上至少有三分之一的利润，一年之后，他就能净赚一百三十法郎。他并不希望事情到此为止，而是期盼着到时候包法利还不上钱，只能再接着写借据。如此利上加利，他的钱放在医生家里，就好像是去疗养院疗养一样，好吃好喝，等出院回家的那一天，应该会长胖好多，胖得都要撑破口袋了。

此外，他在其他方面的事务也都一帆风顺。他竞标成功，成为新堡医院的苹果酒供应商；吉约曼先生答应转给他一些格吕梅尼泥炭矿的股份；他还打算在阿格伊和鲁昂之间开一班新的驿车，比金狮的破车跑得快，票价低，载货多，一定很快就能击垮它，那样荣镇的生意就全落在他手里了。

夏尔数次问自己来年怎么还这么多债。他绞尽脑汁想筹钱的办法，比如说找父亲帮忙，或者是变卖东西。但是父亲是不会管他的，他也没有什么东西可卖。想来想去还是无计可施，他干脆就不再想这个令人烦恼的问题了。他责怪自己因为这些事忘了爱玛，好像他的全部心思都必须放在这个女人身上，如果有一刻间断，就是窃取了她的东西一样。

冬天过得很辛苦。爱玛康复得很慢。天气好的日子，她就让人把她的扶手椅推到窗前，她坐在那里眺望广场。她现在很讨厌看见花园，因此朝着花园的窗板总是关着的。她要人把马卖掉。以前喜欢的东西，现在却招她讨厌。她现在似乎满心只想着照顾好自己。她待在床上，吃点心，拉铃叫女佣人过来，问汤药煎好没有，或者和女佣聊天。有时，菜市场顶棚上的积雪往她的房间里投射进来一片静静的白光。过些日子，天又下起雨来。爱玛每天都怀着焦急的心情等待一些必然会发生的事情，虽然都是些和她无关的小事。其中最大的事就是燕子号每天晚上抵达客栈。那时，老板娘的叫喊声和别人的应答声此起彼伏，伊波利特提着灯笼照着车篷上面的行李箱，灯光在黑暗中宛如一颗星辰。夏尔中午回家，接着又出去；然后她喝一碗汤；五点来钟的时候，天开始黑了，孩子们放学了，他们穿着木鞋在人行道上踢踢踏踏地走着，手里拿着尺子，一路敲打着一扇又一扇挡雨的窗板。

布尔尼西安先生总在这个时候来看她。他问她的健康情况，给她讲新闻，劝她信教，说起话来亲切而又不失风趣。她一看见他的道袍就觉得安慰。

有一天，病势危急，她以为自己要死了，就要求领圣体。大家就在她的房间里作圣礼准备，把堆满药瓶的五斗柜布置成圣坛，费莉西黛在地板上撒了大丽菊。爱玛感觉到有一股力量穿过她的身体，带走了她的全部痛苦、知觉和感情。她的肉身变轻了，没有一丝重量，新的生命开始了。她觉得她的灵魂飞向上帝，消融在天主的爱里，就像点燃的香烛化成了缕缕青烟一样。床单上洒了圣水；她感受到来自天国的喜悦，整个人处在一种近似昏迷的状态。窗幔轻轻飘起，好似祥云一般包围着她；五斗柜上点着两支蜡烛，在她看来，那是来自天国的荣光。她的头倒了下去。她仿佛听到天使在空中弹琴歌唱；她看见蔚蓝的天空中，天父端坐在金色的宝座上，威仪万方，诸圣徒手持棕榈枝，环立周围；在天父的示意下，长着火焰翅膀的天使冉冉飘下，伸出胳膊，把她接到天上。

这一光辉夺目的幻象一直留在她的记忆里，就像一个最绮丽的梦想；直到现在，她还努力重温当时的感觉，虽然不再那么清晰，但是依然能够感受到那种温馨隽永。她的心灵曾经饱受骄傲之累，最终领略到了基督教的谦逊，获得了平静。爱玛体会到了弱者的快乐，甘心摧毁自己的意志，等待上帝的恩泽。原来在幸福之外，还有一种更伟大的福祉；在世俗的爱之上，还有一种更伟大的爱，没有间断，没有尽头，永远都在增长！她充满憧憬和希望，似乎看到一个纯净之境，悬浮在地面之上，和天界融为一体。她向往这样的境界。她想成为一个圣徒。她买念珠，戴护身符；她要在卧室的床头挂一个镶绿宝石的圣物盒，每晚亲吻。

爱玛的这种状态令神甫惊叹不已，虽然他觉得她有些过分虔诚，最终可能会走火入魔，误入歧途。但是由于这一方面他并不是很精通，于是就写信给主教的书商布拉尔先生，请他寄来"一些名著，给一位聪慧的女子阅读"。书商并不上心，乱七八糟地寄来了一大堆当时流行的书籍。其中有问答手册，有仿德·迈斯特先生[①]风格的语气傲慢的小册子，还有一些粉红色封皮的类似于小说的读物，风格矫揉造作，不是修道院的修士就是忏悔的女学究写的。其中有《慎思》、青少年读物《伏尔泰的谬误》等。

包法利夫人的精神还没有完全恢复，无法专心致志地做任何事情；而且她读得过于仓促。这类的说教惹她生气；那些论战的小册子，语气蛮横无理，无情地攻击一些她不认识的人，令她生厌；那些世俗故事，在她看来，根本就不解世情，不但不能让她从中找到真理的依据，反而令她偏离了真理。但她依然坚持读了下去。当她放下书的时候，她觉得自己跟所有纯洁的灵魂一样，感受到了悲天悯人的情怀。

关于鲁道夫的回忆，被她埋藏在心灵的最深处；这份回忆静静地待在那里，就和长眠在地下的故人一样，神圣不可侵犯。这伟大的爱情散发出一股香气，穿透一切，就连她梦想中的圣洁世界也被它熏染上了几分柔情蜜意。当她跪在哥特式的祷告凳上时，她向天主喃喃诉说着的，竟然是从前偷情时对情夫说过的甜

① 德·迈斯特（1753—1821），法国政治家、哲学家、作家。

当她放下书的时候，
她觉得自己跟所有纯洁的灵魂一样，
感受到了悲天悯人的情怀。

言蜜语。她这样做原本是为了让自己产生信念，但是她并没有感受到任何来自上天的快乐；她站了起来，四肢疲惫，隐约感觉自己受骗了。不过，她觉得自己追寻信念的行为是为自己积了一份功德；她为自己的虔诚感到骄傲，她想起曾经看到过的拉瓦利埃小姐的肖像，她觉得自己就和画上那些身着绣花长裾衣裙，地位尊荣的贵妇一样，带着一颗受伤的心灵，遁入修道院，在耶稣的脚下倾洒下不尽的泪水。

她致力于行善，在上面倾注了过度的热情。她给穷人缝补衣服；送木柴给产妇。有一天，夏尔回到家，竟看到厨房里有三个闲汉正坐在餐桌前喝汤。她生病的时候，女儿被丈夫送到了奶妈家里，现在她把孩子接回了家。她教贝尔特认字；女儿怎么哭闹，她也不发火。因为她下定决心，一切听天由命，宽大为怀。不管说起什么，她的话里都会出现带有理想色彩的词汇。她问女儿："我的天使，你的肚子还疼吗？"

老包法利太太也没有什么可以挑剔的。非要挑毛病的话，那就是爱玛一心给孤儿织衣服，却顾不上缝补家里的抹布。但是老太太被自家的争吵弄得疲惫不堪，儿子家里清静，她待得很惬意，所以她一直住到了复活节之后，免得回去受包法利老爹的气。

婆婆处事明理稳重，她的陪伴令爱玛的信心更加坚定。此外，朗格卢瓦夫人、卡龙夫人、迪布勒伊夫人、蒂瓦什夫人几乎每天都来。善良的奥麦太太从不肯相信关于爱玛的闲言碎语，每天下午两点到五点都会来陪她。小奥麦们也会过来，朱斯坦陪着他们。他带着他们上楼，来到爱玛的卧室；朱斯坦就站在门边，一动不动，也不说话。包法利夫人对他的存在并不在意，甚至经常当着他的面梳妆打扮。她取下头上的梳子，猛地摇一下头，黑色的卷发就散开了，一直垂到膝盖。这个可怜的孩子第一次看到这一幕的时候，吓坏了，恍如突然闯入了一个光彩夺目的奇妙新世界。

爱玛当然没有注意到他沉默而又羞怯的热情。她以为爱情已经从她的生活中消失了，不曾想她的美丽却令身边的这个身穿粗布衬衫的少年心跳不已。而且，她现在对什么都漠不关心，言语亲切，目光却高傲，态度多变，令人无法断定她到底是自私还是仁慈，是堕落还是贞洁。比如，这天晚上，女佣想请假出去，结结巴巴地找着借口，她先是生气，突然又问："你爱他吗？"然后也不等羞红了脸的费莉西黛回答，又面带忧伤地说："好了，去吧！去玩吧！"

开春的时候，她不听夏尔的劝告，叫人把花园整个都翻了一遍。不过夏尔只要看见她想做点什么，总是很开心。随着身体一天天恢复，她想做的事也越来越多。首先，她想办法把奶妈罗莱大嫂赶走了。在她养病期间，奶妈经常把她喂奶的两个孩子和一个寄养在她家的孩子都带到厨房，那个寄养的孩子胃口很大，吃东西简直像个生番。接着，爱玛打发走了奥麦一家，陆续又辞谢了其他各家的探访，甚至去教堂也不像从前那么勤了。最后这一点得到了药剂师的称赞，他友好地对她说："您先前信教有点过了！"

布尔尼西安先生还像以往一样，每天上了教理问答课就过来。他喜欢待在外面，在"树荫"下呼吸新鲜空气——他总是这么叫花园里的花棚。这时夏尔刚好回家。他们就到"树荫"下纳凉，一起喝着甜苹果酒，祝夫人完全康复。

比内在平台墙根下的河水里捕捉小龙虾。包法利邀请他一起喝一杯。他特别擅长开瓶塞。

他得意地看看四周，再看看远方，说："应该把酒瓶稳稳地立在桌上，就像这样，然后剪断绳子，再轻轻地、一点一点地往外拔木塞，就像餐馆里开塞尔茨汽水的瓶塞一样。"

但是就在他示范的时候，苹果酒忽然喷了出来，溅了他们一脸，于是神甫就笑着打趣道："这可真是好酒，舌头未尝，眼睛先知。"

神甫的确是个好人。有一天，药剂师劝夏尔带夫人去鲁昂剧院看著名的男高音拉加迪的演出，散散心。神甫毫不介怀。奥麦见他没有表示反对，觉得惊讶，就问他的意见，神甫说他认为音乐远不像文学那样有伤风化。

但是药剂师开始为文学辩护。他声称戏剧表面是为了给人快乐，其实还抨击偏见，宣扬道德。

"'在笑中纠正风俗'[①]，布尔尼西安先生！您看，大部分伏尔泰的悲剧都巧妙地传达着哲学思想，对民众来说就是一所真正的学堂，能学到道德和社交之法。"

比内说："我以前看过一出叫《巴黎顽童》的戏，里面有一位老将军，这个人物的确令人击节称好！他教训了一个勾引女工的公子哥，后来……"

奥麦接着说："当然，也有坏文学，就像有不好的药房一样。不过，对艺术中最为重要的文学不加辨别进行全盘否定，在我看来，这是一种野蛮和愚昧的想法，是退回到了监禁伽利略的时代。"

神甫反驳道："我知道，确实有好的作品、好的作家。但是，男男女女聚集在一间富丽堂皇灯火摇曳的房间里，身着奇装异

① 原文为拉丁文 castigat ridendo mores，出自诗人桑特尔（1630—1697）。

服，涂脂抹粉，软语低喃，最终必然会使人产生放荡的思想，做出淫邪的举动。至少，圣父们都是这样认为的。”他用大拇指搓着一撮鼻烟，忽然换了一种神秘的语气接着说：“总之，教会谴责戏剧表演，必然有它的理由。我们应该谨遵教谕。”

药剂师质问道：“为什么教会要驱逐演员出教？他们从前不是还在仪式上公开演出过吗？是的，他们在唱经堂演出过一类被叫作圣史剧的滑稽剧，剧里经常嘲弄礼法。”

神甫无言以对，只好叹了口气。

药剂师继续说道：“《圣经》也一样。您知道……有不少……令人想入非非的细节，有些内容简直可以说是……色情！”

他看到布尔尼西安先生做了一个生气的手势，又说：“啊！您同意这不是一本适女孩子读的书吧。要是阿达莉想看得话，我肯定会生气的。”

神甫不耐烦地喊道：“劝人读《圣经》的是那些人，不是我们！”

奥麦说：“这不重要！让我震惊的是，在今天这样的光明世纪，竟然还有人要禁止这样一种无害的、劝善的、健康的精神娱乐？博士，您说呢？”

“当然。”医生漫不经心地回答。也许他赞同奥麦的观点，但又不愿得罪任何人；也许他根本就没有什么想法。

谈话似乎已经结束了，但是药剂师认为应该再发起最后一击：“我认识一些教士，他们会脱了道服去看舞女跳舞。”

神甫说：“好了！”

奥麦说：“啊！我认识！”

他又一字一顿地重复了一遍：“我的确认识。”

布尔尼西安无可奈何地说：“好吧，那是他们不对。”

药剂师又说："老天！他们还有很多别的丑事呢！"

神甫眼神凌厉，喊道："先生……"

药剂师被吓住了，用缓和一点地语气说："我只是想说，宽容才是吸引人信教最有效的法子。"

神甫这个老实人让步了，他坐了下来，说"是这样的！是这样的！"

但是他只待了两分钟就走了。

他一走，奥麦先生就对医生说："这就叫斗嘴！您看到了，他被我打倒了！彻底地……话说回来，听我的，带夫人去看戏吧，就算是为了气这些黑袍[1]也好！要是有人能替我工作的话，我也愿意陪你们去。赶紧吧！拉加迪只演一场，英国已经出高薪请他了。这家伙可是出了名！发了财！他带了三个情妇，一个厨子！这些大艺术家糟蹋起钱来就像两头烧的蜡烛，他们需要过放荡的生活才能刺激想象力。可他们最后却死在收容所里，因为年轻的时候不知道攒钱。好了，祝您用餐愉快，明天见！"

看戏的念头很快就在夏尔脑袋里生根发芽了，他不久就跟妻子说了。她起先不愿去，说是嫌累，麻烦，还要花钱；但奇怪的是，夏尔竟然没有依从，他认为这种消遣对她大有好处。他觉得没有任何阻碍，母亲给他们寄来了三百法郎，这完全是一笔意外之财；他们目前欠的债也不多；勒赫先生的借据离到期还远，现在不必操心。而且，夏尔以为她不肯去是出于对自己的体贴，于是就更加坚持。她经不起他再三纠缠，最后只好答应了。第二天，早上八点钟，他们坐上了燕子号。

药剂师其实并没有什么事非得留在荣镇，但是他自以为要事缠身，离开不得。看见他们走，他叹了口气，对他们说："走吧，

① 黑袍是对神职人员的蔑称。

旅途愉快！你们可真有福气！”

然后，他看见爱玛穿着一件镶着四道花边的蓝色缎裙，又说：“您像爱神一样美丽！您在鲁昂一定会引起轰动的。”

马车停在博瓦新广场的红十字旅馆门前。这个旅馆和外省市郊的客栈差不多，马厩大，房间小。院子当中停着推销员的马车，车上沾满了泥，车子底下有母鸡在啄食燕麦。房子很旧，阳台的木栏杆上都是蛀眼，冬天夜里一起风就嘎吱响。到处都是人，吃吃喝喝，非常吵闹。黑色的餐桌沾满了咖啡渍，黏糊糊的。厚厚的玻璃窗被苍蝇叮成了黄色。湿湿的餐巾上沾满了劣质葡萄酒的污迹。临街有咖啡馆，靠近田野那边有菜园，总是散发着一股乡村气息，就好像农庄伙计穿上了城里人的衣服。夏尔一下车就赶去戏院买票。他搞不清楼下前排座、楼座、包厢、两侧包厢的区别，从检票员问到经理，还是不明白。他从旅馆到戏院，从戏院到大马路，来来回回好几趟，整个城市都被他跑遍了。

夫人买了一顶帽子、一副手套、一束花。先生怕错过开场戏，连汤都没来得及喝，就急忙赶去戏院。他们到的时候戏院的门还没开。

第十五章

入口处有几道围栏，观众们在围栏里靠墙站成两行。街道拐角张贴着大幅海报，上面用巴洛克字体写着“今晚上演拉加迪……主演歌剧……《吕茜·德·拉梅穆》……等等”。天气晴朗炎热，人们的头发往外流着汗，额头热得通红，纷纷掏出手帕擦汗。河上不时吹来一阵热风，轻轻吹动小咖啡馆门口的料纹布篷的花边。但是下边的街上却又吹来阵阵凉风，夹杂着油脂、皮革和油的味道。这些味道来自大车街，这条街上都是黑乎乎的仓库，仓库里有人正滚动着大桶。

爱玛怕站在戏院门口被人看笑话，想先去码头转转。包法利生怕弄丢戏票，将票抓在手里，手插在裤兜里，贴着肚子放着。

一进前厅，爱玛的心跳就快了起来。她看到观众匆匆忙忙地走上右边的过道，而自己却从楼梯往楼上的包厢走，不由得露出了得意的笑容。包厢的门很宽，挂着帷幔，她用手指推开门时，开心得像个小孩子。她使劲吸着走廊里的尘土气味。在包厢入座之后，她挺直身子，潇洒自如，宛若一位公爵夫人。

大厅逐渐坐满了人；有人从盒子里取出了望远镜；长期订座的观众隔得老远就互相打招呼。他们来看戏是为了在艺术中排遣买卖上的烦忧；可是到了这里还是放不下生意，谈的还是棉花、烧酒或者蓝靛。一些老头神色平和，没有什么表情，头发灰白，脸色苍白，好像蒙上了一层铅雾的银质奖章。前厅坐着一些模样俊美的青年，露出自命不凡的神气，背心的领口露出粉红色或者苹果绿的领带；包法利夫人从楼上欣赏着他们，看到他们戴着黄色手套，手拄金柄手杖。

这时，乐池的蜡烛亮了。天花板上的水晶吊灯降了下来，往四面八方射出道道光束，大厅立时充满喜气。乐师一个接一个入场了。低音号、小提琴、铜管乐、长笛、短笛，各种乐器乱响了好一阵。随着舞台上传来三下响声，定音鼓敲响了，铜管乐器奏出了和弦，幕升起来了，舞台上呈现出一片自然风光。

布景呈现的是树林中的一个交叉路口。左边有一棵栎树，树荫下有一口喷泉。一些农民和庄园主，肩上披着苏格兰格子花呢长巾，齐声唱着一首猎歌；然后出现了一个军官，双手向天，呼吁魔鬼下凡；又来了一个军官；军官们走了；猎人们又接着唱起来。

爱玛回想着少女时代的读物，完全沉浸在瓦尔特·司各特的小说世界里。她仿佛听到苏格兰风笛声穿过浓雾，回响在一片欧石楠花丛中。她还记得小说的内容，所以很容易就听懂了剧情。她一句一句地听着唱词，模糊的回忆很快就消散在音乐声中。她随着音乐的旋律轻轻摇摆，感觉整个人都在震颤，仿佛琴弓拉动的不是琴弦，而是她的神经。服装、布景、人物、一有人走动就会震动的树木、直筒无边绒帽、斗篷、宝剑，这一切令她目不暇接；它们在乐声中摇曳，仿佛来自另一个世界。突然一个年轻女人走上前来，将钱袋丢向一个身穿绿衣的侍从。舞台上只剩下她一个人。长笛声响起，好像潺潺的泉水，又像小鸟的啾鸣。这个女人就是露西，她表情肃穆，唱起了 G 大调咏叹曲；她诉说爱情之苦，希望能长出双翼。爱玛听了，顿时也想逃离生活，飞向爱情的怀抱。忽然，埃德加·拉加迪出场了。

他的肤色光亮白皙，如大理石一般，这给热情奔放的南方民族平添了几分高贵气质。一件棕色的紧身短上衣包裹着他壮硕的身体；左边大腿上挂着一把雕镂的匕首。他转动着忧伤的双眸，露出了一口皓齿。据说一天傍晚，他在比亚里茨海滨一边唱歌一边修理小艇。一位波兰公主听到他的歌声，就爱上了他。她为他倾家荡产，他却抛弃了她，又有了新欢。他的风流艳事反而提高了他在艺术上的声誉。这是个很有社交手腕的戏子，总是不忘在广告里加一句诗意的话，夸耀自己的个人魅力和善感的心灵。嗓音优美，沉着自信，性情而非理性之人，感情夸张而非细腻，兼具理发师和斗牛士的气质，这一切令这个江湖艺人深受观众喜爱。

他一上场就激起了观众的热情。他把露西紧紧搂在怀里，放开她，离开了，又回来，看上去很绝望。他先是狂怒，然后无比温柔地低吟着哀歌，他裸露的脖颈滑出一串串音符，时而似在呜咽，时而似在亲吻。爱玛看着他，身体前倾，指甲都嵌进了包厢座的丝绒里。这哀伤的吟唱，在大提琴的伴奏下，悠长缠绵，就像海上遇难者在暴风雨中的呼喊，溢满了她的心灵。这沉醉的感觉，这种种焦虑，她都曾经有过，还险些为之丧生。女演员的歌声似乎是她内心的回声，这令她着迷的一幕幕景象更像是她生命的一部分。但是这个世界上从来没有任何人像这样爱过她。他们最后一晚在月下说着“明天见”的时候，他没有像埃德加那样哭泣。剧场内爆出了喝彩声。男女歌手又唱了一遍最后一节和声。这对情人咏唱起他们坟前的鲜花、誓言、流亡、命运、希望。当他们开始最后的告别时，伴着结尾的和弦，爱玛发出了一声尖叫。

包法利问：“这位贵族为什么要逼迫这个姑娘？”

爱玛答道：“不是这样的，他是她的情人。”

“那他为什么发誓要报复她的家族呢？为什么另外一个男的，就是刚才上场的那一个，说：‘我爱露西，我相信她也爱我。’他还挽着她父亲的胳膊离开了。那个难看的矮个男人，帽子上插着根鸡毛的，难道不是她的父亲吗？”

在宣叙调二重唱中，仆人吉尔伯特向主人阿什顿阐述自己卑劣的计谋。夏尔硬是把他们用来欺骗露西的假订婚戒指当成了埃德加送的定情信物，爱玛怎么解释他也不明白。另外，夏尔承认压根就没有明白故事情节，他说是因为音乐太响，他听不清唱词。

爱玛说：“不明白不要紧！别说了！”

他俯向她的肩膀，说：“可是我想弄明白。”

她不耐烦地说：“别说了！别说了！”

露西在侍女的搀扶下，走上前来。她头上戴了一顶橘花冠，脸色比身上穿的白缎裙还要白。爱玛想起了自己结婚的日子。她仿佛又看见自己沿着麦田中央的一条小路，和众人一起向教堂走去。为什么她当时没有像露西那样拒绝和恳求呢？相反，她当时很快乐，根本没有意识到自己是在走向深渊……啊！假如她还年轻貌美，既没有被婚姻玷污清白，也没有经历偷情的幻灭；假如在这一切发生之前她能把自己的一生交托给一颗高贵而又坚定的心灵，集贞洁、恩爱、欢愉、责任于一身，她必然不会从幸福之巅坠落下来。当然，这幸福或许只是绝望的人想象出来的谎言。她现在才明白激情是多么渺小，是艺术将它夸大了。爱玛竭力不想这些，她决意将这部再现了她的痛苦的戏只看作是一个为了娱乐观众而虚构出来的故事。她甚至带着鄙夷和怜悯在心中暗笑。这时，舞台深处的丝绒门帘下，走出了一个披着黑斗篷的男子。

随着他身体的一个动作，斗篷的西班牙式大帽子落了下去；歌手们在乐器的伴奏下开始了六重唱。愤怒的埃德加嗓音比其他歌手都要清亮。阿什顿用男低音向他唱出死亡的挑衅。露西用女高音诉说着自己的悲苦。亚瑟站在一边，唱着男中音。牧师的次中音好像一架风琴，轰隆隆地响着。众女子用甜美的女低音齐声重复着牧师的唱词。他们所有人站成了一排，做着各种手势。他们半张着的嘴里同时唱出了愤怒、报复、嫉妒、恐惧、怜悯、惊愕等各种情绪。受到侮辱的埃德加挥舞着宝剑，胸脯上的绉领上下起伏；他脚蹬一双到脚踝的软皮靴，大步地来回走着，朱红色的马刺撞得地板铿锵响。爱玛心想，他心中的爱意一定源源不绝，才能这样如滂沱大雨一般倒向观众。这个充满诗意的角色完全征服了爱玛，她原本的一点鄙夷之心很快就烟消云散。角色的魅力令她对演员本人也产生了幻想。她试着想象他的生活，那一定是轰轰烈烈、不同凡响、光彩夺目的一种生活。如果机缘巧合，她也许也能过上这种生活的。他们也可能相识相爱的！她可以陪伴他周游欧洲各国，从一个都市到另一个都市，分担他的疲惫，分享他的荣耀，为他捡起观众抛来的鲜花，亲自给他的演出服绣花边；每天晚上，她坐在包厢深处，在金色栅栏后面，凝神倾听他的歌声，那是他只向她一个人吐露的心声；而他舞台上演出的时候，也会不时地看向她。她忽然产生了幻觉，觉得他正在看着她，千真万确！她想扑到他的怀抱里，他有力的身躯就是她的庇护所，就是爱情的巢穴。她要对他说，要对他喊："带我走吧，带我走吧，我们一起走吧！我是你的！我所有的热情和梦想都属于你！"

幕落下了。

煤气灯的味道和观众的呼吸掺杂在一起，扇子扇动反而令空气更加沉闷。爱玛想出去，可是走道上挤满了人，她只好又坐回扶手椅里，心跳加速，呼吸困难。夏尔怕她晕倒，赶紧跑去吧台给她买一杯杏仁甜水。

他好不容易才回到座位上，因为他两只手捧着杯子，每走一步，都会被人撞到胳膊肘，以至于四分之三的饮料都洒到了一个穿着短袖长裙的鲁昂女人的肩膀上。那个女人感觉到有冰凉的液体往腰间流，发出阵阵尖叫，就像有人要杀她似的。她的丈夫是个纱厂老板，对笨拙的夏尔大发脾气；在她用手绢擦她漂亮的樱桃红绸子长袍的时候，他气呼呼地嘟囔着要夏尔赔偿他们的损失。最后，夏尔总算回到了妻子身边，气喘吁吁地说："我的天！我以为回不来了！人可真多……人真多……"

他又说："你猜我遇到谁了？莱昂先生！"

"莱昂？"

"正是他！他要来问候你。"

他话音刚落，当年荣镇的文书就走进了包厢。他像个贵族一样不拘礼节地伸出了手；他的坚定气度令包法利夫人不由地也顺从地伸出一只手。那个春天的黄昏，雨打在绿叶上，他们站在窗前道别。自那之后，她就再没有碰过他的手。但是，很快她就想到不能在这样的场合失礼，就努力地摆脱回忆带来的出神状态，语不成句，急促地说着："啊！您好……怎么会！您在这儿？"

"安静！"下面有人喊道。因为第三幕开始了。

"您到鲁昂来了？"

"是的。"

"什么时候来的？"

“出去！出去！”

大家转过头来看着他们，他们不再说话。

但是，从这刻起，爱玛再无心听戏。宾客的合唱，阿什顿和仆人在一起的场面，宏伟的D大调二重唱，这一切似乎都离她非常遥远，音乐声仿佛也变小了，人物似乎也在往后退。她回想起他们在药剂师家里打牌，去奶妈家的路上一道散步，在花棚下看书，在炉火边密谈。这段可怜的爱情是如此平静、漫长、谨慎、温存，她都已经忘了。他为什么要回来？是怎样的机缘令他又回到她的生命里？他站在她后面，肩膀靠着包厢的板壁；她不时感到他鼻子呼出的热气落在她的头发上，身子不由得一阵战栗。

他弯下腰凑近她，胡子尖都碰到了她的脸颊，问道：“您喜欢这戏吗？”

她心不在焉地回答：“哦！上帝，不喜欢！不大喜欢。”

于是他提议出去找个地方吃冰激凌。

包法利说：“啊！先别走！再待一会儿吧！她的头发散开了，应该要发生悲剧了。”

但是爱玛对疯狂的场面不感兴趣，她觉得女演员的表演太夸张了。

她转身对正听戏的夏尔说：“她喊得太大声了。”

夏尔不知道应该坦承自己的喜好，还是该对妻子的意见表示尊重，含糊地回应：“是的……也许……有点。”

莱昂叹了口气说：“这里真热……”

“的确热得让人受不了！”

包法利问：“你不舒服吗？”

“是的，我觉得气闷。咱们走吧。”

莱昂先生周到地为她披上长长的花边披巾。他们三个人一起来到码头的一家咖啡馆，在橱窗前的露天座里坐下。他们先谈起爱玛的病，但是她不时打断夏尔，不让他说下去，说怕莱昂听了烦。接着莱昂说起他在鲁昂的一家大事务所，要待两年，熟悉业务，因为诺曼底和巴黎的业务模式大不相同。然后，他问起贝尔特、奥麦一家、勒弗朗索瓦大娘。当着夏尔的面，他们也没有更多的话好说，因此谈话很快就停止了。

人们开始走出戏院。有人在人行道上小声哼着；有人怪声高喊着："哦！美丽的天使，我的露西！"莱昂为了表明自己对音乐的爱好，就开始谈起音乐来。他听过坦布里尼、卢比尼、帕西亚尼、格里斯；跟他们比起来，拉加迪虽然声音洪亮，但却算不了什么。

夏尔小口喝着加了朗姆酒的冰镇果汁，打断他道："不过，据说他在最后一幕里演得特别好。真遗憾没看完就出来了，我刚刚有了一点兴致。"

文书说："他很快还会再演一场。"

但是夏尔说他们第二天就得回去了。

他又转身对妻子说："除非你愿意一个人留下来，我的小猫？"

面对这个主动送上门来的机会，年轻人喜出望外，马上见风使舵，开始赞扬拉加迪的最后一段演唱。那真是美妙绝伦，宛如天籁！

于是夏尔坚持道："你星期天再回去吧。来，做决定吧。只要你觉得留下来对你有一丁点好处，你就不要拒绝。"

周围的桌子都空了。一个侍者悄悄地站到他们旁边。夏尔明白该走了，就掏出了钱包。文书按住他的胳膊，抢着付了账，甚至还想着在大理石桌面上放下两个叮唧作响的硬币作小费。

包法利小声嘟囔着：“真是不好意思，竟然要您破费……”

对方真诚地摆摆手，表示不必在意，然后拿起帽子，问道：“那说定了，明天六点钟，对吧？”

夏尔还是说他必须得赶回去，但是爱玛没什么事……

爱玛古怪地笑着，结结巴巴地说：“我，我不太确定……”

“那好吧！你先想想，然后再做决定。睡一夜就会有主意的……”

然后，他又对一直陪着他们的莱昂说：“现在您既然回到这一片了，我希望您能时常来家里一起吃饭！”

文书说他一定会去的，而且正好事务所有笔业务，他得去趟荣镇。他们在圣·埃尔布兰小巷前分别，教堂的钟声敲响了十一点半钟。

第 三 部

第一章

莱昂先生在巴黎学习法律的时候，也没少光顾“茅庐”舞厅。他深受小女工们的青睐，因为她们觉得他气度优雅。他是大学生中最正派的：头发既不太长也不太短；不会在月初就把一个学期的钱都花光；和教授保持着良好的关系。他之所以能自我克制，不做出格的事情，是因为他天性敏感怯懦。

当他在房间里读书，或者坐在卢森堡公园的椴树下的时候，常常想起爱玛，手里的法典就掉到地上了。随着新的欲望的产生，这种感情慢慢地淡薄下来，不过并没有消逝；因为莱昂并没有死心，他隐约看见一线希望，在未来的岁月里摇曳，就像一枚金果挂在奇异树的枝头。

现在，分别三年之后再次见到她，他的爱情又复苏了。他想，一定要得到她。而且，常与轻浮子弟为伍，他的羞怯早已消磨殆尽；回到外省的他瞧不起那些没穿过漆皮鞋、没走过柏油马路的人。如果是在一个得过勋章、家有豪车的著名博士的客厅里，身边是一个身着花边衣裙的巴黎女子，可怜的文书当然会像个孩子一样战战兢兢；但是现在，在鲁昂的码头，面对着小医生的妻子，他镇定自若，信心十足，相信自己一定会令她着迷。一个人的信心取决于他所处的位置：在底层的阁楼间还是在五楼，说话时候的底气都是不一样的；有钱的女人好似在紧身衣里穿了一层钞票做成的铠甲，保护着她们的贞洁。

头天晚上，和包法利夫妇分手之后，莱昂远远地跟了他们一阵，直到看见他们走进了红十字旅馆，才转头回去。整整一夜，他都在思索如何开展自己的计划。

第二天下午五点钟左右，他走进了客栈的厨房，喉头发紧，脸色苍白，但是决心却异常坚定，就像胆小的人一旦豁出去，什么也拦不住一样。

一个仆人对他说："先生不在。"

这是个好兆头。他上了楼。

看见他来，她一点也不慌乱，相反还向他表示抱歉，说是忘了告诉他住在哪里。

莱昂说："哦！我猜到你们住在这里。"

"怎么猜到的？"

他说是本能指引他来到了她的身边。她笑了。他为了补救自己说的傻话，赶忙又说其实他找了整整一上午，跑遍了全城的旅馆。

他问："您决定留下来了吗？"

她说："是的。不过我真不该留下来。手头有这么多事要做，哪能贪图不切实际的享乐呢……"

"哦！我能想象……"

"唉！您想象不了！因为您不是女人。"

但是男人也有男人的苦恼，于是他们开始就一些哲学观念开始了交谈。爱玛大谈人世间感情的荒漠和永恒的孤独，人的心就这样被埋葬在其中。年轻的男子或许是为了炫耀自己的经历，或许是天真地想效仿对方的忧郁，就说自己学习时一直都非常烦闷。他讨厌诉讼，想改行从事别的职业。母亲的每一封来信都让他痛苦不堪。他们分析痛苦的缘由，推心置腹，越谈越兴奋。不过他们并不是毫无保留，无话不谈，偶尔也会停下来，寻找合适的语句，委婉地表达自己的想法。她并没有告诉他她爱过另一个男人，他也不说他其实早已把她忘了。

他也许忘了自己在舞会结束之后同码头的装卸女工一起去吃夜宵；她当然也忘了自己曾经在清晨跑过牧场赶去情夫家幽会。他们听不到城市的喧闹。房间显得特别小，好似为了让两个孤独的人紧紧依偎在一起。爱玛穿着一件花缎便袍，发髻靠在旧扶手椅的椅背上；身后的黄色壁纸好像金色的背景衬托着她的身姿。她的头部映照在镜子里，白色的中分发线清晰可见，两鬓的头发下露出了耳梢。

她说："对不起，我不应该总跟您诉苦！您会觉得烦的！"

"不，绝对不会，绝对不会！"

她抬头看着天花板，美丽的双眸里滚动着一滴泪珠，接着说道："要是您知道我曾经梦想过的一切就好了！"

"我也一样！哦！我也过得很痛苦！我常常出去，四处游荡，拖着沉重的脚步，沿着河岸走着，让人群的喧嚣声冲昏自己，借此摆脱脑海中一些挥之不去的念想。大马路上有一家画店，里边有一张意大利版画，上面画着缪斯，身穿一件宽大的长袍，眼睛望着月亮，散开的长发上插着勿忘草。有什么东西总是在吸引着我去，我在那里一待就是几个钟头。"

接着，他用颤抖的声音说："她有点像您。"

包法利夫人感到双唇不由自主地漾起微笑，赶紧转过头，不想被他看见。

他又说："我经常给您写信，写完了又撕掉。"

她没有回答。

他接着说："我有时会想象能跟您偶遇。我在街角总觉得看到了您。街上经过的马车门里飘出一条披巾或者面纱，像是您的，我就跟在马车后边跑……"

她似乎决心任由他说下去，不去打断。她双臂交叉，低着头，眼睛看着自己拖鞋上绣着的玫瑰花，脚趾不时在拖鞋的缎面里轻轻地动着。

然而，她叹了一口气，说道："像我这样，日复一日地煎熬着，过着毫无意义的生活，才最可悲的，您说是吧？如果我们的痛苦能给别人带来一点好处，那我还能为自己的牺牲感到一丝安慰。"

他开始赞扬贞洁、责任和默默的奉献。他说他自己就空有一腔奉献之心，无法如愿。

她说："我很想进救济院当修女。"

他说："唉！男人没有机会承担这种神圣的使命。我在哪里也没发现什么神圣的职业……或许，行医算是吧……"

爱玛轻轻耸了一下肩，打断了他的话，向他诉说自己生了一场大病，可是却没能死掉，多么遗憾！不然她就可以不再痛苦了。莱昂立刻接口说他也渴望在坟墓里得到安宁。有一天晚上，他甚至写好了遗嘱，要人将他裹在她送他的那条有丝绒条纹的毯子里下葬。或许因为这是他们过去曾经梦想过的生活，于是现在就把它当成是真实的过去讲了出来。而且，人在说话时总是倾向于夸大自己的感情。

听到他编造的毛毯裹尸的遗愿，她问道："为什么呀？"

他迟疑了一下，答道："为什么？因为我爱您呀！"

莱昂庆幸自己跨过了难关，终于说出了这个词，用眼角的余光偷看她的表情。

好似一阵风忽地吹散了满天的乌云，她蓝眼睛里的愁云消散殆尽，脸上容光焕发。他等着。她终于回答道："那时我感觉到了……"

于是他们谈起那段遥远的过去生活中的种种细枝末节，这其中的苦与乐，他们刚才已经用一个词总结过了。他想起了爬满铁线莲的凉棚，她穿过的袍子，她卧室里的家具，她家里的一切。

"我们可怜的仙人掌怎么样了？"

"去年冬天冻死了。"

"啊！我多么惦记它，您知道吗？它常常浮现在我眼前，像从前一样。夏天的早上，太阳照在窗板上……我看见你的两条光胳膊，在花丛中穿过来穿过来。"

她向他伸出一只手，说："可怜的朋友！"

莱昂立刻用嘴唇吻她的手，然后，深深吸了一口气，说："那个时候，对我来说，您有一种不可思议的吸引力，彻底俘获了我。比如说，有一回，我到您家里去，您应该不记得了吧？"

她说："我记得。您讲吧。"

"您在楼下的前厅，站在最后一级台阶上，正要出门。您戴着一顶有蓝色小花的帽子。您并没有邀请我，我却不由自主地就跟着您出门了。之后的每一分钟里，我越来越清楚地意识到自己干了件蠢事，可是我还是跟您一道走着，既不敢离您太近，又不愿离开您。您走进一家店里，我就待在街上，隔着玻璃窗，看您摘掉手套，在柜台上数钱。后来，您按了蒂瓦什夫人家的门铃，门开了，您走了进去，门又关上了，我就像个傻瓜似的，待在沉重的大门外。"

包法利夫人听他讲着，诧异自己竟然这么老了，这些重又浮现的往事似乎将她度过的岁月拉长了，这些感情经历好似无边无际的大海任她的回忆尽情遨游。她半合着眼，不时低声说着："是的，是这样的……是这样的！是这样的……"

博瓦辛区各处的大钟纷纷敲响，有寄宿学校的、教堂钟楼的、没有人住的大公馆的。八点钟了。他们不再说话，互相凝视着对方，彼此的眼眸似乎发出了某种声响，传进了两人的头脑。他们双手相握，想着过去、未来、回忆和梦想，不禁心荡神驰，倍感甜蜜。夜色越来越浓，黑暗中只有墙上挂着的四幅版画的大幅色块隐约可见。这四幅画画的是大仲马的戏剧《内勒塔》中的四幕场景，底下注有西班牙文和法文的说明，此刻都隐没在黑暗之中，看不清楚。从向上拉起的窗户看出去，能看到尖尖的屋顶中间有一角黑暗的天空。

她站起身，点亮了五斗柜上的两支蜡烛，又坐下了。

莱昂说："那么……"

她问："那什么……"

他正寻思怎么继续被打断了的交谈，她又说道："为什么直到现在，从来都没有人来向我表达过这样的感情呢？"

实习生激动地说，人的天性是很难理解的。他第一眼见到她，就爱上她了；假如命运眷顾，他们能够早日相遇，他们应该会紧密地结合在一起，过上幸福的生活。一想到这里，他就陷入了绝望。

她说："我也这样想过。"

莱昂呢喃着："多美好的梦！"

然后他轻轻摸着她白色长腰带上的蓝边，又说："我们为什么不能重新开始呢……"

她答道："不能，我的朋友。我太老了……您太年轻……忘了我吧！会有别人爱您的……您也会爱上别人的。”

他喊道：“不会像爱您一样！”

“您真是孩子气！好了，我们都理智点！我希望您理智点！”

她对他说他们不能相爱，他们应该像从前一样，保持纯洁的友情。

她说的是真心话吗？爱玛自己也不清楚。这诱惑是如此美妙，可是她又觉得自己必须抵御。年轻人双手颤抖，试图抚摸她；她温柔地看着他，轻轻推开了他的手。

他后退一步，说着：“啊！对不起。”

他的胆怯令爱玛隐约感到害怕，因为对她来说，这比鲁道夫大胆地张开胳膊来拥抱她更加危险。在她眼中，从来没有一个男人像他这么俊美。他的举止流露出一种可爱的天真之气。他垂下细长卷曲的睫毛。他细嫩的脸颊变红了——她想这一定是因为对她的欲望。爱玛感到一种难以遏止的欲望，想要吻他的脸庞。于是她将身子俯向座钟，像是要看时间似的。

她说：“我的上帝！我们竟然聊到这么晚！”

他听懂了她话里的意思，就找他的帽子。

“我竟然忘了看戏的事了！可怜的包法利！他特地要我留下来，就是为了看戏的！大桥街的洛莫先生和太太还要陪我去呢。”

但是机会已经错过了，因为她第二天就要动身回去。

莱昂问：“真的吗？”

“是的。”

他又说：“不过我还要再见您一次，我有话要跟您说……”

“什么事？”

“一件很重要很严肃的事。唉！不，您不要走，您不会走的！要是您知道……您听我说……难道您不明白我的意思？难道您猜不出来……”

爱玛说：“你不是说得很清楚吗！”

“啊！您别取笑我了！够了，够了！可怜可怜我，让我再见您一次……一次……只要一次。”

“那么……”她停了一下，仿佛改了主意，又说，“哦！不要在这里！”

“您愿意在哪里就去哪里。”

“如果您愿意的话……”她想了一下，然后干脆地说道，“明天，十一点钟。在教堂里。”

他喊道：“我一定到！”他抓住她的手，但她把手抽了回来。

两个人都站着。他站在她背后，爱玛低着头，他弯下身子长吻她的脖颈。

“您疯了！啊！您疯了！”她发出阵阵短促的笑声，他的吻更加密集地落下。

他把头从她肩膀上方探过去，寻找她的眼神，想看她的态度。她神色凛然地看着他。

莱昂后退了几步，准备出去。他在门口又站住了，然后用颤抖的声音轻轻说道：“明天见。”

她点点头，像一只小鸟一样，闪进了隔壁的房间。

晚上，爱玛给文书写了一封长信，想取消这次约会：现在，一切都已成为过去，为了各自的幸福，他们不应该再见面。封好信，她才发现自己不知道莱昂的住址，觉得很为难。

她自言自语：“我还是当面交给他吧，他会去赴约的。”

第二天，莱昂打开窗，在阳台上哼着歌，给皮鞋打油，上了好几层油。他穿上一条白色裤子，一双做工精细的袜子，一件绿色燕尾服，把他所有的香水都洒在手帕上，把头发烫出卷，再把发卷散开，这样看起来更加优雅和自然。

他看到理发店里的布谷鸟报时钟刚指向九点，心说："还太早了！"

他看了会儿旧时装杂志，走出门去，吸着一支雪茄，走过三条街，心想是时候了，就迈着轻快的步伐朝圣母院的广场走去。

这是一个晴朗的夏日上午。银楼的银器闪闪发光。阳光斜射在教堂上，灰色石墙的裂缝发出耀眼的光芒。在蓝天下，窗户呈三叶草形状的小钟楼周围盘旋着一群鸟儿。广场上一片喧嚣，花香扑鼻；石板路两旁摆着玫瑰、茉莉、石竹、水仙和晚香玉，中间隔着一些湿漉漉的绿叶，有猫草和喂鸟用的海绿。广场中央的喷泉哗啦啦地响着。在大阳伞的下面，一摞摞的罗马甜瓜之间，一些没有戴帽子的卖花女正用纸包扎紫罗兰。

年轻人买了一束。这是他第一次给女人买花。他闻着花香，胸中胀满骄傲，仿佛这份准备献给女人的敬意已先被献给了他自己。

他怕给人看见，果断地走进了教堂。左门的门廊上雕着跳舞的玛丽安娜，下面居中站着一名侍卫。侍卫头戴翎羽盔帽，长剑过膝，手拿拄杖，看上去比红衣主教还要威严，跟圣体盒一样光辉四射。

他走向莱昂，脸上浮现出做作的亲切微笑，就像教士盘问小孩时的表情。

"先生想必不是本地人吧？先生要不要参观教堂的珍品？"

莱昂答道："不用。"

他先沿着侧厅转了一圈，然后又回到广场。爱玛还没有到。他就一直走到祭坛区。

大殿的尖拱顶和彩画玻璃窗格倒映在满满的圣水缸里。五颜六色的反光到大理石台的边缘处断折了，又重新出现在稍远的石板地上，好似给地面铺上了一层彩色的地毯。强烈的日光穿过三扇敞开的大门，往大殿里投射下三道巨大的光柱。不时地从里面走出一个圣职人员，经过圣坛时，斜身跪一下又起身走了，就像赶时间的信徒一样。分枝水晶烛台一动不动地悬挂在半空。主祭台点着一盏银灯。侧殿的小祭台里，教堂的阴暗处，偶尔会传出叹息声，还有栅栏门关上的声音，在高高的拱顶下发出回响。

莱昂沿墙庄严地踱着步。他觉着生活从来没有这么美好过。她马上就会来，美貌动人，心神不宁，不时看一眼身后有没有人看着她。她会穿着镶花边的长裙，手拿金边眼镜，脚蹬小巧的靴子，浑身散发出他从未领略过的优雅和失足贞妇的那种难以言喻的魅力。教堂仿佛是一间为她准备就绪的大绣房；拱顶俯下腰来，准备倾听她在黑暗中坦白自己的爱情；彩画玻璃熠熠生辉，准备照亮她的面容；香炉芳雾缭绕，她将会像天使一样出现。

然而她还没有来。他坐在一把椅子上，看着一扇蓝色的玻璃窗，窗上画了一些提着篮子的船夫。他专注地看了很久，数着鱼身上的鳞片和船夫衣服上的扣眼，思想却游移不定，寻找着爱玛。侍卫站在一旁，暗暗生气。这个人竟然独自参观教堂。这在侍卫眼中可是个过分的行为，可以说是窃取了他的权利，简直是亵渎神明。

但是石板地上传来了衣裙的窸窣声，视线里出现了帽子的边沿、黑色的披肩……是她！莱昂站起来，向她跑去。

爱玛脸色苍白。她快步走着。

她交给他一张纸，说道："看吧……啊，不要！"她猛地抽回手，走进了供奉圣母的小祭堂，靠着一把椅子跪下，开始祈祷。

年轻人先是被她这突如其来的虔诚姿态激起了怒气；接着，

爱玛脸色苍白。她快步走着。

看到她在约会的时候，竟然像个安达卢西亚的侯爵夫人一样完全沉浸在祈祷当中，不禁感到一种别样的魅力；但是，她的祷告没完没了，很快就令他厌烦了。

爱玛在祷告，或者不如说是在努力让自己投入到祷告中。她希望上天能立刻赐予她决心。为了得到神明的帮助，她望着熠熠生辉的圣物柜，闻着在大花瓶里白色的南芥花，侧耳聆听教堂的寂静，可是这反而令她的心更加纷乱。

她站起身。他们正要出去，侍卫急忙走过来说："夫人想必不是本地人吧？夫人要不要参观教堂的珍品？"

文书喊道："啊，不要！"

她说："为什么不看看呢？"

因为贞洁岌岌可危，她想抓住一切机会试图挽救，不管是圣母、雕塑还是陵墓。

为了让参观能够"按应有的顺序"进行，侍卫一直把他们带到广场附近的入口处，用拄杖指着一个黑石板铺成的大圆圈，上面既没有铭文，也没有花纹。

他语气庄严地说："看，这就是昂布瓦斯大钟的钟口。大钟重四万磅，全欧洲独一无二。铸造的工匠在完工之后喜极而亡……"

莱昂说："走吧。"

热心人继续带路，他们又回到了圣母堂。侍卫伸出胳膊，像是准备做总结陈词似的，比地主向人展示自己的果树还要骄傲：

"这块普通的石板底下，埋葬着皮埃尔·德·布雷泽，瓦雷纳和布里萨克的领主、普瓦图大元帅、诺曼底总督，一四六五年七月十六日死于蒙莱里战役。"

莱昂咬着嘴唇，跺着脚。

“右边这位骑马的贵族，全身铁甲，马身直立，就是他的孙子路易·德·布雷泽，布雷瓦尔和蒙绍韦的领主、莫勒弗里耶伯爵、莫尼男爵、御前大臣、功勋骑士，也是诺曼底总督。据碑文记载，他死于一五三一年七月二十三日，星期天。下面雕刻的这个即将下葬的人也是他。能把死人表现得如此逼真，应该再找不出比这更好的雕刻了，对吧？”

包法利夫人举着眼镜。莱昂一动不动地看着她，一言不发，连手势都懒得做一个。他面前这两个人，一个只顾着不停地讲，一个态度如此冷漠，实在令他灰心。

没完没了的向导又接着讲解：

“在他旁边，跪地哭泣的这个女人，就是他的妻子迪亚娜·德·普瓦捷，布雷泽伯爵夫人、瓦朗蒂努瓦公爵夫人，生于一四九九年，死于一五六六年。左边抱着孩子的女人是圣母娘娘。现在到这边来，这是昂布瓦斯家族的坟墓。这两位都做过鲁昂的红衣主教和大主教。那一位做过国王路易十二的大臣。他为我们教堂做过许多好事。他还在遗嘱里给穷人捐赠了三万埃居。”

他一边不停地讲着，一边把他们推进一个堆满了栏杆的小礼拜堂。他挪开几个栏杆，里面有一大块石头，可能是一座雕坏了的石像。

他长叹了一口气说：“这块石头从前装饰过狮心王理查的陵墓，理查是英格兰国王、诺曼底公爵。先生，都是加尔文教徒把它破坏成这个样子。他们居心不良，把它埋到大主教的宝座下面。看，大主教回府走的就是这道门。咱们去看绘制着圣罗曼大主教杀死毒蛇故事的彩画玻璃吧！”

莱昂赶快从衣服口袋里拿出一块银币给了他，然后拉起爱玛的胳膊就走。侍卫莫名其妙，不明白这个外地人为什么提前给赏钱，因为还有好多东西没看呢。于是他喊道："喂！先生。还有钟塔！钟塔……"

莱昂说："谢谢，不看了。"

"先生！钟塔有四百四十尺高，比埃及的大金字塔才低九尺。整个都是铁铸成的……"

莱昂赶快逃之夭夭，因为他觉得他的爱情先是跟石头一样傻傻地在教堂里待了快两个小时，现在又要化为一股烟，从这个像是半截管子，又像是个长方形的鸟笼，还像是个烟囱似的钟塔顶上飘走了。这个难看的东西就那么奇怪地架在教堂上头，也不知道是哪个异想天开的造锅匠的创新之作。

她问道："我们这是去哪里？"

他没有回答，继续快步走着。包法利夫人已经把手指浸泡在圣水缸里了，忽然听到身后传来粗重的喘气声，有规律地间隔着拄杖击地的声音。莱昂转过身。

"先生！"

"什么事？"

他一看还是侍卫，胳膊底下夹着二十来本厚书。他为了不让书掉下来，用肚子顶着。这些都是"关于这家大教堂"的著作。

莱昂赶紧冲出教堂，嘴里嘟囔着："蠢货！"

一个孩子在广场上玩。

"去给我叫一辆马车来！"

小孩子像皮球一样往四面风街跑去。只剩下他们两个人面对面，有些尴尬地待了几分钟。

"啊！莱昂……的确……我不知道……我该不该……"

她先是带着一点媚态，接着又神情严肃地说："这不合适，您明白吗？"

文书反驳道："有什么不合适的？在巴黎都这样！"

这话显得这么无可辩驳，彻底坚定了她的决心。

但是马车老也不来。莱昂怕她又要回到教堂里去。还好马车终于来了。

侍卫站在门口对他们喊道："你们还是从北门出去吧，可以看看那里的《复活》《最后的审判》《天堂》《大卫王》，还有《地狱火焰里的罪人》。"

马车夫问："先生去哪里？"

莱昂把爱玛推上车，说："随便去哪里！"

笨重的马车上路了。

它下了大桥街，穿过艺术广场、拿破仑码头、新桥，最后停在了皮埃尔·高乃依[①]的雕像前。

车里有声音说："继续往前走！"

马车又往前走。从拉法耶特十字路口起都是下坡，马车一路快奔到火车站。

车里的声音说："不要停，一直走！"

马车出了栅栏门，不久就走上了林荫大道，在高大的榆树中慢步小跑着。马车夫擦擦额头，把皮帽子放在两腿中间，把马车赶到道路外面，往河边的草地走去。

马车走在河边碎石铺成的纤道上，往瓦塞尔的方向走了很久，一直走过了河心的小岛。

忽然，车子开始加速，跑过了四水塘、索特维尔、大堤、埃尔伯夫街，在植物园前停下了。

车里的声音生气地喊道："走呀！"

---

① 皮埃尔·高乃依（1606—1684），法国杰出的古典主义悲剧作家，出生在鲁昂。

马车立刻继续往前走，走过了圣塞韦尔、居朗迪耶码头、磨石码头，过桥，穿过练兵场，经过救济院的花园后面。花园里有些穿着黑色上衣的老人，沿着长满绿色常春藤的露台，在太阳下散步。车接着走上布弗勒伊马路、科舒瓦斯大道、里布代坡，一直走到德维尔岭。

马车又往回走，既没有目的地，也没有一定的方向，就这么信步乱转。马车走过圣波尔、莱居尔、加冈坡、红水塘、加雅布瓦广场，经过麻风病院街、铜器街、圣罗曼教堂、圣维维安教堂、圣马克卢教堂、圣尼凯斯教堂、海关，又出现在下老塔、三烟斗、纪念公墓。车夫坐在车上，不时向路边的小酒馆投去难过的眼神。他不明白这两个人为什么就要一直这么走下去，不肯停下来。有几次他想停车，身后立刻传来怒吼。于是他使劲抽打着两匹浑身是汗的劣马，不管路面怎么颠簸，任由马车左撞一下，右碰一下。他垂头丧气地驾着车，又渴又累又伤心，简直要哭出来了。

在码头上，在货车和大桶中间，大街上，拐角处，市民们睁大眼睛，诧异地看着。这在外省可不是件寻常事。一辆马车，帘布紧闭，车门关得跟坟墓一样严实，像船一样颠簸着，在城里来来回回地走着。

中午，在田野当中，太阳直射在镀银的旧车灯上，一只手从小黄布帘下伸了出来，往车外丢出一些纸片，纸片随风飘散，像白色的蝴蝶一样落在开着红花的三叶草地里。

将近六点钟，马车停在博瓦辛区的一条小巷里，从车里下来一个戴着面纱的女人，头也不回地走了。

第二章

包法利夫人回到客栈，惊讶地发现驿车已经不在了。伊韦尔等了五十三分钟，见她还不到就走了。

其实，她并不是非得回去不可，不过她答应夏尔会在当天晚上回家的，夏尔会一直等她的。就像很多偷情的女人一样，她觉得自己应该对丈夫温顺，同时感到有些心虚，这也是偷情的惩罚和代价。

她赶紧收拾箱子，结了账，在院子里雇了一辆两轮小马车，一路催赶鼓励着马夫，要他再快点，不停地问几点了，走了多少公里，最后总算在快到坎康普瓦的时候，追上了燕子号。

她在角落里坐下，立马闭上眼睛，直到山坡脚下才又睁开。她远远地就看见费莉西黛站在马掌铺前瞭望。伊韦尔勒住马，厨娘攀着车窗，神秘兮兮地说："太太，您得马上去奥麦先生家。有急事。"

村子和往常一样静悄悄的。街道上堆着一些粉红色的东西，正冒着气。正是做果酱的时节，荣镇人都在同一天开始做果酱。大家都说药房门口的那堆比别家的都大都好，药房酿的当然应该比私人酿的好，公众的需要理应优先于个人的喜好。

她走进药房。大扶手椅翻倒在地上，就连《鲁昂灯塔》也被扔在地上，摊开在两个捣槌之间。她推开过道的门。厨房中央摆着许多装满了红醋栗的棕色坛子，还有砂糖和方糖；桌上放着几架天平；火上架着锅；奥麦一家大小都在，围裙一直系到下巴，手里举着叉子。朱斯坦低头站着，药剂师嚷着："谁让你去杂物间找的？"

"怎么了？出什么事了？"

药剂师答道："什么事？我们在做果酱，已经放火上开始煮了，可是汤太多，怕开锅后会溢出来，我就叫他再去找一口锅来。可是他，有气无力，懒懒散散地，到实验室把从钉子上挂着的杂物间的钥匙拿了下来！"

药剂师口中的杂物间是顶楼的一个小间，里面放满了他的器皿和货品。他经常一个人在里面一待就是好几个小时，贴标签，灌瓶子，重新捆扎货品。这对他来说可不是个简单的仓库，而是一所真正的圣殿。他亲手制作的各种药丸、汤药、洗剂和药水，都是从这里发出去，使他名扬四里八乡。他格外看重这里，谁也不能进去，连打扫都是他亲自动手。总之，如果说面对众人开放的药房是他的面子，是用来炫耀的地方；杂物间则是他的庇护所，可以让他全身心地沉浸在自己的爱好中。因此，朱斯坦的冒失举动，在他看来，简直是大不敬。他的脸气得比红醋栗还红，翻来覆去地说着：

"是的，杂物间的钥匙！里面锁着各种酸，还有腐蚀性的碱！让他取口备用的锅！一口带盖的锅！一口我也许永远用不着的锅！我们制药最讲究了，每个细节都很重要！家用的东西和药用的东西一定要划清界限！见鬼！手术刀能用来杀鸡吗？当法官的能……"

奥麦太太说："消消气吧。"

阿达莉拉住他的衣服叫着："爸爸！爸爸！"

药剂师接着说："走开！走开！真见鬼！我看不如开个杂货铺吧！好吧，就这样吧！什么都不用敬重！摔吧！砸吧！把蚂蟥放走！把蜀葵烧掉！用药瓶腌黄瓜！把绷带撕碎！"

爱玛说："您不是有话要……"

"一会儿再说！——你知道惹出了多大乱子……你没看见左边角落里第三块搁板上的东西吗？说呀，回答我呀，你倒是吭一声呀！"

小伙子结结巴巴地说："我不……知道。"

"啊！你不知道？可是我知道！你看见了一个蓝色的玻璃瓶子，瓶口封着黄蜡，里面装着白色的粉末，我还在瓶上写了'危险'！你知道里面是什么吗？砒霜！谁叫你去碰的！只叫你去拿旁边的那口锅呀！"

奥麦太太合起双手，嚷道："旁边？砒霜？你是要把我们通通毒死吗！"

孩子们都哭叫起来，就好像他们已经开始肚子痛得要命似的。

药剂师接着说："难道你要毒死病人？难道你想我上重罪法庭，站在罪犯席上？想我被拉出去砍头？难道你没有看见我哪怕是再熟悉不过的操作都是小心翼翼的？想到自己的责任，我时常会感觉胆战心惊！因为政府迫害我们，还有这荒唐的法律，就像一把达摩克利斯之剑悬挂在我们头上！"

爱玛已经不想问他为什么叫她来了，药剂师气喘吁吁地又说道：

"我对你的好，你就这样感谢吗？我像父亲一样照顾你，你就这样报答我？没有我，你现在会在什么地方？会变成什么样子？谁给你吃的、穿的，让你受教育，给你提供各种条件，好让你将来能在社会上堂堂正正地立足？但是你要想出息就得出力流汗，手上长茧。不管做哪一行，都是熟能生巧。[1]”

他气得竟然说起了拉丁文谚语。假如他懂汉语或者格陵兰语的话，恐怕也会引用这两种语言的。因为他正在气头上，会把心底隐藏的一切全都倾泻出来，毫无保留，就像暴风雨中的海洋，不但露出了岸边的水藻，就连海底的沙子也翻卷出来。

他又接着说道：“我真后悔不该管你！我就该让你还待在你出生的那个烂泥坑里接着过你的苦日子！你也就能放放牛羊！你哪里有一点搞科学的天分！连标签都贴不好！你在我家里，好吃好喝，养尊处优，简直跟神甫一样逍遥！”

爱玛转身问奥麦太太：“有人叫我来……”

奥麦太太露出难过的神情，打断了她的话：“啊！我的上帝！叫我怎么跟您说呢……出了件不幸的事！”

她还没有说完，药剂师又咆哮起来：“倒掉！洗干净！放回去！快点！”

他抓住朱斯坦工作服的衣领，使劲摇晃着，一本书从口袋里掉了出来。

小伙子弯腰去捡。但是奥麦抢先一步，捡了起来。他盯着书，瞪着眼，张着嘴。

“《夫——妻——之——爱》！”他一个字一个字地慢慢读着，“啊！很好！很好！真漂亮！还有图……啊！太不像话了！”

奥麦太太走过来。

“不，别碰！”

孩子们想看看里面的图画。

---

① 原文为拉丁语：fabricando fit faber age quod agis。

他气势汹汹地嚷道:“出去!”

他们就出去了。

他先是大步地走来走去，手指夹着打开的书，眼睛乱转，胸口胀鼓鼓的，呼吸困难，像是中风了似的。然后，他径直走到学徒面前，叉着胳膊说:

“你还真是什么恶习都沾呢，小坏蛋……当心，你现在在悬崖的边上!你难道没有想想，这本淫书要是落到我的孩子手里，会腐化他们的头脑，玷污阿达莉的纯洁，让拿破仑堕落!拿破仑已经长大了。你肯定他们没有看到这本书吗?你能跟我保证吗……”

爱玛问道:“不过，先生，您到底有没有话跟我说?”

“有的，夫人……您的公公死了!”

的确，老包法利先生饭后突然中风，前天过世了。夏尔担心爱玛感情脆弱，就请求奥麦先生把这个可怕的消息婉转地告诉她。

奥麦反复考虑过该怎么传达这个消息，他精心考虑过语句、文风和节奏，他想将它表述成一篇谨慎、委婉、措辞精准细腻的杰作;但是愤怒令他彻底抛弃了修辞。

爱玛明白在这里是了解不到任何详细情况的，就离开了药房;因为奥麦先生又开始训斥起来了。不过他这会儿已经平静下来了，一边用他的希腊小帽扇着风，一边用慈父的口吻小声唠叨着:

“我也不是完全反对你看这本书!这书是个医生写的。里面还是有些科学方面的东西，了解一下也没有坏处;而且我敢说，也的确应该了解。不过，不是现在，得再过些时候!起码得等到你自己长大成人，性格稳定了再说!”

夏尔在等爱玛，一听见门环响，就走上前去，张开双臂，两眼含泪，对她说："啊！我亲爱的朋友……"

他慢慢地低下头吻她。但一碰到他的嘴唇，她就想起了另外一个男人。她战栗了一下，一只手放到了脸上。

她回答道："是的，我知道了……我知道了……"

他给她看母亲的信，信里讲述了事情的经过，并没有假惺惺地故作悲痛。老包法利先生和几个老战友在杜德镇的一家咖啡馆举行了一次爱国聚餐，刚走出咖啡馆，就倒在街上死了。她只是惋惜他临死也没能得到拯救。

爱玛把信还给他。晚餐的时候，她出于人情世故，装作吃不下去。但是他一定要她吃，她就果断地吃了起来。可是夏尔却一动不动地坐在她对面，看上去非常消沉。

他不时抬起头，眼里满是悲伤，久久地看着她。

他叹了口气，说道："我真想再见他一面！"

她没有作声。最后，她明白了自己应该说点什么，就问道："你父亲多大年纪了？"

"五十八岁！"

"啊！"

她又没话了。

一刻钟之后，他又说道："我可怜的母亲……她现在可怎么办？"

她做了个表示不知道的手势。看到她不说话，夏尔以为她在伤心，就强迫自己也不再说，以免加重她的痛苦。于是，他抛开自己的痛苦，问道："你昨天玩得好吗？"

"好。"

桌布撤掉了，包法利没有离开餐桌，爱玛也没有。她越看他，就越觉得这场面单调乏味，心中的怜悯之情也就越少。她觉得他软弱、没用，总之，就是个可怜虫。怎么才能摆脱他呢？这个晚上可真是漫长！她感觉昏昏沉沉，就像吸了鸦片似的。

门厅传来木棍拄在地板上的声音。是伊波利特送太太的行李来了。

他吃力地用他的假腿在地上画了四分之一个圆圈，把行李放下了。

她看着可怜的人厚厚的红头发汗如雨下，心想："他竟已经忘记那事了！"

包法利从钱包里头摸出零钱，这个人的出现似乎并没有让他为自己的极端愚蠢感到自责和耻辱。

他看到壁炉上莱昂送的紫罗兰，说道："啊！这束花真好看！"

她若无其事地答道："是啊，这是我刚刚……从一个女乞丐那里买的。"

夏尔拿起紫罗兰，将哭红的眼睛贴上去，小心翼翼地闻着。她赶紧把花抢了过来，放到了一个水杯里。

第二天，老包法利太太到了。她和儿子一道哭了很久。爱玛借口有事吩咐佣人，走开了。

又过了一天，他们得一起商量丧事了。婆媳俩带上了针线盒，三个人一起坐在水边的凉棚底下。

夏尔想念他的父亲，他惊讶自己对父亲竟然有这样深厚的感情，他一直以为自己并不怎么爱这个男人的。老包法利太太也在想念她的丈夫。从前的那些糟糕透顶的日子，现在想来却觉得值得留恋。长年累月的相伴，已经成为一种习惯，往日的怨恨都已烟消云散，如今只剩下了怀念。她不时走上一针，大滴的眼泪顺着鼻梁流下来，停在了脸上。

爱玛却在思念莱昂，不到四十八小时以前，她和莱昂待在一起，远离世人，沉醉在爱情中，四目对视，怎么都看不够。她努力回想已经逝去的这一天里的种种细枝末节。可是婆婆和丈夫的在场令她无法全身心地回味自己的爱情。她本想什么都不去听，什么都不去看，但还是抵挡不住对外界的感觉。

她在拆一件袍子的衬里，周围落满了碎线和布头。老包法利太太一直低着头剪东西。夏尔脚上穿着一双布条编织的拖鞋，身上穿着一件棕色的旧外套当居家服，两手插在兜里，也不说话。不远处的贝尔特系了一条白色的小围裙，手拿一把小铲子，刮着小径上的沙子。

他们忽然看见布商勒赫先生从栅栏门走了进来。

他们遭遇这种“变故”，他自愿效劳来了。爱玛回答说不需要。商人并不就此罢休。

他说：“万分抱歉，我想和您单独谈谈。”

然后他放低声音说：“是有关那件事的……您知道吗？”

夏尔的脸一直红到了耳朵根：“啊！是的……知道。”

他心慌意乱，转身对妻子说：“亲爱的，你能不能……”

她好像明白了他的意思，站起身来。夏尔又对母亲说：“没什么！不过是家里的一些琐事。”

他不想让她知道借据的事，怕她责备他。

一见只有他们两个人了，勒赫先生先是直截了当地祝贺爱玛可以继承遗产，然后又说了些不相干的事，墙边的果树，今年的收成，还有他自己的健康，总是“马马虎虎”“好一阵，坏一阵”。不管别人怎么说，事实上，他这么做牛做马，连抹面包的黄油钱都挣不上！

爱玛由着他说。她这两天正闷得要死！

他继续说："您完全康复了吗？我可是眼见您可怜的丈夫当时有多着急！他是个好人，虽然我们之间有过一点纠纷。"

她问什么纠纷，因为夏尔并没有告诉她有关她订购的那些货物的事情。

勒赫说："您知道的呀！就是您一时起意定的那些旅行箱呀！"

他把帽檐压在眼睛上，两手放在背后，面带微笑，吹着口哨。他看着她，神情令人难以忍受。难道他在怀疑什么？她不禁胡思乱想，陷入了各种各样的担心之中。但是，最后，他又说道："我们之间的问题已经解决了。我来是另有事和他商量。"

他指的是延长包法利的借据。延期之后，包法利先生就可以不再为此烦心，安心处理自己的事情了，尤其是他现在有这么多麻烦事要处理！

"其实，他最好把这方面的事委托给一个人，比如说您；如果他让您代理，那就会方便得很，我们之间也好有一些小的业务往来……"

她不懂他的意思。他也没有说下去。然后，勒赫又把话题转到他的生意上，他说夫人怎能不在他这里买点东西呢。他回头会给她送一块十二米的黑纱过来，可以做件长裙。

"您身上这件在家里穿很好，但要是出门做客的话就得换一件了。我一进门就注意到了。我第一眼就瞧出来了。"

他没有派人送布料过来，而是自己亲自拿来了。后来他又来了一次，说是量尺码，再后来又找别的借口来了几次，每次都竭力做出亲切热心的样子，用奥麦的话来说，就是一副俯首听命的样子，但是总要对爱玛说上几句委托书的事。他没有说起借据。

她也没想起这事。在她刚开始康复的时候，夏尔曾对她说过几句，但是她的大脑经历过这么多波折，早已经忘记了。另外，她自己也刻意不去谈钱财方面的事。老包法利太太觉得很惊讶，还以为她性情的转变是由于病中信教的缘故。

但是老太太一走，爱玛立刻表现出了头脑实际的一面，令包法利惊叹不已。她说应该要理清状况，核实抵押的财产，看看是否要拍卖或者清算。

她随口引用各种专业术语，说着“顺序”“未来”“远见”等宏大的词语，还不断夸大继承需要处理的问题。甚至有一天，她拿出了一张委托书的样本，上面写着：“经营管理一切事务，处理一切借贷，代签一切票据，代付一切款项，等等。”这些都是勒赫教她的。

夏尔天真地问她，这样本是从哪儿弄来的。

“吉约曼先生那里。”

她又非常冷静地加了一句：“我不太信任他。这些公证人的名声太坏！也许应该咨询咨询……我们只认识……唉！什么人也不认识。”

夏尔想了一下，回答说：“除非莱昂……”

但是写信很难说清楚。于是她说自己可以去一趟。夏尔说不用她去。她坚持要去。两人抢着要体贴对方。最后，她故作淘气地喊道：“不，求求你了，让我去吧。”

他吻着她的额头说：“你真好！”

第二天，她就坐燕子号去鲁昂请教莱昂先生。她在那里待了三天。

第三章

这三天充实、甜蜜、灿烂，简直是蜜月。

他们住在靠码头的布洛涅旅馆。白天，他们待在房间里，门窗紧闭，地上撒着鲜花，早上有人给他们送来加冰的饮料。

傍晚时分，他们坐上一艘遮盖严密的小船，去一个小岛上吃晚餐。

造船厂里传出工人用木材敲打船身的响声。熬柏油的黑烟从树木间升起。水面浮着大滴的油渍，在紫红色的阳光下荡漾着，好像佛罗伦萨的古铜勋章。

他们从停泊的船只中间穿行，小船的上部轻轻擦过斜挂下来的长长的缆绳。

他们不知不觉就远离了城市的喧嚣、车辙的滚动声、喧闹的人声、甲板上的犬吠。她解下帽子，他们登上了小岛。

他们坐在一家小酒馆低矮的餐厅里。酒馆门口挂着黑色的渔网。他们吃着煎胡瓜鱼、奶油、樱桃。他们躺在草地上。他们躲到白杨树下互相拥抱。他们希望变成鲁滨逊，永远生活在这个小地方。他们感到无比幸福，觉得这里是尘世间最美好的乐土。他们并不是第一次看到树木、蓝天、绿草，也不是第一次听到河水潺潺流淌，树叶在微风中窸窣。但是他们以前从没有如此欣赏过这一切，仿佛大自然以前并不存在，或者只有在他们的欲望得到满足之后，大自然才开始变得美丽似的。

到了夜里，他们才动身回去。小船绕着河心诸岛行驶。他们待在船舱里头的阴影中，沉默无语。方桨撞击着铁质的桨架，仿佛节拍器在寂静中敲打着；船尾的舵搅动着河水，发出轻柔的哗哗声。

有一次，月亮出来了。于是他们就搜索一些浪漫语句，形容这充满诗意的忧郁月色。她甚至还唱起歌来：

还记得那晚吗？你我泛舟水上……

她柔和的歌声随风飘散在水波上，好似鸟儿拍打着翅膀从莱昂身边掠过。

她坐在他对面，背靠着小艇的板壁，窗板打开着，月光照进船里。她黑色长裙的褶皱像扇子一样摊开，把她的身材衬得更加苗条修长。她合着双手，仰望着天空。有时，她整个人都笼罩在柳树的阴影里，然后，又突然在月光下显现，恍如仙子显灵。

莱昂坐在地上，一伸手在她身边捡到了一条深红色的丝带。

船夫仔细看过之后说：

“啊！这好像是那天坐我船的那伙人的。他们可真会玩，有男有女，带着蛋糕、香槟酒，还有短号，各种各样的东西！有一个高个儿，留着小胡子，相貌英俊，特别会逗乐！他们对他说：‘来吧，给我们讲点什么吧……阿道夫……多道夫……’好像是叫这个名字。”

她颤抖了一下。

莱昂凑到她身边，问：“你不舒服吗？”

“哦！没什么。可能是夜里凉吧。”

老船夫继续夸赞他的主顾，慢悠悠地说：“他应该是不缺女人的。”

然后，他往掌心吐了口唾沫，接着划起桨来。

最后总得分别！离别真是难分难舍。

她让他把信寄到罗莱大嫂那里；她仔细叮嘱他要在信外面套两个信封。她在偷情方面竟有如此谋略，着实令他拜服。

她最后一次吻他，说道：“总之，你确信一切都没问题？”

“当然没有！”

随后他独自回家，在街上边走边寻思：她为什么这么在意这份委托书？

第四章

很快，莱昂在朋友们面前摆出了一副高人一等的姿态，不愿与他们为伍，对事务所的业务也完全不上心。

他等她的信，信一来他就一遍又一遍地读她的信，给她回信。他完全沉浸在对她的欲望和回忆当中。离别不仅没有冲淡他的思念，反而令他越来越想再度见她。一个星期六的早上，他偷偷离开了事务所。

他站在坡顶，看到山谷里教堂的钟楼和楼顶随风转动的旗帜，感觉既高兴又得意，就像百万富翁衣锦还乡一样。

他绕着她的房子溜达。厨房里有盏灯亮着，他期待她的身影出现在窗帘后面。但是什么也没有出现。

勒弗朗索瓦大妈一看见他，就大喊大嚷，说他“高了，瘦了”，而阿黛米丝却说他“壮了，黑了”。

他还像以前一样，在小餐厅吃晚饭，但是却是一个人，少了税务员的陪伴。因为比内不愿意等燕子号回来才开饭，就把他的晚餐提前了一小时，现在都是五点整过来吃晚饭，来了还老说那破车又晚点了。

莱昂终于下定决心，他去敲了医生家的门。夫人在卧室里，要一刻钟后下来。医生见到他显得很高兴；但他整个晚上都待在家里，第二天也没有出门。

第二天晚上很晚的时候，莱昂才有机会和她单独见面，在花园后面的小巷里——和另一个男人一样！天下着雨，电闪雷鸣，他们在伞下面说话。

他们难舍难分。

爱玛说："真不如死了算了！"她一边哭，一边缠在他怀里。

"再见……再见……我什么时候才能再见到你？"

他们分开了又返回来再度拥抱。她答应他，她一定会想出办法，让他们能长期自由地相会，至少每星期见一次。对此爱玛毫不怀疑。她甚至是满怀希望。因为她很快就会有钱了。

她给卧室买了一对宽条纹的黄色窗帘，勒赫先生一直向她吹嘘，东西价廉物美。她还想要一块地毯，勒赫说："这不是什么难事。"他殷勤地答应帮她代购。她的生活再也少不了他的服务。她一天要派人找他二十回，而他总是立刻放下手头的事，没有一句怨言。更让大家想不明白的是，为什么罗莱大嫂每天来她家里吃午饭，还经常和她单独会面。

就在这一期间，也就是刚入冬的时候，她好像迷上了音乐。

一天晚上，夏尔听她弹琴。同一段乐谱，她一连弹了四遍，越弹越生气。夏尔却没听出什么分别。他喊道："太棒了……非常好……别停下！弹下去呀！"

"不行！太糟糕了！我的手指都生锈了。"

第二天，他央求她再弹点什么。

"好吧，既然你喜欢！"

夏尔承认她的琴技确实有些生疏了。她弹错音符，乱敲琴键，后来干脆就停下不弹了。

"啊！我完了！应该上点课的，不过……"

她咬咬嘴唇，又说：“一堂课要二十法郎，太贵了！”

“是，的确……有点贵……”夏尔傻笑着说，“不过，我看，可能花不了那么多钱，因为有些没有名气的艺术家反而比名气大的艺术家水平更高。”

爱玛说：“你去找吧。”

第二天，他到回家，神色诡谲地瞧着她，最后还是忍不住说出来了：

“你有时候还真是一根筋！我今天去了巴弗谢尔。然后，利埃雅尔太太告诉我，她家的三位小姐都在修道院学琴，一堂课只要五十苏，还是一个很有名的女老师教呢！”

她耸耸肩膀，从此再也没有碰过她的琴。

但是每当她走过钢琴旁边，只要夏尔也在，她就会叹口气说：“唉！我可怜的钢琴！”

有人来看她的时候，她总会告诉人家由于某些缘故，她不得不放弃音乐，不再弹琴了。于是大家都同情她。真是可惜了她的天分！有人甚至为此当面怪罪包法利，尤其是药剂师：

“您做得可不对！一个人有天分绝不该荒废！而且，我的好朋友，您想想看，让你太太学琴，不是还可以省了以后孩子在音乐方面的学费吗？我呢，我觉得母亲应该亲自教育子女。这是卢梭的观点，现在也许还太新潮，不过我敢说，迟早会被大家接受的，就像母亲喂奶和接种牛痘一样。”

于是夏尔又再次提起学钢琴的事。爱玛却尖酸地说反话：还不如把琴卖掉呢！这架可怜的钢琴，曾经带给她那么大的满足！现在卖掉它，包法利觉得，那不是跟割下她的一块肉似的！

他说：“要是你想学的话……偶尔上一堂课，也不会太费钱。”

她反驳道：“可是上课就得连续上才有用。”

她这样费尽心机，终于得到了丈夫的许可，可以每星期进一次城，去会她的情人。但是一个月后，人家居然认为，她的钢琴弹得大有进步！

第五章

星期四是她进城的日子。她起床后，悄悄穿好衣服，怕吵醒夏尔，说她不必这么早就起。

梳洗打扮之后，她在屋里走来走去，或者站到窗前朝广场张望。曙光在菜市场的柱子间流转；药房的窗板还没打开，灰白的曙色中，招牌上的大写字母隐约可见。

座钟的针指向了七点一刻。她赶往金狮，阿黛米丝打着呵欠给她开门。女佣人把灰烬里的木炭拨出来好让夫人烤火。爱玛一个人待在厨房里。她不时走出去看一眼。伊韦尔不紧不慢地套着车。勒弗朗索瓦大妈戴着棉布睡帽，从窗口探出脑袋，交代了一大堆事情。伊韦尔一边套车一边听着，要是换个人怕早听得不耐烦了。爱玛站在院子里，用靴子后跟敲打着地上的石板。

伊韦尔吃过早饭，披上大衣，点上烟斗，拿起马鞭，悠然地坐到马车夫的位子上。

燕子号小跑着出发了。前四分之三古里走得断断续续，老得停下来载客，因为有些旅客在大路边上或者在自家院子前等着上车。有的人在头一天已经约好了，却迟迟不出现，车只得等着。有几个人甚至还赖在床上。伊韦尔先是叫，然后喊，接着干脆骂上了，最后还是不得不从车上下来，使劲拍门。冷风从车窗的裂缝吹进来。

四条长凳终于坐满。马车一路行驶，苹果树一棵接一棵地往后退；大路两旁的沟里装满了黄色的泥水；放眼望去，前方的大路仿佛越来越窄，一直延伸至天际。

爱玛对这条路再熟悉不过了。她知道过了一片牧场，会有一根路桩，然后是一棵榆树，一个谷仓，或者是一个养路工人的窝棚。有时，她故意闭上眼睛，希望睁眼时能有一点新鲜感。但是她总是非常清楚还有多少路要走。

终于，砖房近在眼前，车轮在地面轧出了响声，燕子号穿过一片花园，透过栅栏能看到花园里的雕像、葡萄架、修剪过的紫杉，还有秋千架。然后，眨眼间，城市出现了。

城市像一个圆形剧场一样，地势逐渐变低，完全淹没在浓雾之中。过了桥之后，市区变大了，乱糟糟的。再过去是单调的原野，一路向上延伸，直至灰白色的苍茫天边。从高处向下望去，整个景色一动不动，静止得好像一幅图画。停泊的船只成堆地挤在一个角落里；绿色的丘陵脚下，河水蜿蜒流过；椭圆形的小岛就像黑色的大鱼停在水面。工厂的烟囱喷出大团褐色的浓烟，随风飘散。铸造厂发出轰隆声，矗立在薄雾中的教堂钟楼传来清脆的钟声。马路两旁的树木叶子已经掉光了，像紫色的荆棘一样点缀在房屋之间。高高低低的屋顶刚被雨水冲刷过，反射出参差不齐的光线。有时，云雾被风吹向圣·卡特琳岭的悬崖峭壁，像无声的波浪触上了暗礁，立刻泡沫四溅，烟消云散了。

聚集的人群令她感到头晕目眩，心潮澎湃，仿佛住在这里的十二万人，心一跳动，就会使她感到热情洋溢的热气。她的爱情也随着空间的扩大和喧嚣的增强而高涨起来。于是她将自己心中的爱情倾洒向这一切，广场、林荫道、大街小巷。这座诺曼底的古城展现在她眼前，仿佛是一座巨大的都城，一座巴比伦王国。她将双手靠在车窗上，吸着外面的微风。三匹马急速奔驰，车轮轧得泥里的石头嘎吱响，车身左右摇晃。看到路上的小货车，伊韦尔老远就开始喊上了，叫它们让路。在吉约姆森林别墅过夜的有钱人，坐着自家的小马车，悠闲地下着坡。

驿车在栅栏前停住了；爱玛脱下了木底鞋，换了一副手套，披好肩巾；没等燕子号再往前走二十步，她就下车了。

城市正从睡梦中醒来。一些头戴希腊小帽的店伙计正在擦着橱窗，在街角处，一些妇女提着篮子，不时发出一声吆喝。爱玛眼睛看着地面，贴着墙走着，黑面纱下的面孔露出开心的微笑。

她怕人看见，一般都不走最近的路，而是在阴暗的小巷道中穿行。她走得浑身是汗，来到了国民街街口的喷泉旁边。这一片地区布满了戏院、咖啡馆和妓院。不时有大车从她身边走过，运着舞台布景，一路晃晃荡荡。系着围裙的伙计往绿色矮树丛中间的石板路上撒着沙子。还能闻到苦艾酒、雪茄和牡蛎的气味。

她转过一条街，看到一个男人，鬈发从帽檐下边露出来。正是莱昂。莱昂继续沿着人行道往前走。她跟着他，一直走到旅馆。他上了楼，打开房门，走了进去……二人紧紧拥抱在一起！

吻过之后，就是滔滔不绝的交谈。他们互相倾诉一星期以来的相思、期盼、等信的焦急；但是此刻，这一切都已过去，他们面对面看着彼此，心满意足地笑着，亲热地唤着彼此的名字。

一张桃花心木的船形大床，红色的窗幔从天花板上垂落下来，包裹着喇叭口形的床头。她出于羞怯，将裸露的胳膊拢在胸前，双手捂住脸，棕色的头发和雪白的肌肤映衬在深红色的床幔下，美艳不可方物。

房间里温暖如春，厚厚的地毯具有很好的隔音效果，装饰轻佻，光线非常柔和，一切似乎都是专为情人私会而设。阳光射进来时，壁炉栏杆上的箭头，圆铜花饰和大铜球，都会闪闪发光。壁炉上两个烛台之间摆着两个玫瑰色的大海螺，俯身倾耳一听，还可以听到海浪的澎湃声。

他们多么喜爱这个充满快乐的房间，虽然它的陈设已经不再那么光鲜！家具总是原封不动地待在老地方，就连她上个星期四忘记带走的头发夹子，也总是能在座钟下面找到。他们在壁炉前的一张红木小圆桌上吃饭。爱玛把肉切好，一片一片地放在他的盘子里，风情无限。当香槟沫从酒杯里溢出来，流到她的戒指上时，她就会发出放荡的笑声。他们完全沉浸在这种彼此拥有的感觉之中，觉得这里就是他们俩人的家，他们可以在这里生活到终老，永远恩爱。他们说着“我们的房间”“我们的地毯”“我们的扶手椅”。她一时兴起想要一双拖鞋，莱昂就送给她一双粉红色缎面有天鹅绒镶边的拖鞋，她把它叫作“我的拖鞋”。她坐在他的膝盖上，赤着的双脚够不着地面，悬在空中，脚趾尖钩着她小巧的拖鞋。

他第一次品味到女性妙不可言的美好雅致。以前他从来没有领略过这样优雅的语言，这样低调而又考究的装束，这种种睡鸽般的可爱姿态。他欣赏她狂热的心灵和裙子的花边。再说，难道她不是一朵“倾城的名花”、一个有夫之妇吗？总之，她是一个名副其实的情妇！

她性情多变，有时神秘，有时活泼，有时絮叨，有时沉默，有时生气，有时懒散，不管怎样，都会激起他无限的欲望，唤醒他的本能或者回忆。她是所有小说里的恋人，所有戏剧中的女主角，所有诗歌中的那个“她”。在他眼中，她有着浴女的琥珀色肩膀，有着封建女堡主的细长腰肢，还有巴塞罗那女人的苍白面孔。总而言之，她是个天使！

他凝望她的时候，经常觉得灵魂从身体离开，向她悠悠飞去，像波浪一样顺着她脑袋往下流，最终流进了她白皙的胸脯里。

他坐在她对面的地上，将胳膊肘放在她的膝头，仰起脸，微笑着端详她。

她俯向他，完全陶醉在爱情当中，喃喃低语："哦！不要动！不要说话！看着我！你的眼睛如此温柔，这种感觉真好！"

她叫他"孩子"："孩子，你爱我吗？"

她没有听到他的回答，因为他的嘴唇已经急不可耐地贴在了她的嘴上。

座钟上有一个小丘比特铜像，环着胳膊举着一个镀金的花环，神情非常娇憨。他们经常被它逗乐。但是等到要分别的时候，他们看什么都会觉得肃穆。

他们面对面站着，一动不动，一遍又一遍地说着："下星期四见……下星期四见……"

她突然用双手抱住他的头，迅速地吻一下他的额头，喊一声"再见"，冲下楼梯。

她走到戏剧街，进一家理发店整理发型。天黑了，店铺里点起了煤气灯。

剧院响起了铃声，演员们该上台了。她看见对面一些脸色白皙的男子和一些妆容暗淡的女子，从剧院后台的门走了进去。

理发店又小又矮，里面很热，炉火噼啪响着，到处都是假发和发蜡。她套着理发用的罩衫，闻着烙铁的气味，还有给她梳头的那一双油手，很快就昏昏沉沉，小睡了一会儿。伙计给她梳理发型的时候，经常会向她推销化装舞会的门票。

他坐在她对面的地上，将胳膊肘放在她的膝头，仰起脸，微笑着端详她。

她走出理发店，再次穿行于大街小巷之间，最后到红十字旅馆前上车。她取出早上藏在长凳底下的木底套鞋穿上，上车坐到自己的位置上，周围挤满了急不可耐的旅客。有些人在山岭脚下就下车。车里只剩下她一个人。

车一拐弯，就能看到城里亮起来了越来越多的灯，房屋笼罩在一片亮光之中。爱玛跪在软垫子上，眼神迷离地望着万家灯火。她啜泣着，念着莱昂的名字，说着情话，送着飞吻。一切都消散在风中。

山坡上有一个可怜的流浪汉，拄着一根拐棍，在驿车之间穿来穿去。他肩头披着一堆破布，头上戴着一顶没有顶的海狸皮帽。帽子像个脸盆，遮住了他的脸。当他摘掉帽子的时候，就能看到他可怕的脸：没有眼皮，只有两个血红的眼眶；眼睛周围皮开肉绽；脓液一直流到鼻子上，凝结成绿色的脓痂；黑色的鼻孔呼吸起来忽闪得厉害，跟抽搐似的。他对人说话时，总是仰着头，脸上带着傻笑，淡蓝色的眼珠一直往两边的太阳穴方向转，一直转到脓疮的边缘。

他跟在马车后面，嘴里唱着一支小曲：

晴空朗朗，日头火热，小姑娘想有个情哥哥。

接下来的歌词里有小鸟、太阳、树荫等。

有时，他突然就出现在爱玛身后，没有戴帽。她尖叫一声，赶紧往后缩。伊韦尔寻他开心，让他在圣·罗曼集市租个棚子摆摊，或者笑着问他的相好近来可好。

时常，马车正走着，就见他的帽子突然从车窗伸进来，他用一只胳膊死死攀住脚踏板不放，身上沾满了车轮溅起的泥泞。他的声音起初听上去很虚弱，像是婴儿的啼哭，然后越来越尖锐。哀号声在夜色里绵延，也不知究竟是出于怎样的痛苦。在马车铃铛声、树木窸窣声和空车厢的轰隆声当中，这哀号仿佛来自远方，却又不绝于耳，令爱玛心神不宁。它像直下深渊的旋风一样钻入了她灵魂深处，把她卷进了无边无际的忧伤当中。不过伊韦尔发现马车一侧变重了，就使劲挥马鞭打向瞎子。鞭梢抽到他的脓疮，他发出一声号叫，摔倒在泥泞里。

燕子号的乘客终于睡着了。有的人张着嘴；有的人低着头，靠着邻座的肩膀，或是将胳膊套进座位上的皮带里，身体跟着车厢左右摇晃。车厢外的车灯也摇晃着，光线在马屁股上摇曳，穿过巧克力色的布帘，在沉睡的乘客身上投下一片血红色的阴影。爱玛沉浸在悲伤之中，打着寒噤，感觉脚越来越冷，心也好似死了一般。

夏尔在家里等她。燕子号星期四总会晚点。夫人终于回来了！她勉强亲了一下女儿。晚餐还没做好，没关系！她原谅了厨娘。现在家里似乎一切都随女佣人的便。

丈夫经常会发觉她脸色苍白，便问她是不是不舒服。

爱玛说："没有。"

他又问："那你今天晚上怎么有点古怪？"

"唉！没事！没事！"

有时候，她一到家就去楼上卧室。朱斯坦在楼上，静静地走来走去侍候她，比贵妇的贴身女侍还要周到。他把火柴、烛台和书摆好，拿出她的睡衣，给她打开被子。

她说："好，行了，你走吧！"

因为他还站在那里，垂着两手，睁着两眼，仿佛突然陷入了什么白日梦之中，动弹不得似的。

第二天真是难熬；后面几天的日子越来越难以忍受，因为爱玛急不可耐地要重拾她的幸福。她一遍遍地重温幽会的那些画面，欲念与日俱增，终于到了第七天，在莱昂的爱抚之中尽情释放。莱昂的热情表现是因为对她的惊叹和感激。对于这份爱情，爱玛既全心投入又小心维系，展现出各种温存体贴，唯恐有朝一日会失去。

她常常用忧郁的声音，温柔地对他说："啊！你会离开我的……你会结婚的……你会和别的男人一样的。"

他问："哪些男人？"

她说："所有男人啊。"

然后，她忧伤地推开他，又说："你们男人都不是好东西！"

一天，他们在谈论人生哲学的时候，说起尘世间的种种幻灭。她或许是要试试他的嫉妒心，或许是太需要倾诉，就对他说起在他之前，她曾经爱过一个男人。不过她很快又加上一句："跟爱你不一样。"她还拿女儿起誓说什么事都没发生。

年轻人信了她的话，但还是问起了他的职业。

"我的朋友是个船长。"

她这样说既可以避免他再追问下去，同时还抬高了自己，因为一个天性好斗、受人敬仰的男人竟然为她着迷，这岂不说明她魅力无限？

于是文书就自惭形秽了。他渴望拥有肩章、勋章、头衔。这些东西一定很讨她的欢心：从她挥霍的习惯就能看出来。

其实，爱玛有很多不切实际的欲念。比如，她想去鲁昂的时候，能坐着一辆蓝色的双轮轻便马车，由一匹英国马拉着，还有一个穿翻口长靴的马童。她这个想法是朱斯坦引发的，他曾央求爱玛让他做她的贴身侍从。这个幻想的落空虽然不会减少她每次赴约的快乐，但却增加了她回家时的苦涩。

他们时常谈到巴黎，她最后总是要嘟囔一句："啊！要是我们能在那里生活该有多好！"

年轻人抚摸着她的头发，温柔地反问："我们现在不幸福吗？"

她说："对，的确幸福。我在胡说什么呢。吻吻我吧！"

她在丈夫面前也表现得前所未有地可人，为他做开心果冰激凌，晚餐后弹华尔兹舞曲给他听。她丈夫觉得自己是世上最有福气的人，爱玛也过得无忧无虑。

但是一天晚上，他突然问道："给你上课的是不是朗珀勒小姐？"

"是。"

夏尔说："我下午在利埃雅尔太太家里见到她了。我跟她说到你，她竟然说不认识你。"

这简直是晴天霹雳。不过她若无其事地答道："啊！她可能是不记得我的名字了吧？"

医生说："也许在鲁昂教钢琴的朗珀勒小姐有好几个。"

"有可能。"

然后她连忙又说："对了，我有她的收据。你看。"

她走到书桌前，在各个抽屉的各种证件中间没头没脑地一通乱翻，还是没有找到。夏尔劝她不要为这些没用的收据伤脑筋了。

她说："哦！会找到的。"

果然，下星期五，夏尔在黑乎乎的衣帽间里穿靴子的时候，感觉袜子下面有张纸，他拿出来，看见上面写着：

兹收到三个月学费以及各种杂费共计六十五法郎整。

立据人：费莉西·朗珀勒，音乐教师

“见鬼，这东西怎么会跑到我的靴子里面的？”

她说：“可能是从装票据的旧纸盒里掉进去的，那盒子就放在架子边上。”

从那时起，她的生活就沦为一系列的谎言；谎言就像面纱一样，包藏着她的爱情。

撒谎对她而言成了一种需要、嗜好和乐趣，以至于如果她前一天上街是靠路左侧走的，她都非得说自己是靠右侧走的。

一天早上，她刚刚出发。她像往常一样，穿得比较单薄。忽然下起了雪。夏尔在窗前看天，发现布尔尼西安神甫坐在蒂瓦什先生的马车里，准备去鲁昂。于是他赶紧下楼，将一条厚披肩交给神甫，请他到红十字旅馆的时候转交给他太太。神甫一到旅馆就向老板娘打听荣镇的医生夫人住哪间房。老板娘回答说她很少来这里。晚上，神甫在燕子号里碰到包法利夫人，就说起这件令他有些为难的事，但是他似乎并不在意，因为他接着就对她称赞起一位布道师，说他布道时口若悬河，贵妇人们竞相去教堂听。

虽然他没有刨根问底，可是日后要是被别的人撞上就难免问东问西了。于是她觉得以后还是得在红十字旅馆下车，让荣镇的正经人在上下楼梯的时候能够看到她，这样他们就不会起疑心了。

然而有一天，当她挽着莱昂的胳膊，从布洛涅旅馆里走出来的时候，碰上了勒赫先生。她很是害怕，以为他会张扬出去。他没有那么傻。

但是三天之后，他走进她的房间，关上房门，说：“我手头缺钱。”

她说她拿不出钱。勒赫唉声叹气地说起他以往对她的种种好处。

夏尔签的两张借据，到目前为止，爱玛只付了一张。至于另一张，在她的请求之下，勒赫答应给换成两张新的借据，还将还款期限大大宽限了。然后，他又从口袋里掏出一张没有付款的账单，其中有窗帘、地毯、沙发布、好几条裙子，还有各种梳妆用品，加起来一共有两千法郎左右。

她低下头，他又说：“您虽然没有现金，但是您有房产的呀。”

他指出她有一处房产，在巴恩镇的奥马尔附近，是一座破旧房子，压根也没有多少收益。这房子原本属于老包法利先生的一所小田庄，田庄早已被老头卖了。勒赫对这田庄的情况一清二楚，甚至知道它的公顷数和邻居的姓名。

他说：“我要是您，我就卖掉它，还清债务，还能有些结余。”

她说很难找到买主。他说有希望找到。她问他怎样才能卖掉这房子。

他答道：“您不是有委托书吗？”

这话有如一阵清风，令她心旷神怡。

爱玛说：“您把账单留下吧。”

勒赫回答说：“哦！您不必费心！”

下个星期他又来了，吹嘘自己是如何东奔西走，最后总算找到了一个叫朗格卢瓦的人，他觊觎那所房产已经很久了，但是一直不肯透露买价。

她喊道：“什么价都行！”

但是他倒不急，说要等等，试试这个家伙。这笔交易值得跑一趟。既然她不能去，他愿意去跟朗格卢瓦商谈。他回来后说买主愿出四千法郎。

爱玛听到这个消息，非常欣喜。

他又说："老实说，这个价钱不错。"

她立刻收到了一半的款项。当她要清算账单的时候，商人却说："说良心话，看到您一下子花完这么一大笔款子，我真觉得过意不去。"

于是她看着钞票，想到这两千法郎足够支付她无数次的幽会，不禁结结巴巴地问道："怎么回事？什么意思？"

他摆出一副老好人的样子，笑着说："哦！要是你愿意的话，为什么不记账呢？难道我不会替你精打细算么？"

他盯着她，手里拿着两张长纸条，在手指中间滑来滑去。最后，他打开钱包，拿出四张期票，摊在桌上，每张一千法郎。

他说："签个字，这些就都是您的了。"

她生气地叫了起来。

勒赫却厚着脸皮说道："我把余额给您，这对您来说不也方便吗？"

然后他拿起笔，在账单下面写道：收到包法利夫人四千法郎。

"您有什么可担心的呢？六个月之后，您就可以拿到房屋的尾款，而且我会把最后一张期票的日期设在款项付清之后。"

爱玛越算越糊涂，耳朵只听到叮当声，仿佛有金币从袋子里掉了出来，在她身边的地板上滚动。最后，勒赫解释说他有一个朋友叫万萨，在鲁昂开银行，可以给这四张期票贴现，扣掉她实际的欠款之后，会亲自把余额给夫人送来。

但是这位万萨朋友送来的并不是两千法郎，而是一千八百，因为他“照规矩”扣除了二百法郎的佣金和贴现费。接着，他漫不经心地要一张收据。

“您知道的……商业上……有的时候……请写上日期，日期。”

大好前景在爱玛眼前展现，她的各种心愿都可以变为现实了。她谨慎地留出了一千埃居，等到时候用来付清前三张期票；但是第四张偏偏在一个星期四送到了家里，夏尔被弄得惶惶不安，只能耐下心等妻子回来再问清楚。

她之所以没有告诉他期票的事，是不想让他为家里的事烦心；她坐在他的膝盖上，抚摸着他，和声细语，列举了一大堆即使赊账也非买不可的东西。

“而且，你看，这么多东西，并不算贵！”

夏尔想不出什么办法，只好又去找勒赫帮忙。勒赫保证一定能摆平这事，只要先生给他签两张期票，其中一张是七百法郎，三个月内付清。为了还债，夏尔给母亲写了一封充满恳求的家书。母亲没有回信，而是亲自来了。爱玛问夏尔有没有从母亲那里弄到钱。

他答道：“钱倒是有，不过她要看账单。”

第二天天一亮，爱玛就跑到勒赫先生店里，求他另做一份账单，不能超过一千法郎。因为她如果拿出的是那张四千法郎的账单，就等于告诉他们她已经还了三分之二的账，那变卖房子的事儿也就会泄露出来。这交易可是由商人牵头瞒着她家里人做成的。

虽然每样东西都很便宜，老包法利太太还是觉得开销太大。

“地毯不可以少买一条吗？椅套为什么要换新的呢？在我那

个时候，一家只有一张扶手椅，是给老人坐的。至少，在我母亲家里是这样，我跟你说，我母亲可是个正派女人。这世上并不是人人都有钱！再多的家财也经不起流水似地乱花！我要是像你这样娇惯自己，脸都会羞红的！尽管我上了年纪，需要人照顾……看看！这么爱打扮！这么摆阔！竟然用两法郎一米的丝绸做衬里……纱布只要十个苏，甚至八个苏，不是挺好嘛！”

爱玛仰靠在双人沙发上，尽量心平气和地说：“唉！太太，行了！行了……”

老太太继续教训她，说他们最后恐怕是要进济贫院的。这都是包法利的错。还好他已经答应收回那张委托书……

“什么？”

老太太说：“啊！他跟我保证了。”

爱玛打开窗，把夏尔叫了过来。可怜的男人只好承认是在母亲的逼迫下才答应的。

爱玛走了出去，很快又回来了，傲慢地将一张厚纸递给老太太。

老太太说：“我谢谢你。”

接着就把委托书丢到火里去了。

爱玛笑了起来，笑声尖锐刺耳，持续了很久：她神经的毛病又发作了。

夏尔喊道：“啊！我的上帝！唉！你也有错！你一来就跟她闹！”

母亲耸耸肩，说她这都是装出来的。

但是夏尔头一回反抗了母亲，站在了妻子一边，把老包法利太太气得要走。第二天她就走了。她站在门口，夏尔试图挽留她。

她说："不用了，不用了！你爱她胜过爱我，这也不能怪你，这是人之常情。至于别的事，就这样吧！你看着办吧……保重身体……我不会像你说的那样再来跟她闹了。"

夏尔虽然气走了母亲，但是面对爱玛的时候，照样不好过。爱玛毫不掩饰对他的怨恨，怪他不信任自己。他说尽好话，她才答应再次接受他的委托。他甚至亲自陪她去吉约曼先生的事务所，重新签订了一份跟原先一样的委托书。

公证人说："我明白，一个从事科学工作的人哪能被生活琐事牵绊住呢！"

这奉承话令夏尔松了口气，感觉舒服多了，仿佛他这么做不是因为软弱，而是因为另有崇高的使命。

下一个星期四，在旅馆的房间里，和莱昂在一起，她尽情地放纵着自己！她又笑又哭，又唱又跳，又要喝冰饮料，又要香烟抽。他觉得她这样尽管有些过分，但却分外迷人可爱。

他不知道她的内心究竟发生了什么变化，令她越来越急于享受生活。她变得易怒、馋嘴、放荡。她跟他一起走在街上的时候，头昂得高高的，她说她根本不怕被人看到。不过有时候，她突然想到可能会碰到鲁道夫，还是会忍不住战栗；因为虽然他们已经彻底分手了，但她似乎并没有完全从他的影响当中走出来。

一天晚上，她没有回荣镇。夏尔慌得没了主张。小贝尔特没有妈妈不肯睡觉，哭得快喘不过气来。朱斯坦在大路上乱转。奥麦先生也离开了药房。

最后，十一点钟的时候，夏尔再也忍受不了了，就套上马，跳上车，快马加鞭，在凌晨两点左右赶到了红十字旅馆。爱玛不在。他寻思文书也许见到过她，可是文书住在哪儿呢？幸好夏尔记得他老板的地址，就赶过去了。

天刚蒙蒙亮。他看到有一扇门上钉着几块牌子，就去敲门。里面的人隔着门，大声嚷着给他指了路，同时骂骂咧咧，怪他深夜扰人。

文书住的房子没有门铃和门环，也没有门房。夏尔用拳头使劲砸了几下窗板。一个警察走了过来，他吓得走开了。

他自言自语："我真傻，肯定是洛尔莫先生家留她吃晚饭了。"

但是洛尔莫一家已经不住鲁昂了。

"那她可能是留下来照顾迪布勒伊太太了吧。唉！迪布勒伊太太已经死了两个月了……那她去哪儿了呢？"

他想到一个主意。他走进一家咖啡馆，要了一本地址簿，很快找到了朗珀勒小姐的名字，她住在勒内勒皮货店一条街 74 号。

他刚走进街口，就看见爱玛出现在街的另一头；他与其说是拥抱她，不如说是扑到她身上，喊着："昨天谁留你了？"

"我病了。"

"什么病……你住在哪里了……怎么回事……"

她摸了摸额头，回答道："我住在朗珀勒小姐家里了。"

"我就知道！我正准备去呢。"

爱玛说："哦！不用去了，她刚出门。不过，以后，你还是别这样瞎担心了。你看，要是我回家晚一点就会把你急成这个样子，我可就一点自由也没有了。"

这就算是打过招呼，她以后就可以自由离开荣镇了。她也充分利用了这一点。只要她想见莱昂了，她随便找个借口就走。如果他没有在旅馆等她，她就去事务所找他。

头几次很愉快，但是没过多久，他告诉了她实情：他的老板不愿意被人打扰。

她说：“啊！管他呢！走吧。”

于是他又溜出来了。

她希望他穿一身黑，下巴上留一撮尖尖的胡子，就像路易十三的画像那样。她要看他住的地方，看了之后说太差了。他羞愧得脸都红了，可她却并不在意，还劝他买些和她家里一样的窗帘。他说太贵了，她就笑着说：“啊！啊！你还挺看重你那点小钱的！”

每回见面，她都要求莱昂跟她汇报，自从上次幽会之后，他都做了些什么。她要他写诗，为她写诗，写一首献给她的情诗；他才写到第二句，就找不着韵脚了，最后只能从纪念册上抄一首十四行诗。

他这么做，与其说是出于虚荣，不如说是为了讨她的欢心。他从不反驳她的意见；他接受她所有的喜好；与其说她是他的情妇，不如说他成了她的情夫。她会说温柔的情话，她的吻也令他神魂颠倒。她的妖媚令人无法抗拒，却又不着痕迹，这到底是从哪里学来的呢？

第六章

莱昂到荣镇看她的时候，经常在药剂师家吃饭。他觉得出于礼节，他应该回请药剂师。

奥麦先生答道："非常乐意！我也该出去透透气了。老待在这里，身体都朽了。我们去看戏、下馆子、玩个痛快！"

奥麦太太隐约觉得丈夫要做危险的事，有些担惊受怕，温柔地小声说："啊！亲爱的！"

"哎，怎么了？你觉得我一天到晚在药房里闻着各种气味还不够伤身体吗？看！这就是女人：她们嫉妒科学，还反对最正当的娱乐。别管她了，我肯定会去的。说不定哪一天我就去鲁昂了，我们一起花光所有的铜板。"

药剂师从前说话可不这样，现在也学起了巴黎的顽主派头，他觉得这样才显得有品位。他也像他的邻居包法利夫人一样，好奇地向文书打听首都的风俗，甚至还说一些巴黎的俚语，好唬住本地的老板们。他不肯说"集市""时新"这些普通词汇，而是学巴黎人的做派，说着"巴扎""摩登"等；说起巴黎的街道名时，也不肯用法文，非得用英文。

果不其然，一个星期四，爱玛在金狮客栈的厨房里，意外地遇到了奥麦先生。他身披一件旧披风，别人从没见他穿过，这应该算是他的旅行装。他一只手提着一个箱子，另一只手里拿着一个药房的暖脚袋。他没有把他的旅行计划告诉任何人：他怕他的出门会让大家觉得不安。一想到要重游年轻时生活过的地方，他就兴奋不已，一路上都滔滔不绝，说个不停。不等马车停稳，他就急忙跳下车，去找莱昂。不管文书怎么推辞，奥麦先生还是把他拖到了诺曼底咖啡馆。他神气十足地走了进去，没有摘帽子，因为他觉得在公共场所脱帽是很土气的行为。

爱玛等了莱昂三刻钟。最后她跑到事务所去找他。她做着各种猜测，既恨他不在乎自己，又怪自己软弱。就这样，整个下午，爱玛都将额头靠在窗玻璃上胡思乱想。

两点钟了，他们两个还面对面地坐在咖啡馆里。大厅已经空了，火炉的烟道管做成了棕榈树的形状，金色的枝叶一直伸向白色的天花板。在他们附近，隔着玻璃窗，阳光照耀下，一个小喷泉在大理石水池中汩汩流动。水池里种着水田芥和芦笋，三只龙虾懒洋洋地躺在水里，旁边是一堆侧身躺着的鹌鹑。

奥麦兴致很高。菜肴固然可口，但是这奢华的氛围更加令他陶醉。波马尔红酒刺激起他的演讲欲。当朗姆酒煎蛋上桌的时候，他开始就不贞的女人发表高见。这种女人最吸引他的地方就是漂亮。他喜欢看到装扮优雅的女人出现在一间装潢讲究的房子里。至于体形，他并不讨厌高大丰腴的女人。

莱昂无可奈何地盯着挂钟。药剂师还是又吃又喝，谈兴正浓。

他忽然说："您在鲁昂应该很寂寞吧。其实您的情人住得并不远。"

看到莱昂脸红了，他又道："好了，坦率点吧！您不会不承认，您在荣镇……"

年轻人结结巴巴，不知如何应对。

“在包法利夫人家，您难道没有追求……”

“谁？”

“女佣！”

他不是在开玩笑；莱昂的虚荣战胜了谨慎，他大声否认。而且他还说他只喜欢棕色头发的女人。

药剂师说：“我赞同，她们的性欲更旺盛。”

于是他俯过身子，对着他朋友的耳朵，说着性欲旺盛的女人有哪些外部特征。他甚至谈到了人种学，说德国女人含蓄，法国女人放荡，意大利女人热情。

文书问道：“黑种女人呢？”

奥麦说：“这是艺术家的爱好。伙计！两杯咖啡！”

莱昂实在是不耐烦了，终于说道：“我们走吧！”

奥麦说着 yes[①]。但是他在走之前，还非要见一见老板，要当面称赞他几句。

年轻人为了摆脱他，就说有事先走了。

结果奥麦说：“哎！我陪您！”

他陪着莱昂走在大街小巷，一路谈着妻子、孩子、孩子们的前途，还有他的药房。他对莱昂讲药房从前是多么萧条，自己是如何把它改善到如今这种堪称完美的境况。

到了布洛涅旅馆，莱昂突然就丢下奥麦，跑上楼梯，他的情妇正处在慌乱不安之中。

听到药剂师的名字，她怒不可遏。然而他有十足的理由，这不能怪他，她还不知道奥麦先生吗？他怎么会愿意和奥麦待在一起？但是她转过身去；他拉住她，跪在地上，搂着她的腰，可怜

① 英文，意思是“是，好的”。

兮兮地向她求欢。

她站着不动，两眼冒火，死死瞪着他，严肃得有点吓人。然后，泪水模糊了她的双眼，她垂下哭红的眼皮，任由莱昂抓住她的双手放到嘴边亲吻。这时进来一个佣人，说有人找先生。

她问："你还回来吗？"

"回来。"

"什么时候？"

"马上。"

药剂师一见莱昂就说："我看您不太情愿见这个访客，就想出了这么一招帮您脱身。咱们去布里杜那儿喝一杯吧。"

莱昂说他必须得回事务所。但是药剂师却拿公文、诉讼程序开起了玩笑。

"让屈雅斯[①]和巴尔托罗[②]见鬼去吧！谁能拦着不让您去？拿出点胆色来！咱们去布里杜家。去看看他的狗。特别好玩！"

他见文书坚持要回事务所，就说："我跟您一块去。我可以一边看报或者翻翻法典一边等您。"

一边是生气的爱玛，一边是啰唆的奥麦先生，再加上午饭可能吃得太撑，莱昂实在是昏昏沉沉，拿不定主意。药剂师又不停地诱惑着他："咱们去布里杜家吧！就两步路，马尔帕吕街。"

他天性懦弱，又一时糊涂，不知怎的，居然就违心地跟着奥麦去了布里杜家。布里杜在小院里看着伙计们做塞尔茨汽水。三个伙计正气喘吁吁地转着机器的大轮子。奥麦给他们出主意，他拥抱了布里杜，他们喝了酒。莱昂无数次要走，奥麦总是拉住他的胳膊说："等一会！我也走。我们一起去《鲁昂灯塔》报社。

---

① 屈雅斯（1520—1590），法国法学家。

② 巴尔托罗（1314—1357），意大利法学家。

我要把您介绍给托马桑认识。”

他终于脱了身，一气跑到旅馆。爱玛已经不在那里了。

她满腔怒火，刚刚离开。她正恨着他。他竟然食言没有来赴约，这对她而言简直是一种侮辱。她还在找着别的理由，好说服自己摆脱他：他没有男子气概，软弱，平庸，比女人还懦弱，而且吝啬怕事。

等到她心平气和的时候，想来想去觉得还是自己冤枉了他。但是贬低心爱的人，结果总会令彼此产生隔阂。

他们的交谈越来越和爱情无关。爱玛在给他的信里总是提起花、诗、月亮、星星：她试图借助外力让消退的激情重新燃烧起来。她每次去幽会之前都期待能感受到深深的幸福，但是每次赴完约之后总是没有什么特别的感觉。失望之余，她又将希望寄托在下一次幽会上。下一次见他时，她更加欲火焚身。她粗暴地脱着自己的衣服，使劲抽着紧身衣的带子，细细的带子像小蛇一样在她的胯上咝咝地滑动着。她光着脚，踮着脚尖再次确认门关好了，然后就一下子把身上的衣服全脱了。她脸色苍白，神情严肃，也不说话，扑倒在他的胸脯上，身体长久地颤抖着。

莱昂看着她挂满冷汗的额头、颤抖的双唇、迷离的眼神、紧紧抱着他的双臂，会突然产生一种不祥的感觉，似乎有什么东西要将他们分开似的。

他不敢问她问题。但是看到她这样经验丰富，他心下寻思她一定经历过爱情的各种痛苦和快乐。她的风情从前令他深深着迷，现在却有些吓住他了。另外，他还不满自己越来越失去自我。他怪爱玛长久地控制着他的身心。他甚至试图不去爱她，但是只要听到她靴子的响声，他就好似酒鬼见到好酒一样，立刻就软弱无力了。

的确，她在各方面都对他关心备至，从菜肴到穿着，包括他眼神里流露出的忧郁。她从荣镇带了玫瑰过来，捧在胸前，一见到他，就把花丢到他脸上。她关心他的健康，指点他的行为。为了更牢地抓住他，她送给他一枚圣母像章，让他挂在脖子上，希望借此得到上天的帮助。她像一个贤良的母亲一样，打听他的同伴们的情况。她对他说："别见他们，别出门，只想着我们自己，爱我！"

她想要监视他的生活，甚至想过找人跟踪他。旅馆旁边有个流浪汉模样的人，总是跟路人搭讪，他应该不会拒绝……但是她的骄傲不允许她这么做。

"唉！算了吧！就算他背叛我，那又怎么样呢！难道我在乎这个吗？"

一天，他们分开后，时间还早，她一个人顺着林荫道往回走的时候，看到了当年住过的修道院的围墙。于是她就在榆树荫下的一条长凳上坐了下来。那时的生活多么平静！那时她从书中读到的那些爱情，难以言喻却又令人浮想联翩，如今是多么令她艳羡！

婚后的头几个月、森林中的骑马漫步、子爵府的华尔兹舞、拉加迪的歌剧，过去的生活一幕接着一幕浮现在她的眼前……她突然觉得莱昂也和这些人这些事一样遥远。

她想："可是我爱他！"

那又怎样呢！她不幸福，从来都没有幸福过。为什么生活从没有带给她满足感？为什么她心灵的寄托总是转瞬即逝……如果在某个地方有一个英俊强壮的男子，英勇天性，既充满激情又温柔细腻，既有诗人的心灵又有天使的外表，抱琴面向上天奏着哀婉的乐曲，为什么她没有遇上？哦！不可能有这样的男子！而且也不必徒然追寻！都是骗人的假象！微笑其实是为了隐藏腻烦的呵欠，喜悦之下隐藏着诅咒，快乐最终会沦为厌恶，缠绵的热吻留给嘴唇的只是永远得不到满足的欲念。

空气中回荡着嘶哑的青铜声，修道院的钟敲响了四下。四点钟了！她觉得自己似乎在长凳上坐了一辈子。一分钟虽短，却能容下无限的激情，正如方寸之地也能挤下一大群人一样。爱玛就像一位公爵夫人一样，完全生活在自己的感情世界里，丝毫不以金钱为念。

但是有一回，一个气质猥琐、秃头红脸的男人找上门来，自称是鲁昂的万萨先生派来的。他把绿色长外套口袋上的别针取下，别到袖子上，从衣袋里取出一张纸，态度恭敬地递给她。

这是一张七百法郎的借据，上面有她的签名：勒赫不顾她的反对，还是把借据转给了万萨。

她派女佣去找勒赫。他不能来。

陌生人一直站着，金色的粗眉毛之下，双眼好奇地东张西望，脸上的表情很天真。他问她："怎么给万萨先生回话？"

爱玛答道："嗯，就跟他说，我没有钱……下星期吧……让他等等……对，下星期吧。"

那人没说什么就走了。

但是第二天中午，她收到一张拒付证书。她一见纸上盖着公章，好几处都用粗体字写着"比希执达吏哈朗"的字样，吓坏了，赶紧跑去找布商。

布商正在店里用绳子捆一个包裹。

他问："有什么可以效劳的吗？"

勒赫并没有停下手里的活儿。一个十三岁左右的女孩儿在一旁帮他。女孩稍稍有点驼背，她既是店里的伙计，又是家里的厨娘。

然后，他的木头套鞋踩得地板嗒嗒响，包法利夫人随他上了二楼。他把她领进一个狭窄的小房间，里面有一张大松木书桌，桌上放了几本账簿，上面横着压了一根上了锁的铁棒。靠墙放着一些零碎花布，花布下面隐约露出一个保险箱。保险箱很大，里面除了票据和现金应该还装了别的东西。确实如此，勒赫先生放贷要收抵押品，像包法利夫人的金表链和泰利耶老头的耳环就锁在保险箱里。可怜的泰利耶老头儿最后不得不变卖家产，在坎康普瓦买了一家小杂货店，后来得了重伤风，死在杂货铺的蜡烛当中，脸色比蜡烛还黄。

勒赫坐到宽大的扶手椅上，问道："有什么事吗？"

"您看。"她拿公文给他看。

"那我能怎么办？"

她生气了，说他答应过不转让她的借据的。

他满口承认："可是我也是迫不得已的，刀都架到脖子上了。"

她问："那会接下来发生什么事？"

"哦！很简单，先是法庭判决，然后扣押财产……一切就都完结了！"

爱玛遏制着想打他的冲动，柔声问他有没有办法稳住万萨先生。

"什么？稳住万萨？您不了解这个人，他可比任何人还要狠！"

但是勒赫先生必须得帮忙斡旋。

"您听着！直到目前为止，我自问对您真算是不错的。"

他打开一本账簿，说道："您看！"

然后他往回翻着页，说："看……看……八月三日，两百法郎……六月十七日，一百五十法郎……三月二十三日，四十六法郎……四月……"

他停下了，仿佛是害怕说错话。

"我还没提先生签的期票呢，一张七百法郎，一张三百法郎！还有您的零碎账、利息，真是一笔糊涂账，没法算清。我没法管了！"

她哭了，甚至喊他"我的好勒赫先生"。但是他总是推到"万萨这个坏蛋"身上。再说，他手头分文没有，到目前为止还没有人还钱，大家都在他身上拔毛，他不过是个可怜的开店的，根本就无力放账。

爱玛不说话了。勒赫先生咬着笔杆上的羽毛，见她沉默不语，心下有些犯嘀咕，又说："至少要等哪天我收回一些款项……我才能……"

她说："其实，只要巴恩镇的尾款……"

"怎么……"

他听说朗格卢瓦还没有付清尾款，显得相当吃惊。

然后，他谄媚地说："那我们商量一下，您想……"

"哦！一切随您！"

于是他闭上眼睛，思考了一会，写了几个数字，说自己很难，事情很麻烦，他可是要"出血"了，然后他口述了四张期票，每张二百五十法郎，还款期限各有一个月的间隔。

"但愿万萨肯听我的！另外，我们既然讲好了，我自然不会食言，我可是个实诚人。"

然后，他随手拿了几件新到的货品给她看，不过他说没有一件配得上她。

“我说这衣料七个苏一米，保证不掉色，他们就信了！我可不拿实话告诉他们，您明白的。”他对她坦承自己欺骗别人，是想她相信他对她说的可都是真话。

见她要走，他又把她叫回来，给她看一幅三米多长的镂空花边，说这是他新近淘来的。

勒赫说：“多漂亮！现在好多人用它做沙发靠背巾，很时兴的。”

然后他就像变戏法似的，飞快地用蓝纸把花边包好，塞到了爱玛手里。

“至少，您得告诉我……”

“啊！以后再说吧。”他说完这句就转身走了。

当天晚上，她就催包法利给他母亲写信，要她把遗产的余款尽快给他们寄来。婆婆回信说清算已经结束，没有任何余款；除了巴恩镇的房产以外，他们每年还有六百法郎的收入，她会按时给他们寄来。

于是包法利夫人就往几个病人家里寄去了诊费单，成功地要到了诊费。很快她就频繁地使这招。她总是谨慎地在账单后面加一句附言：“请不要跟我丈夫提这件事，您知道他有多爱面子……请您谅解……请您关照……”

有人回信表示不满，她就把信截住。

为了筹钱，她开始卖自己的旧手表、旧帽子、旧铁器；她贪婪地讨价还价——她身上的农民血液令她锱铢必较。后来，她在进城的时候，淘一些便宜的旧货，哪怕没有别人愿意要，勒赫先生总是会收下的。她买鸵鸟羽毛、中国瓷器、大木箱。她到处跟人借钱，费莉西黛、勒弗朗索瓦大娘，甚至连红十字旅馆的老板娘都不放过。她终于收到了巴恩镇的尾款，还清了两张期票。又有一千五百法郎到期了，她又续签新的期票，就这样没完没了地欠着账。

其实，她有时也试着算一算，可是算着算着就发现数目惊人，连她自己也无法相信。于是她又重新计算，很快就算糊涂了，只好撇下不管，想都不想了。

家里现在非常寒酸！上门讨债的商人满面怒容地离开。手帕乱糟糟地扔在炉灶上。小贝尔特穿的袜子都破了洞了，奥麦太太对此非常不满。如果夏尔偶尔壮起胆说几句，爱玛就生硬地回应说这完全不能怪她！

她为什么大发脾气？他觉得是因为她的神经方面的老毛病又复发了。于是他就开始自责，怪自己太自私，怎么能把她的疾病当成是她的过错，想跑过去亲吻她。

但是他又想："哦！不行，我会惹烦她的！"于是他就待着，不敢有所行动。

晚餐后，他一个人在花园里散步。他把小贝尔特抱到膝盖上，打开一份医学报，想教她认字。可是孩子从来没有学习过，很快就睁大眼睛，伤心地哭了起来。于是他只好安慰她；把喷水壶灌上水，在沙地上浇出一条条小河；或者折下女贞树的树枝，在花圃里栽树。这倒无碍花园的景观，因为花园早已杂草丛生，莱蒂布杜瓦的工钱已经欠了很多天了！后来孩子冷了，就要母亲。

夏尔说："叫保姆吧。我的小宝贝，你知道的，妈妈不喜欢人烦她。"

入秋了，树叶已经开始往下落，就像她两年前生病时一样！——这一切要到什么时候才能结束……他双手背在身后，继续往前走着。

夫人在卧室里。没有人上楼打扰她。她从早到晚都待在房里，昏昏沉沉，衣服也懒得穿，有时会点上香，那是她从鲁昂一家店里买的。她为了不让丈夫夜里躺在自己身边睡觉，就做出各种不舒服的表情，最终把他打发去三楼睡觉。她通宵达旦地看一些离经叛道的书，里面有一些寻欢作乐和血腥的描写。她经常被吓得尖叫。夏尔赶快跑过来。

她说："啊！走开！"

有时，她想起幽会，不禁欲火中烧，气喘吁吁，激动不已，于是她打开窗，呼吸冷空气，让寒风吹散沉重的发髻，仰望星空，期盼得到王公贵族的爱情。她思念他，莱昂。她情愿舍弃一切，以换取一次能让她心满意足的幽会。

幽会对她而言就是节日盛会。她要过得奢华气派！要是他的钱不够花，她就慷慨地补上，这样的情形几乎总是发生。他试图劝说她换个便宜点的旅馆，他们也能住得很舒服；可她总有反对的理由。

一天，她从包里拿出六把镀金的小银勺，这是鲁奥老爹送给她的结婚礼物。她要他马上拿到当铺去。莱昂不愿意，怕连累自己的名声，但最后还是顺从了。

他事后想起来，觉得情妇的行为变得乖僻了，离开她或许是个明智的选择。

有人给他的母亲写了一封匿名长信，告知"他和一个有夫之妇纠缠不清"。老夫人的眼前立刻出现了一个破坏家庭的祸精，一个隐伏在爱情深处的女妖或是怪物。于是她赶紧写信给儿子的老板迪博卡吉先生，因为他很擅长处理这种事情。老板和莱昂谈了三刻钟，要他睁开眼睛，看清面前的深渊。这种男女关系会影响到他将来的事业。迪博卡吉先生要求莱昂了断这段关系，即便莱昂不替自己着想，就算是为了老板也要这么做！

莱昂最终发誓不再见爱玛。但是他食言了，一想到这个女人可能带给他的麻烦和口舌，还有早上同伴们在炉火旁的奚落，他又开始自责。另外，他很快就要升职成一等文书了：是该认真的时候了。因此，他放弃了长笛、激情和幻想。每个有产者都曾有过狂热的年轻时代，认为自己既能拥有伟大的爱情，又能在事业上出人头地。最平庸的登徒子也会梦想娶一个苏丹的王妃，每个公证人的内心都存留着诗人的情怀。

现在，当爱玛忽然贴到他的胸前啜泣的时候，他会觉得厌烦。就像人只能忍受一定强度的音乐声一样，当爱情过于喧嚣时，他也就体会不到其中的细腻滋味，变得麻木冷淡了。

他们对彼此太过熟悉，交欢已不能给他们带来任何新奇感，因而也无法令他们感觉到欣喜。他令她厌烦，一如她令他厌倦。爱玛发现幽会变得跟婚姻一样平淡无味。

可是，怎么才能摆脱他呢？虽然这低贱的幸福令她觉得羞耻，但是她已经习惯于此，堕落成性，只能抓住不放。而且她日益深陷其中，一边消耗着幸福，一边企盼更大的幸福。每当希望落空，她就归咎于莱昂，好像是他欺骗了她似的。她甚至希望能飞来横祸把他们俩分开，因为她自己没有勇气做出分手的决定。

她还是继续给他写情书，因为她认为女人就应该一直给情人写信。但是在写信的时候，她眼前浮现的却是另一个男人，一个由最热烈的回忆、最美好的读物和最强烈的欲望幻化而成的影像。这个幻象最终变得如此真实，如此触手可及，令她心跳加速，惊叹不已，但是她却无法清晰地想象出他的形象，因为他就像一个天神，真身隐没在各种各样的化身当中。他住在蔚蓝的天国里，丝绸软梯在阳台上轻轻摇晃，花香怡人，月光如水。他来到她身旁，只用一个吻就将她带走。但紧接着她又坠落地面，失去了意识。因为这种朦胧的爱情冲动比荒淫无度更加令她身心疲惫。

现在爱玛时刻都感觉到疲惫，全身酸痛。她经常收到传票，还有贴印花的公文，可是她几乎都不看一眼。她希望自己能够死去，或者一觉不醒。

狂欢节这天，她没有回荣镇。晚上她去参加了一个假面舞会。她穿了一条天鹅绒长裤，一双红袜子，用缎带将头发束在颈后，耳朵上戴了一顶小三角帽。她在疯狂的长号声中跳了整整一夜；人们以她为中心围成了一个圆。第二天早上，她发现自己在剧院的柱廊下，和五六个化妆成码头装卸女工和水手的人在一起。他们是莱昂的同事，正说着要去吃夜宵。

附近的咖啡馆都已客满。他们在码头发现了一家特别蹩脚的餐馆。老板把他们带到了五楼的一个小房间。

男人们在角落里小声商量着花费。他们当中有一个文书、两个医科学生，还有一个店伙计。她的同伴竟是这样的人！至于女人们，爱玛一听她们的声音，就知道她们几乎全都来自社会最底层。于是她害怕了，把椅子往后拉，垂下眼睛。

别人开始吃起来。她没有吃，她的额头发烫，眼皮刺痛，皮肤冰凉。她觉得脑袋里跳动着舞厅的地板，千百只脚随着节拍敲击着地板。潘趣酒和雪茄的味道熏得她头昏。她晕了过去，大家把她搬到窗前。

天开始亮了，圣·卡特琳教堂方向，灰白的天空里有一个大红点变得越来越大。铅灰色的河水被风吹起了层层涟漪，桥上一个人都没有，路灯正在熄灭。

她醒了，想到贝尔特这时还在楼下女佣的房间里睡觉。一辆装长铁条的大车经过，铁条发出震耳欲聋的声音，房屋的墙壁都在颤动。

她赶紧溜了出去，脱掉了跳舞穿的服装，跟莱昂说她得回去了，终于一个人待在了布洛涅旅馆里。这一切都令她无法忍受，包括她自己在内。她多希望自己能变成一只鸟，飞向远方，飞到一片纯净的天空，在那里重返青春。

她走出旅馆，穿过林荫道、科舒瓦斯广场和郊区，一直走到一条两边都是花园的宽街。她走得很快，新鲜的空气令她逐渐安静下来。人群的面孔、假面具、四对舞、分枝吊灯、夜宵，还有那群女人，全都烟消云散了。她来到红十字旅馆，走进三楼那间有《内勒塔》版画的小房间，倒在床上。下午四点钟，伊韦尔叫醒了她。

她一到家，费莉西黛就从座钟后面拿出一张灰色的纸给她看。纸上写着：

根据判决书，兹执行……什么判决书？

昨天的确是收到了一张公文，但是她没有仔细看。因此，她看到下面的这几句，吓呆了：

尊奉国王圣谕，依据法令和正义，包法利夫人必须……

她跳过好几行，再往下看：

限二十四小时之内，不得延误。——什么意思？付清欠款八千法郎。

下面还有：

如到期不付，当即依据法律程序，扣押家具和财产。

怎么办……只有二十四小时，就是明天！她想，这应该还是勒赫在恐吓她，因为她一下就看穿了他玩的种种手段和献殷勤的目的。数额过于庞大，这反倒令她宽下心来。

然而，事实上，她买东西总是赊账，频繁借钱、签借据、续借据，利滚利，结果等于给勒赫先生筹备了一大笔资金，他现在迫不及待地要拿去投资呢。

她来到他家，一副若无其事的样子。

“您知道我出了什么事吧？您肯定是开玩笑的吧！”

“不是。”

“怎么回事？”

他慢慢地转过身来，双臂交叉，对她说道：“我的少奶奶，您以为我一直这么给您送货送钱，是出于上帝的爱吗？公平点吧，现在，我放债当然要收回来了！”

她说没有欠这么多债。

“啊！那也没办法！法庭承认了！有判决书的！也通知您了！再说，不是我要这么做，是万萨！”

“您能不能……”

“哦！我无能为力。”

“但是……不过……您听我说……”

她东拉西扯，说她事先一点也不知道……这实在是出乎她的意料……

勒赫不无讽刺地向她行了个礼，说道：“那能怪谁呢？我像个黑奴一样累死累活的时候，您可是在享乐。”

“啊！别给我上课！”

他反驳道：“上点课也没有坏处。”

她心虚了，央求他，甚至把细长的玉手放在他的膝盖上。

“放开我吧！别人会说您想勾引我呢！”

她喊道：“混蛋！”

他笑着说：“哦！哦！看您说的！”

“我要让人知道您的真面目。我要告诉我的丈夫……”

“好啊，我也有东西要给您的丈夫看！”

勒赫从保险箱里拿出一张一千八百法郎的收据，那是万萨贴现的时候她写的。

他又说道：“您以为您可怜的丈夫会不明白您的盗窃行为吗？”

她仿佛当头挨了一棒，浑身瘫软无力。他在窗户和书桌之间走来走去，翻来覆去地说着：“啊！我要拿给他看……我要拿给他看……”

然后他走到她身边，柔声说道：“这不好玩，我知道。不过，也不至于逼死人。而且这是您还我钱唯一的办法……”

爱玛绞着胳膊说：“可是我从哪里能筹到这些钱？”

“啊！您不是有朋友嘛！”

他盯着她，目光犀利可怕，看得她五脏六腑似乎都战栗起来。

她说：“我跟您保证，我给您签字……”

“我不缺您签的字！”

“我还可以变卖……”

他耸耸肩膀，说道：“算了吧！您已经没东西可卖了。”

他对着墙洞朝铺子里喊道："安妮特！别忘了十四号的三块零头布。"

女佣人来了。爱玛明白这是在撵她走，又问："要多少钱才能终止诉讼？"

"太迟了！"

"要是我能给您几千法郎，四分之一，三分之一，几乎全部的钱呢？"

"唉！不行，没有用的！"他把她轻轻地推向楼梯。

她啜泣道："我求您了，勒赫先生，再宽限几天吧！"

"好了！眼泪也没用！"

"您这是把我往绝路上逼！"

"随您怎么说！"他说着，关上了门。

第七章

第二天，执达员哈郎先生带了两个见证人来到她家登记要扣押的财产。她表现得相当平静。

他们从包法利的诊室开始。那个骨相学头颅被视作行医必备的仪器没有被登记在案。但是他们清点了厨房里的盘子、锅、椅子、烛台和卧室里陈列架上的各种摆设。他们查看了她的衣服、床上用品和梳洗室。她生活，甚至最私密的角落也像一具等待解剖的尸体似的，在这三个男人的目光之下一展无余。

哈朗先生穿了一件紧身的黑色上衣，系了一条白色的领带，脚上的鞋套也扎得很紧。

他不时地问："可以看看吗，夫人？可以看看吗？"

他还时常发出惊叹："漂亮……真好看！"

然后他把笔放进左手拿着的牛角墨水瓶里蘸一蘸，继续登记。

他们查完了房间，来到阁楼。

阁楼里摆着一张小书桌，里面锁着鲁道夫的信。他们要她打开抽屉。

哈朗先生含蓄地笑了笑，说："啊！信件！能查看吗？因为我要确认里面没有别的东西。"

于是他拿起信，轻轻抖动，仿佛会抖出金币似的。她看到这只肥手，这鼻涕虫似的又红又软的手指头，拿着这些曾经令她心跳不已的信，一股愤怒之情油然而生。

他们终于走了！费莉西黛走了进来。她一直奉命守在外面，万一包法利回来的话，好支开他。他们留下了一个看守，她们赶紧把他藏在阁楼里，他答应会一直待在那里。

整个晚上，夏尔看上去愁容满面。爱玛一直不安地偷瞧他，觉得他脸上的皱纹仿佛是对她的控诉。然后，她的目光落到了有中国屏风的壁炉上、宽大的窗帘上、扶手椅上，总之，所有这些曾经缓解过她的苦闷的物件上。她感到一丝悔恨，或者说是深深的遗憾，但是这遗憾并没有令她心冷，反而激起了她的激情。夏尔两只脚搁在柴架上，平静地拨着火。

看守在阁楼里待烦了，不免发出一点声响。

夏尔问："有人在上面走动吗？"

她答道："没有！有一扇天窗没关，被风吹得响。"

第二天是星期天，她去了鲁昂，找那些她知道名字的银行家。他们不是在乡下度假，就是出门远行了。她毫不气馁，但凡碰上一个，就向人借钱，说她急需钱，保证归还。有几个人当面就笑她。没有一个人肯借钱给她。

两点钟，她跑到莱昂的住处。她敲门，没有人开门。最后，他出来了。

"你怎么来了？"

"打搅你了吗？"

"没有……不过……"

他说房东不喜欢房客接待"女人"。

她说："我有话对你说。"

他要拿钥匙。她拦住了。

“哦，不用！去那儿，我们的地方。”

他们去了布洛涅旅馆，进了他们的房间。

她一进门先喝了一大杯水。她脸色苍白，对他说：“莱昂，你得帮我个忙。”

她紧紧抓住他的双手，摇晃着，又说：“听着，我需要八千法郎！”

“你疯了吧！”

“还没有疯！”

她立刻开始讲扣押的事，她对他详述自己的难处：夏尔完全不知情，婆婆恨她，鲁奥老爹无能为力。只有他，莱昂，能为她奔走，筹集这笔必须筹到的钱……

“你怎么能……”

她喊道：“懦夫！”

他傻乎乎地说：“你把事情想得太严重了。说不定有个一千埃居就能把那人摆平了。”

出于这个理由，他更应该试试；不可能连三千法郎都弄不到。再说，莱昂还可以替她担保。

“去吧！试一试！必须的！快去吧……哦！试试吧！试试看吧！我爱你！”

他出去了，一个小时之后回来了，神情严肃地说：“我找了三家……没有用！”

他们两个面对面坐在壁炉的两个角落，一动不动，一言不发。爱玛跺了跺脚，耸了耸肩。他听到她小声嘟囔：“如果我是你，我一定能弄到钱！”

“到哪里去弄？”

“你的事务所！”

她看着他。

她双瞳冒火，眼神里流露出来的大胆令人恐惧。她眯眼看着他，既淫荡又充满挑唆之意——年轻人感觉到这个女人虽然没有说话，却在引诱他犯罪。他怕自己抵制不住她的意志，于是，为了不让她把话挑明，他拍了下额头，喊道：

“莫雷尔今晚回来。我希望他不会拒绝我（莫雷尔是他的一个朋友，父亲是个大富商）。我明天把钱带给你。”

爱玛并没有像他想象得那样喜出望外。莫非她猜到了他在撒谎？

他的脸红了，又说：“不过，亲爱的，要是我三点钟还没回来，你就别再等我了。对不起，我得走了。再见！”

他握了握她的手，感到它毫无生气。爱玛实在是精疲力竭，已经没有任何感觉了。

四点钟敲响了，她像个木偶一样，习惯性地站起身来，准备回荣镇。

正值三月，阳光明媚，春寒料峭。天空白茫茫的。有鲁昂人穿着节日的服装在街上散步，看上去喜气洋洋。她走到圣母院的广场上。晚祷刚刚结束，人们从三座拱门下面往外涌，就像河水流过三个桥洞。侍卫站在当中的拱门下，像岩石一样岿然不动。

她想起了那一天：她焦急不安，又满怀希望，走进了教堂幽深的大殿；而她的爱情比面前的大殿还要深。她继续往前走，泪水在面纱下肆意流淌。她头昏目眩，步履蹒跚，摇摇欲坠。

“当心！”从供马车通行的门洞里传来一声叫喊。

她站在原地，一匹黑马拉着一辆双轮轻便马车从她身边驶过。车上坐着一个穿貂皮大衣的绅士。这个人是谁？她应该认识……马车疾驰而过，转眼不见了。

是他，子爵！她转过身：街道空无一人。她满心凄凉，再也支撑不住，赶紧倚靠在一面墙上，才没有摔倒。

过了一会，她想她可能认错人了。她什么也不知道。外界的一切，还有她自己的身体，似乎都在弃她而去。她仿佛迷失在深不可测的渊底，漫无目标地挣扎前行。终于到了红十字旅馆，竟然看见了好人奥麦先生，她几乎高兴起来。奥麦正看着人把他的一大箱药品装上燕子号。他手里拿着一块丝巾，里面包着六个买给太太的扁圆面包。

奥麦太太很爱吃这种小面包。面包又硬又重，形状像阿拉伯人盘在头上的头巾，四旬斋期间抹上咸黄油吃。这是哥特人流传下来的食物，可能起源于十字军时代。火炬的黄光映照之下，这面包摆在大壶的肉桂酒和大块的猪肉中间，在强壮的诺曼人看来，仿佛是萨拉逊人的头颅，于是他们立刻开始大快朵颐。药剂师的妻子虽然牙口不好，咬起这面包来却也充满了英雄之气。因此，奥麦先生每回进城，都要到屠宰场街的大面包房里买上一些，给她带回去。

奥麦伸出手来扶爱玛上车，说着："很高兴见到您！"

然后他把面包挂在车顶的行李网上，摘下帽子坐下，双臂交叉，摆出一副拿破仑沉思的姿态。

当盲人像往常一样出现在山坡脚下的时候，他大声地说道："我真不懂，当局怎么还能容忍这种犯罪行当！应该把这些混蛋关起来，强制劳动！说实话，社会进步得太慢了，简直像龟爬！我们还活在野蛮时代！"

盲人伸出帽子，在车门边摇晃，看着好像门帘上挂下来一只破口袋。

药剂师说："看，他得的是淋巴腺结核！"

虽然他早见过这个可怜鬼，但却装作是头一回看见，嘴里嘟囔着"角膜""不透明角膜""巩膜""面型"这些术语，然后用慈父般的口吻问："我的朋友，你得这种可怕的病有很长时间了吧？你最好控制饮食，别再去酒馆买醉。"

他劝盲人要喝上等的葡萄酒和啤酒，吃上好的烤肉。盲人继续唱着歌，一副傻样。最后，奥麦先生打开钱包，说："拿着，这儿有一个苏，找我两个里亚[①]。照我的话去做，你的病会好的。"

伊韦尔对他的方子表示怀疑。药剂师言之凿凿，说只要盲人用他配制的一种消炎膏，病就能好。他还把自己的住址告诉盲人："奥麦先生，菜市场旁边，一问就知道了。"

伊韦尔说："好了，你别费力气了，会叫人看笑话的。"

盲人蹲了下去，往后仰着头，转着两只暗绿色的眼睛，伸着舌头，两手揉着胃，发出饿狗一般低沉的号叫。爱玛觉着恶心，背过身去，往后丢过去一枚五法郎的硬币。这是她的全部财产。她觉得这样扔了挺好。

车又开动了。奥麦先生把头伸出窗外，对盲人喊道："不要吃乳品和淀粉类食物！贴身要穿羊毛制品，要烧刺柏果熏患处！"

看着熟悉的景色一路往后退，爱玛渐渐不再想当下的痛苦。她疲惫至极，到家的时候整个人都呆呆的，非常颓废，几乎要睡着。

她想："要来的尽管来吧！"

谁知道呢？也许会发生意外的转机。勒赫会突然死掉也说不定。

早上九点钟，她被广场上的声音吵醒了。菜市场的一根柱子

① 一里亚相当于四分之一苏。

上贴了一张大布告，围了一大堆人在看。她看见朱斯坦爬上一块界石要把布告撕下来。但是一个乡村警察一把揪住了他的衣领。奥麦先生从药房里走了出来。勒弗朗索瓦大妈在人群中不知说着什么。

费莉西黛喊着跑了进来："太太！太太！真是太可恶了！"

可怜的姑娘激动地把刚从门上揭下来的一张黄纸递给她。爱玛扫了一眼：她的全部动产将被拍卖。

俩人面面相觑。主仆二人之间没有秘密。

最后，费莉西黛叹了口气，说："太太，我要是您的话，就去找吉约曼先生。"

"你觉得能行？"

这句问话的意思是："你跟这家的仆人交好，了解这家的情况，这家主人说起过我吗？"

"行的，您去吧，会管用的。"

她换上一条黑色长裙，戴了一顶有黑点的帽子。广场上还是有很多人，她不想被人看见，就从河边的小路绕到了镇外。

她气喘吁吁，来到公证人家的栅门前。天空阴沉，飘着小雪。

门铃一响，泰奥多尔就穿着红马甲，出现在台阶上。他给她开了门，像接待一个熟客一样，直接把她引到了餐厅。

大瓷火炉里火烧得哔剥作响。上面的壁龛里摆着一盆仙人掌。栎木墙纸上挂了两幅画，裱着黑色的木框，分别是斯特本[1]的"爱斯梅拉达"和肖班[2]的"波提乏之妻"。早餐已经摆上桌了。

① 斯特本（1788—1856），法国画家。爱斯梅拉达是雨果小说《巴黎圣母院》中的人物。

② 肖班（1804—1880），德国裔法国籍画家。波提乏之妻是《圣经》中的人物。

两个银火盆、水晶的球形门把手、地板、家具都闪闪发亮，一尘不染，像英国人的家里一样洁净。窗户的四个角上镶着彩画玻璃。

爱玛心说：“这才称得上是餐厅，我要有一间这样的餐厅该多好。”

公证人走了进来。他身穿棕榈叶花纹的家居袍，头戴一顶栗色天鹅绒无边软帽。他用左胳膊压着袍襟，右手摘了一下帽子又赶紧戴了回去。他特意将帽子斜戴在右边，露出了三绺金黄色的头发，从后脑勺环到额头，在秃顶的脑袋上绕了一圈。

他先请她坐下，然后坐下来吃早餐，连声道歉，说失礼了。

她说：“先生，我求您……”

“夫人有什么事？请讲。”

她开始讲述她的情况。其实吉约曼先生早就知道了，因为他和布商暗中勾结，有人抵押借钱的时候，布商就找他公证，然后给他回扣。

因此，他比她还要了解这些票据的由来。起初的数额很小，立据人也各不相同，还款的期限很长，到期之后不断续签，直到某一天，商人把所有的借据集中在一起，交给他的朋友万萨，由万萨出面索要，因为他不想被当地人骂是吃人的猛虎。

她在讲述的过程中不时会咒骂勒赫，公证人就回应一两句无关痛痒的话。他吃着排骨，喝着茶，下巴埋在天蓝色的领结里，领结上别了两个钻石别针，别针上挂着一根金链子。他古怪地笑着，笑容既温柔又暧昧。他看到她的鞋湿了，说道：“您离火炉近一点……脚抬高点……就踩在炉子上吧。”

她怕把瓷炉踩脏了。公证人殷勤地说：“美丽的事物不会弄脏任何东西。”

她试图打动他，自己却说着说着就动了情。她向他诉说着家庭的拮据，自己的需求，种种挣扎。他明白：一个漂亮女人是不该受这种苦的！他继续吃着早餐，但是将身体完全转向她，膝盖都碰到了她的靴子。她的靴底贴在炉上，冒着湿气。

她向他借一千埃居。他咬紧嘴唇，然后说他很遗憾之前没有帮她管理财产。因为就算对一位女士来说，其实也有种种方便易行的生财之道！不管是格吕梅尼泥炭矿还是勒阿弗尔的地皮，都是几乎万无一失的投资良机。听他这么说，她想到自己原本是有机会赚大钱的，很是懊恼。

他又说："您先前为什么一直都不来找我呢？"

她说："我不知道。"

"为什么呢？难道我让您害怕吗？其实，您看，我才可怜呢！我们几乎都算不上相识！可是我对您一片赤诚。希望您不会再有所怀疑。"

他伸出一只手，抓住她的手，贪婪地吻了一口，然后把她的手放在自己的膝盖上，轻轻抚玩着她的手指，对她说着种种甜言蜜语。

他喋喋不休地小声说着，语调平板，好像溪水流动；他的眼珠透过反光的镜片射出一道火花。他把手伸进了爱玛的衣袖，要摸她的胳膊。他呼吸急促，热气都呼到了爱玛的脸上。爱玛觉得这个人讨厌至极。

她一下跳了起来，对他说："先生，我等着呢！"

公证人的脸一下子白了，问："等什么？"

"这笔钱。"

"但是……"

他没能抵挡住突如其来的欲望，改口说："好的，可以……"

他毫不介意弄脏长袍，跪着爬向她：“求您了，留下来！我爱您！”

他搂住她的腰。

包法利夫人的脸一下就红了。她往后退着，愤怒地喊道：“先生，您真是厚颜无耻！乘人之危！我是走投无路，但我不会出卖自己！”

她走了。

公证人傻眼了，呆呆地盯着自己漂亮的绣花拖鞋。这是情妇送他的礼物。看着拖鞋，他终于平复下来。而且，他想到这种风流事可能会令他难以脱身。

她想：“真是卑鄙！无耻……下流！”

她一直跑到了大路上的山杨树下。没借到钱的失望再加上受到的侮辱，令她出离愤怒。她觉得老天似乎有心不肯放过她，这想法反而激起了她的桀骜不驯。她从来没有这样看重过自己，也从来没有这样蔑视过别人。她涌起一股好斗情绪，恨不得要打男人们一顿，往他们脸上吐唾沫，把他们碾碎。她继续快步朝前走着，脸色苍白，浑身发抖，怒不可遏，双目噙泪，望着空旷的天际，似乎这满腔的仇恨反倒带给她某种快意。

她看到了自己的家，忽然觉得全身发麻，再也走不动了。但是她必须继续走下去。再说，她又能逃到哪里去呢？

费莉西黛在门口等她：“怎么样了？”

爱玛说：“没借到！”

她们俩合计了一刻钟，想找出荣镇还有什么人可以救她。但是只要费莉西黛提起一个名字，爱玛就会反驳说：“怎么可能！他们不会借的！”

“但是先生要回来了！”

“我知道……让我一个人待会儿吧。”

能试的她都已经试过了。现在做什么也是无济于事。等夏尔回来，她准备直接对他说：“走开。你脚下踩着的这块地毯已经不是我们的了。你房子里的每一件家具、一个夹子、一根稻草，都不再是你的了。可怜的人，我害得你破产了！”

然后，他会啜泣、流泪；接下来，等最初的惊愕过去之后，他会原谅她的。

她咬着牙，嘟囔道：“是的，他会原谅我的。可是即使他有一百万给我，我也不会原谅他当初遇到了我……绝不！绝不！”

她一想到以后在包法利面前会处于劣势，就满腔愤怒。其实，不管她坦白与否，今天或是明天，他迟早都是要知道的。她只能等待这可怕的一幕发生，忍受他的宽宏大量。她想再回去找勒赫：又有什么用呢？给父亲写信：太迟了。她也许正后悔刚才没有顺从公证人。这时，她听见小路上传来了马蹄声。是他，他正在开栅栏门，脸色比石灰墙还要白。她赶紧下了楼梯，飞快地逃向广场。镇长夫人正在教堂前和莱蒂布杜瓦聊天，看见她走进了税务员的家里。

镇长夫人跑去告诉卡龙夫人。两位夫人走上阁楼，躲在长杆上晾晒的衣服后面，从这里能看到比内屋里的一切。

比内一个人待在自家的阁楼里，正用木头仿制一个象牙制品。这物件说不上来是个什么东西，也没有什么实际的用处，由一些新月形状和嵌套在一起的球形组成，整个直立起来像一座方尖碑。他正在做最后一个零件，马上就要完工了！工作室里光影交错。工具下面金黄色的木屑飞舞，好似快马奔驰时马蹄铁溅出的火星。车床的两个轮轰隆隆地转动着。比内面带微笑，下巴低垂，鼻孔张开，似乎完全沉浸在无限的幸福当中。人只有在干一些平庸的活儿的时候才能获得这种幸福，因为这种活儿有一定的挑战性，又不是很难完成，因此在劳动过程中能给人带来快乐，完工之后又能给人带来满足。

蒂瓦什夫人说："啊！她在那儿呢！"

但是由于车床一直在转，听不见她在说什么。

最后，两位夫人觉得听到了"法郎"这个词。

蒂瓦什夫人低声说："她在求他能让她延期交税。"

另一位说："看着像！"

她们看见她在房间里来回走着，仔细端详着靠墙摆着的餐巾环、烛台、栏杆的球饰；比内摸着胡子，一副心满意足的模样。

蒂瓦什夫人说："她或许是来订货的吧？"

她的同伴反驳说："他可是什么都不肯卖的！"

税务员好像在听着，但是眼睛睁得老大，似乎并没有听明白。她继续说着，一副温柔可怜的样子。她靠近比内，胸脯上下起伏；他们俩都不再说话。

蒂瓦什夫人说："她是在勾引他吧？"

比内的脸一直红到耳根。她拿起他的手。

"啊！太过分了！"

她一定是提出了什么特别过分的要求，因为税务员——他可是个勇士，在包岑和吕岑[①]为法兰西打过仗，还曾经是勋章的候选人呢——忽然就像看见了一条蛇一样，往后退了老远，嘴里喊着："夫人！您在想什么呢？！"

蒂瓦什夫人说："这种女人就该挨鞭子！"

卡龙夫人问："她去哪儿了？"

在她们说话时，她已经离开了。接着，她们看见她走上了大

① 包岑和吕岑都是德国城市。

街，然后往右拐，看着像是要去公墓似的。她们胡乱猜测着她究竟要干什么。

她一到奶妈家，就说："罗莱大嫂，我快憋死了……帮我解开束腰。"

她倒在床上，啜泣起来。罗莱大嫂拿了一条衬裙盖在她身上，站在她身边。见她一直不说话，奶妈就走开了，坐到纺车前，开始纺麻。

她还以为是比内的车床在响，就嘟囔了一句："哦！停下吧！"

奶妈琢磨着："谁得罪她了？她为什么来这里？"

她是跑来这里的，仿佛家里有个恶魔，令她不得不逃了出来。

她仰面躺着，一动不动，目光呆滞。尽管她竭力集中精力，但眼前还是模糊一片。她看着墙上剥脱的墙皮、两根头对头冒着烟的木柴、头顶上房梁的缝隙里爬着的一只大长蜘蛛。她的神智终于清晰起来。她想起……有一天，和莱昂一起……哦！那是很久以前……太阳照在河面上，铁线莲散发着香气……回忆像一条奔腾的湍流，很快就把她带到了昨天。

她问："几点钟了？"

罗莱大嫂走了出去，举起手，朝天色最亮的方向望过去，又慢慢地走回房间里，说道："快三点了。"

"啊！谢谢！谢谢！"

他要来了。他肯定会来的！他应该已经筹到钱了。可是他可能直接去了她家，因为他想不到她到这里来了。于是她要奶妈赶紧去她家，把他带到这里来。

"快去！"

“好的，太太，我去！我去！”

她奇怪自己怎么没有首先想到他。他昨天答应过她的，他不会食言的。她仿佛看见自己已经在勒赫家里，把三张支票摆在他的书桌上。接下来还得编个故事向包法利解释。编个什么样的故事呢？

奶妈去了很久，一直没有回来。茅屋里没有钟。爱玛怕是自己记错了等待的时间。她先是围着园子一步一步地走着，然后又走上了篱笆边的小路；想到奶妈可能会从别的路回来，她又急忙往回走。最后，她等累了，满腹疑心，也不知道自己究竟等了多久，是一个世纪还是一分钟。她在一个角落里坐下，闭上眼睛，捂住耳朵。栅栏门响了，她跳了起来。

不等她开口，罗莱大嫂就说道：“您家里没有来人！”

“什么？”

“哦！没有来人！先生在哭。他在喊您。他们在找您。”

爱玛没有说话。她呼吸急促，眼珠乱转，四下张望。乡下女人以为她疯了，害怕起来，本能地往后退了几步。突然，她拍了一下额头，发出一声叫喊，因为她想到了鲁道夫。这个念头仿佛黑夜中的一道闪电，照亮了她的心头。他是那么善良，那么体贴，那么慷慨！他会帮她的。再说，即使他迟疑不决，她只消一个眼神，就会令他念及旧情的。于是她往于谢特赶去。她一点都没有意识到自己要去做的正是先前令她异常愤慨的肉体交易！

第八章

她一边走，一边琢磨："我该说些什么呢？从哪儿说起呢？"她一路走着，又看到了曾经熟识的灌木丛、树丛、山丘上的荆豆、远处的城堡。她仿佛又回到了初恋的时光，饱受压抑的心灵充盈着爱情的感觉。暖风吹拂着她的脸，枝头融化的雪水一滴一滴掉落在草地上。

她像从前一样，从栅栏的小门进去，来到正院。正院两边种着两排椴树，茂密的长枝在风中摇曳，窸窣作响。狗舍里的狗狂吠起来，却没有人走出来。

楼梯又直又宽，两边有木栏杆。她上楼来到走廊。走廊的地面铺着石板，落满了灰尘。走廊里并排开着好几扇房门，就像修道院或者旅馆一样。最里面左手边那间是他的卧室。当她将手放到门把手上的时候，忽然觉得全身的力气都离她而去。她害怕他不在，又希望他不在。然而这是她唯一的希望、最后的机会。她站了一分钟，定了定神，想到情况紧急，就鼓起勇气走了进去。

他坐在壁炉前，两脚放在壁炉边沿上，吸着烟斗。

他一下就跳了起来，说："啊！是您！"

"对，是我……鲁道夫，我需要您帮我想个办法。"

可是不管她怎样努力，就是开不了口。

“您一点都没变，还是那么美丽动人！”

她悲伤地说：“唉！哪里动人，我的朋友，您根本就看不上。”

于是他就开始解释当年的行为，可是一时也想不出什么更好的理由，只能空泛地表示歉意。

他的话、他的声音、他整个人，令她难以自持；她装作相信了——或许是真的相信——他们分手的理由：那是因为一个关系到另一个人的名誉甚至是生命的秘密。

她伤心地看着他，说道：“不管怎样，反正我受了太多苦！”

他用哲学家的口吻答道：“人生就是这样！”

爱玛接着说：“至少我们分开之后，您过得还好吧？”

“哦！不好……也不坏。”

“也许我们不分开会更好。”

“是的……也许！”

她靠近他，说：“你这么认为？”

她叹了口气。

“哦，鲁道夫！你不知道……我有多爱你！”

她握住他的手。俩人的手指交缠在一起——就像第一天，在农业展览会上那样！过了一会儿，他觉得自己心软了，出于骄傲，他想抽出手来。可她却倒进他的胸怀，说道：

“你也不想想，没有你我怎么能活！人一旦习惯了幸福的生活，哪能戒得掉！我当时完全绝望了！我以为我会死的！这些以后再跟你说。可你……你是在躲着我吗……”

三年以来，由于男人天性中的怯懦，他确实一直小心地躲着她。爱玛的头在他的怀里蹭来蹭去，就像一只动情的母猫。

她伤心地看着他，说道：
“不管怎样，反正我受了太多苦！”

“你是不是爱着别的女人，你就承认吧！哦！我理解她们，我原谅她们。她们一定会被你迷住的，就像我当初一样！你是个男人，你！你身上有所有让女人喜爱的优点。让我们重新开始，好吗？我们会相爱的！你看，我笑了，我很幸福……你说话呀！”

她看上去实在是楚楚动人，眼里含着一滴泪珠，将滴未滴，好似蓝色花萼里的雨滴。

他把她拉到膝盖上，用手背抚摸她光滑的头发。落日的余晖像一支金箭在她的头发上闪烁。她低下额头；他用嘴唇轻啄她的眼皮。

他说：“你哭了！为什么？”

她一下就啜泣起来。鲁道夫以为她是因为爱情而情绪爆发。她一直不说话，他以为这沉默是出于矜持，于是喊道：“啊！原谅我吧！我只喜欢你一个。我以前又蠢又坏！我爱你，我永远爱你……你怎么了？对我说吧！”

他跪下了。

“好吧……鲁道夫，我破产了！你借我三千法郎吧！”

“可是……可是……”他慢慢站起身，神情变得很严肃。

她语速很快，接着说了下去：“你知道，我丈夫把所有的财产都交给了一个公证人代管；那个人跑了。我们欠别人钱，病人又不肯付诊费。现在清算还没结束。我们以后会有钱的。但是，今天我们要是拿不出三千法郎，就要被扣押财产。就是今天，就在眼前。我相信你的情谊，就来了。”

鲁道夫的脸一下就变白了。他想：“啊！原来她是为这个来的！”

最后，他平静地说：“亲爱的夫人，我没有这笔钱。”

他没有说谎。要是他有的话，他应该会借的。虽然往外借钱总不是件愉快的事情。在爱情可能遭遇的种种风暴中，最冷酷、最具破坏力的，应该就是金钱方面的要求了。

她先是盯着他看，看了几分钟。然后她重复了好几次："你没有钱！"

"你没有钱……那我又何必送上门来领受这最后的屈辱！你从来没有爱过我！你也不比别的男人强！"

她口不择言，想到什么就说出来。她完全失去了主张。

鲁道夫打断了她的话，说他现在很"拮据"。

爱玛说："啊！那我同情你！是的，非常同情……"

她的目光落在一把有银丝图案的卡宾枪上，枪挂在陈列板上闪闪发光。

"一个人要是没有钱，是不会往枪托上镶银的！"

她指着布勒[①]座钟又说："也不会买镶满贝壳的座钟！"

她摸了摸马鞭上的哨子："不会给马鞭配上镀金的哨子！也不会在怀表上挂这么多饰物！哦！这个人什么也不缺！他的卧室里还摆着个酒柜呢！因为你爱自己，你生活得好，你有城堡、田庄、林子；你骑马打猎，去巴黎旅行……"

她拿起壁炉上的袖扣，大声说道："啊！哪怕是这个东西，这些没用的小玩意！也能换到好多钱……啊！我不要！你自己留着吧！"

她把两个袖扣丢出去老远，扣子上的金链撞到了墙上，断了。

"可是我呢，我什么都可以给你，可以变卖一切，可以去做苦工，可以去街上乞讨，只为得到你一个微笑，为了你能看我一

① 布勒（1642—1732），17至18世纪法国著名的高级木器制造商。

眼，为了听到你说一声‘谢谢’！而你现在却心安理得地坐在你的扶手椅里，好像我为你受的苦还不够！要知道，要是没有你，我本可以过得很幸福！你为什么非要来找我？有人强迫你吗？难道是你跟别人打赌了吗？你竟然说你爱我……刚才还这么说……啊！你还不如把我赶走！我的手被你吻过，现在还是热的。就在这里，就在这地毯上，你跪在我面前，发誓说会永远爱我。我竟然相信了。整整两年，你让我陷入了一场最绚丽最甜美的梦里……嗯！我们的出走计划，你还记得吧？哦！你的信，你那封信！把我的心都撕碎了……现在我来找这个人，来找他，他有钱，快活，还自由！我来求他帮忙，我拿所有的情谊哀求他，换作是谁都会答应的，可他拒绝了我，因为这要花他三千法郎！”

“我没有这笔钱！”鲁道夫非常平静地回答。他的镇定好似一面盾牌，掩藏住了他的怒气。

她走了出来。墙壁似乎在摇晃，天花板仿佛要压到她身上。她又走上了那条长长的小径，险些绊倒在被风吹散的枯叶堆上。最后她来到了栅栏门前的壕沟。她慌慌张张地开门，指甲都被锁给刮断了。她往前走了一百来步，气喘吁吁，几近摔倒。她站住了，转过身去，再一次看了一眼这座冷漠的城堡，还有栅栏、花园、三座院落和房屋正面所有的窗户。

她呆呆地站在那里，感觉不到自己的存在，只听到脉搏在跳动，好似震耳欲聋的音乐，响彻乡间。脚下的土地比水波还要软，犁沟好似汹涌的褐色巨浪。所有的回忆和意念一齐从大脑里往外涌，好似焰火燃放时迸发出千万火花。她看到了她的父亲，勒赫的小房间，幽会的旅馆房间，还有其他风景。她觉得自己要疯了，心下害怕，努力克制自己，但是意识还是比较混乱。她竟然忘了使她沦落到这种可怕境地的根由是金钱。此刻她只因为爱情而痛苦。她回忆着自己的爱情，感觉灵魂正在远离身体，就好像垂死的人感觉到生命正从流血的伤口一点点消逝一样。

天渐渐黑了，空中有乌鸦在飞。

忽然，她仿佛看到无数火球像霹雳弹一样在空中炸开，往下坠落，然后转呀转呀，转到树枝中间，融化在雪里了。每一个火球里都是鲁道夫的脸。火球越来越多，越来越近，进入了她的身体，最后消失不见了。她认出远处人家的灯火，在雾里闪耀。

她想起自己的处境，感觉身处无底的深渊。她喘不上气，胸脯仿佛要开裂似的。接着，一股豪情油然而生，她几乎开心起来，一路跑下山坡，穿过牛走的木板桥，走过小路、小巷和菜市场，最后来到药房前。

药房里没有人。她准备进去。但是门铃一响，就会有人出来的。于是她从栅门悄悄溜了进去。她屏住呼吸，摸着墙，一直走到厨房门口。炉台上点着一支蜡烛。朱斯坦穿着衬衫，端着一盘菜出去了。

“啊！他们在吃晚饭。等等吧。”

他回来了。她敲了敲玻璃窗。他出来了。

“钥匙！上面的钥匙，放……”

“什么？”

他惊讶地看着她：夜色中，她的脸色显得异常苍白。他觉得此刻的她有一种异乎寻常的美，像幽灵一样令人肃然起敬。他不明白她的意图，但是隐约感觉到将有可怕的事情发生。

她赶紧又小声说了一遍。她的声音非常温柔，令人无法抵御。

“我要钥匙！把钥匙给我。”

壁板很薄，能听到餐厅里叉子和盘子相碰的声音。

她说老鼠吵得她睡不着觉，她要毒死老鼠。

“我得跟先生说一声。”

“不！别去！”

然后，她神情冷漠地又说：“哦！你用不着去，我一会儿跟他说。来，帮我照着路！”

她走上走廊，进了实验室。墙上挂着一把钥匙，标注着“储藏室”的字样。

药剂师等得不耐烦了，喊道：“朱斯坦！”

爱玛说：“上楼！”

他跟着她。

钥匙在锁孔里转动。她凭记忆径直走向第三个架子，拿起蓝色的宽口瓶，拔掉塞子，把手伸进去，抓了满满一把白色的粉末，倒进了嘴里。

他扑过去，喊道：“快停下！”

“别喊！会惊动别人……”

他悲痛万分，想要喊人。

“不要说出去，不然会连累你的主人！”

然后她转身走了，突然就平静了下来，好似完成了一件任务一般。

夏尔知道了扣押的消息，心慌意乱，赶回家中。爱玛刚好出去了。他叫喊，哭泣，晕了过去，但她一直没有回来。她能到什么地方去呢？他让费莉西黛去奥麦家、蒂瓦什先生家、勒赫家、金狮客栈，去所有可能的地方找。阵阵焦虑不安中，他看到自己名誉扫地，财产殆尽，贝尔特的前途尽毁！到底是因为什么……没有人给他一句话！他一直等到晚上六点钟。最后，他等不下去了，想她也许去了鲁昂，就去了大路，走了半古里，没有遇到任何人。他等了一会儿，只好回家了。

她却先回来了。

“出了什么事……为什么……告诉我……”

她坐在书桌前写信，写完后慢慢地封上，又写上日期和时间。她语气严肃地说道：“信你明天再看。从现在起，我请求你，一句话都不要问我……一句都别问！”

“可是……”

“哦！别烦我！”

她到床上躺下。

她被嘴里辛辣的味道刺醒了。她隐约看见夏尔，然后又合上眼睛。

她好奇地观察自己会不会难受。还没有。她听见座钟嘀嗒走着，炉火哔剥响，夏尔站在她床边的呼吸声。

她想：“啊！死也算不了什么！等我睡过去，一切都结束了！”

她喝了一口水，翻身朝墙躺着。

嘴里还有可怕的墨水味。

她呻吟着：“我渴……哦！好渴！”

夏尔递给她一杯水，问：“你到底怎么啦？”

“没什么……打开窗户……我喘不上气！”

她突然一阵恶心，刚把枕头下面的手帕抽出来，就吐了。

她急忙说道：“拿走！扔掉！”

他问她话，她不回答。她一动不动，生怕稍微动一下就会呕吐。她觉得一股寒气从双脚一直上升到心里。

她喃喃自语：“啊！开始了！”

“你说什么？”

她痛苦万分，慢慢扭动着头，嘴一直张着，好像有什么沉重的东西压在舌头上。八点钟，她再次呕吐起来。夏尔看见有白色的细砂粘在瓷盆壁上。

他翻来覆去地说：“少见！奇怪！”

但是她坚定地说：“不，你看错了！”

他轻轻地，几乎是抚摸似的，把手放到她的胃部。她发出一声尖叫，把他吓得直往后退。

接着，她开始呻吟，起初声音很微弱。后来，她肩膀剧烈地颤抖，痉挛的手指紧紧抓着床单，脸色比床单还要白。她的脉搏不稳，而且极其微弱，几乎摸不到。

她脸色铁青，大滴的汗珠往外渗，好像金属的水汽正在脸上凝固。她牙齿格格作响，眼睛睁得很大，眼神空洞，四下张望。不管问她什么，她都只是摇头，甚至还微笑了两三次。她的呻吟声逐渐变大，还不由自主地发出了低沉的号叫。她非说自己好些了，一会儿就能从床上下来。但又是一阵抽搐袭来，她大声喊道：“啊！太难受了，我的上帝！”

他跪在床前：“说呀！你吃了什么东西？看在上帝的分上，回答我！”

他温柔地看着她，她觉得自己从来没有看到过这样充满情意的眼神。

她虚弱地说：“好吧，那……那儿……”

他跳到书桌前，拆开信，大声念起来：不要怪罪任何人……他停了一下，用手擦擦眼睛，接着念了下去。

“什么！……救命！快来人！”

他翻来覆去只会说两个字：“服毒！服毒！”费莉西黛跑去奥麦家。奥麦站在广场上大声惊呼，勒弗朗索瓦大妈在金狮客栈里都听到了。有几个人起床告诉邻居。一夜之间，全村都知道了。

夏尔完全没了主张，话也说不清楚，人都快站不住了，在房间里乱转。他撞在家具上，扯自己的头发。药剂师没想到他会做出这样吓人的事来！

他回到自己家给卡尼韦先生和拉里维埃博士写信。他头昏脑涨，重写了十几遍。伊波利特出发去了新堡。朱斯坦骑着包法利的马，拼命踢着；马累得精疲力竭，再也跑不动了；他就把马丢在了吉约姆树林的山坡上。

夏尔想查阅医学辞典，但是每行字都在跳动，他根本就看不清楚。

药剂师说："镇静一点。只要服用一点强力的解毒药就行。是什么毒？"

夏尔把信拿给他看。是砒霜。

奥麦又说："那应该化验一下。"

因为他知道，中毒都必须化验。

夏尔没懂他的意思，说："啊！好吧！做吧！救救她……"

然后，他回到她身边，瘫倒在地毯上，头倚着床沿，泣不成声。

她对他说："别哭了！我很快就不会再折磨你了！"

"为什么这么做？有谁逼迫你吗？"

她回答道："我必须这么做，我的朋友。"

"你不快乐吗？是我的错吗？我已经尽我所能了！"

"是的……你很好……你是好人！"

她慢慢地把手放到他的头发上。她的温柔令他更加悲伤。她从未像此刻这般爱他，可是他却要失去她了，他感觉自己的生命在绝望中崩溃。他失去了主张，不知道，也不敢做什么。情况紧急，需要立刻做出决定，可他完全不知所措。

她想，一切欺诈和卑鄙，令她饱受折磨的种种欲念，与她再无任何干系了。现在她谁也不恨。她的思想好似暮色一样混沌不清。人世的喧嚣中，她只听得到这个可怜人断断续续的悲啼，温柔而又模糊，好像交响乐逐渐消逝的回声。

她支起胳膊肘，说道："把孩子带过来。"

夏尔问："你有没有更难受？"

"没有！没有！"

女佣抱来了孩子。孩子穿着睡衣，露着两只光脚丫，神情严肃，似乎还在做梦。她惊讶地看着乱糟糟的房间。烛光照得她有点眼花，她眨了几下眼睛。她应该是想起了新年和狂欢节的清早，她就是这样被烛光照醒，来到母亲的床上，接受节日礼物。她问："礼物在哪里，妈妈？"

没有人回答。

"我怎么没看到放礼物的小鞋子？"

费莉西黛把她抱到床边，她却一直望着壁炉。

她问："是不是被奶妈拿走了？"

一听见"奶妈"两个字，包法利夫人就想起了她的奸情和灾祸。她转过头去，嘴里又泛起一股恶心味道，似乎是比砒霜还猛的毒药。贝尔特坐在床上。

"啊！妈妈，你的眼睛好大！脸好白，好多汗……"

母亲瞧着她。

孩子往后缩着，说："我怕！"

爱玛拉住她的手想亲，她挣开了。

夏尔在床边啜泣，喊道："好了！把她抱走吧！"

接下来，爱玛的症状有了一阵缓解。她看上去好受了一些。

她说了几句无关紧要的话，呼吸时胸口也稍微平稳了一些。他立时又重新燃起了希望。卡尼韦终于来了。夏尔一下就扑到他怀里，哭着说："啊！是您！谢天谢地！谢谢您！她现在好点了。来，您看看她……"

这位同行一点也不认同夏尔的观点，而且，用他自己的话来说，也不准备拐弯抹角，直接就开了催吐剂，让她把胃排空。

她很快就吐起血来。她的嘴唇咬得更紧，四肢抽搐，身上布满了褐色的斑点，脉搏浮滑，像一根紧绷的线，又像是快要断的琴弦。

接着她开始叫喊起来，叫得吓人。她诅骂着毒药，又哀求毒药快点发作。夏尔比她还要痛苦，他想让她喝点东西，但是她总是伸出僵硬的胳膊推开。他站在那里，用手帕捂住嘴，喘着气，流着泪，泣不成声，浑身颤抖。费莉西黛在房间里跑来跑去。奥麦一动不动，只是大声叹息。一直很镇定的卡尼韦先生也开始慌乱了。

卡尼韦说："见鬼……但是……胃已经排清了。等病源一消除……"

奥麦说："症状当然就应该消除了。"

包法利喊道："救救她吧！"

药剂师说这说不定是好转反应。但是卡尼韦没有理他，正准备用鸦片解毒剂。这时突然听到马鞭挥舞的声音。所有的玻璃窗都开始震动。三匹满身泥泞的马拉着一辆轿式驿车一下子就冲过了菜市场的拐角。拉里维埃博士来了。

就算天神下凡也不会这样激动人心。博士还没进门，包法利就举起了双手，卡尼韦立刻停了下来，奥麦也赶快摘下了他的希腊小帽。

博士继承的是比沙[①]的衣钵，属于伟大的外科学派，代表着如今几近绝迹的一代人。这代人既是哲学家，又是实践者，他们珍爱医道，行医时既满怀热情又头脑冷静！他发怒的时候，整个医院都会颤抖。他的学生对他如此崇敬，刚开始行医就竭力模仿他，以至于附近城镇里的医生个个都有他的风范。他总是穿着美利奴羊毛的长棉衣和宽大的黑色燕尾服，解着袖扣，漂亮的胖手从来不戴手套，仿佛随时准备济世救人。他藐视勋章、头衔和学院，态度亲切，慷慨大方，关爱穷人，致力于行善却从不标榜，几乎可以说是一个圣人。他的头脑是如此敏锐精细，人们就像畏惧魔鬼一样地怕他。他的目光比他的手术刀还要锐利，直入灵魂深处，刺穿一切托词和廉耻心，剖出所有的谎言。他知道自己的才华和财富，再加上四十年一直兢兢业业行医，生活令人无可非议，这一切令他待人接物时具有一种集威严和宽厚于一体的气度。

他一进门，看到爱玛躺在床上，张着嘴，面如死人，就直皱眉头。然后，他好像在听卡尼韦说话，食指揉着鼻子，重复着："好，好。"

他慢慢耸了一下肩膀。包法利一直观察着他的举动。两人对视了一眼。他虽然早已看惯了种种苦痛，还是忍不住落下一颗泪水，滴到了胸前的襟饰上。

他想和卡尼韦去隔壁房间说话。

夏尔跟了过去，问："她的情况很不好，是不是？用芥子泥行吗？我不知道该怎么办！您想想办法吧，您救过这么多人！"

夏尔双臂环抱着他，看着他，目光充满了恐惧和哀求，几乎

① 比沙（1771—1802），法国著名生理学家、解剖学家。

要晕倒在他的胸前。

“好了，可怜的孩子，坚强点！已经没什么可以做的了。”

拉里维埃博士转过身去。

“您要走吗？”

“我还会回来的。”

他走了出去，好像是有话要吩咐马车夫。卡尼韦先生也跟了出去，他不想看到爱玛死在自己手里。

药剂师在广场上赶上了他们。他天性好结交名人。因此他恳求拉里维埃先生赏光去他家用午餐。

他立刻叫人去金狮客栈拿鸽子，去肉店买排骨，去蒂瓦什家取奶油，去莱蒂布杜瓦家取鸡蛋。药剂师亲自帮着准备。奥麦太太一边系围裙，一边说：“对不起，先生。在我们这个小地方，如果不在头一天就开始准备的话……”

奥麦小声说：“高脚杯！”

奥麦太太接着说：“要是在城里，起码可以买到做夹馅蹄膀的食材……”

奥麦打断了她：“别说了……请入席，博士！”

吃了几口之后，他觉得应该提供一些事故的细节：“我们先是发现她咽部干燥，然后是上腹部剧痛，呕吐不止，最后就陷入了昏迷。”

“她为什么服毒？”

“我不知道，博士。我都不知道她从哪里弄到的亚砷酸。”

朱斯坦端着一摞盘子走了进来，听了这话不禁哆嗦了一下。

药剂师问：“你怎么了？”

他这一问，稀里哗啦，年轻人手上的盘子全掉到了地上。

奥麦骂道：“白痴！傻瓜！笨蛋！蠢驴！”

但是他一下控制住了自己，接着刚刚的话题说道："博士，我想做个化验。我先小心地把一根管子插进她的喉部……"

博士说："您要是直接把手指伸进去会更好。"

卡尼韦没有说话。他刚刚因为用催吐剂私下里被博士严厉训斥了一顿，因此收起了当年治疗跛脚时口若悬河的气焰，表现得非常谦逊，脸上一直堆着笑，表示赞同。

奥麦因为当上了东道主，很是得意；自私心理令他从包法利的痛苦中隐约感到一种快乐；博士的在场令他兴奋不已。于是他开始卖弄自己的博学多闻，列举各种毒物：斑蝥、尤巴斯树[①]、芒齐涅拉树[②]、蝰蛇等。

"博士，我从书里看到，有的人吃了烟熏过度的猪血肠也会中毒，就跟遭到了电击一样！至少，我们的药理学大师，著名的卡代·德·加西古[③]，就曾在他的一篇优秀的报告里提到过。"

奥麦太太又出来了，端着一个摇摇晃晃的烧酒精的机器。因为奥麦坚持要在餐桌上现煮咖啡。咖啡豆他事先已经亲手炒制、研磨、调配好了。

他一边呈上糖，一边说道："saccharum[④]，博士。"

然后他把孩子们都叫下来，请博士评价他们的体格。

最后，拉里维埃先生准备走了，奥麦太太又请他给自己的丈夫看看。奥麦的血太黏稠了，每天吃过晚饭就会睡着。

"他的问题不是出在血液上。"

没有人听出博士话中的戏谑之意。博士笑了一下，打开了

---

① 尤巴斯树是生长在爪哇岛的一种剧毒树木。

② 芒齐涅拉树长在美洲大陆及加勒比海的西印度群岛上，整棵树（皮、叶、果）都含有剧毒的汁液，又称死亡树。

③ 卡代·德·加西古（1731—1799），法国化学家、药剂师。

④ 拉丁语，意思是砂糖。

门。药房里挤满了人。蒂瓦什先生担心妻子得了肺炎，因为她老往炉灰里吐痰；比内先生有时会饿得发慌；卡龙夫人身上刺痒；勒赫常常头晕；莱蒂布杜瓦患有风湿；勒弗朗索瓦太太胃部反酸。博士好不容易才摆脱了众人。最后，三匹马出发了。大家普遍觉得他态度不够和气。

众人的视线转移到了布尔尼西安先生身上。他正捧着圣油走过菜市场。

奥麦一见到教士就觉得不舒服。

然而，面对自己的"使命"，他没有退缩，而是陪着卡尼韦又回到了包法利家，因为拉里维埃先生临走前一再叮嘱卡尼韦这么做。要不是妻子反对，他甚至想把两个儿子也带去，让他们经经世事，上上课，以后能一直记得这庄严的场景。

他们走进房间。房间里的气氛庄严肃穆。女红桌上盖着一条白布单，上面摆着一个银盘子，里面有五六个小棉球。盘子旁边有个大十字架，一边点着一根蜡烛。爱玛下巴靠在胸前，眼睛睁得老大，两手搭在床单上，看上去温顺又可怜，好似临死之人希望赶紧用裹尸布遮住自己丑陋的容颜一样。夏尔的脸像石像一样白，眼睛像炭火一样红，站在对面的床脚前，没有哭泣；神甫单腿跪在地上，低声祷告着。

她慢慢地转过脸来，看见了神甫的紫色襟带，脸上现出了喜色。她应该是从这异常的平和之中，再次感受到了最初时的那种快乐，看到自己即将投身于永恒的福祉之中。

神甫站起来取十字架。她像一个渴极了的人一样伸长了脖子，把嘴唇紧贴在耶稣的身体上，用上了全身的力气和平生的爱，吻了下去。接着，神甫诵起了慈悲经和宽恕经。他将右手大拇指浸到圣油里蘸蘸，开始涂圣油：先涂她的眼睛，免得她贪恋

爱玛下巴靠在胸前，眼睛睁得老大，
两手搭在床单上，看上去温顺又可怜，
好似临死之人希望赶紧用裹尸布
遮住自己丑陋的容颜一样。

人世的浮华虚荣；再涂她的鼻孔，免得她流连温暖的香风和缠绵的情味；三涂她那曾经撒过谎、高傲地抱怨过和淫荡地叫喊过的嘴；四涂她那贪恋柔软的双手；最后涂她那曾经因欲望而奔走，如今再也行走不动的脚掌。

神甫擦了擦手指，把浸透了圣油的棉花球丢到火里，过来坐在临终之人的身边，对她说她现在应该把自己的痛苦和耶稣的痛苦结合在一起，等候上天的宽恕。

做完了临终的劝导，他把一根象征着天国荣光的神圣蜡烛放进她的手里，祝祷她即将沐浴在圣辉之中。爱玛太虚弱了，合不上手指，若不是有布尔尼西安先生，蜡烛就掉到地上了。

她的脸色不像先前那样惨白，面色一片祥和，似乎被这临终的圣事治愈了。

神甫指出了这一转变；他甚至向包法利解释说，有时主会延长人的寿命，如果他认为这样更有利于救赎。夏尔想起了她上次临终领圣体，也是像此刻这般奄奄一息。

他想："也许还有希望。"

的确，她缓缓地看了看四周，仿佛如梦初醒，然后用清楚的声音要人给她拿来镜子。她照了好久，直至泪水横流。然后，她仰起头，叹了口气，又倒在了枕头上。

她的胸脯立刻急剧起伏，舌头完全伸到嘴外，灰白的眼睛转动着，像两盏即将熄灭的玻璃灯。她看上去好像已经死了，只是肋部还在随着每一次的喘息剧烈地抽搐，越来越快，仿佛灵魂正在她的身体里挣扎着要离开。费莉西黛跪在十字架前，药剂师屈了屈膝，卡尼韦先生茫然地看着广场。布尔尼西安脸靠着床沿，黑色的长袍拖在地上，又开始祷告。夏尔跪在对面，胳膊伸向爱玛。他抓住她的手，紧紧握着，身体随着她的每一下心跳而颤抖，就像即将坍塌的废墟。爱玛的喘息越来越急促，神甫的祷告也越来越快。祈祷声和夏尔的啜泣声夹杂在一起，有时一切声响似乎都已消失，只剩下低沉含糊的拉丁文音节，好似丧钟在敲响。

忽然，人行道上传来了木鞋底和拐棍的响声。一个沙哑的声音唱着：

晴空朗朗，日头火热，小姑娘想有个情哥哥。

爱玛就像遭到电击的僵尸一样突然坐了起来，披头散发，瞳孔呆滞，嘴巴张着。

镰刀挥舞麦穗掉，勤劳的南妮特忙弯腰。

她喊道：“盲人！”

爱玛笑了起来，笑声疯狂、绝望、可怖。她看到盲人可怕的丑脸在永恒的黑暗中等着她。

大风吹得短裙飘

一阵抽搐之后，她又倒在了床上。大家都围了过去，她已经死了。

第九章

一般有人死了，周围的人总会先惊呆一阵，因为生命突然变为虚无，让人一下很难接受和相信。但是夏尔一见她不动了，马上就扑到她身上，喊道："永别了！永别了！"

奥麦和卡尼韦把他拉到了房间外面。

"您得节哀！"

他挣扎着说："好的，我会克制的，我不会做傻事的。放开我！我要看看她！她是我的妻子！"

他哭了起来。

药剂师说："哭吧，尽情地哭吧，哭出来会好过些！"

夏尔变得比孩子还脆弱，任由他们将自己带到了楼下的厅房里。不久奥麦先生就回家了。

他在广场上碰到了盲人。盲人想找他要消炎药膏，就一路摸到了荣镇，逢人就打听药剂师的住处。

"好了，去吧！我的事多着呢！嗨！算了，以后再来吧！"

他匆忙走进了药房。

他要写两封信，给包法利配安神药水，编一套谎话遮掩爱玛服毒的真相，写成文章给《鲁昂灯塔》报，还要打发那些找他打探消息的人。最后，荣镇所有的人都知道了药剂师编造的事件原委：爱玛做香草奶油时，错把砒霜当糖放了。然后，奥麦再次来到了包法利家里。

卡尼韦先生刚走。夏尔一个人坐在窗户旁边的扶手椅里，呆呆地盯着厅里的石板地。

药剂师说："现在得确定仪式的时间。"

夏尔问："为什么？什么仪式？"

然后，他声音惶恐，结结巴巴地说："哦！不，不要，我要守着她。"

奥麦为了稳住他，就拿起架子上的水瓶，去浇天竺葵。

夏尔说："啊！谢谢，您真好！"

他说不下去了，药剂师的举动勾引起了他太多的回忆。

奥麦觉得谈谈园艺应该能转移一下他的思绪，就说植物需要湿度。夏尔低头表示赞同。

"好天气就要回来了。"

包法利说："啊。"

药剂师实在没了主意，就轻轻拉开了窗玻璃上的小窗帘。

"呀，蒂瓦什先生走过去了。"

夏尔机械地重复着："蒂瓦什先生走过去了。"

奥麦不敢再跟他说丧葬的事。最后还是神甫说服了他。

夏尔把自己关在诊室里，拿起笔，啜泣了一阵之后，写道：

> 我希望她下葬时穿结婚礼服，白皮鞋，头戴花冠，头发披在肩上。要三副棺材：橡木的、桃花心木的、铅的。不必再跟我说什么，我能承受。给她盖绿色天鹅绒单布。我希望这样。请照办。

包法利的浪漫想法令先生们惊诧不已！

药剂师立刻对他说："我觉得完全没必要用天鹅绒单子。再说，花费……"

夏尔喊道："这和您有关吗？别管我！您又不爱她！走吧！"

神甫挽起他的胳膊，带他到花园里散步。神甫对他大讲世上万事转眼即空，上帝是伟大的、仁慈的，人应该毫无怨言而且心怀感激地听从上帝的旨意。

夏尔居然喊出了亵渎神明的话："我讨厌您的上帝！"

神甫叹了口气，说："您依然心怀抗拒。"

包法利走开了。他沿着墙边的果树，大步走着。他咬着牙，抬眼看天，目光中充满仇恨；但是并没有一片树叶因此而摇动。

天下起了小雨。夏尔露着胸脯，冻得直哆嗦，只好进厨房坐下。

六点钟，广场上响起了车轮声：燕子号回来了。夏尔将额头贴在窗玻璃上，看着旅客们一个接一个地从车上下来。费莉西黛在客厅给他铺了床褥，他倒在上面，睡着了。

奥麦先生虽然有自己的一套哲学理念，但对死者还是尊重的。因此，他并不记恨可怜的夏尔，晚上又过来守灵来了。他带了三本书，还有一个活页夹，记笔记用。

布尔尼西安先生也在。床已经从床龛里挪了出来。床头点着两根大蜡烛。

药剂师觉得气氛寂静得有些压抑，就开口抱怨命运对这个"不幸的年轻女子"不公；神甫对他说现在只该为她祈祷。

奥麦说："不过，无非就是这两种情形：要么，如教会所言，她的死是上帝的恩泽，那她根本不需要我们的祈祷；要么，像教士们说的那样，她至死也没有悔悟，那么……"

布尔尼西安打断了他，愤怒地回应说那样就更应该为她祈祷。

药剂师反驳道："既然上帝知道我们所有的需求，那祈祷有什么用？"

神甫说："什么？您反对祈祷？您难道不是基督教徒吗？"

奥麦说："对不起！我敬仰基督教。首先，它解放了奴隶，向世界提出了一套道德理念……"

"不是这样！所有的经文……"

"哦！哦！说到经文，翻开历史就知道了，经文被耶稣会士篡改过了。"

夏尔进来了，走到床前，慢慢拉开了床幔。

爱玛的头向右肩歪着；嘴角张着，好像下半边脸上有个黑洞似的；大拇指弯在手心里；睫毛好像被撒上了白灰，眼睛上蒙着一层黏稠的、灰白色的、像薄纱一样的东西，好像蜘蛛在上面结了网似的。盖在身上的床单从胸脯到膝盖之间凹了下去，到脚尖处又凸了出来；夏尔觉得她身上似乎压着一块巨大的重物。

教堂的钟敲响了两点钟。露台脚下河水潺潺，流进一片黑暗。布尔尼西安先生不时大声地擤鼻涕。奥麦的笔在纸上沙沙写着。

奥麦说："去吧，我的好朋友，您还是走开吧，待在这里会让您心碎的！"

夏尔一走，药剂师和神甫又接着辩论上了。

一个说："您应该读伏尔泰！读霍尔巴赫[①]！读《百科全书》！"

① 霍尔巴赫（1723—1789），18世纪法国启蒙思想家、哲学家、无神论者。

另一位说："你应该读盖内神父写的《葡萄牙犹太人信札》！读前任大法官尼古拉写的《论基督教教义》！"

他们俩越说越激动，争得面红耳赤，各说各的，谁也不听谁的。布尔尼西安因为奥麦的狂妄放肆而愤怒，奥麦因为神甫的愚蠢而惊诧。两个人眼看就要互相谩骂了，夏尔忽然又出现了。他不由自主，老往楼上跑。

为了看得更清楚，他站在她对面，全神贯注地凝视着她，甚至不再感觉到痛苦。

他想起了一些强直性晕厥症的案例和磁感应产生的奇迹。他想如果他用上全部的意念力，说不定能令她复活。他甚至弯下腰，对着她低声喊着："爱玛！爱玛！"他粗重的呼吸使得烛光在墙壁上摇曳。

天刚有点亮，老包法利太太到了。夏尔上前拥抱她，又是一场痛哭。她跟药剂师一样，也试图劝他考虑一下丧葬的费用。他大发脾气，她只好住口。他还让她立刻去城里置办需要的东西。

整个下午夏尔都是一个人待着。贝尔特被送到奥麦太太那边了；费莉西黛和勒弗朗索瓦太太一起守在楼上的房间里。

晚上，夏尔接待前来吊唁的人。他站起来，和来访者握手，说不出话。然后大家彼此挨着坐下，在壁炉前围成了一个大半圆。他们低着头，跷着二郎腿，晃着腿，不时发出一声重重的叹息。每个人都觉得无聊至极，但是谁也不肯先走。

两天以来，奥麦尽在广场上来回穿梭。九点钟，他又来了，带来一些樟脑、安息香和香味草。他还拿来满满一瓶氯水，用来消除屋里的病气。女佣、勒弗朗索瓦太太和老包法利太太围着爱玛，给她穿衣。最后，她们在她身上罩上一长幅硬纱布，一直盖到她的缎鞋。

费莉西黛啜泣着："啊！我可怜的太太！我可怜的太太！"

客栈老板娘叹息着："看她，她还是这么漂亮！好像一会儿就会醒过来呢！"

然后，她们俯身给她戴花冠。

戴花冠需要把她的头抬起来一点。她嘴里流出一股黑水，好像又开始呕吐了。

勒弗朗索瓦太太喊道："啊！我的上帝！小心裙子！"

她对药剂师说："快来帮忙！您是害怕了吗？"

药剂师耸耸肩膀说："我，害怕？啊！瞧您说的！我学药剂学的时候，在医院可没少见过死人！我们还在解剖教室里做潘趣酒呢！哲学家哪会害怕死亡。我还常说，我死后要把遗体捐给医院，留待日后服务于科学。"

神甫一到，就问包法利怎么样了。听了药剂师的回答，他说："您明白的，他刚遭到不幸，需要时间恢复。"

奥麦祝贺他不会像大家一样有失去伴侣的风险。接着两个人就教士不婚的话题又开始争论起来。

药剂师说："男人不要女人是违反自然的！有些犯罪……"

教士喊道："我的天！您说，一个结了婚的人怎么能守住别人忏悔的秘密？"

奥麦开始抨击忏悔。布尔尼西安为忏悔辩护。他说忏悔可以使人改过自新。他举了很多例子：一些窃贼忏悔之后一下变成了良民；一些军人一靠近忏悔室，就感觉到眼睛上有鳞片掉下[①]，立

① 该典故出自《新约·使徒行传》第九章，耶稣派亚拿尼亚为失明的扫罗祷告，扫罗的眼睛上好像有鳞片掉下来，立刻重见光明。扫罗因此由反对耶稣转而传扬耶稣。

时看清了自己的罪过；弗里堡有一个神甫……

他的辩友已经睡着了。他觉得房间里有点闷，就走过去打开窗户。药剂师被他的动作惊醒。

他对药剂师说："来！吸口鼻烟！吸一口吧，提提神。"

远处传来了狗叫声，连续不断。

药剂师问："您听到狗叫了吗？"

教士答道："据说狗能闻到死人的气味。蜜蜂也是，一有人死就会从蜂箱里飞出来。"

奥麦没有纠正这些谬论，因为他又睡着了。

布尔尼西安身体比他结实，口中依然念念有词；过了一会儿，不知不觉地，他也耷拉下脑袋，松开了手里的大黑书，打起鼾来。

他们俩面对面打着盹，腆着肚子，脸皮浮肿，眉头紧皱，争论了这么久之后，最终在人类共同的弱点面前一起败下阵来。他们和身边的尸体一样一动不动，尸体看起来也像睡着了似的。

夏尔进来了，并没有吵醒这两位。他来向她做最后的告别。

香味草还在冒烟，淡蓝色的烟雾飘向窗户，和外面进来的雾气混成一片。天上有几颗星星，夜很静。

蜡烛油大颗滴在床单上。夏尔看着蜡烛燃烧时发出的黄色火焰，直到眼睛疲惫不堪。

爱玛身上的月白色绸缎长裙波光熠熠。下面的爱玛似乎不见了，消散了，消逝在周围的东西里，消逝在寂静中，夜色里，风中，潮湿的香气里。

然后，忽然之间，他仿佛看见她在托持的花园里，坐在荆棘篱笆边的长凳上；在鲁昂的街道上；在家门口；在贝尔托的院子里。他还听到男孩们在苹果树下跳舞欢笑；房间里弥漫着她头发的香气，她的长裙在他怀里窸窣作响。此刻她穿的就是那条裙子！

他久久地追忆着已经消逝了的幸福，她的姿态、动作、声音。心痛一阵接着一阵，潮水般袭来，没有停歇。

他突然好奇心起，心跳不已，慢慢地用手指揭开了她的面纱。他吓得大喊一声，惊醒了睡着的两位。他们把他拉到了楼下的厅里。

然后费莉西黛上楼说他要她的头发。

药剂师说："剪吧！"

费莉西黛不敢剪，奥麦就拿起剪刀亲自上前剪。他哆嗦得厉害，剪刀在太阳穴处划了好几道口子。最后，他心一横，大刀阔斧地剪了几刀，漂亮的黑发被剪出了几块白色的印记。

药剂师和神甫又开始争论起来，吵会儿睡会儿，醒了再继续互相攻击。接着布尔尼西安先生往房间里洒圣水，奥麦往地上浇氯水。

费莉西黛想得周全，给他们在柜子上放了一瓶烧酒、一块奶酪和一个大面包。到了早上四点钟，药剂师实在挺不住了，叹口气，说道："老实说，我很想吃点东西补充一下体力。"

神甫就出去做了弥撒。回来后两人开始吃东西，碰杯，说笑了一阵。不知怎的，在经历了悲伤的场面之后，人竟然会隐约感到高兴。喝到最后一杯，神甫拍着药剂师的肩膀说："我们最终会互相理解的！"

他们在楼下门厅遇到了前来安装棺木的工人。在接下来的两个小时里，夏尔不得不忍受铁锤敲打棺木的折磨。大家把她搬下来，放进橡木棺，再把橡木棺放进另外两套棺木里。最外层的棺材太大了，他们就拆了一床褥子，把里面的羊毛填充在棺木的缝隙里。最后，三副棺木都刨好，钉好，焊好了；他们把灵柩抬到门前；屋门大敞；荣镇人涌了进来。

鲁奥老爹到了。他在广场就看见了黑色的丧布，昏了过去。

第十章

他在爱玛死后三十六小时才收到了药剂师的信。奥麦先生怕他受不了，把信写得不清不楚，让人实在不明白发生了什么。

老头儿先是像中风一样倒了下去。后来他觉得她应该没有死。但是也可能死了……最后，他穿上罩衣，戴上帽子，给鞋装上马刺，快马加鞭上路了。一路上鲁奥老爹焦急不安，气喘吁吁。他甚至不得不停了一次，下马缓口气，因为他什么也看不见了，耳朵隆隆响，他觉得自己要疯了。

天亮了。他看到三只黑母鸡在树上睡觉。这是凶兆，他吓得直哆嗦。于是他向圣母许愿，要送教堂三件祭披，还要光脚从贝尔托公墓一直走到瓦松镇的小教堂。

他一到马罗姆，就大声唤着店家，用肩膀撞开门，一下跳到燕麦袋前，往马槽里倒了一瓶甜苹果酒，喂过马之后立刻又上马赶路，直跑得马蹄铁火星四射。

他想，她一定会得救的，医生们会找到良方的。他想起了听别人讲过的那些奇迹般的治愈。

接着，他又觉得她死了。她就在那里，在他的面前，仰面躺在大路中央。他拉住缰绳，幻象消失了。

到了坎康普瓦，他为了振作精神，一连喝了三杯咖啡。

他又想写信的人有可能弄错了名字。他伸手到衣袋里找信，摸着信了，却不敢打开看。

最后，他想这可能是个玩笑，有人要报复他，或者是谁突发奇想要捉弄他。如果她死了，他应该会有感应的。而他现在什么感觉也没有！乡野一切如常：天是蓝的，树在摇摆，羊群从路上走过。他看见了荣镇，就趴在马背上，拼命打马，全速前进，马肚上的带子都在滴血。

他醒了过来，哭着倒在了包法利怀里，喊着："我的女儿！爱玛！我的孩子！这是怎么回事……"

包法利也泣不成声："我不知道，不知道！真是祸从天降！"

药剂师把他们两个分开，劝道："了解这些可怕的细节也无济于事。我以后再告诉先生吧。大家都来了。不管怎样，要冷静！想开点！"

可怜的男人想表现得坚强点，翻来覆去地说着："对……要勇敢！"

老头儿也喊着："好！老天在上，我会勇敢的，我要送她上路。"

钟声响了。一切准备就绪。该上路了。

他们俩挨着坐在祭台的祷告席上。三个唱经者在他们面前不停地来回走着，唱着赞美诗。乐手使劲吹着蛇形风管。布尔尼西安先生一身盛装，尖声唱着，高举双手，伸出胳膊，向圣体盒致敬。莱蒂布杜瓦手拿鲸骨杖，在教堂里转圈。灵柩靠经桌放着，周围点着四排蜡烛。夏尔老想起身把蜡烛吹灭。

他努力地激起自己的虔诚，希望来生可以再见到她。他想象她是出门了，去了很远的地方，已经去了很久。但是，当他想到她就在棺材里，一切都已结束，她就要入土，他就愤怒、伤心、绝望。有时他似乎没有任何感觉了，也没那么痛苦了，但他立刻又会责怪自己铁石心肠。

石板地上响起了有节奏的铁棍敲地的声音。响声从教堂深处传出来，到了侧厅突然停住了。一个穿着肥大的棕色上衣的男人吃力地跪了下来，是金狮客栈的伙计伊波利特。他安上了那条崭新的假腿。

一个唱经者绕着正殿走了一圈，请大家布施。硬币一个接一个被抛进银盘，叮当作响。

“快走吧！我很痛苦！”包法利愤怒地喊着，扔过去一枚五法郎的硬币。

唱经者向他行了一个深深的屈膝礼，表示感谢。

唱歌，下跪，起身，没完没了！他记得刚来荣镇的时候，有一次和爱玛一起来做弥撒；当时他们坐在对面，靠着右边的墙壁。钟声再次响起。大家纷纷把椅子挪开。抬棺材的人把三根木杠放到灵柩下面。大家走出教堂。

朱斯坦出现在药房门口。他脸色惨白，步履蹒跚，又进去了。

人们趴在窗口看出殡队列经过。夏尔身体挺得笔直，走在最前面。他竭力做出坚强的样子。不时有人从小巷和自家大门里走出来参加送殡，夏尔就对他们点头致意。六个抬棺材的人，一边三个，小步前进，有点气喘。神甫、唱经者、还有两个唱童一齐吟诵着哀悼经。他们的声音忽高忽低，在乡间弥散开来。有时小路一拐弯，就看不见他们的身影了；但是总能看到银质的大十字架高高地耸立在树丛间。

女人们跟在队列后面，穿着黑色斗篷，风帽垂落在肩膀上，手里拿着一枝点燃的大蜡烛。夏尔听着没完没了的祷告，看着成片的烛光，嗅着蜡烛和道袍难闻的味道，感觉快撑不下去了。一阵清凉的微风吹过，黑麦和油菜泛起了绿浪，路边荆棘篱笆上的露珠在风中颤抖。天边响起了各种欢快的声音：远处车轮滚滚，公鸡连续打鸣，小马蹦跳着躲到苹果树下。澄清的天空中飘着几朵粉红色的云霞。淡蓝色的烛光照在长着鸢尾花的茅屋顶上。夏尔认出了这些院落。他记得在那些像这样的早晨，他看完病人之后，就从这些院落走出来，回到爱玛身边。

灵柩上罩着黑色带白点的布单，罩布不时被风吹起，露出了下面的棺木。抬棺材的人走累了，便放慢了速度，棺木就一颠一颠地向前移动，好像浪里颠簸的小船。

墓地到了。

男人们继续往下走，一直走到草地上，墓穴已经挖好了。大家围着墓穴站好。神甫开始祷告。墓穴边上堆着的红土还在不断地悄悄往下滑落。

然后，人们把棺木放到四条粗绳上面，吊下墓穴。夏尔看着棺木往下落，一直往下坠落。

最后，棺木碰到了穴底，四条绳子嘎吱嘎吱地升了上来。布尔尼西安拿起莱蒂布杜瓦递给他的铁铲。他左手洒着圣水，右手用力铲了一大铲土。土里的石子掉在棺木上，发出巨大的声响，仿佛是永恒的回声。

神甫把圣水壶递给他旁边的奥麦先生。奥麦神情肃穆地摇了摇，然后又传给夏尔。夏尔跪在土里，双手捧土往墓穴里抛，嘴里喊着："永别了！"他向她送飞吻。他爬向墓穴，要和她一起下葬。

大家把他拉开。他很快平静下来，大概也和别人一样，在事情完结之后，隐约感到了满足。

鲁奥老爹送葬回来之后，平静地吸起了烟斗。奥麦觉着这样做很不合适。他还发现比内先生没有参加葬礼，蒂瓦什听完弥撒就溜了，公证人家的仆人泰奥多尔居然穿了一件蓝色的礼服。“难道就找不出一件黑色的礼服参加葬礼吗！真是不像话！”他在吊客中间走来走去，传播着他的这些看法。大家都为爱玛的死感到惋惜，尤其是勒赫。他也去送葬了。

“可怜的女人！她的丈夫该有多痛苦！”

药剂师接下去说道：“你们知道吗，要不是我，他恐怕也走上绝路了！”

“这么好的女人！我上星期六还在店里见过她呢！”

奥麦说：“可惜我没时间准备，不然我也想在她的坟前演讲几句的。”

回到家后，夏尔换掉了丧服，鲁奥老爹又穿上了他的蓝色罩衣。这罩衣是新的。因为他一路上老用衣袖擦眼睛，脸都给衣服染上了颜色，眼泪在沾满灰尘的脸上留下了一道道污痕。

老包法利太太和他们在一起。三个人都不说话。最后，老头儿叹了口气，说：“您还记得吗，我的朋友，您的第一个妻子过世的时候，我去托特安慰您。我对您讲些宽解的话。可是现在……”

他深深地叹了口气，胸脯略微鼓了起来：“啊！您看，这对我来说真是世界末日！我看着我的妻子去世……后来是我的儿子……今天又是我的女儿！”

他说在这屋子里睡不着觉，要立刻回贝尔托。他甚至不想见外孙女。

“不见了！不见了！见到她我会难过得受不了。您替我亲吻她吧！再见吧……您是个好小伙！还有，别担心，我永远不会忘记这个的，”他拍了拍大腿，接着说，“我会一直给您送火鸡的。”

他到了坡顶上，又转过身子往回望，就像当年在圣维克托路上和爱玛分别时一样。太阳正从牧场方向西沉，落日的斜晖下，荣镇的窗户仿佛着了火一般。他把手搭在眼前，看见天边有一道围墙，墙内一丛丛的树木，掩映在白色的墓石之间，宛如一束束黑花。他又继续赶路。马的腿已经跛了，只能一路小跑前行。

夏尔和他的母亲虽然很累，晚上还是一起谈了很久。他们谈起过去的日子，还谈到将来。她要来荣镇住下，帮他持家。他们再也不会分开。她既有管家的才干，又疼爱儿子，失去了这么多年的母子之情，如今终又恢复，她感到非常高兴。午夜的钟声响了。荣镇像往常一样，一片寂静。夏尔无法入睡，一直在想着妻子。

鲁道夫一整天都在林子里打猎消遣，此刻正在自己的城堡里安然入眠。鲁昂城里的莱昂也睡着了。

这时，还有一个人没有睡。

在墓穴边，松树丛中，一个男孩跪在黑暗里哭泣，胸脯随着啜泣一起一伏，哭得上气不接下气。他心中的悲伤比月光还要柔和，比黑夜还要深邃。栅栏门忽然响了。是莱蒂布杜瓦，他来找落在墓地的铁铲。他认出翻墙逃走的人是朱斯坦，还以为自己终于知道了偷他土豆的坏蛋是谁。

第十一章

第二天，夏尔把孩子接回了家。孩子要妈妈。家里人跟她说妈妈出门了，回来会给她带玩具。后来贝尔特还问过好几次；接着，时间久了，她也就不再想妈妈去哪儿了。孩子的快乐令夏尔更加难过，而且他还不得不忍受药剂师烦人的安慰。

不久，金钱方面的麻烦卷土重来。勒赫先生又让他的朋友万萨出面讨债，夏尔承认偿还巨额数目，因为他坚决不肯变卖任何一件属于妻子的家具。母亲气坏了。他却比母亲还要脾气大。他完全变了。母亲就抛下他回去了。

于是人人都来占便宜。朗珀勒小姐来要六个月的学费，虽然爱玛一次钢琴课也没上过。爱玛拿给夏尔看的那张收据是她们两人串通好开的假收据。租书商索要三年的租书费。罗莱大嫂来讨二十来封信的邮费。夏尔问她详情，她机灵地回答："唉！我什么都不知道！反正都是帮她寄的！"

夏尔每还掉一笔债，都以为这是最后一笔了。可是新债却一直在出现，源源不绝。

他向病人催讨看病的欠账。人家拿出爱玛的信，他只好道歉了事。

费莉西黛现在穿起了太太的衣服，不是全部，因为夏尔留下了几件，放在爱玛的梳洗室里，他时常一个人待在里面睹物思人。费莉西黛和爱玛身材相仿，夏尔看见她的背影，时常产生错觉，喊道："哦！留下来！留下来！"

圣灵降临节[1]的时候，费莉西黛同泰奥多尔一道私奔了，逃离了荣镇，把爱玛的衣橱洗劫一空。

就在同一时期，寡居的迪皮伊夫人给他送来了一张喜帖，上面写着：她的儿子、伊夫托的公证人莱昂·迪皮伊先生，将和邦德镇的莱奥卡迪·勒伯夫小姐喜结良缘。夏尔写信表示祝贺，信中还写了这样一句：要是我可怜的妻子还在世，她会多么高兴啊！

一天，他在家里随便走动，来到了阁楼。拖鞋踩到了一个小纸球。他打开来一看：拿出勇气来，爱玛！勇敢面对！我不想造成您一生的不幸。这是鲁道夫的信，原本掉在箱子之间的地上，近日来被从天窗进来的风给吹到了门口。夏尔目瞪口呆，一动不动。当初爱玛也站在相同的地方，脸色比夏尔此刻还要苍白，伤心欲绝，一心想死。最后，他在第二页底下看见一个写得小小的字母 R[2]。这是什么意思？他想起鲁道夫的殷勤，突然的失踪，最近两三次遇到他时的窘迫。但是信件尊敬的语气又令他产生了幻想。他想："说不定他们之间只是柏拉图式的精神恋爱。"

而且，夏尔不是那种爱追根问底的人，面对证据他反而退缩了，不确定的妒忌心消失在巨大的悲痛之中。

他想，应该是别人爱慕她。确实，每个男人都想得到她。于是她在他心中更美了；他心中燃起了对她的欲望，强烈而又持

---

① 圣灵降临节在复活节后的第七个星期日。

② R 是鲁道夫名字的首字母。

久，没有止境，又无法实现，因而令他更加绝望。

他要取悦于她，就好像她还活着一样，依照她的喜好和想法行事。他给自己买了漆皮鞋，系白领结，往胡子上抹发乳，像她一样签票据。坟墓中的她令他堕落了。

他被迫变卖银器，然后又卖客厅的家具。每间房都卖空了，只剩卧室，属于她的卧室，还和从前一样。吃过晚饭，夏尔就上楼来到卧室里。他把圆桌推到壁炉前，把她的扶手椅挪到桌前。他在对面坐下。镀金烛台上点着一支蜡烛。贝尔特坐在他身边，给版画涂颜色。

可怜的男人看着女儿，非常难受：她穿得很差，靴子的带子没了，罩衫从肩膀一直撕裂到大腿。女佣人对她一点都不上心。但是孩子很温顺很乖，小脑袋优雅地歪着，漂亮的金发垂落在粉红的脸蛋上。他感到无比快乐，不过这快乐掺杂了几分苦涩，就像酿坏了的葡萄酒，散发着松脂味。他给她修玩具，用硬纸板给她做玩偶，帮她把布娃娃的肚子缝好。每当他看到针线盒，一根拖在盒外的饰带，甚至是掉在桌子缝里的别针，他就会陷入遐想，神情忧伤。小女孩也会跟着他忧郁起来。

现在，没有人来看他们。朱斯坦逃到鲁昂去了，在一家杂货店当伙计。药剂师的孩子们跟小女孩越来越疏远。奥麦先生考虑到社会地位的差距，并不在乎他们的亲密关系能否延续下去。

药膏没有治好盲人的病。他又回到了吉约姆树林的山坡下，跟路过的旅客宣扬药剂师的膏药没有用。害得奥麦先生坐燕子号进城的时候，不得不躲在窗帘后面，生怕被他看到。奥麦恨透盲人。为了自己的声誉，他决计要使出浑身解数摆脱盲人。他制定了一整套计谋，隐蔽、巧妙、恶毒。于是，一连六个月，读者都

孩子很温顺很乖，小脑袋优雅地歪着，
漂亮的金发垂落在粉红的脸蛋上。
他感到无比快乐，不过这快乐掺杂了几分苦涩……

能在《鲁昂灯塔》上读到这样的短文：

所有前往肥沃的庇卡迪的人，都一定会在吉约姆树林山坡下见到一个脸上有可怕伤口的乞丐。他纠缠您，逼迫您，向您要钱，好像他是这条路上的征税官似的。难道我们还生活在中世纪的蛮荒时代？难道可以允许流浪汉把麻风和瘰疬在公共场所展示？

或者是这样的行文：

虽然法律禁止流浪，但是我们的大城市近郊还是不断受到成群结队的乞丐的侵害。当然也有单独行动的流浪汉，而且这些单独行动者同样危险。不知我们的市政官员对此做何感想？

奥麦还捏造了一些花边新闻；

昨天，在吉约姆树林的山坡上，一匹马受惊……

接下去，他编了一宗盲人引起的事故。他的计谋很成功，政府把盲人关了起来。但是后来又放了。盲人又开始出现在山坡上，奥麦也继续写他的文章。这是一场战斗。最后奥麦获胜；因为他的敌人被判终身监禁，关进了收容所。

这一役之后，奥麦的胆子越发大了。从此，不管是有狗被碾死，还是粮仓着火，抑或是女人被打，他都会立即公布于众。他始终以热爱进步和仇恨教士作为自己的行动指南。他对政府小学和教会学校进行比较，对后者大肆抨击。他得知教堂获得了一百法郎的拨款，就重提以前的屠杀。他还揭露流弊，讥讽世风：这是他的原话。现在奥麦的破坏力很强，极具威胁性。

然而他觉得报纸范围太狭窄，局限了他的才干，他应该著书，撰写专著！于是他编写了一本《荣镇统计大全：附气候观察》。他从统计学跨界到哲学。他关注重大问题：社会问题、贫困阶层的道德教化、鱼类养殖、橡胶、铁路等。他甚至羞于再做个资产者，他附庸风雅，摆出艺术家的派头，吸起了烟！他还买了两座时髦的蓬巴杜风格的小雕像装饰客厅。

他并没有丢下药房不管。相反，他对新发明了如指掌。他紧跟吃巧克力的风潮，第一个把风靡当时的巧克力品牌引进到塞纳河下游州。他迷上了皮尔韦马谢发明的水电治疗链，还在身上绑了一条。晚上，他脱掉法兰绒背心，露出金灿灿的螺旋形链子，奥麦太太立时感到头晕目眩，都认不出自己的丈夫了。眼前的这个男人身上缠得比游牧民族的人还要严密，比东方国王还要灿烂夺目，令她崇拜不已。

关于爱玛的墓碑，他也有很多漂亮的想法。他先是建议竖一截石柱，上面盖幅帷幔，然后又建议建一座塔，接着又是圆亭式样的庙……抑或是"一堆废墟"。在所有的方案当中，奥麦都坚持一定要种一棵垂柳，因为他认为垂柳是悲伤必然的象征。

他和夏尔一起去了趟鲁昂，到一个墓碑供应商那里看陵墓。同去的还有一个画家，名叫沃弗里拉，是布里杜的朋友，一路上说了很多双关语。夏尔看了一百来个图样，索要了一份估价单，后来又跑了一趟鲁昂，最后决定采用陵墓式样，正背面都要雕上"一个守护神，手举一把熄灭的火炬"。

至于墓志铭，奥麦认为用拉丁文刻上"行人止步"再好不过，不过接下去写什么呢，他就想不出来了。他绞尽脑汁，翻来覆去地念叨着“行人止步”……终于灵光一现，想到一句：“勿扰吾妻！”被夏尔采用了。

说来奇怪，包法利一边不断地想着爱玛，一边却在遗忘。尽管他竭力要留住她的记忆，然而令他失望的是，自己还是逐渐淡忘了她的样子。不过，他每天夜里都会梦见她。总是同样的梦：他走近她，想要拥抱她，可她却在他的怀里腐化成泥了。

有一个星期，他天天晚上都去教堂。布尔尼西安先生来看过他两三次，后来就不管他了。用奥麦的话说，神甫这个厚道人变了，变得不宽容，变得狂热了。他抨击时代精神，每个月两次布道的时候，总要讲起大家都知道的伏尔泰如何而死的故事。

尽管包法利省吃俭用，还是远不能还清旧债。勒赫不肯再给票据延期。眼看就要扣押财产了。他只好向母亲求助；母亲同意用她的财产给他做抵押，但是她在信里大肆责怪爱玛；而且她要一条侥幸逃过费莉西黛洗劫的披巾作为回报。夏尔不肯给。他们吵翻了。

母亲主动做出了和解的姿态，跟夏尔说要把孙女接过去住，跟她做伴。夏尔同意了。但临行前，夏尔终归不忍心，变卦了。这一回母子俩彻底决裂了，再也无法挽回。

随着跟亲友的关系越来越疏远，夏尔越来越投入地爱女儿。可是孩子却老让他担心：她有时候咳嗽，颧骨处有红斑。

对面的药剂师一家日子却过得快活兴旺，事事如意。拿破仑能在实验室帮忙了，阿达莉会给父亲绣希腊软帽，伊尔玛会用纸剪圆片封果酱罐，富兰克林能一口气背出乘法表。奥麦是最幸福的父亲，最幸运的男人。

事实并非如此！奥麦有一个秘而未宣的野心没有实现，令他备受折磨：他渴望得到勋章。他拥有的头衔一点也不少：

“第一，霍乱时期，因为无私奉献而获得嘉奖；第二，自费出版了各种公益著作，例如……（他说起《论苹果酒的制作及其效用》、送交法兰西学院的有关羊毛蚜虫的报告、他的统计学大作，还有令他取得药剂师资格的论文）而且我还是好几个学会的会员（其实他只是一个学会的会员）。”

他原地转了个身，大声说道：“总之，单是救火这一件事，我也该得到奖章！”

于是奥麦依附权势。选举时他暗中帮州长做了很多事。他出卖自己，没有下限。他甚至给国王写了一封请愿书，恳请国王为他主持公道。他在信中称呼国王为“我们的好国王”，还把国王比作亨利四世。

每天早上，药剂师都迫不及待地打开报纸，寻找自己被提名的消息，但是始终没有。最后，他不再指望了，让人把花园里的一块草地修剪成了勋章的星星形状，还在星星上端修剪出两条勋章绶带。他叉着胳膊，围着勋章兜圈，心中暗骂政府昏庸无能，世人忘恩负义。

出于对死者的尊敬，或者是由于等待能带来某种快感，夏尔一直没有打开爱玛生前常用的那张红木书桌的抽屉。一天，他终于坐在桌前，转动钥匙，打开了锁。莱昂的信都在里面。这一回，没有任何疑问！他一口气看完所有的信，然后在各个角落，每件家具，所有的抽屉，墙后面翻找。他啜泣，号啕，完全陷入了癫狂。他找到了一个盒子，一脚踢穿。散落的情书当中有一张鲁道夫的画像，赫然在目。

他的颓废令大家惊诧。他不出门，不见人，甚至不肯去看病人。于是大家就传他是关在家里喝酒。

有时，有好事的人踮起脚，从花园的篱笆上头往里看，被里面的情形惊住了：夏尔胡子老长，衣服肮脏，模样吓人，在花园里边走边哭。

夏天的晚上，他常带着女儿去墓地。他们到夜里才回家，广场上除了比内家的天窗之外，再没有灯光。

痛苦带给他一种快感，然而这快感还是有缺憾的，因为没有人分享他的痛苦。于是他去看过几次勒弗朗索瓦大妈，想跟她聊爱玛。但是老板娘一只耳朵进，另一只耳朵出。因为她和他一样，也有自己的烦恼：勒赫先生的"利商号"驿车新近通车了。伊韦尔在采办方面的能力是众人皆知的，他要求涨工资，否则，他威胁说他就要跳槽，去"竞争对手"那里。

一天，夏尔去阿格伊市场卖马——这是他最后一点值钱的东西了——遇到了鲁道夫。

四目交错，俩人脸都白了。爱玛下葬时鲁道夫只是送来了一张名片，所以他先是结结巴巴地道歉了几句，随后胆就大了，竟然邀请夏尔一起去酒馆喝啤酒：正是八月，天气炎热。

鲁道夫坐在夏尔对面，胳膊肘支在桌上，叼着雪茄，跟夏尔聊着。夏尔看着这张她曾经爱过的面孔，陷入了浮想。他竟然从鲁道夫身上看到了她的影子。这令他着迷。他多希望自己是这个男人。

鲁道夫继续谈着庄稼、牲口、肥料，只要谈话出现空白，他就赶紧找些无关紧要的话来填补，因为他怕夏尔提起那事。夏尔没有听他讲。鲁道夫看出来了，他观察着夏尔表情的变化，知道他陷入了回忆。夏尔的脸渐渐红了，鼻孔急促地忽闪着，嘴唇哆嗦得厉害。有一阵，他表情阴沉愤怒，死死地盯着鲁道夫，吓得鲁道夫不敢再往下说了。不过，很快，他的脸上又恢复了那种忧郁、厌倦的表情。

他说："我不怨您。"

鲁道夫没有说话。夏尔双手抱头，万般痛苦万般无奈地又小声说："是的，我不怨您了！"

他又加了一句，这是他这辈子说过的唯一的宏大的词语："是命运的错！"

身为这命运主宰的鲁道夫觉得一个身处这种境况的人说出这样的话，实在是显得过于懦弱，可笑，甚至有点卑贱。

第二天，夏尔坐在花棚的长凳上。阳光从格子里照进来；葡萄叶在沙砾地面上投下片片影子，茉莉花散发出香气，天空蔚蓝，斑蝥围着百合花嘤嘤叫着。夏尔仿佛一个情窦初开的少年，忧伤的心里充溢着朦胧的爱情气息，涨得他喘不过气来。

七点钟，一下午都没见到他的小贝尔特过来叫他吃晚饭。

他仰头靠在墙上，双眼紧闭，嘴巴张着，手里拿着一绺黑色长发。

她说："爸爸，走吧！"

她以为爸爸在跟她玩，就轻轻地推了他一下。他倒在地上。他死了。

三十六小时之后，应药剂师的邀请，卡尼韦先生赶到了。他给做了解剖，没有任何发现。

财产全部变卖之后，还剩下十二法郎七十五生丁，给包法利小姐做路费，前去投奔祖母。老太太当年也死了；鲁奥老爹瘫痪了；一个远房姨妈收养了她。姨妈家里穷，为了谋生，把她送去一家棉纺厂做童工。

包法利死后，先后有三个医生到荣镇开诊所，都很快被奥麦先生挤垮了。如今奥麦拥有庞大的顾客群，当局对他青睐有加，舆论也庇佑他。

他新近获得了勋章。

作者年表

1821 年	12 月 13 日，居斯塔夫·福楼拜生于法国西北部的鲁昂城。父亲是鲁昂市立医院院长兼外科主任，福楼拜的童年就在父亲的医院里度过。
1825 年	朱莉（小说《淳朴的心》中女佣的原型）到福楼拜家中帮佣，直到福楼拜去世。
1830 年	12 月 31 日，动笔写《书信集》中的第一封信。（写给埃内斯特·谢瓦里埃。）
1832 年	2 月进入鲁昂中学八年级。
1833 年	到巴黎、枫丹白露、塞纳河畔的诺让旅行。
1834 年	在学校编辑手抄报纸《艺术和进步》。到特鲁维尔度假，结识利埃海军元帅一家，与元帅的两个女儿成为朋友。开学后写《勃艮第的玛格丽特之死》。
1835 年	手抄报纸《艺术和进步》续期问世。他在上面刊登《地狱旅行》。
1836 年	创作小说《一个王冠上的两只手》《谨慎的菲力浦的秘密》《有待感觉的芬芳》《交际花》《佛罗伦萨的鼠疫》《书癖》《狂怒和无能》《十世纪诺曼底纪事》。在特鲁维尔度假期间认识施莱辛格一家。之后他写作小说《一个疯子的回忆录》，施莱辛格夫

人成为书中的女主人公玛丽亚（后成为《情感教育》中的玛丽·阿尔努）。

1837 年	写作《地狱之梦》《铁手》，在报纸《蜂鸟》上发表第一篇印刷作品《一堂自然史课：职员的趣味》。
1838 年	完成五幕剧《路易十一》，写作小说《垂死》《怀疑论》《死者的舞蹈》《醉与死》《斯马尔》。完成《一个疯子的回忆录》。10 月进入修辞班。
1839 年	完成《斯马尔》《艺术与商业》《马杜兰医生的葬礼》《拉伯雷》《拉歇尔小姐》。写作《罗马和恺撒》。10 月进入哲学班。
1840 年	8 月中学毕业。与于勒·克洛盖医生、医生的妹妹等人去比利牛斯和科西嘉旅行。在马赛与南美洲的厄拉丽·福柯小姐认识，厄拉丽·福柯后来成为他的情妇。
1841 年	进入巴黎大学法学院，但这一年基本上住在鲁昂和特鲁维尔。
1842 年	在巴黎参加法学考试。认识迪康和科姆南。写作小说《十一月》。
1843 年	认识雕刻家普拉迪埃、文学家雨果。开始写小说《情感教育》。法律考试失败。
1844 年	神经官能症第一次发作，终止学业。全家搬入克鲁瓦塞的别墅中居住。
1845 年	3 月与父母陪伴新婚的妹妹和妹夫到巴黎、诺让、热那亚、米兰等地旅行。在热那亚看到布吕盖尔的名画，激发创作《圣东尼安的诱惑》的灵感。

与布耶等人合作演出戏剧《热奈或牛痘的发现》。完成《情感教育》第一稿。

1846 年　父亲和妹妹先后去世。福楼拜将刚出生不久的妹妹的小女儿接到自己身边，从此长期与母亲住在一起，只有几年在鲁昂城外克罗纳街二十五号的住宅中居住。开始写作《圣安东尼的诱惑》。认识路易丝 · 科莱小姐，路易丝 · 科莱成为福楼拜的情人。

1847 年　5 月和迪康去布列塔尼和诺曼底、布洛瓦、卢瓦尔河、安茹旅行。8 月至 12 月撰写旅行札记。12 月与迪康等人出席改良主义者聚会。

1849 年　“二月革命”爆发。4 月第一次为国民自卫军站岗。与路易丝 · 科莱关系恶化，8 月给她寄去最后一封短信。

1849 年　完成《圣安东尼的诱惑》，福楼拜将手稿读给他的朋友迪康和布耶听，两人认为此书写得很糟糕。11 月 4 日为治疗神经官能症，与迪康和布耶在马赛乘船，开始东方之行，到达马耳他、亚历山大城、开罗。

1850 年　2 月乘船离开开罗前往埃及，经过底比斯、红海岸边的科塞尔、贝鲁特、耶路撒冷。由于缺钱，转道路经罗得岛、君士坦丁堡、雅典。

1851 年　继续旅行，经过斯巴达、伯罗奔尼撒半岛、罗马、佛罗伦萨，于 6 月返回克鲁瓦塞。这次旅行他几乎花光了父亲的遗产和自己的积蓄。与路易丝 · 科莱恢复来往。9 月与母亲参观伦敦画展，开始写《包法利夫人》。

1852 年　与迪康关系恶化，两人决裂。阅读拉伯雷和巴尔扎克的著作，计划编写《固有概念词典》。

1853 年　继续写《包法利夫人》。构思小说《螺旋》。

1854 年　与路易丝关系恶化，4 月两人彻底决裂。就《包法利夫人》中的相关知识请教朋友。经常到巴黎旅行、居住，期间认识女演员奥尔加 · 佩尔松，福楼拜帮助她进入奥德翁剧院。

1856 年　与迪康重新和好。4 月完成《包法利夫人》，经过修改，将全书寄给迪康。改写《圣东尼安的诱惑》。9 月应邀去巴黎参加施莱辛格夫人女儿的婚礼，由于缺钱未能成行。同月剧本《德 · 蒙塔希夫人》在奥德翁剧院上演。10 月 1 日《包法利夫人》在《巴黎杂志》上开始连载。

1857 年　巴黎检察院认为《包法利夫人》"有伤风化，亵渎宗教"，决定起诉福楼拜和《巴黎杂志》社。福楼拜为此东奔西走，请求亲属和朋友帮忙。1 月 31 日审判进行，律师塞纳尔为福楼拜辩护，2 月 7 法庭宣判福楼拜无罪。《包法利夫人》于 4 月底出版。福楼拜结识女作家德 · 尚特比小姐，两人进行了一段长时间的通信。完成《圣东尼安的诱惑》第二稿。开始构思《萨朗波》。

1859 年　继续写作《萨朗波》。

1860 年　冬天一段时间住在巴黎，结识弗耶、龚古尔兄弟等文人。

1861 年　完成《萨朗波》的十二至十四章。计划写《康比斯的故事》。

1862 年　4 月 24 日完成《萨朗波》。8 月与出版商莱维签订合同，莱维为《萨朗波》支付 1 万法郎，福楼拜按每卷 1 万法郎的价格将他即将推出的小说《情感教育》卖给莱维。同月陪母亲去维希。11 月《萨朗波》出版。

1863 年　经常出入玛蒂尔德公主的府邸，对公主萌生爱意。也出入拿破仑亲王的府邸。制定《情感教育》的提纲，经常参加马尼晚餐会，每星期天下午接待客人。10 月完成《心灵的城堡》。12 月经常在上流社会露面。

1864 年　年初去杜勒里宫、贡比涅森林参观。夏天酝酿《情感教育》，阅读社会主义改良派的著作，去蒙特罗旅行。秋天动笔写小说。

1865 年　2 月应邀参加拿破仑亲王的舞会。5 月为庆祝圣伯夫被任命为参议员在马尼聚餐。9 月接受玛蒂尔德公主赠送的礼物，在乘火车时丢失，12 月失而复得。

1866 年　写作《情感教育》。2 月参观陶瓷厂。3 月向圣伯夫请教有关 1840 年新天主教运动的情况。4 月作为证婚人参加戈蒂耶和孟戴斯的婚礼。7 月去伦敦和巴德旅行。8 月获得骑士级荣誉勋章。与女作家乔治·桑来往。11 月参加一次火灾的扑灭工作。

1867 年　2 月到巴黎，参加马尼的晚餐，参观克莱伊陶瓷厂，构思小说《哈罗·贝》。继续写作《情感教育》。

1868 年	继续写《情感教育》。参观圣欧仁医院。夏天去枫丹白露旅行。结识大仲马，与屠格涅夫来往。冬天每星期三与龚古尔兄弟和戈蒂耶在玛蒂尔德公主家用餐。
1869 年	5 月完成《情感教育》。重新写《圣东尼安的诱惑》，住进米里奥街四号的一套小房子中。朋友布耶去世，福楼拜为修建布耶纪念碑组织签名、上演布耶的剧本、出版布耶未发表的作品四处奔波。11 月 17 日《情感教育》出版。
1870 年	为将他和布耶等人合写的戏剧《心灵的城堡》搬上舞台奔波，未获成功。之后普法战争爆发。9 月福楼拜被任命为国民自卫军中尉，训练士兵。
1871 年	到鲁昂，住在勒阿弗尔码头的科芒维尔家。4 月回到克鲁瓦塞，加紧写作《圣东尼安的诱惑》。与乔治·桑通信。为布耶的《最后的歌》作序言。
1872 年	1 月拜访雨果。4 月 6 日母亲去世。7 月完成《圣东尼安的诱惑》。改写布耶的喜剧《女性》。开始构思《布瓦尔和佩库歇》。
1873 年	鼓励莫泊桑从事文学。4 月与屠格涅夫在鲁昂住了几天，在克鲁瓦塞对住房进行了修理。11 月完成剧本《候选人》，并在滑稽歌剧院排练。
1874 年	《圣东尼安的诱惑》由屠格涅夫推荐被《圣彼得堡杂志》译成俄语，但被沙皇政府禁止其在俄国境内出版。3 月 11 日《候选人》在滑稽歌剧院首演失败。6 月为写《布瓦尔和佩库歇》去诺曼底搜

集资料。之后去勒里吉进行了半个月的疗养。8月动笔写《布瓦尔和佩库歇》。《圣东尼安的诱惑》在斯特拉斯堡出版了德语本。

1875年 继续写作《布瓦尔和佩库歇》。9月去孔卡诺的塞尔让旅馆居住，开始写《圣朱利安传奇》。11月住在巴黎的圣奥诺雷郊区二百四十号，经常与屠格涅夫、左拉、都德等人聚会。

1876年 3月完成《圣朱利安传奇》，开始写《淳朴的心》。6月7日与大仲马、拿破仑亲王去鲁昂参加乔治·桑的葬礼。8月完成《淳朴的心》。

1877年 2月到巴黎，与童年时的恋人杰特鲁德·泰南特过从甚密。4月3日参加雨果夫人和洛克洛瓦的非宗教婚礼。4月《淳朴的心》《公众利益》《圣朱利安传奇》出版。9月为写《布瓦尔和佩库歇》再次去诺曼底旅行。

1878年 结识共和主义者甘必大。5月构思《巴黎人家》，为剧本《心灵的城堡》上演四处奔波，但毫无结果。10月为写《布瓦尔和佩库歇》与莫泊桑去埃特勒。

1879年 1月27日在冰上滑倒，腓骨摔断，待在克鲁瓦塞养伤。3月获得一份养老金。4月27日伤愈去鲁昂农庄街的朋友拉皮埃尔家聚会。6月到巴黎为上演剧本《心灵的城堡》奔波。9月和龚古尔住在玛蒂尔德公主家，计划写《泰莫比勒的战斗》。

1880年 冬季住在克鲁瓦塞。2月1日读到莫泊桑的《羊脂球》，表示赞赏。莫泊桑由于《墙》一诗受起诉，福楼拜为他列了一个可以寻求帮助的要人的名单，为他寻求保护。3 月 28 日复活节，福楼拜邀请龚古尔、左拉、都德和他的医生福尔坦等人到他家中聚会。4 月 27 日在拉皮埃尔家中过最后一个圣波利卡普节。5 月 8 日福楼拜准备动身去巴黎时突然病逝，遗体由他的侄女们和孙女们、龚古尔、左拉、都德、莫泊桑等人护送至冈特勒教堂附近的一处墓地安葬。